FEITOS UM PARA O OUTRO

OU NÃO

AUTORA BESTSELLER DO *USA TODAY*

MEGHAN QUINN

Copyright © 2022 Meghan Quinn
Direitos autorais de tradução© 2022 Editora Charme.

Todos os direitos reservados.
Nenhuma parte desta publicação pode ser reproduzida, distribuída ou transmitida sob qualquer forma ou por qualquer meio, incluindo fotocópias, gravação ou outros métodos mecânicos ou eletrônicos, sem a permissão prévia por escrito da editora, exceto no caso de breves citações consubstanciadas em resenhas críticas e outros usos não comerciais permitido pela lei de direitos autorais.

Este livro é um trabalho de ficção.
Todos os nomes, personagens, locais e incidentes são produtos da imaginação da autora.
Qualquer semelhança com pessoas reais, coisas, vivas ou mortas, locais ou eventos é mera coincidência.

1ª Impressão 2023

Produção Editorial - Editora Charme
Capa - Letitia Hasser com RBA Designs
Capa e Ilustrações - Gerard Soratorio
Adaptação de capa e Produção Gráfica - Verônica Góes
Tradução - Daniela Toledo
Revisão - Equipe Charme

Esta obra foi negociada por Brower Literary & Management.

CIP-BRASIL. CATALOGAÇÃO NA PUBLICAÇÃO
SINDICATO NACIONAL DOS EDITORES DE LIVROS, RJ

Q64f

    Quinn, Meghan
        Feitos um para o outro (ou não) / Meghan Quinn ; [tradução Daniela Toledo]. - 1. ed. - Campinas [SP] : Charme, 2023.
        532 p. ; 22 cm.

    Tradução de: So not meant to be.
    ISBN 978-65-5933-122-2

    1. Romance americano. I. Toledo, Daniela. II. Título.

23-84113   CDD: 813
                 CDU: 82-31(73)

Gabriela Faray Ferreira Lopes - Bibliotecária - CRB-7/6643

www.editoracharme.com.br

Editora Charme

FEITOS UM PARA O OUTRO

OU NÃO

TRADUÇÃO: DANIELA TOLEDO

AUTORA BESTSELLER DO *USA TODAY*

MEGHAN QUINN

MEGHAN QUINN

PRÓLOGO
KELSEY

— Todo mundo sabe que homens e mulheres que trabalham juntos não podem ser amigos, Kelsey.

JP Cane se recosta na beirada da mesa da sala de conferências, com braços tatuados cruzados sobre seu peito musculoso, as mangas da camisa social dobradas até os cotovelos, ostentando um sorriso que é mais irritante do que charmoso.

— Do que você está falando? — pergunto, enquanto me curvo sobre uma montanha de projetos de design.

Ainda recostado na mesa, ele abaixa as mãos, todo despreocupado, segura a beirada e fala:

— Naquela outra noite em que jantamos com Huxley e Lottie, você disse que poderíamos ser amigos.

Lottie é minha irmã mais velha — por doze meses — e minha melhor amiga. Ela é noiva do incomparável Huxley Cane, nosso chefe e o irmão da perdição que está parada bem à minha frente.

Como todos nós nos conhecemos é uma história bastante fascinante e de puro acaso. Quer a explicação mais rápida e safada? Lottie estava à procura de um marido rico para manter a dignidade diante de sua arqui-inimiga; Huxley estava à procura de uma noiva de mentira para garantir um arranjo comercial. Eles se esbarraram na calçada. Então fizeram um acordo de ajuda mútua, assinaram um contrato, e ela se mudou para a mansão dele. Bem ao estilo de *Uma Linda Mulher*, só que sem a parte da prostituição. Apesar de que... Lottie teve dificuldade de cair fora dos avanços do Huxley.

Mas enquanto estava bancando o papel de noiva toda apaixonada, ela também me ajudou no meu negócio, o Organização Sustentável. E assim fomos contratadas pela Cane Enterprises, e acabei trabalhando bem de perto com JP, porque ele é o supervisor dos meus projetos.

Pois é, uma bagunça. Ainda não consigo acreditar como tudo aconteceu assim.

— Você tem algum contra-argumento aí? — JP pergunta, me tirando dos pensamentos.

Percebendo que esta reunião não vai levar a lugar algum, jogo a caneta na mesa e me levanto, endireitando a coluna.

— Primeiro, nós não estávamos jantando *juntos* com Huxley e Lottie. Não foi um encontro duplo...

— Meu Deus, eu sei — ele diz, exasperado. — Você já deixou isso bem claro umas três vezes e meia. — Ele usa os dedos para marcar cada ocorrência. — Quando tocamos a campainha, porque calhou de chegarmos juntos. Quando a gente estava na cozinha, indo pegar o mesmo champanhe. Lá fora na piscina, quando fomos deixados sozinhos à mesa. E na sala, você já estava a meio caminho de me dizer que não estávamos num encontro duplo quando Lottie te interrompeu para mostrar o novo "brinquedinho" que ela arrumou. — Ele sorri, exibindo seus malditos dentes retos. — Ainda quero saber mais sobre esse novo brinquedo.

— E *segundo*... — continuo. De jeito nenhum vou contar a ele sobre aquele... dispositivo que Huxley arranjou para Lottie. Sem chance. Fico corada só de pensar. — Por que não podemos ser amigos?

— Não está na cara?

Olho ao redor, tentando perceber se estou deixando escapar alguma coisa, mas não encontro absolutamente nada. Volto a olhar para ele e digo:

— Não. Não está.

Ele balança a cabeça e dá a volta na mesa de conferências para se sentar bem ao meu lado.

— Porque há uma atração bem palpável entre nós, Kelsey.

Bufo com tanta força que cuspo saliva nos projetos de design à minha frente. Sem me preocupar, limpo as gotículas com a mão. Uma atração?

Tipo... JP é um homem bem bonito, claro. De uma beleza óbvia, se você gostar de maxilar excessivamente esculpido e com uma barba escura e espessa. Seu cabelo sexy e bagunçado é um pouquinho cacheado no topo, mas é curto nas laterais, e as tatuagens escondidas só aparecem quando ele se sente à vontade com sua presença. Sim, ele é bonito, sensual, e eu posso já ter dito isso antes.

Mas há mais em uma pessoa do que apenas a aparência física, pelo menos para mim. Para que eu me sinta atraída por alguém, essa pessoa precisa ter um bom coração, uma personalidade incrível e ser capaz de me fazer rir.

Não sei nem se JP tem um coração, e sua personalidade está mais para a de um filho do meio carente de atenção com uma aptidão para não levar nada a sério. Ele pode até fazer um comentário engraçado de vez em quando, mas sua habilidade intrínseca de me provocar, chatear e irritar acaba se sobressaindo.

Ele deve ter um dos escritórios mais bagunçados que eu já vi, e *sussurros* isso é muito broxante para uma pessoa tão detalhista como eu. Quem poderia sentir atração sexual por uma pessoa que deixa a mesa cheia de papéis, coberta por copos de café e canetas com tampas trocadas?

Então, sou mesmo atraída pelo JP? A resposta é um não definitivo.

— Você acha mesmo que há uma atração entre nós? — pergunto.

— Dá até para sentir o cheiro da química sexual, querida, e é porque é tão palpável, tão espessa, tão... almiscarada...

— Eca, não me venha com almiscarada.

Viu só? Não é nada. Não existe química nenhuma. Não há nada palpável, e com certeza nada espesso... nada.

Nem almiscarado. *Quem consegue descrever uma atração como almiscarada?*

Mas ele me ignora e continua seu argumento forçado.

— Não dá para sermos amigos de trabalho, porque a atração sempre, e eu disse sempre, vai fazer surgir o pensamento de sexo nesta mesa.

Desta vez, contenho o bufo e deixo o silêncio preencher o ar por alguns segundos antes de fechar a distância entre nós, até que nossos rostos fiquem a alguns centímetros um do outro. Apesar de ele ser quase trinta centímetros mais alto que eu, ainda consigo olhar em seus olhos ao perguntar:

— Você está doente? É isso que está acontecendo? Está com alguma doença e é assim que está agindo?

— Eu sou o epítome da saúde. Você já deveria saber disso. Já que me olha bastante.

— Não, não olho.

Não olho.

Só para deixar claro: eu não olho mesmo.

Ele solta uma gargalhada, um som tão irritante que meus molares rangem juntos.

— Por que acha que minhas mangas estão dobradas neste exato momento?

Olho para seus antebraços tatuados — tá bom, eles são sensuais, é claro, deve ser a melhor parte desse homem. É isso, os antebraços. Não dá para culpar uma garota por se deliciar com uma tara por braços, não é, mulheres?

Ele se inclina para perto.

— Porque eu sei o quanto eles te deixam excitada.

Pressiono a mão em seu rosto, interrompendo seja lá o que ele esteja tentando fazer.

— Sabe o quanto está sendo impróprio? Eu sou sua funcionária.

— Tecnicamente, você é funcionária do Huxley. Eu só fico aqui de olho nas coisas.

— E isso lá é um termo profissional.

Ele exibe seu sorriso irritante.

— É.

Ele umedece os lábios, mas mantenho os olhos travados nos dele. De jeito nenhum vou lhe dar a satisfação de olhar para a sua boca.

— Não sei por que está ficando toda agitada e vermelha.

— Não estou agitada. — Endireito os braços ao meu lado.

— Estou tentando ser um cara legal e honesto, me esforçando para te ensinar por que não podemos ser amigos. Eu deveria ser elogiado, não menosprezado pelo seu desdém. — Antes que eu possa responder, ele continua avançando com seu tão belo ensinamento de cara legal. — Um homem e uma mulher que sentem atração um pelo outro e trabalham juntos nunca vão conseguir ser amigos. Sempre vai haver um elefante enorme na sala, e o nome desse elefante é Sexo. É uma conta básica, Kelsey. Todo mundo quer chegar ao clímax, e quando sentimos atração por alguém, desejamos essa pessoa para nos ajudar a chegar ao clímax.

Mais alguém está ouvindo isso?

Meu Deus, ele não poderia rebaixar o ato de fazer amor nem mais um pouquinho. É bom para o ego que JP me ache atraente? É. Mas cadê o romance hoje em dia?

Cadê o namoro?

Cadê a espontaneidade?

Até Lottie e Huxley admitem que não houve nada de romântico no começo da relação deles. Tudo parece tão clínico hoje em dia.

Como uma verdadeira romântica que ama tudo sobre o amor, não consigo evitar de pensar se há algum homem por aí que ainda se encaixe em todas as características dos heróis das comédias românticas.

Nããão, agora a gente tem que lidar com farsantes, logo em seguida com fotos não solicitadas de paus e terminando com um vácuo repentino.

Estou de saco cheio disso.

Com as mãos nos quadris, me viro para ele e indago:

— O que aconteceu para te deixar assim? Eu perguntei o que você achava sobre armários de bambu e tudo acabou virando essa discussão sobre por que não podemos ser amigos. Não vejo como isso é relevante para a minha pergunta.

— É relevante — ele diz, deslizando para perto, seu sapato esbarrando no meu salto —, porque os seus olhos famintos estão me devorando do outro lado da mesa, mas a sua postura está tentando me manter só como amigo, aí vou chamar a sua atenção para isso. Você disse que queria ser minha amiga, só estou dizendo que não vai rolar.

Uma ilusão, é isso o que ele está vivenciando. E alguém precisa colocá-lo de volta no seu lugar.

Pressiono o dedo em seu peito e digo:

— Pode acreditar, JP, se eu te achasse pelo menos um pouquinho atraente, você saberia. O que está chamando de olhos famintos, na verdade, é uma mulher esfomeada que comeu um waffle com pasta de amendoim às seis da manhã. Já estou até com a alucinação da fome e esse seu corpo magrelo...

— Magrelo? *Tenha dó.*

— ... se transformou em uma almôndega gigante na minha cabeça, é isso. Pode ficar aí se convencendo o quanto quiser sobre o que está supondo que seja minha atração por você, mas da minha boca para os seus ouvidos teimosos: eu não poderia te achar mais repugnante.

Suas sobrancelhas se erguem em surpresa. Falando sério, também fiquei um pouco surpresa. Repugnante não é bem a palavra certa, mas estou sem freio agora.

— E se eu tivesse qualquer inclinação romântica por você, não estaria usando esta blusa simples e quase de ficar em casa que não faz nada para mostrar os meus peitos perfeitos e saltitantes.

Ele umedece os lábios quando lança um breve olhar para o meu peito e então de volta para mim.

— E também não estaria usando lingerie, caso você me colocasse em cima desta mesa e abrisse minhas pernas só para sentir um gostinho.

Seu pomo de adão se move.

— E com certeza não estaria implorando mentalmente para que esta conversa acabe logo para que eu possa guardar minhas coisas e voltar para o meu apartamento, jantar em paz e sozinha, sem que um imbecil arrogante como você fique cantando na minha orelha sobre relacionamentos no trabalho. Porque, JP, se eu te quisesse, teria roubado, consumido e saboreado cada segundo com você.

Ele estende a mão para mim assim que me viro e me afasto para juntar meus papéis.

— Mas esse não é o caso. — Sorrio para ele. — Quero dar o fora o mais rápido possível daqui. — Sou uma mulher! Ouça o meu rugido!

Suas narinas dilatam.

Seu maxilar estala.

E ele enfia as mãos nos bolsos da calça social, onde elas deveriam ficar.

— Agora que resolvemos esse assunto, vou embora, já que não vamos chegar a lugar nenhum aqui e uma almôndega está me chamando. Imagino que você tenha aprovado a ideia de armários de bambu.

Recolho meus papéis e, em seguida, os bato na mesa, nivelando-os em uma pilha firme.

— Ainda não podemos ser amigos — ele diz, com a voz estrangulada.

Meu Deus, ele ainda está nessa? Vamos adicionar a capacidade mental de um mosquito à sua lista de características incompatíveis.

— Que bom. Quando eu disse isso naquela noite, só estava tentando ser legal, sabe, já que sua empresa contratou a minha, mas agora que nossos sentimentos estão expostos, podemos viver nossa vida sem essa bobagem de falsa amizade. — Com cuidado, coloco os papéis na pasta e então na minha bolsa, junto com minhas canetas, sempre as mantendo separadas por cores, é claro. — Agora, se me der licença, tenho um compromisso para encher minha boca com carne.

Passo por ele e meu ombro esbarra no seu, mas ele coloca a mão no meu quadril, interrompendo minha saída. Seu toque não passa de um roçar no meu corpo, mas me arrepio com relutância. Nossos ombros se encontram, lado a lado, e ele se inclina e sussurra no meu ouvido, seus lábios a centímetros de distância.

— A única bobagem entre a gente foi esse discurso que você acabou de fazer. Negue o quanto quiser, mas eu sei que você me quer. Quanto antes aceitar isso, melhor você vai se sentir.

Apesar das fortes batidas do meu coração, sei que é hora de virar a cabeça e, quando faço isso, nossos narizes quase se tocam. Com toda a bravata que consigo reunir, digo:

— Quanto antes perceber que sou muita areia para o seu caminhãozinho... melhor *você* vai se sentir.

— Quanto antes perceber que sou muita areia para o seu caminhãozinho... melhor você vai se sentir.

Não é sempre assim entre nós. Quando o conheci, só conseguia pensar no quanto ele era, de fato, incrivelmente bonito, com esse olhar verde-musgo e ar arrogante que exige minha atenção. Ele era tudo com que uma garota fantasia. Por um momento curtíssimo, pensei que talvez, só talvez, pudesse existir algo entre nós. Que, se ele me convidasse para sair, eu diria sim. Mas quando minha empresa estava caminhando para o sucesso sob sua liderança, eu soube que não podia misturar negócios com prazer, não quando trabalhei tanto para chegar onde estou.

Então deixei meus pensamentos iniciais de lado e, infelizmente, passei a vê-lo de um jeito diferente.

Com frequência, ele aparece nas reuniões cheirando a perfume da noite anterior. Ele se distrai bastante com o celular, e quando dou uma olhada, há sempre o nome de uma mulher diferente na tela. É mulherengo e claramente não está interessado em nada que dure. Faz provocações sobre o amor, faz piadas com o para sempre e nunca é sério. E não é isso que quero, apesar da minha atração inicial.

Com a cabeça erguida, passo por ele, direto para fora da sala de conferências e para o elevador. Não faço ideia de por que JP está insistindo nessa coisa de *atração* entre nós. Não é como se eu o tivesse induzido a isso. Tenho uma firme crença no amor. Portanto, estou à procura de amor. Não de um caso, não de uma noite de sexo. Estou à procura da minha alma gêmea, assim como as almas gêmeas do meu quase-popular podcast. *Eu quero o para sempre.*

JP Cane pode acreditar no que quiser, mas se há uma coisa que sei com certeza neste deserto romântico que é a minha vida é que nós não fomos feitos um para o outro.

JP

Me deixe adivinhar... Kelsey disse que não fomos feitos um para o outro, não é?

Revira os olhos

É claro que ela disse. Não que eu esteja procurando o para sempre, porque não estou. Só estou em busca de curtição.

Já tive perdas demais na vida para tentar algo sério com alguém. Pois é, eu sou *esse* cara. Pode me analisar o quanto quiser, mas isso não vai mudar o fato de o meu medo de comprometimento ser real.

Mas só estou dizendo que: se alguém vai me fazer mudar de ideia quanto a isso, esse alguém é Kelsey.

Ela é... Porra, ela é especial.

Desde o momento em que a vi naquela primeira reunião, já fiquei impressionado. Mas trabalhando de perto, acabei ficando atraído. Seu sorriso, sua visão positiva do mundo, seus olhos lindos pra caralho, ela é de tirar o fôlego, e foi a primeira vez na porra da minha vida que eu de fato pensei com meus botões... *ela poderia ser o meu para sempre.*

E por falar em me deixar me borrando de medo... Foi como se uma brisa gelada tivesse soprado direto na minha bunda. De gelar os ossos.

Não dá para ficar pensando desse jeito.

Não dá para ficar pensando *engole em seco* no para sempre.

Então, como um adulto maduro, escolhi ignorar. E pentelhar. Para mantê-la o mais longe possível. E, caramba, estava funcionando. Eu a tirava do sério. Sempre que ela olha para mim, dá para ver que quer me matar. Sempre que eu olho para ela... bem, ela é gostosa, mas ela quer me matar, aí só mantenho a distância mesmo.

E como falei, funcionou. Estava funcionando tão bem, porra, até... parar de funcionar.

Só dá para IMAGINAR o que vem em seguida...

KELSEY

♥ *Alec e Luna* ♥
Feitos um para o Outro

Kelsey: Seja bem-vindo, ouvinte, ao Podcast Feitos um para o Outro. Aqui a gente conversa com casais loucamente apaixonados sobre como eles se conheceram. Alec e Luna, muito obrigada por se juntarem a nós hoje.

Alec: O prazer é nosso. Luna não parava de falar sobre você.

Luna: É verdade. Sou louca por este podcast.

Kelsey: Muito obrigada. Então vocês já devem saber como fazemos as coisas por aqui. Na introdução, vocês nos dão um resumo de como se conheceram. Acham que conseguem?

Luna: Com certeza.

Alec: Ela me fez até praticar.

Kelsey: Ha-ha. Bem, então vamos nessa. E aí, como se conheceram?

Luna: Meu irmão ficou noivo do namorado dele, só que não podia pagar por um casamento chique, aí eu o inscrevi em um daqueles programas de faça você mesmo o casamento, chamado The Wedding Game.

Alec: *Thad, meu irmão, era um noivo bem perfeccionista e queria vencer o grande prêmio ao final do programa, um apartamento com vista para o Central Park. Aí ele meio que me chantageou para que eu o ajudasse.*

Luna: *No primeiro dia de gravação, Alec achou que eu fosse uma assistente e me mandou pegar um café para ele.*

Alec: *Eu pedi, não mandei. Só para deixar claro, mas, sim, eu fiz isso. E dá para imaginar como essa esquentadinha aqui reagiu.*

Luna: *Eu desci a lenha nele. Ele era o adversário e ia se dar mal.*

Alec: *Eu não estava nem aí para a competição e mal podia esperar para que ela chegasse ao fim. Aí me dei conta do péssimo irmão que eu estava sendo e como o Thad estava chateado, então... me esforcei mais.*

Luna: *Se esforçar significa me seguir até a confeitaria para que ele aprendesse como fazer bolos.*

Alec: *Eu derrubei algumas nozes, e ela me ajudou a recolhê-las e acabou descobrindo meu segredo. Ela ficou com pena de mim e me mostrou como fazer bolos para ajudar o Thad.*

Luna: *Aquele dia no meu apartamento mudou tudo. Eu já não o vi como adversário. Eu o vi como um irmão tentando fazer a diferença.*

Alec: *Ela tem um fraco quando o assunto é família, e um pouquinho depois disso, eu a chamei para sair.*

Luna: *A gente se casou na primavera passada.*

— Dá para pararem de se agarrar? Francamente, eu vim aqui para jantar com vocês, não para ficar vendo vocês trocando saliva.

Lottie para e olha por cima do ombro.

— Mas o cheiro dele é tão bom. Você já sentiu esse cheiro?

— Não, porque ele não é meu namorado.

Huxley tira Lottie de seu colo e a coloca no sofá ao ar livre que estão dividindo e levanta o queixo dela até seus lábios.

— Vou dar uma checada na pizza. — Ele dá um selinho nela e se levanta. — Quer que eu traga mais do seu drinque, Kelse?

Ergo minha taça de vinho para ele e digo:

— Sim, por favor. Obrigada.

Huxley tem os melhores vinhos. Ele não bebe tanto, então eu sempre faço questão de provar um golinho dos vinhos dele quando apareço para jantar, o que acontece ao menos uma vez na semana. E jantar do lado de fora é sempre o que prefiro. Huxley e Lottie têm uma linda casa em estilo costeiro, com paredes brancas e detalhes em preto, no bairro The Flats, em Beverly Hills. O quintal tem uma piscina enorme de tirar o fôlego, que se estende por toda a propriedade, e um conjunto de móveis de jardim caros, mas bastante confortáveis. As altas palmeiras dão um ar de privacidade. O quintal deles é o meu lugar favorito.

Quando ele some dentro da casa, Lottie se inclina para mim e pergunta:

— Sabe aquele vibrador que te mostrei outro dia?

— O que tem?

Ela olha sobre o ombro, checando Huxley, e então diz:

— Eu apaguei. E Huxley teve mesmo que me chacoalhar para eu voltar a mim. Ele não quer mais usá-lo, mesmo que eu esteja desesperada e implorando por isso.

Mantendo a expressão neutra, respondo:

— Que encantador! Parabéns pelo orgasmo intenso.

As sobrancelhas de Lottie se inclinam para baixo.

— Ei, estou detectando sarcasmo aqui?

— Quem disse? — Cruzo as pernas, desejando não ter pedido mais vinho.

— Essa sua postura aí. O que anda acontecendo?

Suspirando, olho nos olhos da minha irmã e falo:

— Estou muito feliz por você e Huxley e pelo amor de vocês, mas sou uma eterna solteira. É difícil ficar vendo isso.

— Você está com inveja? — ela pergunta.

— Estou — respondo, sem nem tentar evitar a verdade. Lottie é minha melhor amiga, e eu conto tudo para ela, mesmo se isso passar uma impressão ruim de mim. — Fico com muita inveja por você ter esse relacionamento arrebatador com um homem que te idolatra, e eu não tenho nem expectativa disso.

— Não é verdade — Lottie diz quando Huxley se junta a nós, entregando taças de vinho para nós duas. — E JP?

— Ah, tenha dó — resmungo e então me desculpo com Huxley. — Sem querer ofender, já que ele é seu irmão, mas JP é um idiota.

— Sem problemas. Concordo com você — Huxley fala, desliza o braço pelas costas de Lottie e a puxa para si enquanto leva a garrafa de cerveja aos lábios.

— Como assim ele é idiota? — Lottie pergunta.

— Por onde começar? — Huxley indaga, parecendo todo pomposo e régio. Se Huxley, JP e Breaker, o outro irmão, não se parecessem tanto, eu teria questionado o parentesco deles.

Sempre gostei de Huxley, mesmo quando Lottie o odiava. É fácil lidar com ele, porque é muito focado nos negócios, inteligente e consegue manter a imparcialidade. É experiente nas decisões de trabalho, gosta de ajudar e ama com fervor. Ele é um pacote completo. Fico feliz que Lottie o tenha encontrado, mas, meu Deus, se JP tivesse o mínimo de Huxley nele, já deixaria nossa convivência tolerável.

— JP é engraçado, o tipo engraçado de que você precisa — Lottie diz. — Eu te amo, Kelse, mas você é um pouco rígida demais.

— Eu *não* sou rígida — retruco —, só sei muito bem o que gosto e o que não gosto, e pode acreditar quando digo que não gosto de JP. Ele é irritante, e muito cheio de si, e, falando sério, ele é bagunceiro demais para mim.

— Fato — Huxley concorda. — Kelsey merece mais.

— É do seu irmão que estamos falando — Lottie diz.

— Eu sei, amor. Mas eu concordo com Kelsey. Eles não combinam.

— Obrigada. — Dou um gole no vinho. — E já que estamos falando disso, vou contar para vocês que ando pensando em me cadastrar naquele aplicativo de namoro local. Sabe, aquele com o restaurante de encontro às cegas.

— Espere, aquele que Noely Clark, do *Bom dia, Malibu* tem falado? Que ela usou para encontrar alguém? Como é que se chama?

— Three Blind Dates.

— Isso! — Ela estala os dedos. — Ai, meu Deus, você não entrevistou ela e Jack no seu podcast?

Assinto.

— Sim, foi daí que tive a ideia. Ela me contou sobre ele fora do ar, e pareceu bem interessante. Tipo, talvez eu possa mesmo encontrar alguém que combine comigo.

— E como funciona? — Huxley pergunta.

— É tudo no anonimato no aplicativo, mas todo mundo passa por uma checagem de antecedentes e triagem para garantir que não haja impostores. Aí o aplicativo junta você a outras pessoas. Não dá para saber quem é a pessoa pelo nome ou como se parece, e o encontro acontece nesse restaurante, Three Blind Dates, onde dá para jantar e ver se combinam. Como num encontro às cegas.

— Parece bem-organizado — Huxley opina.

— Adorei! — Lottie fala. — Meu Deus, eu deveria ter pensado nisso quando estava procurando um marido rico.

O aperto de Huxley ao redor de Lottie fica mais forte quando ele diz:

— Acho que você mesma já fez um ótimo trabalho.

Lottie envolve o rosto dele com as mãos e o puxa para um beijo.

— Fiz um trabalho decente, mas você pode ser bem mal-humorado quando quer.

Observo a mão de Huxley envolver minha irmã de um jeito possessivo enquanto ele sussurra algo em seu ouvido. Ai, que ótimo, vocês estão apaixonados. TODO MUNDO PODE VER ISSO.

Me recosto na cadeira e bebo de uma vez o vinho da taça, enquanto eles ficam de segredinhos, e, falando sério, não tenho vontade nenhuma de fazer parte disso. Não que eles queiram que eu faça.

Do que eu gostaria de fazer parte é de um relacionamento como o deles, em que estão tão apaixonados que se esquecem totalmente do mundo ao redor e se perdem nos olhos um do outro.

Eu quero ser idolatrada.

Eu quero ser importante na vida de alguém.

Eu quero ser aquela pessoa para quem os outros ligam quando precisam de conselhos ou têm grandes novidades... ou mesmo só para ouvir minha voz.

Eu quero ser surpreendida com flores na porta do meu apartamento. Levada a algum lugar onde nunca estive. Ser lembrada a cada segundo do dia, porque eu ocupo os pensamentos de alguém.

Eu quero o real.

O ruim.

A mesquinhez que vem com os relacionamentos.

A provocação.

As discussões.

As risadas.

O amor.

O romance.

Quero tudo isso. E ficar aqui, assistindo à minha irmã vivenciar exatamente isso, que, sim, me faz ter inveja, me faz perceber que, se quero todas essas coisas, eu mesma vou ter que fazê-las acontecer. Não posso ficar sentada esperando.

Se eu quero amor, vou ter que ir encontrá-lo.

— Ai, meu Deus, acho que vou vomitar — digo enquanto balanço as mãos nas laterais do corpo. — Por que achei que essa seria uma boa ideia?

— Porque você quer namorar — Lottie responde, calma, de onde está sentada na minha cama, de pernas cruzadas.

— E quero. — Assinto enquanto me encaro de corpo inteiro no espelho, examinando o vestido roxo sem alças que escolhi para o encontro de hoje. — Quero muito namorar.

— Ai, meu Deus, acho que vou vomitar.

— E você mesma disse que esse cara parece legal. Gosta de cães, tem o próprio negócio, algo que vocês têm em comum, e tem o desejo secreto de fazer parte de uma *boy band*, e isso é bem atraente.

— É mesmo — concordo de novo, ainda me encarando. — Essa da *boy band* me atraiu pra valer.

— E qual era a citação favorita dele mesmo?

— "Buzz, sua namorada! Eca!", do filme *Esqueceram de Mim* — digo, rindo ao me virar de lado, checando minhas costas.

Lottie também ri.

— Viu só, ele parece divertido também.

Me viro para Lottie e pergunto:

— E se ele for o cara certo?

— Olhe, você não pode entrar nessa pensando assim. Precisa manter a calma, a postura e só se divertir. Não dá para ir como uma louca romântica e perguntar se ele quer ser o pai dos seus filhos quinze minutos depois que se conhecerem.

Lanço um olhar arregalado a ela.

— Jamais faria isso.

— Só estou me certificando, porque mais cedo você me perguntou se o roxo acentuava demais as veias do seu cotovelo. Tipo, quem pergunta uma coisa dessas?

Mostro os braços para Lottie.

— A mamãe me deu essas veias e elas se destacam demais. Eu não preciso do roxo do vestido as deixando ainda mais destacadas.

— Do jeito que esse vestido deixa os seus peitos, tenho certeza de que a última coisa que ele vai olhar são as veias dos seus cotovelos.

Aperto o peito.

— Ai, meu Deus, parece que eu estou me esforçando demais?

— Nããão — Lottie resmunga. — Você está perfeita. Agora, se não sair logo, vai chegar atrasada. E sei que o que mais odeia na vida é estar atrasada.

— É verdade. Estar atrasada significa que você é um "controlador do tempo" — essa coisa existe mesmo —, ou que não se importa com o tempo dos outros. E tempo é uma das coisas da vida que não dá para recuperar.

— Sim, eu sei. — Lottie se levanta da cama e me leva até a porta, mas antes que ela possa me jogar para fora, eu me viro e seguro seus braços.

— Mas e se for isso, e se ele for o cara certo? Vou começar a suar quando o vir. Não vou conseguir manter a calma. E se esta for minha única e última chance no amor?

— Essa não é a sua única e última chance. É só um encontro às cegas com um cara que algum algoritmo achou que seria uma boa combinação para você.

— Um algoritmo comprovado. A taxa de sucesso chega a noventa por cento. Já imaginou a pressão que isso coloca sobre mim?

— Você está procurando pelo em ovo. É só para ser divertido.

— Nada sobre esse encontro é divertido. Você teve sorte com Huxley. Talvez eu devesse dar uma passada num bairro chique à procura de um marido.

— Ou pode apenas sair com JP...

Isso acalma meus nervos no mesmo instante e ponho uma distância entre mim e minha irmã.

— Você já deveria saber que não tenho nenhum interesse nele. Eu teria mais sorte se namorasse uma planta do que JP Cane. Agora — ajeito meu vestido —, se me der licença, tenho um encontro às cegas para ir.

— Uma única menção ao JP e você já fica toda pronta para ir?

— Sim. — Pego minha bolsa e a penduro no ombro. — Porque se há uma coisa de que tenho certeza é que qualquer encontro é melhor do que um encontro com ele.

CAPÍTULO DOIS

JP

— Nossa, como eu te odeio — digo ao telefone enquanto estou parado do lado de fora do restaurante.

— Você me odeia ou se odeia? — Breaker pergunta. — Porque foi você que perdeu uma aposta.

— Meus tênis estavam desamarrados, eu pedi tempo, você não ouviu e marcou ponto no basquete, aí você basicamente... trapaceou.

— Meu Deus — Breaker resmunga. — Quanta bobagem e sabe disso. Você não pediu tempo até eu ter te empurrado e passado por você. Venci num jogo limpo.

Com a mão no bolso, caminho pela calçada e falo:

— Bem, a gente precisava de um replay.

— Porque não age como um homem, assume a derrota e lida com as consequências sem reclamar?

— Porque não quero fazer isso.

— Então não deveria ter apostado.

— É, bom... não achei que eu fosse perder.

Ele ri ao telefone.

— Não é problema meu.

— Porra... tá bom. — Passo a mão pelo cabelo. — Mas isso é muito ridículo.

— Então me deixe perguntar: você está com raiva por ter perdido ou porque vai a um encontro que não é com a menina dos olhos?

— Eu não tenho menina dos olhos.

Breaker bufa.

— Cara, quem você está tentando enganar? Está apaixonado pela Kelsey e fica incomodado por ela não querer nada com você.

— Kelsey? — Solto uma gargalhada tão alta que chamo a atenção de um homem que está entrando no restaurante. Aceno para ele e me viro para ter mais privacidade. — Kelsey é furada. Ela é rígida, irritante e não sabe discernir algo bom mesmo que esse algo esteja parado na frente dela.

— Quer dizer você — Breaker fala, sua voz cheia de humor.

— Hã, sim, é claro. Por que eu iria querer ir a um encontro com alguém que tem mais estima por um chiclete no sapato do que por mim?

— Hum, talvez eu devesse chamar Kelsey para sair. Parece que a gente tem muito em comum.

— Nem... vem — resmungo enquanto me viro para o restaurante. É melhor ele não chamar Kelsey para sair. Se ela não me quer, e olha que sou bastante simpático, não vai querer Breaker. Kelsey é cega e prepotente. *E eu queria não ficar fantasiando com ela. Tanto assim.* — Isso é mesmo ridículo. Não sei nada sobre essa garota.

— Não é verdade. Você sabe que ela mora aqui, que tem o próprio negócio e acredita que rosas são as flores mais românticas do mundo.

— É, exato. Não faço ideia de por que esse maldito algoritmo pensou que eu seria um bom par. Deve ser porque viu *empresário* no nosso perfil e foi isso, está feito. Fácil assim. Combinação perfeita. Este lugar é exagerado e ridículo.

— Não precisa ficar por muito tempo. Só tome um drinque e aí...

— Não é assim que funciona. Você precisa ficar e ter um jantar com a pessoa. É uma merda de aplicativo.

Breaker bufa.

— Ah, merda, sério?

— Sério. É algo sobre quererem que você conheça a pessoa antes de fazer um pré-julgamento e já partir para o próximo encontro.

— Faz sentido.

— É, para alguém que não precisa ir a um encontro.

— Cara, pare de ficar reclamando e só vá. Meu Deus, você não está atrasado?

Baixo os olhos para o relógio. Merda, seis minutos atrasado. Suspiro com força e digo:

— Eu te odeio.

— Mal posso esperar para ouvir tudo sobre esse encontro. Divirta-se, mano.

— Vá à merda. — Desligo quando sua risada explode através da linha.

Agora, se eu fosse mesmo um babaca, alguém que não mantém a palavra, teria passado direto pelo restaurante, parado num bar e pegado os últimos momentos do jogo dos Rebels. Mas mesmo que isso pareça incrivelmente tentador, não sou esse tipo de cara. Não consigo deixar alguém na mão. Me sentiria culpado demais.

Então enfio o celular no bolso e desejo que a noite termine antes mesmo de começar.

Three Blind Dates, que porra de ideia idiota.

Deixar que um algoritmo junte você a alguém sem nem mesmo saber a aparência dessa pessoa... parece uma coisa imprudente, na minha opinião.

Irresponsável, na verdade.

E ainda os manter reféns até o fim do jantar?

Bem, adivinhe quem está prestes a devorar um jantar só para dar o fora daqui?

Eu.

Abro a porta do restaurante e sou recebido por uma hostess mais do que eufórica e por uma atmosfera toda romântica. Fios de luz estão espalhados por todo o espaço e há uma infinidade de plantas suspensas, com as videiras pairando sobre as mesas. As paredes são brancas do chão ao teto de tijolo exposto, as mesas intimistas têm um toque urbano de metal e as vigas de madeira que correm paralelas ao teto suavizam o design.

Pois é... o lugar é legal.

Admito.

Mas o resto da ideia é ridículo.

— Boa noite, senhor — a hostess entusiasmada diz. — Você deve ser JP.

É claro que eles sabem quem eu sou. Com certeza têm fotos de todas as pessoas que foram fisgadas para um encontro ali.

Abrindo um sorriso, assinto.

— Eu mesmo.

— Maravilha. Bem, o seu encontro está no bar. Devo apresentá-lo ou você mesmo gostaria de se apresentar?

Dou uma olhada no bar e vejo uma mulher de vestido roxo sentada, sozinha. Levo um momento para analisá-la, cabelo castanho levemente ondulado que cai sobre seus ombros nus. Hum...

Talvez essa coisa toda não seja *totalmente* ridícula.

— Eu posso me apresentar.

— Maravilha. Tenha uma ótima noite.

— Obrigado — falo antes de atravessar o restaurante.

Quando você se inscreve para isso, eles te fazem escolher um avatar, um nome para te representar que não seja o seu verdadeiro. Escolhi HomensVestemCalças, porque estava irritado demais para pensar em algo mais interessante, e a garota com quem me juntaram, bom...

— Oi, você deve ser a RosasSãoVermelhas — digo em cumprimento.

Ela pousa sua taça bebida até a metade e se vira quase que em câmera lenta. Prendo a respiração, já me preparando para saber como essa mulher se parece, mas, quando seu rosto fica à vista, fico de queixo caído para a beleza morena e familiar diante de mim.

Seu sorriso é largo, seus olhos, esperançosos, e quando ela joga o cabelo por cima dos ombros e me encara... seu rosto desaba e sua boca se transforma em uma linha fina e irritada.

— O que você está fazendo aqui? — ela dispara.

Ah, cara, que maravilha.

Kelsey Gardner.

Quais são as chances?

Enfiando as mãos no bolso, digo com toda a alegria:

— Eu sou o seu encontro da noite.

Olhando sobre meu ombro, ela parece levar um segundo para compreender o que está acontecendo e então pergunta:

— Você é algum tipo de perseguidor que veio me seguindo até aqui? Isso foi longe demais, JP. Vou me encontrar com alguém. Não quero que ele ache que estou aqui com você, então, por favor, se puder ir embora...

— HomensVestemCalças — falo, e seus olhos se estreitam.

Com uma rápida olhada ao redor, ela umedece os lábios, se inclina e, com a voz tensa, indaga:

— Por que você disse isso?

Ah, é fofo pra caralho ver seu nariz se torcer em confusão. Eu estava tão, tão errado. A noite vai ser muito mais divertida do que imaginei.

— Esse é o meu apelido. HomensVestemCalças, e você, minha megera irritada, é a RosasSãoVermelhas. Pode negar o quanto quiser, mas esse aplicativo de namoro acha que somos o par perfeito.

— Bem, com certeza está errado. — A estridência em sua voz atinge um pico quase capaz de quebrar as garrafas de bebida atrás dela. Ela se levanta do banco, pega a bolsa e tenta passar por mim quando seguro sua mão.

— Perdoe-me, srta. Esquentadinha, mas acredito que não é permitido que a gente saia do restaurante até que jantemos juntos. Está nos termos e condições.

Seus olhos piscam para os meus.

— Você não pode estar falando sério.

— Ah, pode acreditar. Acho que está na seção três, linha cinco, em que enumera as diretrizes. Eu me inscrevi para esse aplicativo de namoro e espero ter a experiência completa. — Abro um sorriso que sei que a irrita mais do que qualquer coisa.

— Tudo bem aí? — a hostess pergunta, vindo até nós.

— Tudo ótimo — respondo.

— Não, não está nada ótimo — Kelsey diz. — Deve haver algum engano com o algoritmo e a escolha, porque eu já conheço este homem e, deixe-me te contar, posso dizer, com toda a segurança, que não formamos um bom par.

— O que você está fazendo aqui?

— Oh, que interessante. Acho que nunca aconteceu isso antes.

— Ah, maravilha. Então você já pode imaginar o quanto a gente gostaria de deixar essa infeliz inconveniência para trás e cada um seguir o próprio rumo.

A hostess balança a cabeça. Quase posso ouvir o agonizante grito interior de Kelsey, como se este fosse o dia de seu juízo final.

— Sinto muito, mas, infelizmente, vocês vão ter que ficar e aproveitar o jantar juntos. Faz parte dos termos.

— Mas eu já disse que o conheço. — Kelsey aponta com as mãos frenéticas na minha direção.

Pode apontar o quanto quiser, querida, não vai ajudar.

— E eu não gosto dele. Não preciso de um jantar para descobrir isso.

— Você me machuca desse jeito — sussurro, brincalhão, em seu ouvido. Ela me afasta com um movimento inesperado de seu pulso. Nossa, quase enfiou a unha no meu olho.

— Viu só com o que estou lidando aqui? Pode acreditar, você não vai querer que a gente jante junto, vai acabar distraindo as outras pessoas ao redor. Só sabemos brigar.

— Então vou acomodar vocês nas mesas privativas na área do loft. — A hostess sorri e depois acena para a escada à direita. — Por aqui.

— Você só pode estar brincando — Kelsey diz.

— Parece que ela *não* está — falo, pressionando a mão na parte inferior de suas costas e a guiando adiante.

— Você vai mesmo me fazer jantar com ele?

A hostess não responde, apenas continua andando, e eu continuo impulsionando Kelsey para frente, com um sorriso no rosto durante todo o processo. E pensar que a noite seria um completo desastre, mas acabou se transformando em uma noite muito interessante.

— Isso é ridículo. Eu não deveria ser mantida contra a minha vontade.

Subimos as escadas.

— Esse programa é uma porcaria se você acha que combino com JP. Vocês fazem uma verificação a fundo?

Alcançamos o loft, um ambiente particular envolvido por cortinas de linho branco e luzes cintilantes. Há uma mesa no centro, rodeada para um ambiente destinado a amantes íntimos, duas pessoas que se envolvem na vida uma da outra com interlúdios românticos, longas histórias de infância e remotas fantasias de como seria seu futuro juntas.

E há Kelsey e eu, a porco-espinho furiosa, erguendo seus espinhos e pronta para me empalar na primeira oportunidade.

A sala sensual e repleta de um potencial conto de fadas está prestes a ganhar seu próprio show.

— Não há nada romântico entre a gente, nada mesmo. Por que isso está acontecendo? — ela continua.

A hostess segura uma cesta com uma placa que diz com muita eloquência "Desligue o celular e seja presente" e a sacode para nós, de modo claro e sem palavras declarando que devemos dar tudo de nós.

Coloco o celular na cesta, porque pelo menos sou excelente em seguir regras.

O pânico passa pelos olhos de Kelsey quando ela olha para a cesta.

— E se eu estiver esperando uma ligação importante? E se tiver que pedir para minha irmã fingir que quebrou o tornozelo para eu poder ir embora?

Pelo menos ela é honesta, mas não ajuda em nada para convencer a hostess, e com um gemido feroz que só é ouvido nas profundezas de uma noite escura e úmida, Kelsey coloca o celular na cesta junto do meu.

Depois, somos levados à mesa, paralela a uma pitoresca lareira de pedra, que oferece um brilho alaranjado para uma noite bastante romântica... com a loba petulante.

— O nome do seu garçom é Helix. Ele logo estará aqui. Por favor, nos informem caso precisem de alguma coisa — a hostess diz antes de puxar as cadeiras para nós.

— Sim, eu preciso cair fora deste encontro. Você pode me ajudar com isso? — Kelsey pergunta.

— Tenho certeza de que vocês dois vão ter uma linda noite juntos. Aproveitem.

E então ela sai, descendo a escada e nos deixando completamente sozinhos no que poderia ser um loft dos sonhos com Kelsey.

Com uma furiosa Kelsey de narinas dilatadas.

Uma Kelsey que muito provavelmente preferiria dividir este

ambiente com qualquer um — e digo *qualquer um* mesmo —, exceto comigo.

Ela ergue a mão e aponta para mim, seu dedo trêmulo enquanto ela fala entre os dentes cerrados.

— Você fez isso. Armou isso tudo, não foi?

— Como é? Você perdeu a cabeça se acha que tenho tempo para descobrir que tipo de aplicativo de namoro ridículo você usa, me infiltrar nele e, de alguma forma, corromper o sistema para que você e eu tenhamos um encontro.

— Eu sabia! — Ela joga as mãos para o ar. — Meu Deus, e você bancou o idiota tão bem, quando, na verdade, tem um espírito de porco traiçoeiro que não faz nada além de provocar as pessoas ao seu redor.

Tomo o lugar à mesa, pego um guardanapo à minha frente e o ponho estendido sobre o colo.

— Primeiro, eu já falei que não tenho tempo para fazer nada disso. Segundo, *espírito de porco traiçoeiro* é um insulto que vou ter que guardar para mais tarde. É muito bom.

— Eca, nem tente ser encantador comigo. — Ela também se senta, apesar da relutância, e estende o guardanapo sobre o colo. Tamborila os dedos na mesa e analisa as luzes ao redor. — Que desperdício de lugar.

Viu só, eu sabia que ela acharia isso. Conheço ou não essa mulher?

Me inclino para frente e digo:

— Você poderia aproveitar ao máximo isso e tentar ser um pouco mais agradável, sabe.

Seus olhos miram os meus.

— Por que, JP? Achei que homens e mulheres que trabalham juntos não pudessem ser amigos.

Touché.

— Não estou dizendo que a gente precisa ser amigo, mas você pelo menos poderia tentar não agir como uma idiota desinteressante.

— Você espera que eu vá conversar com você?

— É isso que as pessoas normais costumam fazer quando jantam juntas. A menos que haja uma nova tendência que desconheço.

Só então Helix vem pela escada, precariamente equilibrando duas taças de água na bandeja. Depois de colocá-las na mesa, ele põe a bandeja debaixo do braço e diz:

— Boa noite. A nossa hostess já me informou que temos dois pombinhos aqui em cima.

O olhar inexpressivo de Kelsey quase me faz cair da cadeira de tanto rir, mas me contenho, receando o que poderia acontecer se eu de fato risse. Afinal, há duas facas na mesa.

— Estamos com um pouco de pressa, então, se não se importar, gostaríamos de fazer o pedido, comer e dar o fora daqui.

— Meu Deus — sussurrei —, não seja grosseira com o cara.

Kelsey solta um longo suspiro e então força um sorriso.

— Me desculpe. Helix, não é?

O garçom assente.

— Veja só, quando me inscrevi no aplicativo, tive a impressão de que encontraria uma pessoa na qual estivesse interessada de verdade. Estava toda esperançosa de conhecer alguém interessante, alguém complexo, alguém divertido. Eu estava mesmo planejando fazer uma conexão profunda hoje. — Seus olhos miram os meus. — E quando digo conexão profunda, quero dizer mental... não física.

Eu apenas sorrio.

— Mas veja só, Helix, em vez de conhecer alguém que pudesse ter o potencial de conquistar meu coração, acabei me encontrando com este ser humano insolente e incômodo que se preocupa mais com a unha encravada do dedo dele do que com as outras pessoas. Por uma infelicidade, eu trabalho com ele e sei o suficiente para dizer que não há nada, absolutamente nada, em comum entre a gente. Então...

— Não é isso que a análise dos seus perfis nos diz. — Helix segura a bandeja com mais força.

Kelsey pisca.

— Como é?

— Ouvi dizer que poderia haver algum problema com este nosso paraíso aqui, e às vezes, quando isso ocorre, printamos as razões que fizeram o algoritmo escolher vocês dois. Gostariam que eu lesse?

— Não — Kelsey fala.

— Sim — digo ao mesmo tempo. — Não há nada que eu gostaria mais do que ouvir por que Kelsey e eu somos uma boa combinação. — Coloco o tornozelo de uma perna no joelho da outra e me recosto na cadeira, me preparando para o que só posso imaginar como sendo uma experiência bastante esclarecedora para mim e horrível para Kelsey.

Helix tira um pedaço de papel do bolso e pigarreia.

— Vocês foram uma das combinações mais altas no nosso sistema, com uma taxa de probabilidade de sucesso de noventa e sete por cento.

HA!

Dá para ver a fumaça saindo das orelhas de Kelsey, enquanto meu sorriso continua crescendo cada vez mais.

— RosasSãoVermelhas e HomensVestemCalças. — Helix se vira para mim. — Ótimo nome, aliás.

Aceno para ele.

— Obrigado.

— Ai, meu Deus — Kelsey resmunga. — Não há absolutamente nenhuma criatividade nesse nome.

— Como se RosasSãoVermelhas fosse uma obra de arte poética — respondo. — Daria na mesma se você se chamasse de ChovendoNoMolhado.

Kelsey aponta para mim e olha para Helix.

— Viu só do que estou falando? Insuportável.

Parecendo um pouco cansado, Helix dá um passo para trás e continua lendo.

— RosasSãoVermelhas e HomensVestemCalças são dois empresários de Los Angeles.

— Nossa, não me diga! — Kelsey cruza os braços à frente do peito e, sério, acho que nunca a vi tão aborrecida. Uma das coisas que sempre achei interessante na Kelsey é a sua habilidade de manter a compostura, mesmo sob uma imensa quantidade de pressão. Ela nunca demonstra emoção, mas hoje estou vivenciando um novo lado dela. E meio que gosto disso.

— Ao analisar seu passado, estabelecemos uma semelhança com relação a abandono parental.

Kelsey fica em silêncio.

— O desejo de conquista e uma combinação direta de medos como do fracasso, de não ser amado e de ficar sozinho.

Seus olhos voam para os meus e eu desvio o olhar depressa. Tudo bem, que porra é essa? É claro que tivemos que preencher o questionário, mas que tipo de checagem invasiva é essa para descobrir algo assim?

— Também foi determinado que, enquanto RosasSãoVermelhas tem um pensamento muito estruturado e amoroso, HomensVestemCalças pode ser pessimista com uma atitude apática, fazendo essas duas peças se encaixarem muito bem, criando um equilíbrio contínuo para um relacionamento saudável. — Helix enfia o papel de volta no bolso e depois pega uma caneta e um bloco. — E então, o que vão querer para jantar?

CAPÍTULO TRÊS

KELSEY

Bem, Helix sabe como calar duas pessoas *bem* rápido.

Depois que nós dois pedimos bolo de carne e purê de batatas — vou ignorar o fato de termos pedido a mesma coisa, muito obrigada —, Helix desceu as escadas, mas antes nos contou que a cozinha estava meio sobrecarregada, então o jantar talvez demorasse um pouco mais para ser servido.

Que... maravilha. *Fico imaginando se isso é intencional, aí os "encontros" acabam durando mais.*

Um cover instrumental de *Bad Guy* toca ao fundo, enquanto JP e eu olhamos para qualquer lugar, menos um para o outro.

Helix tinha trazido a bomba da verdade e obliterada completamente a noite.

Até mesmo a provocação ininterrupta de JP foi silenciada enquanto ele gira a taça de água na mesa.

O silêncio é ensurdecedor.

Desconfortável.

E mesmo que eu não consiga suportar ficar sentada de frente para ele, não posso lidar com o silêncio. É mais doloroso do que falar.

— E aí... você sempre come bolo de carne? — pergunto, sem saber o que mais dizer.

Quando ele ergue o olhar, suas sobrancelhas se levantam meio que ao estilo do ator Regé-Jean Page, como se um anzol as tivesse agarrado, puxado e as deixado ali. E isso me leva direto a uma cena de *Bridgerton* que me fez derreter no sofá? Pode apostar, mas acalma o escudo de gelo protetor que se formou ao meu redor por causa desta noite infeliz? Nem um pouquinho.

— Está tentando conversar comigo?

— Você não pode estar esperando que eu vá ficar aqui sentada sem falar nada por só Deus sabe quanto tempo.

— Sei lá, ficar vendo você se contorcer pela falta de conversa parece bem divertido.

— Por que você é tão babaca?

— Não deu para perceber pelo resumo que o Helix acabou de nos dar? Abandono e falsidade estão no topo da lista de mecanismos de defesa. Não precisa de um psicólogo para descobrir isso, minha querida.

— Isso não é desculpa para ficar agindo feito babaca. Eu cresci sem pai e nem por isso fico por aí exibindo uma postura provocadora.

Ele ri tão alto que isso me pega de surpresa.

— Já se esqueceu completamente do seu showzinho "Eu odeio JP" que bancou na frente do pessoal do restaurante?

— Ah, me desculpe por ter ficado desconcertada quando descobri que você seria o meu encontro da noite. Na minha cabeça, eu estava imaginando uma noite um pouquinho diferente.

— Ah, sim. E como imaginou este encontro?

Tomo um gole de água.

— Nada parecido com isso aqui.

— É o que você diz, mas já que temos um longo jantar pela frente, por que não me conta a noite que imaginou?

— Não vou dividir com você. Só vai zoar com a minha cara.

— E por que eu faria isso?

— Porque você é um destruidor de sonhos e esperanças.

— Você sabe tão pouco sobre mim, Kelsey.

Eu o encaro por alguns segundos e depois pergunto:

— Então se eu contar como imaginei, não vai me zoar?

— Pode ser que venha a calhar que você conheça um pouco mais sobre mim, sabe. Aí talvez não tenha uma opinião tão baixa.

Duvido.

— Tá bom — digo, de queixo erguido. — Mas se me zoar, vou jogar esta água na sua cara.

— Combinado. — Ele acena para mim. — Pode começar, me conte sobre as suas fantasias.

Meu Deus, como eu o detesto.

Pigarreando, eu começo:

— Bom, eu me inscrevi no aplicativo porque Noely Clark me contou muitas coisas boas a respeito.

— Noely? Aquela apresentadora do *Bom dia, Malibu*? — ele pergunta.

— Isso. Eu entrevistei ela e o marido no meu podcast...

— Você tem um podcast? Como se chama?

Meio sem jeito, porque sei que ele deve estar me julgando, respondo:

— Tenho, e o nome é irrelevante. Prefiro que não o escute.

— Está com medo de que eu possa me tornar um ouvinte fiel?

— Você está me provocando? — disparo, levantando o copo de água.

Ele ergue as mãos muito grandes.

— Não, não estou provocando. Só me envolvendo na conversa.

— Tente usar menos sarcasmo nos seus "envolvimentos".

— Anotado. — Ele gesticula. — Continue.

— Bem, eu os entrevistei para o meu podcast e enquanto não estávamos gravando, ela me contou tudo sobre o Three Blind Dates. Já que estou disponível para namorar sério com alguém... — Faço uma pausa para avaliar sua expressão, e quando percebo que ele não exibe um sorriso, continuo: — Pensei em dar uma chance. Só ouvi coisas boas sobre o aplicativo, e quando estava me arrumando, eu estava meio nervosa. Achei que fosse encontrar alguém interessante, alguém com ideias parecidas, alguém que combinasse comigo. Você pode imaginar minha decepção quando descobri que você é o HomensVestemCalças.

Ele ergue a taça casualmente e, com os olhos bem fixos em mim, toma um gole de água. Há algo enigmático e também irritante nos homens Cane. Eles têm um excelente autocontrole, ainda mais para conter suas reações iniciais às coisas. Em geral, são sutis em seus movimentos, demonstrando grande contenção. Já vi isso em Huxley e agora em JP.

— É mesmo uma decepção — ele diz. — Desculpe por estragar sua noite.

— Aff, não faça isso.

— Não faça o quê? — ele pergunta, permanecendo estoico.

— Não me venha com essa de ego ferido. Nós dois sabemos que não há nada aqui que possa ter machucado os seus sentimentos. Você está aproveitando o fato de terem nos juntado só porque isso estragou minha noite e minhas esperanças de um possível relacionamento.

— Não estou aproveitando nada. É claro que acho isso um pouco cômico, mas meio que me sinto mal por você.

— Não preciso que se sinta mal por mim. Guarde essa sua simpatia para outra pessoa.

— Não estou com pena. Há uma diferença. Se eu tivesse pena, isso significaria que tenho uma opinião ruim sobre você, mas não é o caso. Só me sinto mal por você considerar que minha presença estragou sua noite.

— Por que precisa falar desse jeito? Como se fosse a vítima.

— Pode acreditar, querida, eu nunca sou a vítima.

Ele se mexe na cadeira, e dá para notar que a atitude despreocupada e provocante se foi — ainda mais depois que Helix expôs nossos passados —, substituída pela postura de um homem reservado, que eu nunca tinha visto.

— Eu só estava esperando outra pessoa — digo, colocando as mãos no colo. — Estava animada para conhecer alguém.

Mais uma vez, JP me analisa com atenção, e seus olhos ardem sobre mim, quase me comendo viva, enquanto deslizam dos meus olhos para minha boca e então para o peito...

Por fim, ele diz:

— Estou aqui por causa de uma aposta.

Meus olhos piscam para ele.

— Como assim?

Ele ergue a mão para acalmar minha raiva latente.

— Antes que pense que vim com a intenção de estragar sua noite, não é esse o caso. O fato de estarmos aqui, jantando juntos, é pura coincidência. Eu me inscrevi neste aplicativo porque perdi uma aposta para Breaker.

— Que tipo de aposta?

— A gente estava jogando basquete. Nosso ego levou a melhor e decidimos que quem perdesse teria que fazer o que o outro escolhesse. Foi um jogo apertado. Eu estava pronto para forçar Breaker a participar de algumas aulas de confeitaria, que sei que ele odiaria mais que tudo, e parece que ele tinha planos para mim também. Eu perdi, ele me falou o que queria, e aqui estou eu.

— Então está aqui por causa de uma aposta?

— Sim.

— E se o encontro não fosse comigo? E aí, o que faria?

— Tentaria aproveitar o encontro. Não sei de onde vem esse seu desdém por mim, mas sou um cara bem legal. O pensamento de não seguir com o encontro cruzou minha mente, claro, mas eu sabia que não podia fazer isso. Aí meu plano era tentar iniciar uma conversa, aproveitar o jantar e encerrar com uma despedida. Eu planejava passar o resto da noite na minha piscina, pelado numa boia grande e observando as estrelas.

Minha mente traiçoeira evoca uma imagem disso: JP nu numa boia grande, flutuando na piscina, suas tatuagens selvagens à mostra.

É, ãh... é uma visão bem agradável.

— Mas agora estou aqui com você, penando com esta conversa e implorando para que o pessoal da cozinha ande logo com nosso jantar para que eu possa ir para casa. — Ele sorri e pergunta: — O que planeja fazer depois daqui?

Perguntar a Lottie onde Huxley conseguiu o novo "brinquedo" dela para que eu possa aliviar a tensão crescente nos meus ombros por causa desta noite.

— Devo passar e dobrar roupas enquanto assisto à nova comédia romântica da Netflix.

— Me deixe adivinhar: é sobre duas pessoas que se conhecem, ficam loucamente apaixonadas, aí o cara faz algo idiota, tira a garota do sério, eles terminam, então o cara faz um grande gesto para conquistar o coração dela de novo, e termina com um felizes para sempre.

Com o queixo erguido, digo:

— Se você precisa mesmo saber, sim, essa é a ideia geral da coisa.

— Acredita mesmo que a vida seja assim? — Ele bufa.

— Gosto de pensar que há alguma verdade nessas histórias. Pelo menos, elas me dão esperança para o tipo de vida que eu poderia ter.

— Elas são ficções bem forçadas. A vida não se resume ao astro de cinema se apaixonando pela designer de interiores solitária e desistindo de tudo para viver em uma cidadezinha peculiar.

— Quer saber, JP, só porque a sua vida não é assim, não quer dizer que a dos outros não possa ser. Olha só para Lottie e Huxley, por exemplo. A história de amor deles parece uma comédia romântica, com todas as reviravoltas que um caso de amor passional pode oferecer.

— Eles se esbarraram na calçada e fecharam um acordo. Isso não parece lá muito romântico para mim.

— Esse é um trope clássico.

— Um *o quê*? — ele pergunta, seu rosto se contorcendo pela confusão.

— Aff. — Reviro os olhos, me preparando para educar este homem nos simples prazeres da comunidade romântica. — Um trope é um enredo ou tema que ajuda a contar a história. Por exemplo, se eu fosse rotular a história de amor de Huxley e Lottie, seria muito fácil chamá-los "de inimigos para apaixonados", já que eles se odiavam, com um pouco de "noivos de mentira" e um toque de "bilionário". Tudo isso é muito popular.

— Bilionário é um trope? — Suas duas sobrancelhas se erguem

agora, desconfiadas.

— Um bem popular.

— Deixe-me ver se entendi: você acha que sua vida vai ser uma espécie de comédia romântica com esses *tropes*?

— Não, mas eu esperava uma companhia melhor do que a atual — retruco, tomando outro gole de água.

— O que há de errado com a companhia atual? Estamos tendo uma conversa saudável.

— É isso que considera saudável? Estou prestes a jogar água na sua cara ou de acabar com você no chute. Como isso parece uma conversa saudável para você?

Seus lábios se apertam juntos e depois de se reclinar todo relaxado na cadeira, ele diz:

— Parece que você precisa de umas aulas de controle de raiva.

Fico imaginando se consigo me safar de espetar JP até a morte.

— Esse é o filme mais idiota que já vi.

— Como é? — pergunto, meus olhos quase saltando das órbitas. Que audácia deste homem.

— Está me dizendo que, de todos os filmes do mundo, o seu favorito de todos os tempos, que consegue assistir sem parar, é *Sintonia de Amor*?

— Sim. Com *Harry e Sally: Feitos um para o Outro* bem perto em segundo lugar.

— Uma fã da Meg Ryan, então?

— Como não ser fã do charme encantador dela?

— Tipo, ela é boa, mas não escolho filmes só porque ela faz parte do elenco.

— Bem, você deveria. Talvez aprendesse alguma coisa assistindo aos filmes dela, para se tornar uma companhia mais agradável.

Ele esfrega a mão no queixo.

— Nunca ouvi nenhuma reclamação sobre minha companhia não ser agradável.

Reviro os olhos e, como nossa comida ainda não chegou, pergunto:

— Então, por que essa opinião tão baixa a respeito de *Sintonia de Amor*?

— É inacreditável.

— Como assim? — indago, chocada.

— Bom, tirando o fato de um garotinho não só comprar passagens aéreas sozinho, voar pelo país sem autorização dos pais, encontrar o caminho até o Empire State Building e chegar ao topo sem que ninguém o impeça? É, isso jamais aconteceria. Mas também porque Meg Ryan é claramente uma perseguidora nesse filme.

— Ela não é uma perseguidora. Só estava curiosa.

— Fique curiosa sobre o seu vizinho, não sobre um pai problemático do outro lado do país.

— A história dele a emocionou.

— Ele é só um pai desamparado tentando encontrar mulheres através de um programa de rádio. — JP bate palmas. — Bom trabalho, Tom Hanks. Você foi capaz de roubar o coração de mulheres solitárias e desesperadas a quilômetros de distância.

— Ai, meu Deus, você é tão... tão nojento.

— Nojento? — ele pergunta, pousando a mão na mesa. — Agora eu sou o nojento? Não sou eu que estou atrás de mulheres do outro lado do país, usando meu filho como isca.

— Hum, Sam Baldwin não fazia ideia de que era isso que estava acontecendo. Se você lembrar bem, ele ficou bastante perturbado pelo desaparecimento do filho.

— Tá bom, mas é claro, ele tirou a mão de debaixo da blusa da mulher dele só tempo suficiente para saber que o filho estava desaparecido. Que paizão. Mas, deixando tudo isso de lado, acha mesmo que eles teriam se apaixonado? Eles deram uma olhada um no outro e do nada já estavam no topo do Empire State Building e apaixonados? Não há absolutamente nenhuma credibilidade no relacionamento deles. Se esse filme tivesse um epílogo, seria para mostrar o momento constrangedor quando eles perceberiam que moram a milhares de quilômetros de distância um do outro, ele vive em uma casa flutuante, e eles não têm absolutamente nada em comum além de uma espontaneidade idiota.

Eu o encaro, meu corpo tremendo de irritação. Minha nuca parece estar em chamas, minhas palmas estão tão suadas que tenho que me conter para não as enxugar no vestido e meu maxilar está tão apertado que minhas bochechas estão doloridas.

— Já acabou de detonar o meu filme?

— Acho que sim. — Ele sorri.

— Agora, crítico de cinema, me fale aí qual é o seu favorito.

— Só para você fingir que não gosta e tentar detoná-lo da mesma forma que fiz com o seu? Não, valeu.

— Como sabe que vou falar mal do seu filme favorito? Talvez eu também goste dele.

— Como eu sei que você não vai falar mal? Porque, pelos últimos cinco minutos, deu para ver você planejando mentalmente minha morte. Aposto que, quando o jantar terminar, você vai me empurrar da escada quando a gente estiver indo embora, me deixando em coma.

Errado. Está mais para longos vinte minutos de espetadas... e não do tipo sexual!

— Se for para ser pega, enfiar minha faca no seu peito seria mais satisfatório, sabe.

— Meu Deus — ele reage, horrorizado.

A vergonha cai sobre mim. Essa da faca pode ter sido um pouco longe demais.

— Tem razão, isso foi desnecessário. Acho que a queda da escada é mais o meu estilo.

Ele solta uma risadinha.

— Ainda bem que não vou precisar afastar sua faca quando você não estiver olhando.

— Não seja tão dramático. Laranja não é a minha cor. Cometer um crime não é para mim.

— Então o laranja não é o novo preto para você?

— Não. — Cruzo as pernas e pergunto: — E aí, qual é o seu filme favorito? Você me deve essa.

— Eu não te devo nada.

— Já acabou de detonar o meu filme?

— JP, está sendo uma noite monótona que mal posso esperar que termine e você a tornou ainda mais insuportável. Por favor, me entretenha com sua absurda escolha de filmes. Ou vou começar a adivinhar.

— Isso parece mais divertido. Pode tentar adivinhar.

Soltando um suspiro pesado, me endireito e pergunto:

— É pornô?

— Qual é, eu tenho mais classe que isso.

— É discutível, mas vou descartar essa por enquanto. Hum... — Faço uma cena ao tamborilar no queixo com o dedo. — Considerando seu desdém pelas comédias românticas, vou mais pelos filmes de ação, bem violentos e sanguinolentos. E já que você tenta manter essa pose de arrogante, aposto que seu filme favorito é algo como *Coração Valente*.

— Não. — Ele balança a cabeça.

— *O Poderoso Chefão*.

— Nem de longe.

— Hum, é o *Rocky*?

— Isso seria cômico.

Cruzo os braços e o analiso de verdade.

— Hum, *O Resgate do Soldado Ryan, À Espera de um Milagre, Filadélfia*.

— Agora você está apostando nos filmes do Tom Hanks, é?

— Só testando para ver se algum desses desperta interesse. Dá para ver que não. Então agora vou pelo caminho menos prolífico e tentar *Quase Irmãos, O Virgem de Quarenta Anos, Billy Madson: Um Herdeiro Bobalhão*.

— Todos bem divertidos, mas não.

— Aff, sei lá. Me dê uma dica. Qual é o elenco?

— Julie Andrews.

— Julie... Como é? Julie Andrews de *Mary Poppins*?

Ele assente.

— Você só pode estar brincando comigo.

— Não. Qual é o problema da Julie Andrews?

— Nenhum. Só que... Sei lá, achei que você ia dizer alguém como Liam Neeson, Sam Elliott ou Jeff Bridges. Tipo, esses atores fortões e rudes, prontos para buscar vingança. Não a Julie Andrews, com seu cabelo loiro curtinho.

— Você sabe tão pouco sobre mim.

— Você não está zoando, seu filme favorito é um que tem a Julie Andrews no elenco?

— É. — Ele sorri.

— Qual é?

— Já não está na cara?

— Nem um pouquinho. Na verdade, me deixou ainda mais confusa. Estou perdida aqui. Os únicos filmes com a Julie Andrews que me vêm à mente são, bem, *Mary Poppins* e *O Diário da Princesa*, e acho que eu cairia da cadeira se a resposta fosse um desses dois.

— Não, nenhum desses dois clássicos.

— Você já assistiu a esses dois? — pergunto, ainda incrédula. Esse é um lado de JP que eu jamais esperava conhecer. Ele é único entre os três irmãos.

— Claro que já. *Mary Poppins* é maravilhoso, e teve uma vez que namorei uma garota que era obcecada pela Anne Hathaway e me fez assistir a todos os filmes dela. *O Diabo veste Prada* é uma porcaria, aliás. Que merda de final foi aquele?

— Achei que você não gostasse de comédias românticas.

— E não gosto, e esse filme é um dos motivos.

— Tudo bem, mas se não é nenhum desses... qual é? — Dou risada. — Não pode ser *A Noviça Rebelde*.

— Por que você acha isso? — ele reage, parecendo sério demais.

Não.

Não pode ser.

A Noviça Rebelde? Sem chance.

— Hum, porque é um musical e, me corrija se eu estiver errada, mas não consigo te ver como o tipo de homem que gosta de musicais e sapateado.

— Você não deveria mesmo julgar as pessoas com base no pouco conhecimento que tem sobre elas, sabe. — Ele ajusta o punho das mangas e diz: — Para a sua informação, *A Noviça Rebelde* é o meu filme favorito. Tem tudo de que você precisa nele: uma babá gostosa e ex-freira que sabe cantar, um herói mal-humorado e que luta contra o nazismo, músicas belíssimas, traição e suspense.

Fico atordoada.

Pela incredulidade.

É um filme legal, claro, mas como favorito?

— Por que não acredito em você?

Ele dá de ombros.

— Cabe a você escolher se acredita ou não.

— Se eu estivesse com meu celular, iria mandar mensagem para Huxley agora mesmo só para saber se é verdade.

— Quando pegá-lo, faça isso. Ele sabe muito bem que amo ver a Maria rodopiando no topo da montanha. Houve um ano em que me vesti de Maria no Halloween, no outro, fui o barão von Trapp[1]. E Maria de novo, porque a fantasia era boa demais para ser usada só em um ano.

— Eu... ainda não acredito em você.

— Faça como achar melhor. Mas vou te contar que tenho uma fita cassete, o CD, o VHS, o DVD, o Blu-ray e uma cópia digital de *A Noviça Rebelde*. Sem contar que tenho uma preciosa foto autografada da Julie Andrews. Guardo tudo isso num quarto à prova de fogo na minha casa, em uma localização desconhecida.

— Tá bom, agora você está mentindo.

Ele apenas dá de ombros, que é um tipo de resposta que me irrita. É como se ele nem mesmo se importasse em pensar em algo para dizer, só oferece um dar de ombros de sabichão.

E, não, eu não acredito nele, nem por um segundo. Depois daquela crítica prolífica que ele fez de *Sintonia de Amor*, não há como ele apenas ficar ali dizendo que *A Noviça Rebelde* — uma história de amor de um jeito ou de outro — é seu filme favorito. Nada disso, ele só está tentando me provocar, e eu não vou cair nessa.

---

1   Georg von Trapp, o barão von Trapp, foi um oficial da marinha austro-húngara e a história de sua família serviu de inspiração para o filme *A Noviça Rebelde*. (N.E.)

Boa tentativa.

— Dó é pena de alguém...

— Dá para parar com isso? — pergunto quando nossa comida finalmente chega. — Meu Deus, apenas coma a sua comida e fique quieto, aí a gente vai poder dar o fora daqui.

— Que companhia agradável para um jantar você é.

— Você não parou de cantar, murmurar, tamborilar músicas desde que trouxe à tona o assunto sobre *A Noviça Rebelde*, e eu estou quase indo à loucura aqui. Vou ficar com *Como se faz para consertar Maria?* na cabeça para sempre.

— Poderia ser pior.

— Como poderia ser pior?

— Poderia ser uma música completamente imprópria. Algo do tipo... — Ele se inclina para frente e, com uma voz sedutora, diz: — Meu pescoço, minhas costas, lamba...

— Tá bom, já entendi — digo, erguendo a mão.

— Você já escutou essa?

— Todo mundo já escutou essa — falo, enfiando uma garfada de comida na boca. O bolo de carne mais gostoso que já comi. Tão bom que eu poderia mesmo considerar vir a outro encontro com JP só para comer mais dele... Pois é, para aceitar ter mais uma noite sofrida como esta, dá para ter uma ideia de quão gostoso está.

— Você já esteve numa aventura dessas como a música sugere?

Meu rosto fica quente no mesmo instante em que encaro a espiral de alho no meu purê de batatas.

— Não vejo por que isso seria da sua conta.

— E não é, mas a gente precisa passar o tempo de alguma forma, então vou supor, pela sua resposta incomodada, que *não*.

— Como se você já tivesse feito algo assim.

Ele exibe aquele movimento libertino de sobrancelha mais uma vez. Não precisa dizer mais nada, essa única expressão já diz tudo. Ele já lambeu de, bem, você sabe...

— Já fiz de tudo um pouco, Kelsey, e eu sempre entrego... todas as vezes.

— Aham, com certeza — digo, sarcástica.

Me ignorando, ele continua:

— Faço questão que a minha garota goze, mesmo que eu não chegue a isso.

— Que ótimo. — Ofereço a ele um sorriso apertado.

— Já até fingi uma ou duas vezes só para dar o fora o mais rápido possível, sabia?

Meu garfo para a meio caminho da boca enquanto olho por cima das taças de água e vejo seu rosto sorridente.

— Não há como você fingir assim. Não pode fingir esperma.

— As mulheres não verificam a camisinha, a menos que você faça isso.

— Eca, não, que nojento. Por favor, vamos mudar de assunto, mal dá para ver esta conversa como estimulante.

— Sexo sempre é estimulante.

— Sim, bem, não quando estamos discutindo os detalhes de você fingindo isso ou o que há ou não na sua camisinha.

— Não estou só fingindo... eu já fiz isso.

— Tá bom, JP. — Dou um joinha a ele. — Parabéns pelas suas conquistas.

Seus lábios se curvam para o lado antes que ele leve o garfo à boca. Isso mesmo, coma tudo, aí vamos poder dar o fora daqui. Falando sério, as conversas com este homem têm sido um erro atrás do outro. Fiquei esperançosa com o tópico sobre os filmes, mas foi por água abaixo bem rápido quando ele detonou o *Sintonia de Amor*. E eu jamais admitiria para ele, mas agora fiquei pensando... como aquele garoto conseguiu voar pelo país?

— Porra — JP sussurra ao segurar a beirada da mesa. Seu garfo está pousado no prato e sua cabeça, abaixada como se ele tivesse se machucado.

E por eu ser esse tipo de pessoa, pergunto:

— Está tudo bem aí?

Ele ergue um pouco a cabeça, e desse modo consigo ver seus dentes passando sobre o lábio inferior.

— Hum — ele geme.

— Você mordeu a boca? Eu faço isso às vezes, sabe. Pode ser que acabe criando uma afta, então esteja mentalmente preparado para isso.

Ele joga a cabeça para trás enquanto se recosta na cadeira, suas mãos ainda agarradas à beirada da mesa quando solta:

— Porra... sim.

Espere um segundo. O que está acontecendo?

Ele se mexe e fecha os punhos enquanto umedece os lábios.

— Sim, amor, bem aí... hummm, isso é tão bom.

Meu rosto desaba.

Minhas narinas inflam.

Cruzo os braços sobre o peito.

Teria como ele ser mais imaturo?

— Você está mesmo fazendo isso? Está mesmo representando aquela cena de *Harry e Sally: Feitos um para o Outro*? — pergunto.

— Porra. Essa sua boca. Me chupe com força.

Ai, meu Deus.

Meu rosto está em chamas quando me inclino para frente e bato na mesa.

— Ei, ei, dá para parar com isso agora? Eu já entendi.

Mas ele não para. Nem por um segundo.

Não, ele continua gemendo, suspirando, mordendo o lábio... movendo os quadris.

— Isso, amor, porra, sua boceta é tão gostosa. Ahhhhhh, isso, porra, preciso bombear com mais força.

— Não, não, está tudo certo, não precisa bombear nada — rebato, mas minha mente já começa a visualizar minha mão em seu pescoço.

Você NÃO vai ficar excitada com isso. NÃO MESMO.

— Merda... — Ele bate o punho na mesa, e eu observo em terror absoluto, e secreta expectativa, enquanto ele se aproxima da mesa, com os olhos fechados, a cabeça abaixada. — Você vai gozar, posso sentir, mas não ainda, não antes de eu falar... — ele geme.

Umedeço os lábios.

Cruzo as pernas.

Desvio o olhar, só que meus olhos acabam voltando para ele.

Ele estende a mão e agarra o guardanapo de pano. Ele o amassa com o punho fechado.

— Ainda não, linda, porra, não goze ainda, não antes de eu permitir. — Sua cabeça vai para trás por um instante. — Ahh, porra, boa garota. Segure firme.

Dou uns tapinhas de leve na base do meu pescoço com o guardanapo quando ele não está olhando. Eles desligaram o ar-condicionado ou algo assim? O que está acontecendo com a panela de pressão aqui?

— Meu Deus, sua boceta é tão gostosa, tão gostosa. Isso, me fode assim. Continue, amor. — Ele volta a bater o punho na mesa e geme tão alto que parece que um galão de lava está escorrendo pelas minhas costas.

Mordo o interior da bochecha, tentando me distrair, mas não adianta. Um leve latejar pulsa entre minhas pernas, minhas mãos estão suadas e meu olhar se fixa nele quando agarra a faca à sua frente, bate o cabo na mesa e geme tão alto que SEI que as pessoas no andar inferior devem estar imaginando o que está acontecendo.

— Caralho... porra — ele grita. — Goze, querida, goze no meu pau ganancioso. — E então... ele range os dentes, as veias de seu pescoço saltam e o som mais gutural sai de seus lábios.

Ai.

Meu.

Deus.

Minha língua formiga. Meu rosto está em chamas. O suor reluz na minha testa. Ele acabou mesmo de gozar? Porque... tipo, foi tão convincente, tão sexy, tão...

— Hã, tudo bem aí em cima? — Helix pergunta da escada, me fazendo saltar da cadeira e cair no chão com um baque alto.

Meu Deus, Kelsey, levante-se.

A humilhação me consome enquanto luto para ficar de pé, ajeito o vestido e endireito as costas.

— Sim! — grito. — Está tudo... sim. Estamos bem. Não há nada rolando aqui. Só, hã, conversando, essas coisas. Não precisa se preocupar. Isso mesmo. Não há nada rolando.

— Mande os meus parabéns ao chef.

Ergo o olhar para JP, que está sorrindo com malícia, garfo na mão e um enorme pedaço de bolo de carne preso nele. Ele aponta o garfo para Helix e diz:

— Mande os meus parabéns ao chef. — E então come.

Enquanto isso, meu corpo excitado e em expectativa está bem aqui, mandando um pedido de socorro ao universo, dizendo: "Eu quero ter o mesmo que ELE".

— Você não vai mesmo falar comigo pelo resto da noite?

Sussurrando, pergunto:

— Você reparou no quanto aquilo foi constrangedor?

— É, foi bastante constrangedor para você. Helix te viu excitada, com os mamilos rígidos, tudo pronto. Mas não sei se ele estava pronto para isso.

— Eu NÃO estava excitada — rebato, mesmo que seja uma mentira deslavada para todo mundo, eu acho. — Você está agindo feito criança.

— Ou pode ser que eu esteja só tentando fazer você se soltar um pouco. Meu Deus, mulher, relaxe.

— Não me diga para relaxar. Vou relaxar quando eu quiser.

Ele assente, com os lábios fechados de uma forma que comunica exatamente o que ele está pensando — *ela é maluca*.

— Bem, quer saber, só sou maluca porque você está me deixando maluca.

Suas sobrancelhas se erguem juntas.

— Como assim?

Espere... hein?

— Eu não falei que você era maluca.

— Então o que você disse?

— Nada. — Ele ergue a taça. — Mas agora estou achando que você é maluca mesmo.

Resmungo e descanso os braços na mesa, cruzando-os à minha frente.

— Aff, esta noite não vai acabar nunca.

— Em vez de ficar aí reclamando, poderia me perguntar alguma outra coisa, sabe.

— Isso não soa lá muito interessante.

— Tudo bem, eu vou perguntar. — Ele pigarreia de um jeito desagradável. — Então, me conte, Kelsey, o que você procura em um homem?

— Que não seja você.

— Seu rosto vermelho de momentos atrás diz outra coisa.

Juro que sinto fumaça saindo do meu nariz.

Sorrindo com malícia, ele acrescenta:

— A gente pode ficar sentado aqui em silêncio, e sei que isso te deixa ainda mais desconfortável e falante e pode ser que acabe soltando alguma informação que não queira que eu saiba. Ou pode controlar a língua apenas respondendo uma simples pergunta.

Por que ele tem razão?

E isso só faz a lista de coisas irritantes sobre este homem crescer.

— Pergunte outra coisa.

— Tudo bem, o que acha atraente em um homem?

Reviro os olhos com força.

— Deixe-me adivinhar: se eu não responder, você vai encontrar algo estranhamente similar para fazer.

Ele sorri.

— Isso, e vou continuar daí.

Limpo a boca com o guardanapo e o coloco de volta no colo.

— Tudo bem, você quer saber o que procuro em um homem? Bom, para começar, alguém que não me tire do sério, depois, alguém que não minta de propósito...

Ele desliza a mão na mesa e diz:

— Kelsey, pelo seu tom de voz, parece até que você está sugerindo que eu te tiro do sério e minto de propósito.

— Como foi que você descobriu? Minha nossa, JP, que gênio!

— Meu Deus — ele murmura. — Como você está madura hoje. Sempre foi bem tranquila, mas hoje está outro nível.

Coloco o guardanapo na mesa e cruzo os braços ao me recostar.

— Sim, porque hoje pensei que seria diferente. Pensei que... — Em um tom desejoso, continuo: — Pensei que conheceria alguém que eu pudesse namorar de verdade. Pensei que este seria o começo de algo novo, algo empolgante. Eu estava animada por este encontro, mas não foi nada disso que tive. Tem sido decepcionante, e me sinto como uma bola gigante de irritação. Então, me dê licença se não estou sendo a companheira agradável que *você* esperava.

— Você não está mesmo. Vou acabar pedindo reembolso. Uma jararaca hipercrítica não é o que eu chamaria de um bom primeiro encontro ou combinação, nesse caso.

— *Jararaca*?

— É. Já te chamei de megera hoje, achei que *jararaca* seria uma ótima segunda opção.

— Ah, é... e você é um... você é um...

— Um o quê? — ele pergunta, seu sorriso crescendo ainda mais.

Pense, Kelsey, pense num ótimo insulto.

— Um peito míope.

Ele joga a cabeça para trás, a risada vindo à tona por seus lábios.

— Esse é o melhor que pode fazer? Um *peito míope*? Porra. — Ele enxuga os olhos, enquanto fico ainda mais furiosa a cada segundo. — Acho que vou estampar isso numa camiseta. *Você é um peito míope*. Meu Deus, essa foi boa.

Eu o encaro, enquanto ele continua rindo, então solta uma risadinha, depois torna a rir, e quando enfim se acalma, eu pergunto:

— Já terminou?

— Acho que sim. — Ele enxuga os olhos uma última vez. — Ah, cara, você tem mais algum desses insultos maravilhosos aí?

— Sei lá. Você tem mais algum nome para me chamar além de *jararaca*?

— Claro que sim... górgona tensa.

Que porra é uma *górgona*? Não importa, é um nome horrível e não soa nada bom.

E nem ferrando vou deixá-lo se safar por ter me chamado... *assim*.

Meus olhos se estreitam.

— Cabeça-dura rachada.

— Garotinha meticulosa.

Minha mandíbula endurece.

— Bobalhão cínico.

Ele abre um sorriso.

— Rameira pretenciosa.

O ruído de Helix subindo a escada me distrai por um momento antes de eu dizer:

— Pau no cu insensível.

Agora seu sorriso vai de orelha a orelha.

— Concubina afetada.

— Rameira e concubina dão a ideia de que minhas pernas estão bem soltas, mas posso te garantir que não há nada solto nos meus membros.

— Hã... tudo bem aí? — Helix pergunta, se aproximando da mesa.

— Talvez você devesse se soltar, peça alguém para te descer desses saltos altos que parece que estão te apertando. — JP cruza os braços, posando como o babaca despreocupado que é.

— Vocês gostariam de pedir a conta? — Helix oferece.

— Então eu entrei aqui de salto alto só porque não estou jogada aos seus pés por causa da sua bobagem sem sentido ou da cantoria estridente?

— Estridente? — JP reage, ofendido. — Tente outra. Meu canto não é nada estridente.

— É, acho que vou só, hum... trazer a conta. Acho que a sobremesa vai ter que ficar para a próxima. — Helix vai saindo, enquanto JP e eu trocamos um olhar firme.

— Já ouvi gatas no cio soarem melhor do que o que tive que aturar hoje.

— Você só fala bobagem. — Ele joga o guardanapo na mesa. — Até vi você balançando a cabeça.

— Ah, que fofo você achar que eu estava balançando a cabeça, foi mais como uma contração de músculos de tão horrível que foi o seu canto. Com certeza você sabe como fazer os músculos de alguém se inflarem de revolta.

— Isso era para ser engraçado? Porque não vi graça nenhuma.

Aperto o peito.

— Será que feri seu orgulho masculino?

Helix se aproxima de novo e coloca a conta sobre a mesa. Nós dois tentamos pegá-la ao mesmo tempo.

— Solte — JP diz.

— De jeito nenhum eu vou deixar você pagar o jantar — retruco. Ele pode ter estragado a noite, e vou ficar com "Dó é pena de alguém" na droga da minha cabeça para sempre, mas nem ferrando vou deixá-lo pagar.

Ahhhhh, não.

— Só por cima do meu cadáver agonizante vou deixar você pagar.

— Aqui estão os seus celulares — Helix diz, parecendo nervoso. E deveria mesmo. Tiros foram disparados, nossas vozes estão elevadas, estamos nos encarando pelo que parece a eternidade, um movimento em falso e o barril de pólvora que tem sido este encontro explode. — Só vou deixá-los aqui. — Devagar, ele põe os celulares na mesa, com cuidado para não interromper nada, então, com cautela, recua.

Homem esperto, muito esperto.

— Tudo bem. — Solto a conta, mas procuro dentro da bolsa, tiro algumas notas de vinte dólares e coloco-as na mesa. — Aqui, isto paga a minha metade.

— Pegue a porra desse dinheiro agora. Você não vai pagar.

— Por que não? Posso pagar. Seu irmão me paga muito bem.

— Isso não tem a ver com dinheiro.

— Tem a ver com o que, então? — retruco. — Orgulho?

— É, eu sempre pago a porra do jantar quando saio com alguém para um encontro.

— Bem, você não me chamou para um encontro, já que esta foi uma infeliz coincidência. Foi um encontro odioso, deprimente e lamentável. Pode acreditar, se fosse um encontro de verdade, não teria acabado assim.

— Se fosse um encontro de verdade, eu teria te deitado na mesa e dado umas palmadas na sua bunda pela forma como falou comigo.

Meus olhos se arregalam.

— Como é?

— Você me ouviu. — Ele pegou minhas notas de vinte e as enfiou no bolso antes de tirar duas notas de cem e jogá-las na mesa. De jeito nenhum o jantar custou tudo isso. Não chega nem perto.

Sempre tentando aparecer. Aff, que babaca pretencioso.

Todo mundo, por favor, uma salva de palmas para JP: ele tem dinheiro, que bom para ele. É claro que quer fazer cena.

Mas voltando ao que ele disse.

— Que comportamento mais odioso. Ninguém bate em mulher hoje em dia.

Ele se levanta e abotoa o paletó.

— Com certeza você não esteve com os homens certos.

Ele se aproxima e estende a mão para me ajudar a levantar. Dou um tapa em sua mão e fico de pé sozinha.

— Já estive com perfeitos cavalheiros, obrigada.

— E esse é o seu problema — JP diz, se inclinando para perto. — Um perfeito cavalheiro não vai conseguir fazer você gozar do jeito que eu consigo.

Ele está tão perto que quase posso sentir o calor que emana do seu corpo. Isso me aquece e ferve o estômago, fazendo com que um lampejo de calor pulse pelo meu corpo por um mero segundo, me lembrando daquela atração inicial do dia em que o conheci. Mas tão rápido quanto chega, flutua para longe.

— Não fique se gabando, JP. — Começo a passar por ele, mas, mais uma vez, assim como na sala de conferências, ele me interrompe com a mão no meu quadril. Ele se inclina no meu ouvido.

— Eu não preciso me gabar quando tenho fatos. Se você estivesse na minha cama, teria esquecido até o seu nome, sua boceta estaria implorando pelo meu pau e sua voz estaria rouca de tanto gritar o *meu* nome.

Tenho que admitir que posso ver isso.

Posso até sentir.

Como seria estar na sua cama, com ele pairando sobre mim.

Ele é exigente.

Controlador.

Não desistiria até que cada pedacinho do meu corpo já não tivesse mais nada para dar.

Mesmo sussurrando, há autoridade em sua voz, e dá para ver como seria.

Mas não quer dizer que eu quero isso.

Há uma diferença entre o romance e uma boa rodada de sexo. Uma boa rodada de sexo dura uma noite, enquanto o romance é para a vida.

Mas, antes que eu possa responder, ele se afasta de mim. Seguimos pela escada, e minhas pernas estão mais bambas que o esperado.

Ignoramos a hostess, que pergunta como foi o jantar. JP segura a porta para mim, e assim que nós dois estamos na calçada, ele fecha a distância entre nós e volta a colocar a mão no meu quadril.

— Esta noite foi uma perda de tempo valioso. Espero que nunca volte a acontecer.

— Também espero — digo, mantendo a cabeça erguida. — Você é um babaca desagradável e cheio de si. Preferiria enfiar a cabeça no vaso sanitário de um banheiro público a ter outro encontro com você.

— O prazer não foi meu, querida. Espero que tenha uma dor de dente danada mais tarde.

Arfo e olho nos seus olhos enquanto ele sorri.

— É, bem... Espero que o seu pênis fique preso no zíper. — Dou um passo para ir embora quando ele agarra meu pulso, levando-o aos lábios e, para meu horror, dá um beijo no interior dele. Seus lábios param só por um segundo, mas é tempo suficiente para dar um friozinho na minha barriga. Que desmoralizante.

Não, corpo, nós não gostamos dele.

Não se atreva a ficar caidinho pelo charme superficial dele.

— Ah, se meu pênis pudesse ficar preso entre as suas pernas em vez disso... — Ele solta meu pulso. — Não saia tropeçando a caminho de casa.

Então, com uma das mãos no bolso, ele pega o caminho oposto, cada passo seu uma bravata.

Meu Deus, como ele é irritante.

— Espero nunca mais ver você — grito, por alguma razão desconhecida, já que sei que vou vê-lo de novo, no trabalho. Veja só como sou sortuda.

Suspirando, procuro meu celular na bolsa para que possa chamar um Uber quando minha mão encontra um papel. Confusa, abro a bolsa e encontro as três notas de vinte dólares que deixei na mesa.

Que filho da mãe!

♥ Knox e Emory ♥
Feitos um para o Outro

Kelsey: Seja bem-vindo, ouvinte, a mais um Podcast Feitos um para o Outro. Aqui a gente conversa com casais loucamente apaixonados sobre como eles se conheceram. Knox e Emory, muito obrigada por se juntarem a nós hoje. Por favor, vamos direto ao ponto. E aí, como vocês dois se conheceram?

Emory: Na faculdade, no nosso primeiro ano.

Knox: Ela tinha sido transferida da Califórnia.

Emory: Era o último ano dele na Brentwood antes que fosse jogar no Chicago Bobbies.

Knox: Tecnicamente, nos conhecemos numa festa do time de beisebol. Ela me mostrou os peitos.

Emory: Não foi assim que aconteceu. A gente estava bêbado, eu estava procurando uma amiga e pedi ajuda para ele. Fomos para o quarto dele, eu caí e meu peito saltou para fora.

Knox: Fiquei apaixonado por aquele mamilo.

Emory: E eu fiquei horrorizada na manhã seguinte. Seguimos nosso rumo, até que ele me viu meio perdida pelo campus. Ele disse — e eu repito — que nunca esquece um bom par de peitos.

Kelsey: Ai, meu Deus. Ha-ha-ha.

Knox: E não esqueço mesmo. Nunca esqueci. O resto é história.

Emory: O resto não é história. Ele ficou meses tentando conquistar meu coração dos jeitos mais ridículos possíveis.

Knox: E, no fim, consegui.

Emory: Só para acabar em término oito anos depois. Mas aí... a gente se encontrou de novo.

Knox: Eu não ia desistir dela dessa vez. Coloquei um anel no dedo dela, e aí... o resto é história.

CAPÍTULO QUATRO

JP

— Aí está ele, o Casanova em pessoa. — Breaker se senta no meu escritório e sorri para mim. — E como foi? Amor à primeira vista?

Desabotoo o paletó e me sento na cadeira do escritório. Assim que as portas do elevador se abriram, vi que Breaker estava esperando, com um copo descartável de café na mão, procurando uma pessoa: eu.

Suas mensagens na noite passada ficaram sem resposta.

Eu o ignorei enquanto cumprimentava a recepcionista.

Nem me dei o trabalho de fazer contato visual com ele quando peguei meu próprio copo de café na sala de descanso.

E quando ele invadiu meu escritório vindo bem atrás de mim, escolhi não rosnar de frustração pela sua persistência.

Mas agora que ele está sentado de frente para mim, me encarando, procurando uma recapitulação, parece que não tenho muita escolha além de contar a ele o desastre que foi a noite passada.

Pego o celular no bolso da calça social e o coloco na mesa antes de me recostar na cadeira.

— Noite passada? — Entrelaço os dedos. — Bem, quando eu vi a garota, até esperei que o encontro pudesse correr bem, mas essa ideia desapareceu assim que ela abriu a boca.

— Ah, merda, ela tinha uma voz estridente?

Balanço a cabeça.

— Não, mas ela fez questão de me mostrar o quanto me odeia.

As sobrancelhas de Breaker franzem em confusão.

— Como assim? Ela já te conhecia?

Assinto devagar.

— Ah, pode apostar, ela me conhecia.

— Como? Você já saiu com ela antes?

— Não. — Mexo no mouse, ligando o computador. — A garota era Kelsey.

— Kelsey? — Breaker pergunta, incrédulo. — A irmã de Lottie?

— É.

— Ah, porra. — Breaker explode em uma gargalhada longa e arrastada. Essa risada me irrita pra caralho. — Cara, quais são as chances?

— Muito grandes, pelo visto.

— Me deixe adivinhar: ela foi embora do restaurante assim que viu que era você.

— Não. Porque as regras do programa te forçam a jantar com a pessoa que eles te arrumaram. E eles nos colocaram no loft privativo, longe de todo mundo, porque a gente já estava demonstrando sinais de uma guerra medieval.

— E como foi?

— Nada bem. — Abro minha caixa lotada de e-mails.

— Mas você disse que tinha ficado animado no começo. Por quê?

— Porque era a Kelsey — digo, despreocupado. — Eu já a conheço, aí não ia ter que ficar tentando conhecer uma estranha quando já não estava com saco para isso. Não achei que seria tão constrangedor, além disso... ela estava gostosa. — Dou de ombros. — Mas tudo foi por água abaixo assim que ela implorou para que eu fosse embora.

— Mas não era permitido que ela fosse embora, e tenho certeza de que isso a deixou ainda mais irritada. Ela tem o mesmo temperamento esquentado de Lottie.

— Pois é, e como. Não estou de brincadeira quando digo que ela foi bem desagradável. A gente não parava de brigar, e eu também não ajudei, é claro. No final da noite, cada um seguiu seu rumo.

— E como você se sente a respeito? — Breaker pergunta.

— Aliviado. Já foi exaustivo demais jantar com ela. É claro que gosto de umas respostas atravessadas aqui e ali, mas, quando cheguei em casa, eu estava acabado.

Breaker fica em silêncio por um momento enquanto me analisa. Tenho certeza de que ele está procurando algum tipo de sinal que indique que estou mentindo. Deve estar imaginando se Kelsey e eu nos demos bem e estamos namorando em segredo agora.

Não poderia estar mais longe da verdade.

— Não sei se acredito em você — ele declara.

Aqui vamos nós.

— Cara, pode acreditar quando digo... — Paro de falar, e meus olhos passam por um e-mail da Kelsey.

Assunto: Vou ao seu escritório.

Mal tenho tempo de abri-lo antes que a porta do meu escritório seja escancarada e Kelsey entre. Sua expressão demonstra irritação, e a forma como suas mãos estão fechadas em punho nas laterais do corpo me deixa ansioso. Seu olhar surpreso ao avistar Breaker muda completamente seu comportamento em questão de segundos.

— Oi, Breaker. — Ela ajeita o cabelo com a mão. — Eu, hã, não sabia que você estava aqui. Desculpe por aparecer do nada.

É claro que Breaker sorri, exibindo seus dentes recém-clareados.

— Ei, Kelsey. Ouvi dizer que você teve uma noite e tanto ontem.

Kelsey mira o olhar assassino em mim.

— Você contou para ele?

— Bem, ele é meu irmão, e foi ele que me forçou a ir ao encontro, então é natural que pergunte o que rolou.

Se recompondo, Kelsey se vira para Breaker e pergunta:

— Você me daria um minutinho com o seu irmão?

Ele sorri e se levanta.

— Claro.

Antes que ele possa sair, Kelsey acrescenta:

— E eu gostaria muito que você mantivesse segredo sobre esse assunto.

Breaker dá um tapinha em seu ombro e diz:

— Entendo a necessidade de não ficar ligada a ele por nome. Eu também não queria estar.

Nossa, que maravilha de irmão.

Ele sai e fecha a porta. Volto minha atenção para Kelsey, que fecha a distância entre nós e se senta na cadeira que Breaker acabou de desocupar.

— A que devo o prazer? — pergunto.

— Depois de ontem à noite, me dei conta de que a gente precisa conversar sobre como vamos lidar com isso.

— Lidar com o quê? — Faço uma pausa e inclino a cabeça para o lado. — Ah, merda, você se apaixonou ontem à noite e agora está tentando descobrir como vai conseguir trabalhar ao mesmo tempo em que nutre esses sentimentos intensos por mim.

Seu rosto fica inexpressivo, exceto pela curva de escárnio em seu lábio superior.

— Se alguma revelação aconteceu ontem à noite, com certeza não tem nada a ver com amor e tudo a ver com essa extrema aversão que sinto por você.

— Ahh, aversão. Essa é nova. — Estendo os antebraços sobre a mesa. — Por favor, elabore.

— Não tem graça, JP.

— Você me viu rindo?

Seus olhos se estreitam e ela fala entre os dentes cerrados.

— Você não precisa estar rindo para fazer piada de algo extremamente sério.

Pego uma caneta da minha mesa bem bagunçada, uma mesa que sei que tira Kelsey do sério. A tensão em seu rosto vem da nossa conversa, mas a forma como ela está agarrando os braços da cadeira vem, sem dúvida, dos relatórios amassados na minha mesa, do porta-caneta torto virado de cabeça para baixo e do jeito nada convencional em que meu monitor está inclinado.

— Tudo bem, então me diga por que nossa situação é extremamente séria. A menos que eu esteja deixando algo passar, nada, quero dizer, nada mesmo, aconteceu entre a gente ontem à noite. Bem, nada que exija esse nível de psicose.

— Fomos a um encontro ontem, JP.

— Não por escolha. — Dou dois cliques na caneta.

— Mas, ainda assim, aconteceu. A gente dividiu um jantar intenso, e depois, quando estávamos de saída, você disse... você disse umas coisas.

— Ah... aquela parte do "se você estivesse na minha cama, teria esquecido até o seu nome, sua boceta estaria implorando pelo meu pau"?

Ela engole em seco, e suas bochechas coram.

— É, essa parte.

— São só fatos básicos. Nada muito importante.

— Bom — ela alisa a saia muito bem-passada, provavelmente a vapor, com as mãos —, foi inadequado, e precisamos estabelecer alguns limites aqui.

— Isso vai ser interessante. — Entrelaço as mãos atrás da cabeça e digo: — Mande ver, quais são esses limites?

— Bem, para começar...

— Rapidinho, só preciso colocar isto para fora: sua reação é completamente ridícula e exagerada, mas sabe como é, cada um é cada um. Os sentimentos são seus... e toda essa bobagem. — Gesticulo para ela. — Pode continuar.

Suas narinas inflam, e noto que é um pequeno tique seu quando está chateada.

— Como eu estava dizendo, nosso primeiro limite é que não podemos conversar sobre a noite passada, nunca. Eu não contei nem para Lottie e adoraria que você não contasse para mais ninguém.

— Sou assim tão repugnante?

— É.

Solto uma risadinha, porque achei que ela fosse dizer não e vir com uma longa explicação, mas tenho que dar crédito à sinceridade desta mulher.

— Também não quero que as pessoas pensem que me envolvo com qualquer homem que cruza o meu caminho ou que estou abrindo as pernas para subir na escada corporativa.

— Não se preocupe, a sua irmã já deu conta disso.

Seus olhos se estreitam e ela aponta o dedo para mim.

— Precisamos estabelecer alguns limites aqui.

— Não foi assim que aconteceu e você sabe disso.

— Tem razão, foi desnecessário. Desculpe. — Se alguém buscou esse relacionamento, foi o Huxley, porque ele não conseguia manter as mãos longe de Lottie.

Minhas desculpas parecem tê-la deixado satisfeita, porque ela continua:

— Então, não podemos falar sobre ontem à noite, nunca. Aja como se nunca tivesse acontecido.

— Também queria que não tivesse. — Abro um sorriso, que a faz ranger os dentes. Meu Deus, que tensão. Será que dá para ela relaxar só por um segundo?

— Preciso que diga que nunca vai falar sobre isso, JP.

— Caramba. — Reviro os olhos. — Eu nunca vou falar sobre isso.

Isso apazigua o diabrete dentro dela.

— Segundo limite: não haverá mais comportamento inadequado.

Ponho os pés sobre a mesa e me recosto na cadeira.

— Não sei bem a que você está se referindo com esse limite.

— O jeito que fala comigo e esses toques aqui e ali precisam acabar.

— Você age como se eu estivesse pegando sua mão quando passo ou deslizando a mão pelas suas costas... ou apertando sua coxa quando estamos na mesa de conferências. Me corrija se eu estiver errado, mas nunca aconteceu algo assim.

— É, hã... não aconteceu mesmo. Mas você sabe que as coisas que disse são inapropriadas para o ambiente de trabalho, então isso precisa acabar.

— Aquela parte da "sua boceta implorando pelo meu pau" foi fora do ambiente de trabalho.

— Você já disse coisas piores durante o trabalho, não negue.

Já mesmo.

— Tudo bem, seu desejo é uma ordem, querida.

— E chega disso também. — Ela aponta o dedo para mim de novo. — Chega dessa coisa de *querida*. Meu nome é Kelsey, o seu é JP, e é isso. Nada mais que isso. Não sou sua querida.

— É só um apelido carinhoso, mas tudo bem, *Kelsey*. É assim que vou te chamar agora, a menos que queira algo do tipo... jararaca.

Vamos fazer uma pausa aqui rapidinho. Não sou um completo babaca... *o tempo todo*. Não mesmo. Mas Kelsey simplesmente tem as melhores reações, e não consigo resistir. Ela é linda pra caralho, e é divertido irritá-la. Tirá-la do sério.

— Já percebeu que não há ninguém pior para manter uma conversa do que você? Tipo... simplesmente o pior — ela diz, seu rosto se contorcendo de raiva.

— Parece que eu só recebo esse tipo de feedback de você, aí fico pensando se o problema é com *você* e não *comigo*.

Ela franze as sobrancelhas, e juro que está contando até dez em silêncio.

— E terceiro...

— Um terceiro limite? Por essa eu não esperava. Que reviravolta! — Me recosto na cadeira de novo. — Por favor, continue me entretendo com suas ordens.

— Vou conversar com Huxley e perguntar se posso ficar sob a supervisão dele, porque nossa relação profissional é volátil demais.

— Ahh, veja só, eu concordei com você nos pontos um e dois, mas, infelizmente, o seu trabalho se enquadra na minha área, portanto, isso faz de você minha funcionária. Huxley não vai querer assumir outra tarefa quando já está sobrecarregado. Ele não é muito legal com pessoas que dizem o que ele tem que fazer, mesmo que seja a futura cunhada dele. Se tentar conversar, o máximo que ele vai fazer é nos empurrar para a sala de conferências e pedir que a gente dê um jeito... bem na frente dele. Agora, dados os limites da regra número um, você não vai conseguir contar para ele a verdade sobre por que não quer mais trabalhar sob minha supervisão, portanto, não vai conseguir validar seu caso. Além disso, só vai posar de briguenta, porque todos os outros que trabalham comigo me deram críticas positivas. Então... se quiser se envergonhar e destacar seu caráter difícil, vá em frente e converse com Huxley, mas, se quiser se manter bem na fita com ele, sugiro que deixe para lá essa regra número três.

A tensão em seu maxilar é visível de onde estou. Sei que não é isso que ela gostaria de ouvir, mas é a verdade. Dentre todas as coisas, o homem de negócios em Huxley vem primeiro, então ele consegue manter a emoção longe do trabalho, e é por isso que somos tão bem-sucedidos... algo que Kelsey precisa aprender.

— Então talvez Breaker possa fazer isso.

Solto uma risadinha.

— Gerenciar uma empresa de organização não se enquadra nas responsabilidades dele. Ele é o cara dos números. Organizar e gerenciar as diferentes propriedades não é o que ele faz. Odeio dizer isso, *Kelsey*, mas você vai ter que me aturar.

Ela cruza os braços sobre o peito e murmura alguma coisa bem baixinho.

Me aproximo dela para dizer:

— Não ouvi bem. Dá para repetir?

Ela me olha bem nos olhos e solta:

— Detesto você.

— Minha nossa, é isso que você deveria estar dizendo para o seu chefe?

Ela se levanta da cadeira, resmungando um pouco mais, e então coloca o dedo com unha bem-cuidada na mesa.

— Daqui por diante, vamos seguir essas duas regras básicas. Você me ouviu?

— Sim. — Sorrio. — Ouvi muito bem.

— E só vamos conversar quando for necessário, e apenas sobre trabalho. Sempre que Huxley e Lottie nos convidarem, quero você bem longe de mim. Nem mesmo pense em conversar comigo. Entendido?

— Estou praticamente tremendo na base.

— Estou falando sério, JP. Você entendeu?

Seja lá o que tenha causado tanta animosidade em relação a mim deve estar afetando-a de verdade, porque acho que nunca vi alguém tão irritado assim antes, ainda mais Kelsey.

FEITOS UM PARA O OUTRO/OU NÃO

O que há por trás dessa raiva?

Diz o ditado que há uma linha tênue entre o amor e o ódio — poderia ser amor?

Contenho a risada. Porra, se ela pudesse escutar o que estava se passando pela minha cabeça agora, já teria me pendurado pelas bolas.

Mas acho que há uma coisa bastante clara: ela não quer nada comigo. Toda essa conversa deixou isso claríssimo.

Sorrindo para ela, digo:

— Eu entendo. E mal posso esperar para essa nova relação profissional em que a gente não pode nunca mencionar aquele encontro quente que tivemos ou o jeito que te fiz estremecer quando falei da sua boceta ou como, na verdade, você ama quando te chamo de *querida*.

Aí está... só mais um empurrãozinho.

Ela joga os braços para o ar em frustração, se vira e sai pisando duro do escritório, batendo a porta atrás de si.

Tudo correu muito bem.

CAPÍTULO CINCO

KELSEY

♥ *Pacey e Winnie* ♥
Feitos um para o Outro

Kelsey: Seja bem-vindo, ouvinte, a mais um Podcast Feitos um para o Outro. Aqui a gente conversa com casais loucamente apaixonados sobre como eles se conheceram. Pacey e Winnie, muito obrigada por se juntarem a nós hoje. Por favor, nos contem como se conheceram.

Winnie: Por onde começar? Foi tudo meio que por acaso, se a gente parar para pensar.

Pacey: Achei que ela fosse uma assassina.

Winnie: Ah, pare. Você não achou nada. Bom, pode até ter achado, mas não foi assim que começou. Eu estava dirigindo para Banff, em homenagem à minha falecida mãe, mas fiquei perdida nas montanhas. Foi uma das piores tempestades que já vi e o meu carro ficou preso na lama. Não tinha sinal, então decidi procurar ajuda. E foi aí que acabei encontrando uma cabana.

Pacey: Sou jogador de hóquei dos Vancouver Agitators, e todo verão, uns caras e eu vamos para Banff para dar uma relaxada. Era a nossa primeira noite lá, e Winnie apareceu à nossa porta.

> **Winnie:** Eu estava encharcada, e assim que a porta se abriu, um relâmpago iluminou o céu atrás de mim.
>
> **Pacey:** Foi simplesmente assustador.
>
> **Winnie:** Ali diante do grupo, a gente ficou tentando convencer um ao outro de que não éramos assassinos. Pacey estava muito quieto no começo. Eli Hornsby, um cara da defesa, foi que me convidou para entrar e me deu um lugar para passar a noite. Mas, na manhã seguinte, foi o Pacey que me ajudou a encontrar meu carro.
>
> **Pacey:** Para mim, ela já estava linda toda molhada, mas, naquela manhã, eu não conseguia nem tirar os olhos dela. E aí eu soube que precisava passar cada momento que podia ouvindo as histórias dela e aproveitando sua companhia.

Três semanas depois

— Nossa, mana... Que arraso de vestido — digo quando Lottie sai do banheiro.

— Hux comprou para mim. É muito... pelado?

Meus olhos passam por seu decote bastante revelador, e eu estremeço.

— Tipo, é bastante pelado, mas você está bem sexy nele. Vermelho é a cor perfeita para o seu tom de pele e esse seu batom vermelho é uma ótima combinação. Agora estou me sentindo cafona com o meu vestido.

Lottie tem um corpão violão que qualquer mulher morreria para ter. Toda quadris e peitos. Posso até ter uma boa comissão de frente, mas sou mais miúda que ela. Minhas curvas de baixo não são como as dela. E o vestido sereia justo exibe cada uma das curvas. E apesar de a bainha ir até as panturrilhas, ainda assim, é um dos vestidos mais reveladores e até requintados que já vi.

— Ah, pare. Você está linda. Acho que amarelo foi a escolha perfeita e combina muito bem com as suas novas luzes caramelo.

— Você acha?

Dou uma olhada em mim mesma no grande espelho posicionado à frente da cama de Lottie e Huxley. Todo mundo sabe que esse espelho não está ali só para a checagem de visual. Ajeito as alças delicadas nos ombros e aliso a belíssima e cara seda com as mãos. O decote é baixo o suficiente para deixar um pouco de pele à mostra, enquanto a saia longa e esvoaçante tem uma fenda logo acima da coxa, deixando minhas pernas curtas um pouco mais longas com o salto.

— Meu Deus, por que estou tão nervosa?

Lottie joga o cabelo por cima do ombro e calça um par de sapatos da cor nude.

— Deve ser por que chamou um cara para te acompanhar num evento do trabalho e está nervosa com isso.

É bem verdade.

O nome dele é Edwin.

Ele é um programador que trabalha à distância para uma empresa de tecnologia médica. Ele ama cozinhar, ir a convenções de quadrinhos e sabe bastante sobre diferentes tipos de pássaros. É bem legal e já tivemos três encontros.

Este será o quarto.

Não nos conhecemos através do aplicativo Three Blind Dates. Depois do meu encontro com JP, não quis arriscar com mais ninguém que eles escolheriam para mim. Em vez disso, nós dois estávamos numa cafeteria, trabalhando. Ele derramou um pouco de café e eu o ajudei a limpar. Começamos a conversar e, bom... foi isso. Algumas das maiores histórias de amor começam com um pouco de café derramado, e esta pode ser muito bem uma delas.

E a melhor coisa sobre Edwin é que ele não é JP. Ele não é nada como JP. É mais quieto, reservado, com óculos de armação grossa e cabelo loiro cacheado bagunçado. Ele me disse que não consegue deixar a barba crescer direito, por isso nem tenta. E é mais magro, enquanto dá para ver que JP passa bastante tempo na academia. Ah... e não tem nem uma única tatuagem.

Tudo de que preciso na vida. *Por que o estou comparando a JP? JP é só* um colega de trabalho e nada além disso. É irrelevante.

— Estou um pouco nervosa. Eu gosto desse cara. Tivemos só três encontros, e, às vezes, quando ele fala sobre pássaros, pode ficar um pouquinho chato, mas é gentil e não fica tentando me tirar do sério.

— O oposto do JP.

— Exato — digo enquanto solto o ar. — Não que JP e eu tivéssemos alguma coisa, mas depois daquela noite sobre a qual não falamos... e que você não contou para Huxley, não é?

— Não.

— E não está brava por eu te fazer guardar segredo? Porque foi culpa sua por ficar me enchendo o saco para contar.

— Eu sei. — Lottie se vira para mim, já com sua clutch na mão. — E até gosto de manter um segredo do Huxley. Me faz sentir safada. E se algum dia ele descobrir... Ahh, mal posso esperar pela punição.

Reviro os olhos, me levantando da cama, ajeitando o vestido e fazendo o tecido deslizar pelas minhas pernas. Lottie me olha e sorri.

— O que foi? — pergunto.

— Você não só vai deixar Edwin caidinho, como JP também vai ficar louco.

— Não vai, não. Ele mal olhou para mim nessas últimas três semanas.

— Não quer dizer que não pense em você.

— Dá para parar com isso? Ele nunca gostou de mim... nunca.

— Não foi isso que ouvi por aí. Quando ele te conheceu, não parou de falar sobre você. Mas foi você que colocou essa barreira.

— Porque trabalho para ele.

Lottie me lança aquele olhar.

— E eu trabalho para Huxley.

— É, bem... pelo visto, você não tem moral nenhuma, mas eu tenho.

Ela solta uma risada e, no mesmo instante, há uma batida na porta.

— Pode entrar — Lottie grita.

A porta se abre, e Huxley entra. Ele está vestido com um terno de veludo de três peças com uma gravata preta, seu cabelo está penteado meticulosamente para o lado e sua barba está aparada apenas o suficiente para não ficar bagunçada, mas ainda grossa a ponto de marcar o rosto. Ele exala confiança ao se aproximar de Lottie, seus olhos se encontram com os dela, e focam neles, enquanto ajeita o relógio caro no pulso.

Sem dizer nada, Huxley fecha o espaço entre eles, envolve a cintura dela com o braço e a traz para o peito. Observo quando ele segura o queixo dela com o dedo indicador e o polegar, forçando a boca dela para a sua, e ela se entrega com vontade. Baixinho, só um pouco mais que um sussurro, ele diz:

— Você. Está. Extraordinária. Vou te arrancar desse vestido hoje, abrir suas pernas e te fazer gozar com a minha língua.

Pigarreio de leve, tentando fazê-lo perceber que estou bem ali ao lado da minha irmã.

Ele não se desculpa. Apenas pressiona os lábios nos de Lottie e desliza a mão até a sua e a agarra com força.

— Porra, amor, você está tão linda.

— Bem, que noite agradável para uma festa de gala, não acham? — digo, ficando ali sem jeito.

— Humm, eu poderia muito bem ficar aqui em casa, sentada na sua cara, se quiser — Lottie responde.

E essa é a minha deixa.

— Vou só... hã... é, encontro vocês lá embaixo, pessoal.

Passo por eles e suas mãos bobas, torcendo para que percebam que são minha carona para o evento e que precisamos ir em alguns minutos.

Enquanto desço as escadas até o hall de entrada, não consigo evitar sentir uma crise de inveja. Lottie está tão apaixonada, mais apaixonada do que eu jamais a vi. Ela não só é louca pelo Huxley, como ele também é louco por ela. Até possessivo por ela. Ele a idolatra. E, sim, sou toda a favor de independência e mulheres dominando o mundo, mas há algo a ser dito sobre dar o seu máximo durante o dia e voltar para casa, para um homem que faria qualquer coisa para te fazer lembrar a quem, exatamente, você pertence.

Lottie tem isso com Huxley.

Será que um dia também vou ter isso?

Edwin me vem à mente enquanto desço as escadas. Ele pode não ser ambicioso e dominador como Huxley, mas possui características que me atraem. Por exemplo, passamos um ótimo tempo juntos. E a gente consegue aproveitar uma simples conversa.

E o beijo que demos quando ele me acompanhou até meu apartamento outra noite foi... legal.

Tudo bem, não fui à loucura quando nossos lábios se encontraram, mas também não odiei o beijo.

Se aprendi alguma coisa com meu podcast foi que, às vezes, o tipo de paixão que Lottie e Huxley têm nem sempre acontece de primeira, mas precisa de tempo para crescer. Edwin e eu estamos na fase de aprendizado do nosso relacionamento. Quando o assunto é paixão, ainda há muito tempo para crescer.

Quando alcanço o último degrau, vou na direção do banco no hall de entrada, mas é então que a porta da frente se abre e JP entra, me fazendo parar por um momento.

Ele está usando um terno azul-marinho e uma camisa social preta, com os dois botões de cima abertos, sua gravata está pendurada no pescoço, meio solta e desajeitada. Seu cabelo cai na testa do jeitinho que atrai meus olhos para a espessura de suas sobrancelhas e o tom escuro de seus cílios.

Ao me ver, um sorriso mal cruza seus lábios enquanto ele ajusta um dos punhos da camisa.

Sem dizer uma palavra para mim, ele vai até a escada, segura o corrimão e grita para Huxley:

— A van já está aqui, cara. Desça logo.

Para minha consternação, pergunto, só porque estou curiosa:

— O-o que você está fazendo aqui?

Ele se vira para mim e começa a abotoar a camisa.

— Como assim *o que eu estou fazendo aqui*? Estou pelo mesmo motivo que você.

— Mas... você não tem o seu próprio transporte?

— Você não tem? — ele indaga.

— Eu me arrumei com a Lottie.

— Bom, acabei de me mudar para o outro lado da rua e achei que seria mais amigável para o meio ambiente se todo mundo fosse junto. Alguma outra pergunta?

Isso calou minha boca bem depressa.

Ele se mudou para o outro lado da rua? Como é que Lottie nunca falou nada para mim? E para qual casa ele se mudou? De cabeça, consigo pensar em duas do outro lado da rua. Uma branca que é toda brilhante e alegre e uma casa toda preta. Janelas pretas, exterior preto, telhado preto. Meu palpite é... esta.

Mantenho o olhar distante, mas, com o canto do olho, pego JP ajeitando sua gravata e dando voltas assim que Huxley e Lottie descem a escada, de mãos dadas, com aparência impecável e elegante. Pensei que Lottie estaria com a maquiagem borrada e Huxley, com o cabelo todo bagunçado.

Quando eles alcançam o térreo, Lottie dá um tapinha no ombro de JP e diz:

— Oi, vizinho. — E então vem até mim. Me lançando um rápido olhar, ela fala: — Minha irmã não está linda hoje?

Ai, meu Deus, Lottie. Por quê?

Ela olha por cima do ombro para JP, que me lança um olhar bem rápido antes de dizer:

— Já vi melhores.

Huxley dá um tapa na nuca de JP e murmura algo bem baixinho que eu não consigo entender. Então se vira para mim.

— Você está deslumbrante, Kelsey. Tenho certeza de que Edwin vai ficar feliz de ter você nos braços hoje.

Isso chama a atenção de JP.

— Edwin? Essa é a sua nova tentativa no amor?

— Não é da sua conta — rebato, pegando a mão da minha irmã, mais para apoio do que qualquer outra coisa. Queria que ela tivesse me dito que JP iria conosco, porque aí eu não teria vindo me arrumar com ela.

Deve ter sido por isso que ela não disse nada. Quando nossos olhos se encontram, posso ver um pedido de desculpa neles.

— Eu te odeio — murmuro para ela.

— Eu sei — ela responde, e juntas, vamos até a van estacionada em frente à casa.

— Já vi melhores.

É uma daquelas vans elétricas superchiques que as celebridades usam sempre que vão a eventos de gala para que suas roupas não fiquem amassadas. Também pode funcionar como um escritório sobre rodas, que é usado com frequência quando os rapazes precisam dar uma volta pela cidade e trabalhar ao mesmo tempo.

O motorista segura a porta para nós e eu entro primeiro, seguida por Lottie. Vamos lá para os fundos e escolhemos nossos assentos.

— Você deveria ter me contado que ele iria com a gente — sussurro. Huxley está conversando com JP na porta da casa. Pelos seus gestos, parece que está dando uma lição no irmão. Espero que seja pela grosseria dele. Se aprendi alguma coisa desde que Lottie começou a sair com Huxley é que agora eu tenho mais uma pessoa para me apoiar. Huxley sempre vai me defender.

— Não queria que você desistisse da ideia de vir se arrumar comigo. Esta é a nossa primeira festa de gala juntas. Não queria que ele a arruinasse.

— Bom, ele já arruinou. Quer dizer... *ele já viu melhores*. Que tipo de comentário é esse?

— Um idiota, porque é isso que ele é. Ele com certeza gosta de você e não sabe como lidar com isso.

— Ai, meu Deus, não me venha com essa merda. A gente não está no ensino fundamental. Ele pode agir como um adulto.

— Não estou do lado dele, só tentando explicar por que ele está agindo como um idiota. Já o vi quando ele está relaxado e você não está por perto, e ele é bem legal, descontraído e divertido. Provoca bastante, é claro, mas é meio que o jeito dele. Acho que se você o conhecesse melhor, iria vê-lo assim também.

— Não preciso conhecê-lo melhor. O que sei já é suficiente.

Os homens entram na van, se juntando a nós, e se sentam nas duas poltronas à nossa frente, mas não antes de Huxley lançar a Lottie um dos olhares mais famintos que já vi.

Olhe só, não tenho uma queda pelo noivo da minha irmã, não tenho mesmo, mas devo dizer que o jeito que ele a olha é incrivelmente sexy. Tão sexy que às vezes me dou conta do quanto Huxley é atraente. Eu sei, eu sei, não deveria ficar pensando assim sobre o noivo da minha irmã, MAS... aff, o jeito que ele olha para ela...

Sou tirada desses pensamentos impróprios quando o motorista fecha a porta e estamos a caminho do evento.

— Quanto tempo até lá? — Lottie pergunta.

— Vinte minutos — Huxley responde. — É na River Estate.

— Edwin vai encontrar a gente lá? — Lottie indaga.

— Vai. Ele vai chegar um pouquinho atrasado, mas estará lá. Na verdade, ele teve que alugar um terno para o evento, porque não tinha um. Isso foi fofo, e eu o ajudei a escolher um on-line.

— Que tipo de homem respeitável não tem um terno? — JP implica.

Meus olhos vão para sua nuca.

— Alguém que trabalha de casa e não vai a eventos que precisem de terno. — Minha voz está cheia de desafio e por um bom motivo. Não quero que JP fique implicando com Edwin. Posso lidar com seu escárnio, é claro, mas não sei se os nervos de Edwin são tão de ferro para aguentar algo assim.

— A sua acompanhante tem vestido de festa? — Lottie questiona, tirando a atenção de mim. — Ou você teve que comprar um para ela?

JP se vira na poltrona e diz:

— Genesis tem vários vestidos, mas mesmo assim eu comprei um para ela.

Espere aí... como é? JP está namorando alguém? Desde quando? Quer dizer, não que eu me importe, mas não achei que ele fosse o tipo de cara que namorasse, a menos que...

— Você a contratou para ser a sua acompanhante também?

Não sei nem por que estou pondo lenha na fogueira, mas a pergunta saiu da minha boca antes que eu pudesse impedi-la.

— Está tão interessada assim na minha vida amorosa? — JP mexe as sobrancelhas.

— Não estou, não. Nem sei por que perguntei isso. Deve ser só para te cutucar.

— Bom, para sua informação, já faz mais ou menos duas semanas que estou namorando a Genesis. Ela é vice-presidente da Mecca Tech.

— Que legal — digo, olhando pela janela. — Espero que estejam muito felizes juntos.

— E estamos, valeu.

— Ela só o beijou na outra noite — Huxley se intromete.

— Cara — JP reclama, o que é claro que traz um sorriso ao meu rosto.

Quando olho para Huxley, ele pisca para mim. Eu sabia que gostava dele por mais de um motivo, além de amar minha irmã.

Mais uma vez, JP se vira na poltrona e, como se tivesse que salvar sua imagem diante de mim, diz:

— Estamos levando as coisas com calma.

— Eu nem perguntei. — Ergo as mãos, sorrindo. — Mas, quer saber, Edwin e eu já tivemos mais de um beijo.

Seus olhos se estreitam.

— E algum desses beijos foi bom? Parece que um cara chamado Edwin beija mais como uma vaca lambendo um cubinho de sal do que com o calor desejado.

— Ele beija muito bem. — Um pouquinho desajeitado, mas JP não precisa saber disso.

— Por que não conversamos sobre outra coisa? — Lottie sugere. A tensão é crescente, por isso ela intromete com a necessidade de dissipá-la. Em geral, eu sou essa pessoa, mas agora estou nas trincheiras, com granadas sendo lançadas, e estou aqui, jogando-as de volta no atirador. — Hã, que tal sobre o casamento? A gente não falou muito sobre isso. Huxley e eu decidimos por um casamento na praia.

— Vocês querem um casamento na praia? — pergunto, agora encarando minha irmã. — Que maravilha. Quando decidiram?

— Acabamos de decidir... lá em cima. Huxley passou por aquela enseada e o restaurante que nós duas vimos outro dia, e ele gostou mesmo.

— Não é de tirar o fôlego? — pergunto a Huxley.

— É mesmo. — Seus olhos se conectam com os de Lottie. — Dá para imaginar o nosso casamento lá, aí ela vai ser oficialmente minha.

Seus olhos a queimam com tanto amor, e eu gemo por dentro enquanto volto a olhar pela janela. É cansativo ficar perto deles.

Dentre nós duas, Lottie nunca foi a romântica. Ela sempre buscou o sucesso, procurando validação no trabalho. Acabei esbarrando nos negócios enquanto procurava o amor. Eu que lia todos os livros de romance, assistia a todos os filmes... caramba, até comecei um podcast baseado no amor.

E mesmo assim, não tenho um amor e minha irmã é consumida por um.

Onde está a sorte nisso?

Dica: não está em lugar nenhum.

Espere só, Edwin e eu vamos chegar lá. Devagar e com segurança, vamos chegar lá.

A porta da van se abre e os flashes de câmeras logo disparam.

Essa noite de gala é um evento supostamente repleto de estrelas, cheio de membros da alta sociedade e algumas celebridades. Todo o lucro será revertido para o Hospital da Criança, e só para entrar já é cobrado cinco mil dólares por pessoa.

A Cane Enterprises pagou meu ingresso e o de Edwin sem nem pestanejar.

E a River Estate é uma bela mansão no centro de Beverly Hills. É uma das maiores propriedades da região, com uma ampla garagem circular, com palmeiras imponentes alinhadas ao longo da calçada e uma grandiosa entrada, digna apenas da realeza.

Huxley é o primeiro a sair da van, e como combinado antes de chegarmos, Lottie irá descer logo atrás, e eles vão andar pelo tapete vermelho de mãos dadas. JP e eu os seguiremos separadamente.

Lottie me dá uma piscadela antes de passar por mim e sair da van. Juntos, eles andam pelo tapete vermelho, desviando a atenção para si. Do jeito que eu gosto.

JP sai em seguida, abotoando seu paletó já do lado de fora.

Respiro fundo e vou saindo, mas, assim que alcanço o segundo degrau, meu salto fica preso em algo e meu corpo tomba para frente.

Ai, meu Deus, não.

Câmeras disparam, perco o equilíbrio e assim que começo a cair, uma mão se fecha ao redor do meu cotovelo e me firma.

Meus olhos logo pousam em JP, que abre um sorriso cuidadoso. Bem baixinho, ele diz:

— Cuidado aí, matadora. Não vai querer fazer um espetáculo logo no seu primeiro tapete vermelho.

E nem sei o que me deixa mais confusa: seu gesto gentil de ajuda ou o tom suave de sua voz que paira sobre mim enquanto ele me ajuda a descer da van.

De qualquer forma, pode me considerar chocada. Dada a natureza tumultuosa do nosso relacionamento, imaginei que ele fosse dar um passo para o lado e me deixar cair de cara no chão, só para que as câmeras capturassem o momento.

Olha, pessoal, cheguem mais perto, mais perto. Viram só como ela se esqueceu completamente daquele degrau ali? Viram o cimento preso na lateral da bochecha dela? Ah, ah, esperem, deem zoom, ela mordeu a língua durante a queda, tentando segurar uma enxurrada de palavrões que já a ouvi dizer antes. Cuidado, hein, ela diz "porra".

— Tudo bem aí? — ele pergunta, sua voz ficando mais perto do meu ouvido.

— Si-sim. — Tropeço nas palavras que parecem sumir na garganta. Ele está bem ao meu lado, ombro a ombro, ainda segurando minha mão. Qualquer um que não tenha uma visão privilegiada das nossas tiradas hostis poderia pensar que somos um casal. O que não somos de jeito nenhum.

— Tem certeza? Você parece insegura — ele diz, ainda segurando minha mão enquanto caminhamos até a entrada. Por sorte, graças a Lottie e Huxley, não há muitas câmeras focadas em nós.

— Só um pouco abalada.

— Então venha por aqui — JP fala, me fazendo dar a volta pelos fotógrafos até uma entrada nos fundos, onde alguns carros estão estacionados, muito provavelmente já prontos para ajudarem as pessoas a entrarem e saírem de fininho.

Quando alcançamos a porta, JP a abre para mim e somos recebidos por um porteiro.

— JP Cane — anuncia.

O homem nem mesmo se dá ao trabalho de conferir a prancheta em sua mão, apenas faz um rápido aceno e nos deixa entrar pela porta dos fundos.

Já ali dentro, paramos a alguns metros da porta, e eu me encosto na parede, me recompondo.

— Meu Deus, quase caí de cara. — Pressiono a mão no peito, respirando fundo. JP está ajeitando a gravata quando nossos olhos se encontram. — Obrigada pela ajuda.

— Por nada — ele responde, calmo. Doce.

Estamos em algum tipo de realidade alternativa? Porque... esse é um lado diferente de JP, um que eu não sabia que existia. Ele está sendo... legal. Não há sarcasmo, não há insulto, não há provocação. Ele está sendo normal. Será que tropecei de verdade e, em vez de ser firmada por ele, acabei caindo em algum tipo de buraco negro?

— Poderia ter sido constrangedor — digo, ajeitando o vestido e checando para ver se tudo está em ordem.

— Já vi coisa pior. Você provavelmente só cairia, um peito teria saltado para fora, e aí isso ficaria borrado nas fotos. Nada de mais.

— Hã, isso teria sido terrível para mim.

— Parece uma noite de sexta divertida para mim — ele fala, com um sorriso tranquilizador. Não está tentando me tirar do sério, só tentando me fazer esquecer. Ele dá um passo adiante, deixando pouco espaço entre nós quando estende a mão e coloca uma mecha de cabelo atrás da minha orelha.

Seus dedos se demoram.

Minha pulsação aumenta.

E, ai, meu Deus, por que estou reagindo ao seu toque, à sua proximidade?

Pigarreando, digo:

— Imagino que deve ter sido doloroso para você. Ter me ajudado e tal.

Seus olhos me analisam, e posso me sentir murchar sob seus olhos verdes de aço. Assim como os de Huxley, eles são famintos, sem dúvida intensos, e não há nada que posso fazer para desviar o olhar enquanto minha temperatura aumenta. Seu perfume — que está mais para afrodisíaco — gira ao meu redor, e quando ele dá outro passo adiante, minha boca fica seca.

— Você pode até pensar que não gosto de você, Kelsey — ele diz, balançando a cabeça —, mas não é esse o caso. Na verdade, eu...

— Aí está você — uma voz feminina chama do fundo do corredor. — Vi o seu irmão entrar, mas não vi você. Fiquei um pouco preocupada que fosse me dar bolo.

JP olha para a esquerda, onde uma linda loira está de pé em um vestido dourado brilhoso e cintilante, parecendo nervosa, mas também genuína.

— Oi — ela me cumprimenta. — Me chamo Genesis.

— Ah, oi. — Aceno, enquanto JP coloca alguma distância entre nós, e de canto do olho, eu o pego esfregando a nuca, suas veias tensionadas. — É um prazer conhecer você, Genesis. Me chamo Kelsey.

— Kelsey, a organizadora sustentável?

Abro um sorriso educado.

— Isso mesmo.

— Nossa, o seu trabalho é mesmo muito impressionante. JP me mostrou algumas das mudanças que você fez no escritório outro dia.

Dou uma olhada em JP.

— Você pode até pensar que não gosto de você, Kelsey, mas não é esse o caso.

— Mostrou? — Isso é... chocante, para dizer o mínimo. Nunca imaginei que JP se importasse com o que faço no meu trabalho. Com toda a sinceridade, presumi que ele pensava que era uma perda de tempo e de recursos danada pela forma como ele abordava meu gerenciamento. Desde o arquivamento mais eficiente até as latas de água na área de descanso, não imaginei que ele se importasse.

— Ah, sim, ele fala sobre isso o tempo todo. Ficou bastante impressionado com você.

Tudo bem...

Tudo bem, pessoal.

Vamos todos respirar juntos, porque acho que estou mesmo, de verdade, em um mundo diferente agora. O que raios está acontecendo?

JP Cane fala sobre mim o tempo todo? Melhor ainda, ele está impressionado? Não parece nada com ele, alguns podem até dizer que é algo estranho para ele. Impressionado? Não, parece mais irritado, não é?

— Quer saber? — JP vai para perto de Genesis e coloca a mão em suas costas. — Acho que preciso ir cumprimentar algumas pessoas. Genesis, você gostaria de me acompanhar?

— Sim. — Ela entrelaça o braço com o de JP. — Eu adoraria conversar um pouco mais com você, Kelsey. Se puder me encontrar mais tarde.

— Claro. — Sorrio. — Aproveitem.

Eu os observo se afastando juntos pelo corredor e em direção à festa.

O que foi tudo isso?

Quase pareceu que JP se importa comigo. Como se ele não quisesse me ver fracassando e que, na verdade, tem uma boa opinião a respeito dos meus talentos.

Talvez eu só esteja delirando. De jeito nenhum JP tem qualquer sentimento por mim.

Nenhum.

A porta da entrada lateral se abre de novo, e, desta vez, um rosto conhecido sorri para mim.

— Kelsey — Edwin diz um pouco antes de empurrar os óculos da ponta do nariz. — Caramba, estou feliz de te ver. Você viu todas aquelas câmeras lá fora?

Solto uma risadinha e assinto.

— Vi, quase caí de cara na frente delas.

— Isso teria sido hilário.

— Nem me fale.

Ele vem até mim, e eu meio que espero que ele se aproxime e ao menos me dê um abraço, talvez um beijo na bochecha, mas, em vez disso, me dá um tapinha no ombro.

— Que cor linda a desse vestido.

Que cor linda a desse vestido? Isso é tudo o que ele consegue dizer sobre a minha aparência? Devo ter passado umas boas duas horas me arrumando. Cachear meu cabelo longo, grosso e recém-tingido leva um tempão. E então escolhi a dedo a lingerie perfeita que destacaria o vestido, para fazer meus peitos parecerem incríveis e para não deixar dúvidas de que não havia calcinha aparecendo.

Dica: não há.

E o elogio que consigo é *linda a cor?*

Isso me deixa... triste.

No passado, eu não tinha lá uma grande autoestima, porque sempre era comparada a Lottie, a deusa das curvas. Me esforcei muito para me sentir bonita, e tem sido uma jornada. E as minhas inseguranças, junto da minha incapacidade de estar em um relacionamento, levaram a melhor.

Hoje, por causa do comentário de JP e agora o de Edwin... minhas inseguranças estão fazendo cócegas no fundo da minha mente, me dizendo que não sou boa o suficiente.

CAPÍTULO SEIS

JP

— Você ouviu o que eu falei? — Genesis pergunta, cutucando meu braço.

— Hum? Como é? Desculpe. — Pigarreio. — Está meio barulhento aqui.

— Está mesmo — ela diz em tom suave. — Mas não consigo evitar pensar que você tem estado meio distraído hoje.

Porque estou mesmo.

Estou sendo distraído por todos os vislumbres de vestido amarelo que passam pela multidão. Um vestido amarelo que parece não sair da minha cabeça desde que o vi pela primeira vez hoje. Um modelo justo que envolve a cintura dela e se abre até os tornozelos, e as alças delicadas que seguram aqueles peitos de dar água na boca, e aquela fenda... porra. Eu menti. Kelsey estava — *está* — deslumbrante naquele vestido. Por que eu disse aquilo... Bom, foi a porra do meu mecanismo de defesa.

Nunca diga que gosta de alguém, porque aí nunca vai se machucar. Quanta idiotice.

Mas, sim, não tenho prestado atenção a Genesis, porque outra pessoa me cativou por completo. E eu odeio isso.

Porra, mas como odeio o fato de ela ter controle sobre a minha cabeça a noite toda.

Depois daqueles "limites" que ela estipulou, reduzi minhas chances de ficar próximo de Kelsey a praticamente zero. E ajudei a chegar a essas chances zero? É claro que sim, e não vou fingir que não fiz isso. Uso a provocação como um mecanismo de defesa, para me proteger. Kelsey não é uma exceção.

Ela é a primeira garota por quem tive interesse por mais de uma noite. Desde o momento em que a conheci naquela sala de conferências com Lottie, quando estavam apresentando seu serviço de organização, senti a necessidade de me aproximar dela. Para descobrir quem é essa mulher determinada e inteligente, o que a faz vibrar, o que a faz feliz... quem a faz feliz.

E eu tentei tudo o que você possa imaginar para derrubar suas muralhas.

Tentei amizade, o que acabou em uma merda completa.

Tentei flertar. E fui logo cortado.

Tentei o sarcasmo, o humor, e, pois é... não acabou nada bem também.

Naquele *encontro*, me voltei ao meu último recurso: cutucá-la a ponto de irritá-la. Acho que todo mundo já sabe como isso terminou: numa continuação no dia seguinte para estabelecer limites sobre como ficar bem longe dela. Instruções recebidas.

Não sou do tipo que tenta nadar contra a maré, sei quando só estou perdendo tempo, então quando conheci a Genesis numa reunião da Mecca Tech e a gente se deu bem, não hesitei em dar uma chance ao namoro. Ela é inteligente e linda, e parecemos ser compatíveis.

Quando Kelsey está trabalhando na Cane Enterprises, tenho me comportado como um profissional, mantenho os olhos baixos a menos que receba uma pergunta direta, com o coração reservado, e evito inalar o perfume sedutor dela.

Funcionou.

Tudo isso.

Até que ela desceu aquelas escadas hoje.

Até que sua mão pousou na minha quando ela estava saindo da van.

Até que a conduzi para a entrada dos fundos da propriedade e tive um raro vislumbre de sua vulnerabilidade, algo que ela mantém muito bem escondido.

Agora sou um babaca desesperado e necessitado tudo de novo.

— Desculpe, Genesis — digo, baixinho. — Esses eventos do trabalho são sempre estressantes. Mesmo que seja para uma noite supostamente divertida, ainda há muitos olhos em mim o tempo todo.

E é bem verdade — fico mais retraído em eventos de trabalho.

A Cane Enterprises está sempre sob o escrutínio por causa do quanto nos tornamos poderosos. Nossos concorrentes não querem nada além de nos ver derrotados.

— Posso entender totalmente. A pressão de ser uma das poucas mulheres vice-presidentes no mundo da tecnologia é intensa. Parece a mesma coisa, todo mundo fica esperando que eu cometa algum erro.

— Desculpe pela interrupção — um garçom diz, parando diante de nós. — Mas estão chamando todos para seus assentos, pois o jantar está prestes a ser servido.

— É claro. — Aceno para o homem e ofereço o braço a Genesis. Ela o pega e, juntos, caminhamos para o salão de festas da propriedade.

O salão está movimentado com a elite de Beverly Hills em seus trajes mais finos. Dos ternos de Tom Ford a vestidos de designers mais desconhecidos, o brilho e o glamour quase obscurecem a causa, a razão pela qual estamos ali. Típico da maioria dos eventos desta parte da cidade. Você paga uma taxa para participar, e pelo resto da noite, o negócio é conduzido, fofoca é espalhada e acordos são feitos com um discreto aperto de mãos.

Mas não neste evento. É uma das razões pelas quais meus irmãos e eu comparecemos. Logo depois do jantar, eles recordaram aos convidados de por que estamos todos ali ao exibir um vídeo bastante comovente. Um vídeo que mostra para onde o dinheiro está indo, quem estamos ajudando e por que é tão importante. Você não só sai dali se sentindo realizado, mas também sai mais instruído e com a carteira um pouco mais leve.

Depois de receber o número da nossa mesa na recepção, cruzamos o salão de festas dourado, que é enfeitado por candelabros que pairam baixo sobre cada mesa longa e retangular. Cada mesa é decorada com peças exuberantes e discretas de lírios brancos, jogos completos de jantar e guardanapos dourados que combinam com a cor do salão e os arabescos dourados das toalhas de mesa cor creme. Um jantar requintado e íntimo que oferece a oportunidade para que os convidados se comuniquem com facilidade com aqueles do outro lado da mesa.

— Em que mesa estamos mesmo? — Genesis pergunta.

— Mesa dois. É lá na frente. Eles sempre nos colocam na frente.

Somos parados por alguns convidados com os quais troco um aperto de mão. Apresento Genesis, ela lhes entrega seu cartão, e quando enfim alcançamos a mesa, estou pronto para deixar o sorriso de lado por um segundo e apenas respirar.

Isso até eu ver que os únicos assentos livres me deixam de frente para Kelsey e seu acompanhante.

Que maravilha.

Analiso a mesa e, quando vejo um sorridente Breaker dando uma olhada em mim, fico imaginando o quanto dessa disposição foi culpa dele.

— Parece que é bem aqui. — Conduzo Genesis até a mesa e puxo a cadeira para ela.

Por um breve segundo, meus olhos se encontram com os de Kelsey, mas ela logo desvia e ajeita os talheres à sua frente. Bem, parece que o momento que tivemos lá na entrada dos fundos se foi. Deve ser melhor assim, já que ela está com o seu... Espere, aquele ali é o acompanhante dela?

Um homem desengonçado com óculos e cabelo desleixados está sentado ao lado dela, meio inquieto, e fica ajeitando os óculos a cada segundo. Ele parece bastante deslocado, desconfortável até, e seu terno mal ajustado quase engole seu pescoço quando ele está sentado.

Esse é Edwin?

Esse é o cara com quem Kelsey tem saído?

Acho que conheço o suficiente sobre Kelsey para saber que esse cara — só pela aparência, pois é, estou julgando — é um fracasso total.

— Genesis — Edwin diz ao olhar para a minha acompanhante.

Genesis olha através da mesa, enquanto eu me sento, e então suspira alto.

— Edwin, ai, meu Deus. Nossa, como vai?

Kelsey e eu trocamos um olhar confuso.

— Vocês se conhecem? — pergunto a Genesis, que agora está se inclinando sobre a mesa, estendendo a mão para cumprimentar Edwin. Ele a aperta com força.

— Estou ótimo — Edwin responde, os dois me ignorando. — Você está... nossa, você está deslumbrante.

Noto a reação de Kelsey ao elogio — uma sobrancelha baixa e uma expressão insegura. *Por que isso?* Com certeza ela sabe que é linda.

— Obrigada. Você deixou o seu cabelo crescer. Sempre achei que ficava mesmo muito bonito com o cabelo mais comprido.

Pigarreio bem alto e repito:

— Vocês dois se conhecem?

— Ah, desculpe, sim. — Genesis solta a mão de Edwin e se vira para mim. — Edwin e eu estudamos na UCLA. Fomos do mesmo grupo de estudos durante os quatro anos. Passamos muitas noites estudando juntos.

— Lembra-se daquela noite na biblioteca quando a gente colocou sorvete nas nossas mochilas?

Genesis ri.

— Pela nossa inteligência, aquilo foi bem idiota. Havia sorvete em todos os nossos livros.

— Como é que a gente ia saber que seríamos interrompidos pelo professor Harkin por meia hora?

Genesis solta uma risadinha.

— Ainda me lembro da sua cara quando você pegou o caderno e viu que estava todo melado de sorvete de morango com cookies.

— Ainda bem que você era melhor em anotar coisas no caderno do que eu, aí pude copiar tudo.

— Bem, disponha, Edwin. — Ela dá uma piscadela, e posso sentir minha irritação começar a aumentar. — O que está fazendo aqui em Los Angeles? Pensei que estava em San Jose.

— E estava, mas, três meses atrás, me mudei para cá para ficar mais perto da família.

— Você deveria ter me ligado, Edwin.

Ele cora, cora pra valer.

— Não sabia se você queria que eu ligasse...

— Está brincando? Eu teria adorado se você tivesse me ligado, é claro.

E então, eles ficam em silêncio, se encarando através da mesa.

Faíscas voam.

E bem assim, o ar fica pesado com uma história íntima.

E posso dizer, com toda a sinceridade, sem dúvida alguma, que isso não parece nada bom nem para mim nem para Kelsey.

— Ai, meu Deus, eu me esqueci completamente — Genesis diz, cortando a salada para deixá-la mais fácil de mastigar. — O time de beisebol não tinha ideia de que você podia mesmo acertar uma bola, muito menos que era o melhor lançador.

O agora muito animado Edwin se gaba.

— Os nerds também conseguem praticar um pouco de esportes.

— E atrair as garotas — Genesis completa com uma piscadela.

Kelsey empurra sua salada para o lado, enquanto limpo minha boca com o guardanapo, sem saber como contribuir para essa conversa.

Só consigo ficar pensando em como os atletas não costumam usar frases como "praticar um pouco de esportes".

— Nossa, estou muito impressionada com você, Edwin. — Genesis sorri, radiante.

— Impressionada comigo? — Edwin diz, apontando a ponta de seu garfo para o peito. — É você que é a vice-presidente da Mecca Tech.

Genesis gesticula, fazendo pouco caso.

— Mas você está mudando a área médica para a melhor possível.

— O que você faz? — Kelsey pergunta, tentando se intrometer na conversa. Mas como qualquer outra tentativa, ela foi descartada.

— Pensei em você na noite em que ganhei o prêmio — Edwin diz. — Até considerei te ligar.

— Você deveria mesmo. Eu teria atendido num segundo.

Num segundo, hein?

Bem, ela demora pelo menos algumas horas para responder às minhas mensagens.

Não sei nem por que divulguei essa informação depreciativa, mas aí está. Está claro que não sou tão importante quanto Edwin.

Pego uma colherada bem grande da sobremesa, enquanto Genesis ri tão alto que considero enfiar seu pão comido pela metade na orelha para abafar o barulho.

— As calças estão no forno, ai, meu Deus. — Genesis passa a mão no rosto, limpando as lágrimas de riso.

A piada não é nem tão engraçada assim.

As calças estão no forno é a frase de efeito... sinceramente, eu nem sequer entendi.

E, pelo que parece, nem Kelsey, que está distraída, tomando goles de água, olhando ao redor do salão.

— Eu sabia que você ia gostar dessa — Edwin diz. — Você sempre teve um ótimo senso de humor.

— E você sempre sabe como me fazer rir — ela responde.

Meu Deus.

Credo.

— Espere, então Christie e Matt terminaram? — Genesis pergunta. — Pensei que estavam destinados a ficarem juntos para sempre.

É claro que não estavam.

— Christie estava traindo o Matt — Edwin diz.

Ahh... agora sim este é um assunto em que posso embarcar. Vamos mergulhar nos detalhes.

— Como é? — Genesis indaga. — Mas ela me disse que Matt era o melhor com quem ela já namorou.

— Foi com o treinador dela.

— Espere... ela treinava com o Sven? Foi com ele? — Genesis pergunta.

Quando Edwin assente, ela dá um tapa na mesa.

— Você já viu o Instagram dele? Ele tem um perfil de "só para fãs".

O que poderia significar uma coisa: o coitado do pênis do Matt foi ofuscado pelo do Sven, que deve estar mais para um mamute.

Não estou lá muito animado em ser ignorado a noite toda, mas a fofoca sobre Matt e Christie pelo menos capturou meu interesse por um segundo. Não conheço essas pessoas, mas a fofoca de traição é mais divertida do que as piadas sem graça de Edwin.

No entanto, não parece que todo mundo está interessado no drama de Matt e Christie. Quando dou uma olhada em Kelsey, eu a vejo inclinada sobre a mesa, com o queixo na mão, parecendo mais exausta do que nunca. Estou tentando não deixar essa mulher ocupar meus pensamentos de novo, mas, na verdade, me sinto mal por ela, vendo-a tão entediada.

Parece que só há uma solução para esta noite nada convencional, uma solução que vai tornar esta situação um pouco mais tolerável...

— Por que raios você trocou de lugar com Edwin? — Kelsey pergunta, entre dentes cerrados. Não tenho certeza se já vi uma mulher tão bem equilibrada e extremamente acalorada ao mesmo tempo.

Bom... achei que fosse uma boa ideia. Mais uma vez, estou errado.

— Troquei porque aí pelo menos a gente não precisa mais ficar ouvido sobre os velhos tempos na UCLA — respondo, me recostando na cadeira e olhando ao redor do salão.

A apresentação sobre o Hospital das Crianças acabou, e, por um segundo, pensei que aquela seria a nossa deixa, que assim que as luzes estivessem acesas de novo, eu poderia tirar Genesis dali e trazer sua atenção de volta para mim. Mas assim que a apresentação terminou, Edwin se inclinou sobre a mesa e começou a falar sobre a cafeteria que eles costumavam frequentar o tempo todo.

Que porra mais entediante.

Eu não podia mais aguentar, então troquei de lugar com ele, que aceitou muito bem. E agora estou sentado perto de Kelsey, imaginando se foi uma boa ideia, afinal, e se eu não deveria ter continuado com a monótona viagem no tempo de Genesis e Edwin.

Será que ninguém ensinou para eles que ignorar seus acompanhantes é de uma grosseria do caralho?

Mas, não, agora estou preso com a mulher irritadiça e insatisfeita que mal olha na minha direção.

E ali estava eu, bancando o bom samaritano, tentando ajudar a donzela em um perigo enervante e indo a seu resgate, talvez dar a ela alguém com quem conversar, mas é claro que ela prefere ficar olhando para longe e escutando sobre as lembranças de Edwin a falar comigo.

Se eu fosse um homem melhor, ficaria sentado em silêncio com ela.

Mas, a essa altura, todo mundo já sabe que não vou deixar esse comportamento passar.

Me inclinando para perto de Kelsey, sussurro:

— Você gosta mesmo desse cara?

A fria fachada de rainha do gelo se aquece — só um pouquinho —, enquanto ela dá de ombros e olha, distraída, para suas unhas cor nude e bem-cuidadas.

— Achei que ele fosse legal.

— É isso que estava procurando? Legal?

— Não estou procurando um babaca, se é o que está perguntando —

ela diz enquanto me lança um único olhar.

— Você está me chamando de babaca?

— Se a carapuça servir, JP.

— Você gosta mesmo desse cara?

Me inclino para que apenas ela possa me ouvir quando falo:

— A carapuça com certeza não serve. Se tivesse me conhecido de verdade, teria visto que sou muito mais do que pensa de mim.

— Não concordo. Você não parece conseguir levar nada a sério, e acho isso desagradável, você é bagunceiro, algo que abomino, e vê o copo meio vazio, em vez de meio cheio. — Ela cruza as pernas e descansa as mãos no colo.

Olhe só como ela é divertida pra caramba.

— Entendo. — Não é a definição de um babaca, mas provavelmente seria meio babaca se eu dissesse isso.

Ela entendeu tudo errado. Tudo bem, minha mesa é uma bagunça, mas é do jeito que eu gosto, porra. E posso ser desagradável, mas não consigo evitar a forma como busco atenção. Está no meu sangue e eu não deveria ser punido por isso. E essa do copo meio vazio? Isso é ser realista.

Não vou andar por aí achando que o mundo é todo cor-de-rosa, uma festa com filhotinhos, e onde chiques sobremesas parisienses são servidas e comédias românticas ficam se repetindo como música ambiente.

Foi mal.

Já tive que enfrentar merda demais quando mais novo, sendo sugado para uma profissão que nunca pedi e acabando preso, sem perspectiva de saída, para ficar aqui dizendo só sim... Minha vida é um copo meio vazio.

Posso ter dinheiro, mas o que dizem por aí é verdade: dinheiro não compra felicidade, e essa é a coisa mais honesta que já ouvi na vida.

Não sei de onde ela tirou essa opinião ruim a meu respeito, mas parece que pegou.

Tudo bem, eu sei... eu sei, fui meio que um idiota no nosso encontro surpresa, mas o que eu deveria fazer? Ficar sentado lá e deixar que ela agisse como se fosse a pior coisa do mundo ter que sair comigo? Um cara precisa salvar sua dignidade de alguma forma.

Então Edwin se levanta da cadeira e pega a mão de Genesis. Se virando para Kelsey, ele pergunta:

— Está tudo bem se eu chamar Genesis para dar uma volta na pista de dança?

Porra, esse homem tem colhões.

E eu achando que ele era um pouco covarde só por causa dessa mania de ficar ajeitando os óculos a cada seis segundos, mas aí ele vem e faz essa façanha. É preciso uma enorme quantidade de tolice para fazer algo assim. Não sabia que ele tinha isso nele.

— É claro. — Kelsey abre um sorriso gentil, mas esse sorriso logo desaparece quando o "casal" feliz se vira e sai em direção à pista de dança.

— Ai, isso deve doer — digo.

— Hã, ele roubou a sua acompanhante, então não sou a única perdedora aqui.

Dou de ombros.

— Eu não estava tão a fim dela. Sério, eu só a trouxe porque meus irmãos disseram que eu deveria estar acompanhado.

— Então por que Breaker não trouxe ninguém?

Dou uma olhada no meu irmão solteiro, que está entretendo um grupo de mulheres.

— Porque ele consegue passar a imagem de estar com alguém, quando não está de verdade. É o tipo de charme do irmão mais novo.

Ela cruza os braços sobre o peito.

— A noite tem sido ridícula.

— Me conte como está se sentindo de verdade.

— Preferiria não contar.

— Por que não? Nós dois estamos aqui, deixados de lado pelos nossos acompanhantes. A gente pode muito bem se divertir na companhia um do outro.

— Não há nada divertido na sua companhia.

Meu Deus, como ela é rabugenta. Mas com ótimas tiradas. Preciso dar o crédito.

— Então o que é tão divertido na companhia do Edwin? Antes de ele se animar com essa viagem ao passado, parecia um pouco chato.

— Ele não é chato. Só diferente.

— Diferente? Como assim?

Se soltando um pouco mais, ela diz:

— Bem, ele gosta de pássaros, e eu acho isso fascinante. Não o fato sobre os pássaros em si, isso pode mesmo ficar meio chato às vezes, mas como ele está tão sintonizado com a natureza que consegue reconhecer o canto específico de cada espécie.

— Foi assim que ele te seduziu para a cama? Assobiando e batendo os braços?

Os olhos de Kelsey miram os meus em um olhar mortal.

— Para a sua informação, ainda não fomos para a cama. Só nos beijamos. E ele não é o tipo de geek que fala sobre pássaros só para abrir um sutiã. Ele simplesmente gosta de contar histórias.

— Deu para perceber com essa conversa comunzinha que ele teve aqui.

— Como se a Genesis fosse melhor — Kelsey retruca. — O que viu nela?

— Estatura — respondo, sincero.

— Eca, isso é nojento.

— Pelo menos eu tenho um propósito para estar com alguém. Você só estava com Edwin porque estava desesperada.

Ela engasga e se vira totalmente para mim.

— Eu não estava desesperada. Estou tentando encontrar minha alma gêmea, sabe, alguém por quem me apaixonar, não que você possa entender esse tipo de sentimento com esse seu coração frio e sem vida.

Pressiono a mão no peito.

— Sem vida, nem tanto. Há uma pulsação constante batendo nas minhas veias desalmadas. Agora, frio, essa é uma descrição precisa. — Quando ela desvia o olhar, eu a pressiono um pouco mais: — O que ele achou do seu vestido?

Ela olha para mim sobre seu ombro nu.

— Como assim?

— Quando Edwin te viu pela primeira vez hoje, ele disse algo poético sobre como você o lembra do chapim favorito dele empoleirado em um campo de flores.

— Não. — Ela ergue o queixo.

— Tudo bem, então o que ele disse?

— Por que isso importa?

— Porque você disse que está em busca do amor. Uma simples reação à sua aparência hoje pode garantir uma resposta a como ele se sente com relação a você. E aí, o que ele disse? Um simples *você está linda*? Talvez um tímido... *uau*?

Sua mandíbula cerrada se move para frente e para trás, enquanto ela encara a pista de dança.

— Ele disse que meu vestido tinha uma bela cor.

— E?

— E foi isso. — Ela pega sua taça de água e toma um gole.

— Espere, isso foi *tudo* o que ele disse? Que o seu vestido tem uma bela cor?

Ela pousa a taça com cuidado e posso ver a amargura em seus movimentos, a forma como fecha os punhos, e o desejo em seus olhos enquanto olha cada casal na pista de dança.

Não sei quanto tempo ela levou para se arrumar para a noite.

Não consigo nem imaginar pelo que passou para encontrar o vestido perfeito.

Nem posso imaginar o entusiasmo que sentiu ao pensar em seu acompanhante a vendo — e que visão.

Mas tenho observado Kelsey por alguns meses, e sei quando está irritada, e provavelmente quando está machucada. Então de uma coisa tenho certeza: o tempo que ela passou se arrumando era suficiente para garantir uma reação melhor do que *bela a cor do vestido*. E me faz sentir ainda mais babaca por ter dito a ela que já vi melhores. *Merda*.

CAPÍTULO SETE

KELSEY

Eu queria que ele tivesse me deixado em paz.

Queria não ter sido deixada na mesa, tendo JP como a única pessoa com quem conversar.

Caramba, queria que Edwin tivesse ao menos um pouquinho de bom senso e não me deixasse ali esperando, ainda mais que fui eu que o trouxe.

Mas não tenho essa sorte, não é? E é claro que durante a apresentação, recebi uma mensagem de Lottie, que simplesmente desapareceu a festa inteira. Ela e Huxley voltaram para casa. Isso foi enviado com um *emoji* de berinjela e três gotas esguichadas. Ela também confiou que Edwin fosse me levar de volta para a casa dela para que eu pegasse meu carro.

Ah, se ela soubesse.

— Eu te fiz uma pergunta — JP diz ao meu lado.

Perdida em pensamentos, falo:

— Hã... qual foi a pergunta mesmo?

— Sobre Edwin. Tudo o que ele disse foi que seu vestido tem uma bela cor?

Ah, sim, ainda estamos nessa.

— Não quero falar sobre isso.

Ele faz uma pausa e posso sentir seus olhos em mim. Na verdade, não me deixaram desde que ele trocou de lugar com Edwin. Suas íris verdes... focadas totalmente na minha direção, como uma mãe chata, me cutucando no ombro a cada segundo para fazer uma pergunta que não quero responder.

Ele não deveria estar olhando para a pista de dança para reconquistar sua acompanhante? Sua linda e doce acompanhante... que com certeza parece mais a fim de Edwin do que de JP. *Isso é tão, tão esquisito.*

— Tudo bem, então... — Ele estende a mão. — Venha dançar comigo.

Olho para sua palma enorme e os dedos longos e então de volta para ele.

— Como é?

Se inclinando para perto, seu perfume suave e sedutor gira ao meu redor, ele diz:

— Dance comigo.

Tudo bem...

Dançar com JP. Posso listar mais do que uma razão de por que não quero fazer isso.

Uma: estar em seus braços é a última coisa que quero fazer.

Duas: não consigo imaginar um cenário em que eu não dê uma joelhada "sem querer" em seu membro por causa de algo irritante que ele irá dizer enquanto dançamos.

E três: seu perfume está sedutor demais no momento. Gosto do cheiro dele, o que provavelmente vai me fazer ter pensamentos positivos a seu respeito, e eu não quero isso. Quero pensar que ele é o pior para sempre.

Mas...

Orgulho é uma coisa engraçada.

Vim para esta festa de gala com a intenção de me perder a noite toda com um cara legal. Pensei que falaríamos sobre os ninhos que cada ave favorita de Edwin faz, eu beberia algumas taças de champanhe e eu esperava que talvez... só talvez, Edwin tivesse autoconfiança suficiente para ao menos tentar me empurrar contra o seu carro e me pegar.

Acho que todo mundo pode concordar que esses eventos imaginados não vão rolar hoje. Eu não quero ser a garota que foi deixada de lado no evento. Não quero ser a garota em um vestido com uma *bela cor*, e não quero ir embora me sentindo como a última garota a ser escolhida... se isso faz sentido.

Quero me sentir valiosa, e mesmo que aceitar a mão estendida de JP Cane possa me conduzir para uma valsa com o diabo, eu estou desesperada.

— Quer saber, seria uma grosseria dizer não — ele diz. — Quando um homem oferece uma dança, é educado aceitar a mão dele. — Já que não digo nada, ele acrescenta: — Você não pode estar pensando em ficar sentada aqui, como uma planta, pelo resto da noite.

Meus olhos piscam para os seus.

— Nossa, você sabe mesmo como cantar uma mulher.

Ele sorri.

— Obrigado.

— Não foi um elogio.

— Pareceu um para mim.

Será que ele poderia ser ainda mais irritante?

Espere, não responda. Tenho certeza de que sim.

Aff, meu Deus, não posso acreditar que vou fazer isso.

Coloco a mão na sua e observo seu rosto se iluminar com um sorriso safado.

— Boa escolha, Kelsey.

Lembra aquela coisa que falei sobre "dar uma joelhada nas bolas"? As chances só aumentaram.

Ele se ergue primeiro da cadeira, então me ajuda a levantar e me conduz para o lado para empurrar nossas cadeiras para a mesa.

Por alguma razão, sinto como se todos os olhos do salão estivessem em nós, enquanto andamos devagar pelas mesas abarrotadas. *Por que a pista de dança não pode ficar na frente do salão onde estamos, em vez de na lateral?* Ele para a fim de cumprimentar algumas pessoas, um empresário galante agitando o salão. Mantém a mão na parte inferior das minhas costas enquanto fala, sem nunca deixar de me apresentar e comentar sobre o que faço.

É... uma coisa gentil da parte dele. A coisa certa a fazer. *Profissional.* Tenho certeza de que a etiqueta do mundo dos negócios foi ensinada a ele desde muito cedo, então é natural que se porte assim. Não tem nada a ver comigo.

— Desculpe — ele sussurra na minha orelha, enquanto nos aproximamos da pista de dança. — É impossível andar nesses eventos sem ser parado.

— Não se gabe. A necessidade de conversar com você é por pura obrigação. Essas pessoas não gostam de você de verdade. — Eu quero mesmo morder a língua. Está claro que Edwin ter me abandonado me afetou mais do que imaginei. *Ou talvez eu não queira parecer uma fracassada na frente de JP.* De qualquer modo, vê-lo fazendo conexões no salão tem sido uma grande lição para mim. Ele tem um tino para os negócios que admiro. *Mas... preciso permanecer imperturbável.*

Seu nariz vai para perto da minha orelha, enquanto sua mão está nas minhas costas, me guiando.

— Hum, adoro quando você fala sacanagem comigo.

— Você é desagradável.

— Você já disse isso antes.

— Só estou te lembrando.

Estamos quase longe das mesas agora, e ele passa a mão nas minhas costas, me conduzindo para sua frente.

— Não preciso ser lembra-*aaaahhh*.

JP exala na minha pele, como um sopro de um vento muito forte. Há um estrondo alto e, em seguida, um baque terrível.

Eu me viro a tempo de ver JP caindo na pista de dança, com os braços apertando a barriga e suas longas pernas estendidas.

— O que...

— Filho da... — ele começa, mas se interrompe. Olhos estremecem pela imensa quantidade de dor, e ele respira fundo algumas vezes. E só então, quando acho que ele está prestes a desencadear uma infinidade de palavrões, o salão fica em silêncio. Todos os olhos estão em nós.

Ele geme.

Estremece de dor mais uma vez e então solta uma alta... e enérgica reação...

— Caram... bolas — ele geme.

Carambolas?

Nada de *filho da puta?*

Nem *puta merda?*

Nem *caralho porra merda?*

Só um simples e clássico, ao estilo de George Bailey, de *A Felicidade não se Compra*, "carambolas".

Eu bufo.

Minha mão cobre a boca e tento segurar a risada que está fervilhando em mim.

Se sei uma coisa sobre JP Cane é que ele não é do tipo *carambolas*.

Ele é do tipo que sussurra as palavras *pau duro* no seu ouvido, sem parar, só pelo prazer disso.

Sem saber o que fazer, considero me curvar e perguntar o que aconteceu, quando um senhor atrás de JP se levanta de sua cadeira, trêmulo. E é quando vejo a cadeira fora do lugar no meio do caminho. Ah, não, JP deve ter sido acertado em cheio enquanto passava. Com a ponta da bengala, o senhor cutuca a perna de JP e diz:

— Olhe por onde anda, rapaz.

Sem se importar com o que causou, ou mesmo a insinuação de um pedido de desculpas, o senhor corajoso sai mancando, resmungando alguma coisa sobre as pessoas ficarem no meio do caminho.

Um garçom logo ajuda JP a se levantar, erguendo-o por sob seu braço. Alguns dos homens que acabaram de cumprimentá-lo vieram perguntar se está tudo bem, mas só consigo focar em como JP está me encarando, como se eu tivesse sido a pessoa que o derrubou com a cadeira.

— Estou bem — ele diz, limpando o terno.

— Tem certeza? — um dos garçons pergunta. — Posso pegar gelo para o senhor.

— Não há necessidade. Acho que a única coisa ferida aqui é o meu orgulho. Não esperava que um homem de setenta anos pudesse me derrubar assim.

Outra bufada.

Outro olhar dele.

— Vou ficar bem. — Ele dispensa o garçom e, mais uma vez, fecha o espaço entre nós, pega minha mão e me leva até a pista de dança.

— Caram... bolas.

Ainda estou rindo baixinho quando ele me puxa para perto de seu corpo, sua mão na parte inferior das minhas costas, a outra mantendo nossas palmas bem juntas. Com a boca muito perto da minha orelha, ele pergunta:

— Você achou aquilo divertido?

— Bastante — respondo, enquanto ele me aproxima. Meu peito está pressionado no seu, nossas pernas, entrelaçadas, e, sinceramente, mal consigo dizer onde eu começo e onde ele termina. Nossos corpos se fundem, como ímãs, atraindo, puxando, sem nenhuma forma de se libertar.

É inesperado.

É condenatório.

Não é uma posição em que eu gostaria de estar com JP, mas não parece que há uma forma de escapar.

— Então o fato de eu ter sido machucado e humilhado na frente de um monte de gente é hilário para você?

— Um pouco de humor pastelão nunca fez mal a ninguém. Mas não foi o que aconteceu com você, e sim a sua reação. — Solto um riso suave, enquanto ele me move pela pista de dança. Estamos balançando devagar ao som de uma versão instrumental de *Wildest Dreams*, de Taylor Swift, mas a forma como ele está girando faz o salão ficar borrado, e não consigo focar em mais nada além de nós dois, e só nós dois.

Sua respiração silenciosa enquanto flutuamos pelo piso de parquet.

O aperto firme de sua mão na minha, me guiando para o próximo movimento.

O sussurro gentil de suas palavras na minha orelha, enquanto ele fala baixo o suficiente para manter nossa conversa particular.

— E o que na minha reação fez você rir? — Ele me solta, me gira, assim meu vestido flutua ao vento, então me puxa de volta para perto de seu peito. Minha respiração fica presa e meus olhos se arregalam pelos movimentos elegantes de dança que eu não estava esperando.

Quando não respondo de imediato, ele baixa os lábios até minha orelha e diz:

— Estou esperando, Kelsey.

Esperando.

Ele está esperando por... ah, é, pela resposta à sua pergunta.

O que está acontecendo comigo? Um giro pela pista de dança e eu já não consigo manter os pensamentos no lugar.

Meu cérebro parece enevoado, interrompido, desorientado. Sua palma quente desliza e para bem acima da curva da minha bunda, e eu só consigo pensar em... será que as pessoas estão vendo? Será que acham que somos um casal? Será que ele vai baixar ainda mais a mão?

Umedeço os lábios e foco na conversa.

— Me corrija se eu estiver errada, mas *carambolas* não é o tipo de coisa que eu pensaria que sairia da sua boca.

— Você estaria correta sobre isso — responde, e então, para minha total surpresa, ele se prepara e me mergulha. Meu suspiro surpreso o faz sorrir quando ele me levanta de volta. — Mas o que esperava que eu dissesse? Aquele maldito velhote acabou comigo, quase cortou meu pau fora com a beirada da cadeira. Não achei que *filho da puta* fosse apropriado para a ocasião.

A música diminui de velocidade, assim como nós. Quase parece que ele criou a própria dança para a música e foi me guiando com precisão e graça, algo que eu não esperava que ele tivesse.

— Bem, foi engraçado, é isso — digo. Minha habilidade de vir com uma resposta espirituosa se foi completamente enquanto sua mão sobe para minha espinha. Agora está tocando uma música lenta, e quando penso que nossa dança terminou, ele não me solta. Em vez disso, continua nos movendo, enquanto dois violoncelistas ocupam o centro do palco e tocam *With or Without You*.

É lindo o deslizar profundo das cordas pairando através do salão dourado enquanto os candelabros diminuem, criando um clima mais romântico. Estive tão irritada com Edwin e Genesis que negligenciei por completo o romance da noite — não que haja qualquer romance entre mim e JP, mas o ambiente oferece um clima deslumbrante para um primeiro beijo.

— No que você está pensando? — JP pergunta. — Quase posso ver as engrenagens girando na sua mente.

— Este salão é lindo. Finalmente estou tirando um momento para apreciá-lo.

— É mesmo — ele concorda, em tom suave. — A comida, a decoração, a banda. É sempre a mesma coisa todo ano, e mesmo que beneficie as crianças, sei que muitos casais vêm a este evento só pela experiência.

— Dá para ver o motivo. É tudo tão chique.

— Foi assim que você imaginou a noite?

Balanço a cabeça de leve.

— Não, não imaginei ser largada pelo meu acompanhante e terminar a noite dançando com você.

— Digo a decoração, a impressão, o clima. Já sei que estar aqui, nos meus braços, com a pessoa que mais te repele, não estava no topo dos seus pensamentos.

A forma como ele diz isso, o desânimo em seu tom, na verdade, me faz sentir mal. Ele pode me incomodar e me irritar, agora mais do que nunca, mas se eu conseguir arrancar esse mecanismo de defesa que o faz agir feito babaca, sei que há um homem bom por baixo de todo o sarcasmo.

— Você... não me repele, JP.

— Não estou querendo a sua pena, só estou querendo uma resposta à minha pergunta.

Mas ele não me repele. Ele pode não ser minha pessoa favorita, mas repelir? Tipo, se ele me repelisse, de jeito nenhum eu o deixaria me segurar assim tão perto. Eu não estaria me perdendo em seu perfume delicioso, um perfume que sei que vai se agarrar a mim pelo resto da noite.

Mas ele é um homem orgulhoso, e sei que não é do tipo — em momentos sérios — que fica querendo elogios.

— Não sabia o que esperar deste evento. Só achei que tinha que ser bom pelo preço. Mas isso aqui, quase um *Grande Gatsby*, é disso que os filmes são feitos.

— Nenhuma das doações vai de fato para o evento. Este evento é organizado por uma sociedade que ganha o próprio dinheiro. É uma das razões pelas quais o amamos tanto. É uma arrecadação genuína. Pouquíssimos negócios ocorrem aqui.

— Por isso você trouxe uma acompanhante? — pergunto, com uma curiosidade real sobre ele e Genesis.

Não que eu seja a expert em JP Cane, mas ele não me parece o tipo de cara que namora. Parece mais o tipo que fica pulando de cama em cama a cada noite. O que nunca sossega, que flerta sem vergonha alguma e que não precisa de outra companhia além de si mesmo.

— Genesis e eu nos conhecemos algumas semanas atrás. Ela é esperta, alguém com que dá para ter uma conversa inteligente, e quando saímos, eu me divirto. Pensei que este seria um bom lugar para trazê-la, deixá-la se enturmar com algumas pessoas, fazer conexões. Mas não esperava que fosse se entreter com o seu acompanhante.

— É, nem eu — digo, baixinho.

JP se afasta apenas o suficiente para nossos olhos se encontrarem, seus verde-claros com os meus castanho-esverdeados.

— Olhe, Kelsey, ele...

— Com licença. Desculpe interromper — Edwin diz ao se aproximar de nós, com Genesis ao seu lado. — Espero que não seja um problema, mas acho que vamos embora agora. — Edwin aponta para a porta atrás de si. — Genesis está com dor de cabeça e achei que seria melhor levá-la para casa.

Meu estômago embrulha. Ele vai embora da festa com outra pessoa?

A dor por vê-lo conversar com outra pessoa durante a noite inteira já foi um golpe em cheio no ego, é claro.

Vê-lo dançar com outra pessoa seria digno de encher a cara.

Mas vê-lo ir embora...

O braço de JP endurece ao meu redor quando ele diz:

— Claro, valeu, cara.

— Está tudo bem para você? — Genesis pergunta. Nem consigo olhar para eles, porque, com o canto do olho, posso ver a mão de Edwin entrelaçada na de Genesis.

— Está — JP responde, com a voz controlada.

— Tudo bem, então... obrigado pela ótima noite — Edwin fala antes de me dar um tapinha no ombro e sair.

É tudo o que consigo.

Um tapinha no ombro.

Tinha esperanças de que a noite seria tão diferente. Pensei que Edwin e eu pudéssemos nos conhecer um pouco mais, ficar mais confortáveis um com o outro, talvez até rolasse outro beijo.

Mas ele está levando outra mulher para casa.

E isso é um soco forte na barriga.

Meus pés param de se mexer, e meu aperto afrouxa em JP.

— Cabeça erguida — ele sussurra enquanto me gira. — Não deixe que ele veja que você está triste.

— Mas eu estou.

— Eu sei. — Agora a boca de JP está tocando minha orelha, enquanto ele fala suavemente: — Mas dê a eles mais alguns minutos, e aí vou tirar você daqui.

Meus lábios tremem e posso sentir que meus olhos estão estremecendo também, e quando acho que uma lágrima vai escorrer, JP aperta minha mão com mais força, me gira e sorri para mim, antes de me puxar de volta. É o suficiente para esquecer por um momento que, mais uma vez, o romance não é mesmo para mim.

— Boa noite, sr. Cane — o motorista diz ao abrir a porta de trás para nós.

Depois que Edwin e Genesis se foram, passamos mais cinco minutos na pista de dança até JP me escoltar para os fundos do salão e enviar uma rápida mensagem. Então ele me guiou até o bar, onde me entregou uma taça cheia de vinho e disse que não iríamos embora enquanto eu não bebesse tudo.

Não precisei de mais do que um minuto.

Com o vinho no estômago e o coração pesado, fomos para a entrada da mansão, onde o motorista de JP calhou de já estar esperando. Não sei se

Huxley planejou isso ou se o motorista consegue dirigir na velocidade da luz, mas não precisei ficar no evento mais do que o necessário.

JP me ajuda a entrar no carro e então desliza para o meu lado. Nós dois apertamos o cinto e, assim que o motorista se acomoda em seu assento, JP diz:

— Para a minha casa.

Já não tenho forças para discutir os detalhes, para considerar se JP tem alguma ideia do que vai acontecer hoje, então inclino a cabeça para o lado e fico olhando pela janela.

O céu escuro e estrelado paira sobre nós enquanto passamos por fileiras e mais fileiras de casas impressionantes. E a cada casa fechada pela qual passamos, não consigo evitar e fico imaginando se as pessoas que moram ali estão apaixonadas de verdade ou se vivem num mundo em que abandonar um acompanhante por outra pessoa é a norma.

Meu Deus, como eu esperava mais do Edwin, o amante de pássaros. Ele era tão... legal. Meio nerd, mas com certeza alguém em quem pensei que pudesse confiar. Tudo bem, só nos conhecemos por algumas semanas, mas acho que sou boa julgando caráter.

Mas as ações de Edwin refletem algo que eu quase esperava que JP fizesse. E, ainda assim, foi JP quem fez questão de me ajudar a não parecer uma tola, que deu uma volta comigo pela pista de dança, e o que me fez esquecer, mesmo que só por um momento.

Parece que há algo bom nele, afinal.

— Ele é um idiota — JP solta, enquanto o carro vira à direita e a casa de Huxley aparece à vista.

— Como é? — pergunto.

E em vez de virarmos à direita para entrar na casa de Huxley, viramos à esquerda para um portão enorme e imponente que se abre enquanto nos aproximamos.

JP fica em silêncio por um momento, e quando o carro estaciona, ele estende a mão para o motorista e abre a porta por si próprio. Já fora do carro, se inclina e estende a mão para mim. Desorientada, eu a aceito, e ele me ajuda a sair. Assim que fecha a porta, o motorista vai embora, me deixando sozinha sob as estrelas com JP.

Juntos, minha mão ainda na dele, ficamos ali na garagem, a escuridão da noite nos envolvendo.

— Edwin — JP diz. — Ele é um idiota.

— Ele não é um idiota, é só...

JP ergue meu queixo, me forçando a olhar em seus olhos. Desta vez, quando fala, é com um tom mais autoritário.

— Ele é um idiota, Kelsey. Sabe como sei que ele é um idiota?

Por seu olhar sincero e seu aperto firme em meu queixo, fico sem palavras. Me sinto capturada, cativada e pega neste redemoinho inesperado de uma noite com JP. E não sei como lidar com isso.

Ele dá um passo para mais perto.

— Edwin é um idiota, porque ele não apreciou nada além da cor do seu vestido. O que ele deveria ter dito no momento em que te viu era que você estava de tirar o fôlego, como o amarelo do seu vestido fazia o dourado dos seus olhos cintilar ainda mais. Ele deveria ter erguido sua mão e pressionado um beijo leve nos nós dos seus dedos, assim te reivindicaria na frente de todo mundo. Os olhos dele jamais deveriam ter se desviado dos seus. E quando ele baixasse sua mão, deveria ter dado um passo mais para perto, se inclinado a apenas centímetros da sua orelha e dito como seu perfume era inebriante e delicioso.

Meus pulmões ficaram apertados.

Minhas pernas derreteram, como sorvete em um dia escaldante.

E minha mão entrelaçada na de JP estremeceu sob seu aperto.

O... o que ele está fazendo?

Por que está dizendo todas essas coisas?

Qual é o seu objetivo?

A romântica em mim adoraria acreditar que ele está sendo sincero. Que ele *pensa* todas essas coisas sobre mim. Mas, infelizmente, suspeito que só há um objetivo quando se trata de JP com uma garota, tarde da noite, parados em frente à sua casa. Tenho certeza de que sei o que ele quer. E não sou cega. Dá para entender o apelo. Ele é um homem extremamente bonito, afinal. Pode deixar você caidinha com um olhar, com um lampejo de seus olhos safados. Dá para *sentir* seu olhar.

Assim como posso senti-lo agora.

O lampejo de seus olhos nos meus lábios.

A ponta da língua em seus lábios, umedecendo-os. Preparando.

O passo que ele dá para fechar o espaço entre nós mais uma vez.

Os sinais, estão todos aí.

E eu posso estar triste. Posso estar me sentindo desamparada, mas de uma coisa sei: uma noite na cama de JP Cane não vai ajudar em nada.

Então solto sua mão e dou um passo para trás.

— Não vou dormir com você, JP. — As palavras voam para fora da minha boca em uma enxurrada, deixando clara minha posição.

Seus elogios, sua gentileza, não vão influenciar minha decisão.

E quando olho em seus olhos, para me manter firme, não encontro seu sorriso malicioso habitual ou sua expressão sedutora, e sim uma carranca. Suas sobrancelhas escuras e grossas estão juntas, e a suavidade se transformou em um olhar severo, quase ofendido.

Seus lábios se torcem para o lado com escárnio, e quando acho que ele vai dizer alguma coisa, sua mão passa por seu cabelo grosso enquanto ele se vira.

— É — ele diz, bufando, de costas para mim. — Vamos levar você até o seu carro.

Com a mão ainda no cabelo, ele anda até o portão da garagem, sem nem se dar ao trabalho de me esperar. Corro atrás dele, enquanto ele abre um portão individual não detectável, escondido nos arbustos. Ele o mantém aberto para mim, e, antes de passar, paro e ergo o olhar para ele.

— Você não pode ficar bravo só porque eu não quis dormir com você, JP.

Ele olha para o céu e solta um suspiro pesado.

— Apenas passe pelo portão, Kelsey.

A irritação exala dele, e mesmo que eu tenha essa necessidade de pressioná-lo, de fazê-lo entender meu ponto de vista, dá para ver que isso só o deixaria ainda mais nervoso. Mantendo a compostura, passo por ele e pelo portão, e então, juntos, atravessamos a rua até a casa de Huxley e Lottie, onde, mais uma vez, JP abre o portão para mim e me leva direto ao meu carro.

— Você está com as chaves aí? — ele pergunta.

— Aqui. — Ergo a bolsinha.

— Ótimo. — Ele se afasta e enfia as mãos nos bolsos.

Ele não diz outra palavra, e não consigo evitar de sentir que fiz algo errado. Ele foi galante e gentil, o que aprecio de verdade, mas deveria ser tudo bem usar só palavras — *e não o meu corpo* — para agradecê-lo.

— JP...

— Tenha uma boa noite, Kelsey. — Ele recua mais um passo, e me dou conta de que não vai embora enquanto eu não entrar no carro e ligá-lo, em outro ato de cavalheirismo que eu não esperava dele. A noite inteira tem sido incrivelmente inesperada e não sei se sou capaz de refletir sobre tudo isso, não quando estou exausta e mentalmente esgotada.

Ainda bem que só bebi mesmo aquela única taça de vinho, então posso dirigir. Destranco o carro e entro. Considero dizer alguma coisa a JP. Um *obrigada*, talvez, mas quando me viro para abrir a janela, ele já está atravessando a rua para a sua casa.

Bem, acho que é isso.

Com o coração pesado, ligo o carro e dirijo até o meu pequeno apartamento.

Feitos um para o Outro

Kelsey: Seja bem-vindo, ouvinte, a mais um Podcast Feitos um para o Outro. Aqui a gente conversa com casais loucamente apaixonados sobre como eles se conheceram. Rath e Charlee, muito obrigada por se juntarem a nós hoje. E aí, como vocês se conheceram?

Charlee: Primeiro, posso dizer o quanto eu amo este podcast? Não posso acreditar que você está fazendo mesmo este episódio com a gente. Ahh, ouço toda semana. E é claro que o Rath acha que sou maluca quando começo a falar sobre os casais, mas ele é um dos caras mais rabugentos que você vai conhecer. Tive que suborná-lo com favores sexuais para trazê-lo aqui.

Rath: O filtro, Charlee.

Charlee: Ele está preocupado mesmo, achando que vou dizer algo que possa envergonhá-lo. Tudo bem, pode até acontecer, porque não sei quando parar de falar. Me faça uma pergunta que eu só vou soltando. Mas, é, falei para ele que faria alguns favores debaixo da mesa enquanto ele trabalha...

Rath: Pelo amor de Deus, Charlee.

Kelsey: Ah, por favor, me conte mais sobre esses favores.

Charlee: Bem, ele gosta mesmo quando eu faço cócegas...

Rath: A gente se esbarrou em uma convenção de material para escritório. Eu precisava de uma assistente. Ela me deixava louco com tanta falação. Mas, de alguma forma, me apaixonei, a gente se casou e fim da história.

Charlee: Ele não é um charme?

CAPÍTULO OITO

JP

Duas semanas depois...

— Oi. — Há uma batida à porta. Ergo o olhar e vejo Huxley colocando a cabeça dentro da sala. — Na sala de conferências em dez minutos.

— Já recebi os onze malditos lembretes que você enviou. Estarei lá.

— Estou só me certificando.

— Já sou adulto, Hux. Sei como organizar a porra do meu dia. — Me volto para o computador e vou passando pelos e-mails irritantes que tive que ficar respondendo a manhã toda.

Quando a porta se fecha, solto um suspiro de alívio, até perceber que Huxley não saiu, e sim entrou no meu escritório. Ele ocupa um assento de frente para mim e cruza as pernas.

— Pode me falar por que tem sido um cretino ultimamente?

Pressiono os dedos na testa, tentando afastar a enxaqueca iminente.

— Que tal você voltar ao seu escritório e me deixar em paz, porra?

— Olha, eu até faria isso, mas temos uma reunião em dez minutos e não dá para você ficar agindo como um babaca lá.

Meus olhos se fixam nos seus.

— E quando foi que agi como um babaca com as pessoas na sala de conferências?

— Hã, a porra da semana inteira. Sem contar que anda pisando duro por aí, todo irritado. Todo mundo está ciente do seu humor e ouvi dizer que as pessoas estão se sentindo desconfortáveis.

— Ah, bem, meu Deus, eu deveria só forçar uma cara feliz, não é? Afinal, não vou querer causar um rebuliço no escritório. Deus me livre de ter sentimentos neste lugar.

— Cara — Hux se endireita na cadeira. — Que porra está acontecendo? Você está assim desde o evento de arrecadação. Tem a ver com a Genesis?

É claro que ele chegaria a esse ponto, porque não falei nem uma única palavra a ninguém sobre aquela noite. Nem Huxley e nem Breaker viram como aquele velho me derrubou. Nem viram como dancei com Kelsey e a segurei tão perto de mim, e como senti algo clicar dentro da minha cabeça, que fez parecer mesmo a coisa certa onde eu estava e o que estava fazendo.

Não disse nada, porque a noite não terminou do jeito que eu queria.

Não havia intenção alguma de levá-la para dentro da minha casa.

Não havia sequer um pensamento de levá-la para o meu quarto.

Meu único propósito ao fim da noite era fazê-la entender o quanto estava linda. Como eu não consegui tirar os olhos dela e não podia nem imaginar o quão idiota seu acompanhante havia sido por tê-la deixado, perdendo a chance de tê-la. Eu queria que ela soubesse disso, que, aos meus olhos, seu sorriso ofuscou todo o esplendor do salão, e que ela era facilmente a mulher mais cativante lá.

Não queria que ela fosse embora pensando que não era valiosa, que era descartável.

Falei sério quando disse que Edwin é um idiota. Um tolo completo.

Genesis é linda e inteligente. Mas não é nada, absolutamente nada, comparada a Kelsey.

E eu queria mostrar isso a Kelsey. Mas ela não entendeu assim.

Não, ela me viu como um homem que só estava sendo gentil para ter a chance de tirar sua calcinha.

Ela não viu nada em mim além de um homem com um roteiro que envolvia o quarto.

Ela não poderia estar mais enganada.

A ofensa me eclipsou.

Eu me fechei.

E não há volta.

Tenho sido um babaca desde então.

Sempre que a vejo no escritório, eu a evito. Todo contato tem sido por e-mail, e já cancelei duas reuniões com ela, pondo a culpa em algumas besteiras midiáticas que inventei.

— É, é isso, tem a ver com a Genesis — respondo.

Huxley me analisa e está prestes a dizer alguma coisa quando Breaker entra no escritório e diz:

— Aí está você, Hux. Preciso da sua assinatura em algumas coisas antes da reunião.

Com os olhos em mim, Huxley se levanta e avisa:

— Ainda não terminamos.

Ah, tá bom. Aos meus olhos, essa conversa já está morta e enterrada.

Eu o dispenso com um aceno e, quando a porta se fecha, solto um suspiro pesado e arrasto a cadeira para longe da mesa. Me viro para a janela e me recosto, olhando para as fileiras de palmeiras ao longo das ruas.

Acho que nunca tive esse tipo de pavor, um que tem tomado conta de cada aspecto da minha vida. O sono me escapa. Treinar tem se tornado mais como uma válvula de escape para as frustrações do que uma satisfação. E minhas noites fora com os amigos se tornaram noites dentro de casa, vibrando de raiva enquanto ando pelos cômodos, só para acabar na sala de exercícios, onde calço luvas de boxe e dou vários socos no saco de pancada, até que os nós dos dedos já não conseguem mais aguentar o abuso.

Mas... que porra. Como é que ela foi pensar que tudo o que eu queria era fodê-la?

Eu sou mesmo esse babaca que a fez confundir minha intenção com uma barganha? Minha gentileza, meus elogios, em troca de fazê-la abrir as pernas?

Posso ser um idiota.

Um imbecil.

Um completo babaca.

Mas não sou esse homem que tira vantagem de uma mulher que claramente não está com a cabeça no lugar.

Me levanto, visto o paletó e enfio o celular no bolso antes de sair do escritório. A caminho da reunião, dou uma passada na cozinha e pego uma lata de água — começamos a usar água em latas de alumínio, graças à droga da Kelsey e suas ideias de sustentabilidade — e então vou à sala de conferências. Me sento do lado esquerdo.

Assim que abro a lata, uma cadeira à minha direita gira e, ah, contemplem, o rosto de Kelsey fica à vista.

Porra...

— JP — ela diz com um sorriso que mal ilumina seu rosto. Dá para notar a diferença entre um sorriso educado e um real, e esse grita: *Estou sorrindo para você porque sou obrigada, não porque quero.* — Não sabia que você estaria nesta reunião.

— Pois é, Huxley me enviou onze mensagens dizendo que minha presença era necessária.

— Você sabe do que se trata?

— Não — retruco.

— Ah... tudo bem. — Ela se mexe ao meu lado e o calor sobe pela minha nuca.

Porra, dá para sentir seu aroma doce e floral que parece me seguir aonde quer que eu vá. Não sei se minha mente está me pregando peças, mas, juro, sinto esse cheiro aonde vou, e agora está mais forte do que nunca.

— Você, hã, viu os meus designs para o Anderson Building?

— Vi.

— Gostou deles?

— Parecia com o que você sempre entrega. A menos eu esteja enganado e você tenha usado algo além de armários de bambu.

Nem me dou ao trabalho de olhar para ela, mas, com o canto do olho, vejo que sua boca está virada para baixo numa careta.

— JP, se foi algo que eu fiz...

— Tenho alguns e-mails para responder — digo, pegando o celular e digitando.

Em vez de ir à minha caixa de entrada — porque de jeito nenhum vou ficar respondendo a e-mails agora —, rolo pelo Twitter, checando o que todos os sem-noção têm a dizer sobre os Vancouver Agitators e sua recente derrota no *playoff*. E que exibição mais fraca. Nem mesmo sei se eles decidiram aparecer.

— Sei que você está me ignorando — fala, claramente não entendendo a deixa.

Mantendo os olhos no celular, respondo:

— Tenho mais o que fazer da vida do que te ignorar, Kelsey. Você não é assim tão importante.

Dá para sentir a provocação nas palavras enquanto elas saem da minha boca, mas, mesmo assim, não as interrompo.

Nem me dou ao trabalho de ver como elas a afetaram.

Nem preciso.

Sabia que Kelsey ficaria ofendida com essa frase, e, ainda assim, eu disse.

Pois é, fazendo mesmo jus à persona babaca.

Ainda bem que Huxley entra neste momento, junto com Breaker e Lottie. Espero mais alguns outros funcionários se juntarem a nós, mas, quando Huxley fecha a porta e se senta, percebo que será isso.

Só nós cinco.

Não sei se vou gostar disso.

Porra, juro que se for algum tipo de reunião sobre comportamento, vou dar uma de Hades, com um ataque de raiva com chamas e tudo mais.

— Recebemos algumas notícias ontem. — Huxley ergue o olhar para Lottie e meu coração afunda. Puta merda, será que ela está grávida?

Eu me endireito um pouco mais na cadeira.

Tento colocar um sorriso no rosto.

— Você está grávida? — Breaker pergunta.

As sobrancelhas de Huxley se unem.

— Não, por que achou isso?

— Hã, o jeito que você olhou para a Lottie, o fato de só haver familiares nesta sala e o discreto convite para a reunião.

Faz sentido.

— Acha mesmo que eu usaria tempo na empresa para anunciar algo assim? Seria um encontro particular, não algo que eu faria na sala de conferências.

Hum... também faz sentido.

— Além disso, não posso engravidar pelo menos não até ano que vem. Preciso de uma lua de mel maravilhosa e bebês não estão convidados — Lottie acrescenta.

Bem, aí vai o palpite da gravidez.

— Então por que estamos aqui? — pergunto.

— Porque o que tenho para dizer não pode ser dito fora destas paredes. É extremamente confidencial, portanto, somos os únicos que podem saber no momento.

— Desembuche logo — digo. — Chega de drama.

— Recebemos uma ligação de William Edison, nosso corretor de imóveis. Ganhamos a licitação do histórico Angelica Building em São Francisco.

Ah, merda...

Kelsey olha ao redor em busca de respostas.

— O que é o Angelica Building?

— É um dos complexos de apartamentos mais importantes de São Francisco. Estão atualmente vazios, porque precisam de restaurações. Foi posto à venda alguns meses atrás, mas, em vez de fazer uma oferta, tivemos que apresentar também planos de acompanhamento sobre como vamos preservar o prédio durante as restaurações — Huxley explica.

— Ele é lindo — Breaker acrescenta. — Fica logo depois da baía, tem vista panorâmica e um dos trabalhos em mármore mais complexos que já vi.

— E por que é segredo? — Kelsey pergunta.

— Porque antes de a notícia se espalhar, quero que a nossa equipe vá até lá, avalie e monte planos sobre como podemos prosseguir. Assim que a mídia ficar sabendo, vai ser muito difícil trabalhar em paz sem que equipes de restauração fiquem batendo à nossa porta, dizendo como devemos fazer o trabalho. — Huxley pressiona a palma na mesa. — Temos duas semanas até o acordo ser anunciado. Quero planos montados e contratos feitos antes desse prazo terminar.

— Me desculpe, mas... — Kelsey diz, olhando ao redor da sala — como isso tem a ver comigo?

— Queremos a sua opinião quanto à sustentabilidade do edifício. Já estamos conversando com um especialista em energia solar para ver quais são as nossas opções, mas com relação aos materiais do prédio e sua organização, também vamos querer sua opinião. E isso quer dizer que você vai para São Francisco hoje à noite para conhecer Edison e a equipe.

— Ah. — Kelsey pisca algumas vezes. — Tudo bem. Claro, sem problemas.

— E JP vai com você.

Aí vamos nós.

Eu sabia que essa porra estava vindo.

Mesmo sabendo disso e também entendendo a razão por trás, digo:

— Por que preciso ir? Acho que isso é algo de que Lottie e Kelsey podem cuidar sozinhas. Não sou babá dela.

— Hã... estou com um monte de reuniões agendadas para planejar o casamento. — Lottie estremece. — Não acho que consigo reagendar. Eu não estava ciente de que precisaria ir com Kelsey.

— Não é necessário que você vá — Huxley diz, mantendo os olhos em mim. — A Organização Sustentável está sob a gestão do JP, e isso quer dizer que ele vai. — A dureza em sua voz assustaria qualquer outro funcionário, mas apenas passa por mim. Suas táticas de intimidação são inúteis comigo.

Ficamos nos encarando, a tensão crescente na sala, e espero que Breaker se intrometa, dizendo alguma coisa, mas, quando a sala permanece em silêncio, sei que não há nenhuma ajuda a caminho.

É inútil.

Eles vão se juntar contra mim e aí eu vou ser obrigado a ir para São Francisco com Kelsey, a pessoa que mais quero evitar.

Mas sempre sendo a pessoa que tenta agradar, Kelsey intervém e diz:

— Se JP está ocupado, posso ir sozinha. Tenho certeza de que consigo lidar com isso.

— Ah, tá bom que consegue — rebato antes que possa me impedir. Todos os olhos caem sobre mim, talvez em choque pela minha raiva evidente. Merda, essa foi dureza. Tento baixar o tom. — Há mais nisso do que só ficar andando para lá e para cá num escritório. Odeio dizer, mas você não tem conhecimento suficiente para lidar com isso sozinha. Esse é um trabalho mais para o Huxley, considerando a logística.

Se olhares pudessem matar, eu já estaria a sete palmos do chão agora.

Mas todo o cuidado já deixou o meu corpo.

Parece que não consigo mais dar a mínima.

Falando em um tom cortado, Huxley declara:

— Tenho que estar nas reuniões de planejamento com a Lottie.

— Você nunca teve problemas em voar de lá para cá antes.

— O que você não entendeu sobre essa ser uma responsabilidade sua? — Huxley pergunta.

— Nunca pedi esta responsabilidade — respondo e então gesticulo para Breaker. — Por que ele não pode ir?

Com uma expressão confusa, Breaker inclina a cabeça e indaga:

— Por que eu iria se Kelsey trabalha com você? Não faço a menor ideia do que vocês fazem por aí com os prédios e todas essas mudanças ambientais que andam acontecendo neste escritório. Só sei que minha água agora vem em latas de alumínio e eu curti. — Ele se inclina para perto. — Cara, que porra está acontecendo? Você ama São Francisco, e esse é o seu trabalho, então por que não quer ir?

Boa pergunta.

Não posso contar o real motivo.

Esta conversa já está humilhante demais, e não preciso acrescentar nada a ela.

Não, preciso arranjar uma desculpa. Alguma coisa boa.

Alguma coisa que vai exigir minha atenção em Los Angeles.

— Eu não posso ir — começo, como se fosse a sugestão mais absurda. — Porque tenho... umas coisas para fazer. Coisas importantes. — Meu Deus, não era bem isso que eu esperava dizer, mas meio que estou sem ideias. Não tenho coisa nenhuma. Basicamente sento a bunda na cadeira e fico esperando meus irmãos dizerem o que fazer, isso é o quanto desprezo este trabalho. — Coisas que não posso reagendar.

— Que tipo de coisas? — Breaker questiona, cético. Ele está na minha cola.

— Coisas importantes — repito.

— Mas que tipo de coisas importantes? Nos dê um exemplo.

Huh...

Humm...

Tamborilando o queixo e pensando

O que poderia ser tão importante na minha vida chata que me impediria de voar para São Francisco com Kelsey?

Nada.

Absolutamente nada, porra.

Mas isso não me impede de continuar com a farsa.

— Consultas — respondo. Ser vago é o caminho. — Consultas sobre as quais não quero falar na frente das mulheres.

Aí está. Isso deve funcionar.

Problemas masculinos.

Está escrito no código dos caras que, quando um homem diz que tem uma consulta sobre a qual não quer discutir na frente das mulheres, isso deve manter o segredo e ser falado apenas mais tarde, quando os ouvidos femininos não estiverem por perto.

— Uma consulta sobre a qual você não quer falar na frente das mulheres? — Breaker pergunta. — Tipo... cara, você está tendo problemas masculinos?

— Consultas sobre as quais não quero falar na frente das mulheres.

Caramba, como eu o odeio.

Agora, que porra devo dizer?

Se confirmar que estou tendo problemas masculinos, Kelsey e Lottie vão SUPOR que eu tenho problemas masculinos, e não há nada de errado com a minha masculinidade. Tudo está saudável, funcionando bem.

Mas se eu disser que não, vou ser exposto e obrigado a ir a São Francisco.

Então... orgulho ou desistência?

Salvar minha autoimagem ou passar duas semanas em agonia com Kelsey?

Porra... essa é difícil...

Me prendendo com o olhar, Huxley determina:

— Me diga agora que há algo errado com o seu pau ou você irá para São Francisco.

Merda.

Não há nada de errado com o meu pau.

Não quero que ninguém fique pensando que há, porque, sim, sou superficial mesmo, muito obrigado.

E Huxley sabe disso, porra.

— Foi o que pensei. Você vai.

Porra.

Tanto esforço para arrumar a porra de uma resposta rápida por nada.

— Vocês partem hoje à noite. Pedi para a Karla ligar antes para a cobertura. Já foi limpa e abastecida com comida.

A cobertura?

Ah, não, porra.

Tudo bem, eu sei, sou obrigado a ir para São Francisco, mas a cobertura? Ele perdeu a porra do juízo?

— Você acha mesmo que a cobertura é necessária? Um quarto de hotel simples já está de bom tamanho, não acha?

— O que é a cobertura? — Kelsey pergunta.

— Um imóvel da empresa — Huxley responde. — E, sim, a cobertura é necessária. Vocês vão ficar muito mais confortáveis lá. Já contratamos um carro, e Karla está organizando as reuniões com o arquiteto e os empreiteiros. Se vamos mandar vocês para lá, queremos aproveitar o tempo ao máximo. A viagem vai durar duas semanas.

— Duas semanas? — grito. — Você quer que a gente fique lá por duas semanas? Achei que teríamos o tempo limite de duas semanas para ajeitar tudo. — *Isso não deveria levar tanto tempo.*

A mandíbula de Huxley estremece, e sua frustração está chegando ao ponto de ebulição, enquanto sua testa começa a ficar com um tom perigoso de vermelho. Ele está frustrado comigo, mas, porra, quem liga? Ele quer que eu divida a cobertura com Kelsey por duas semanas, justo a pessoa que não quero ter por perto? Esse é algum tipo de esquema dos noivos para juntar os dois solteiros? Quando foi que forçamos dois funcionários a dividirem a cobertura... por duas semanas?

Nunca.

Com a voz firme, Huxley declara:

— Vocês vão ficar lá por duas semanas. Espero receber relatórios diários sobre todas as decisões. E enquanto estiver lá, certifique-se de marcar reuniões com o prefeito. Afinal, você é o assessor de imprensa desta empresa, JP, a nossa cara. Não se esqueça disso.

Como se ele fosse me deixar esquecer.

Me empurrando para longe da mesa, me levanto de repente e pergunto:

— Quando é o voo?

— Seis em ponto. Não se atrase.

— Nem em sonhos. — Passo por todos, direto para fora da sala, e em direção ao meu escritório.

Que merda.

Não há necessidade de ficarmos em São Francisco por duas semanas, dividindo o mesmo espaço. É como se ele estivesse fazendo da minha vida um inferno de propósito. Mas é assim que sempre foi: Huxley consegue o que quer.

Começar este negócio foi ideia dele. Embarquei nessa, porque, para falar a verdade, eu não tinha nada melhor para fazer da vida, mas, quando as responsabilidades começaram a aumentar, foi como se Breaker e Huxley tivessem escolhido os trabalhos que queriam e me deixado as sobras. E parece que eu quero ser a cara da empresa? O cara que fala com a mídia e dá um aceno para que cortem fitas de inauguração?

Porra, não.

Não há propósito algum nisso.

Nada.

Eu não me sinto realizado quando venho trabalhar.

E agora essa... Sou a porra de uma babá muito bem-remunerada.

Chego ao meu escritório, mas, quando estou prestes a fechar a porta, sou impedido pelos meus irmãos, que parecem ter vindo logo atrás durante minha retirada.

Nem me dou ao trabalho de discutir para me deixarem em paz, porque é inútil, eles não vão me dar privacidade. Me sento no sofá e me esparramo, pronto para o sermão.

Breaker fecha a porta e se junta a Huxley, que está parado à minha frente, com as mãos nos bolsos.

— Pode me explicar que porra foi aquela? — ele pergunta.

— Eu, explicar? — Aponto para mim mesmo. — Você não acha que poderia ter me falado aquilo em particular? Aí a gente poderia ter discutido os detalhes sem ter as garotas por perto. Em vez disso, você já foi me dando uma sentença e continuou com a sua vidinha.

— *Sentença*? — Huxley reage. — Não consigo ver por que passar duas semanas na cobertura em São Francisco, uma das suas cidades favoritas, é uma sentença. Achei que você fosse gostar de uma folga de Los Angeles.

— Não quando vou ter que bancar a babá de alguém.

— Você não vai ter que bancar a babá — Breaker diz. — Vai ajudar Kelsey e assumir um dos mais prestigiados projetos de restauração. Isso é imenso, cara.

— Sem contar que vamos trabalhar com o novo grupo de empreiteiros de São Francisco, porque são eles que estão disponíveis. Eles sabem o nosso valor e a importância do projeto. Não queremos que tirem vantagem de Kelsey, que não é experiente com isso.

— Você não acha que ela pode se defender? Porque sei muito bem como ela é capaz de colocar um homem em seu lugar.

Ela fez isso comigo várias vezes.

— Não é que ela não saiba se virar — Huxley diz. — Porque se ela tem algo semelhante à irmã, então sei que há um forte espírito guerreiro nela. Mas isso aqui tem a ver com liderar o processo como proprietário, se certificando de que as coisas estão sendo feitas da forma que queremos e ajudando Kelsey com as iniciativas dela. Temos uma chance única de impressionar as sociedades históricas da cidade que amamos. Se conseguirmos fazer um bom trabalho com esse edifício, pense em todos os outros que poderemos ajudar.

— Se é assim tão importante, então faça você mesmo, porra.

A mandíbula de Huxley tensiona ainda mais.

— Você sabe que não posso. Tenho compromissos com Lottie, e mesmo que esta empresa signifique tudo para mim, ela significa ainda mais. Você é quem representa a Cane Enterprises, você é quem trabalha diretamente com Kelsey, e a menos que me dê uma boa razão específica, e quero dizer, boa mesmo, de por que não pode ir para lá hoje à noite, você vai partir daqui a quatro horas.

Desvio o olhar porque, porra... estou frustrado.

Porque não tenho uma boa razão além do fato de Kelsey ter ferido meu orgulho masculino e eu ainda não consegui superar isso.

Porque não quero ficar perto dela.

Porque... Merda, porque acho que gosto dela, e não sei como lidar com esses sentimentos, sentimentos que venho tentando sufocar por um bom tempo já. E o fato de ela não querer absolutamente nada comigo deixa os sentimentos ainda mais difíceis de lidar. Ela acha que sou um jogador, um homem que busca o próprio prazer e nada além disso.

Passar duas semanas com ela na cobertura será uma tortura extrema.

Estarei cercado por seu perfume inebriante, submetido à sua roupa de dormir, forçado a dividir refeições... Será como ter uma namorada morando junto sem a parte da namorada.

Mas não tenho nenhuma desculpa.

Nenhuma saída.

Então posso muito bem parar de lutar contra e ir arrumar as malas.

— Bom, então acho que vou partir daqui a quatro horas.

Em silêncio, e com o olhar dos meus irmãos observando cada movimento meu, me levanto às pressas e me certifico de que tenho tudo de que preciso antes de passar por eles para fora do escritório, direto para o elevador, onde... Lottie e Kelsey estão conversando, é claro.

Que maravilha.

Fico a um metro e meio de distância, mas sua voz está alta suficiente para que eu possa ouvir.

— ... Tenho certeza de que não vai ser tão ruim assim, já que há dois quartos grandes, separados pela sala de estar e a cozinha. Então, não se preocupe. Ei, lembra aquela vez que fomos para São Francisco com a mamãe? — Lottie pergunta. — Ela nos levou àquele restaurante chinês e a gente comeu tanto que os gerentes tiraram uma foto da gente, porque nunca tinham visto duas garotas comerem daquele jeito.

Kelsey indaga:

— Como era o nome mesmo? Dim Sum Star?

Meu Deus, quanto tempo demora para um elevador chegar aqui? E é claro que Kelsey também não está feliz com o plano de ter que dividir a cobertura comigo. *Não se preocupe, Kelsey, já sei como você se sente a meu respeito.*

Lottie assente.

— Isso. Foi tão bom. E na Ghirardelli. Você tem que ir lá. Ah, e, olha só, é meio conveniente que Derek também estará lá, não é?

Derek?

Agora minhas orelhas estão apontadas na direção delas. Quem é Derek?

— Ah, é, você tem razão. A viagem já parece até melhor.

— Quer que eu mande mensagem para a Ellie ver se Derek pode te encontrar para jantar? Tipo, é meio que o momento perfeito para vocês se verem.

Ellie... só há uma Ellie que conheço e é a Ellie de Dave Toney. Dave Toney é um dos nossos parceiros de negócios. Ellie e Lottie ficaram bem próximas. O que quer dizer que... Derek deve ser Derek Toney, o irmão mais novo de Dave.

Será que Lottie está querendo juntar Kelsey e Derek?

— Vai ser legal ter algo para fazer à noite — Kelsey diz.

Bom, que porra, eu estarei lá. Não é como se ela estivesse sendo banida para uma ilha deserta.

Mas, mais uma vez, por que ela me consideraria uma companhia decente? O *babaca desagradável.*

— Pode deixar que vou marcar — Lottie promete. — Ellie estava me contando que Derek ama comer. Aposto que ele vai te levar a algum lugar que vai te impressionar.

— Isso quer dizer que vou ter que levar vestidos para alguns encontros — Kelsey se anima.

Porra... que maravilha.

Bem do que eu preciso, ficar na cobertura por duas semanas, enquanto Kelsey vai a encontros com esse *Derek.*

Vai ser a porra de uma viagem fantástica.

CAPÍTULO NOVE

KELSEY

♥ *Rowan e Bonnie* ♥
Feitos um para o Outro

Kelsey: Seja bem-vindo, ouvinte, a mais um Podcast Feitos um para o Outro. Aqui a gente conversa com casais loucamente apaixonados sobre como eles se conheceram. Rowan e Bonnie, muito obrigada por se juntarem a nós hoje. E aí, como se conheceram?

Bonnie: Eu estava de toalha, e ele era um voyeur na minha cozinha, esperando para ter um vislumbre.

Rowan: Meu Deus. Não foi assim que aconteceu.

Bonnie: Você estava ou não na minha cozinha sem ser convidado?

Rowan: Eu estava na casa da minha mãe. Ela esqueceu de me falar que duas garotas estavam alugando o chalé.

Bonnie: Ainda assim, você estava lá e eu estava de toalha. Tentei enxotá-lo com uma vassoura, mas ele não ia embora.

Kelsey: Uma vassoura, sempre uma ótima arma.

Bonnie: Não contra um escocês teimoso.

> **Rowan:** *Quer falar sobre teimosia? Então a gente deve lavar a roupa suja aqui da sua teimosia?*
>
> **Bonnie:** *Não é necessário, querido. De volta à história: é claro que eu o achei bonito, porque, tipo, olhe só para ele, como não achar? Mas, cara, como ele era mal-humorado.*
>
> **Kelsey:** *O que você estava fazendo na Escócia?*
>
> **Bonnie:** *Ah, minha amiga e eu conseguimos um emprego com a mãe do Rowan. Eles precisavam de alguém para tomar conta da cafeteria, e a moradia estava inclusa. Nós duas estávamos precisando de uma mudança de ares, aí embarcamos nessa. Fomos contratadas. Mas eu não estava preparada para o tipo de reparos de que a cafeteria precisava, nem para o olhar desafiador de Rowan a cada passo que eu dava.*
>
> **Kelsey:** *Então vocês foram de inimigos para apaixonados?*
>
> **Rowan:** *É. Inimigos mesmo.*
>
> **Bonnie:** *Até que eu o conquistei com o meu sotaque americano. E ele me conquistou com bolos.*
>
> **Rowan:** *Isso mesmo.*

Lottie sempre falava sobre voar no avião particular do Huxley. Ela me contou sobre as maravilhas de não ter que seguir as rotinas de um voo comercial e lidar com a multidão. Falou sobre o serviço... o quarto no fundo, mas nada do que ela me contou teria me preparado para este voo.

Porque isto aqui, meus amigos, é chiqueza.

Com certeza é a coisa mais chique que já fiz na vida.

O nome *Cane* está impresso em tudo. Nos assentos, nos artigos de papelaria... nos guardanapos, até mesmo nos uniformes dos comissários de bordo.

E estes assentos... Meu Deus, eu poderia me afundar em um para sempre. Compraria até um deles, venderia tudo no meu apartamento minúsculo e viveria no assento. Faria qualquer coisa nele. Dormiria, comeria, até tomaria um banho de esponja.

Já mandei uma mensagem para Lottie: "Boa sorte para os comissários de bordo me tirarem daqui".

Ah, e esse pessoal... Eles me chamam de srta. Gardner e sempre têm a minha água com gás favorita em mãos, e é claro que eu aproveito. E também cookies recém-saídos-do-forno-do-avião. Comi três.

TRÊS!

E do tamanho do meu punho. Três enormes cookies chocolatudos que têm gosto de sucesso.

Não é necessário dizer que eu estive aproveitando, apesar do taciturno, em-estado-de-constante-irritação, JP.

Ele não falou comigo quando chegamos ao hangar. Não falou nada quando nos acomodamos, e quando a comissária de bordo perguntou se ele queria um cookie, JP disse *não*, mas acrescentou mais um centímetro de uísque no seu drinque.

Problema dele, porque os cookies são fenomenais.

— O senhor deseja mais alguma coisa, sr. Cane? — Ronda, nossa amável comissária de bordo, pergunta.

— Estou bem — ele diz, olhando pela janela.

Então ela se vira para mim.

— A senhorita deseja mais algum cookie, srta. Gardner? — Ela pisca para mim, como se nós duas já soubéssemos que a resposta é sim.

E quero mesmo, mas três já é demais. Quatro é forçar a barra.

Pressiono a mão na barriga e falo:

— Acho que eu não deveria.

Ela pousa gentilmente a mão no meu ombro.

— Que tal assim: vou embrulhar alguns para que leve com você.

Aceito, sim. Obrigada.

— Você é um anjo, Ronda.

Ela me dá um tapinha e então volta para a cozinha do avião.

Olho para JP e o observo levar casualmente o copo aos lábios. Mesmo que haja um assento bem em frente ao meu, ele preferiu se sentar do outro lado do avião. Se sua indignação na sala de conferências já não tivesse me dado uma pista de seu descontentamento com a viagem, sua escolha óbvia de assento deu.

— Então... você poderia ser um pouco mais legal com a Ronda — digo. Por que não colocar mais lenha na fogueira, não é?

— Estou sendo perfeitamente educado com ela — ele responde, mantendo os olhos na janela.

— Não ouvi nenhum *por favor* ou *obrigado* vindo de você. Educação te leva longe, JP.

— Você é a polícia da educação agora?

— Não, mas acho que precisamos nos responsabilizar pelas nossas ações e, francamente, não acho que você está sendo muito educado no momento.

Devagar, ele move a cabeça para o lado a fim de olhar para mim através de seus óculos escuros estilo aviador.

— Por acaso eu a mandei dar o fora? Tropecei nela de propósito? Dei um soco nela em algum momento? — Quando não respondo, ele continua: — Acho que não. Agora, dá para parar de encher o saco?

Meu Deus, ele é tão... detestável. Qual o problema dele?

— Bom, com certeza você poderia ser mais legal comigo. Vamos ter que passar duas semanas juntos, sabia?

— Já estou ciente da minha sentença.

— *Sentença*? — repito com um suspiro. — É isso que esta viagem é para você? Uma sentença? Porque, para mim, parece uma oportunidade única na vida de ajudar a restaurar um prédio aos seus dias de glória, enquanto fazemos isso de forma moderna e sustentável.

JP passa a mão pelo maxilar.

— É claro que você ia enfeitar isso com algum conto de fadas.

— Não é conto de fadas. É uma grande oportunidade.

— Vou te contar o que esta viagem será, Kelsey. Vamos ter que dividir a cobertura por duas semanas, e sei que ela não será grande o suficiente para a gente ficar fora do caminho um do outro. Você vai me acompanhar em várias reuniões, vou ter que ouvir você falar a mesma lengalenga sobre como usar organizadores de bambu é muito mais saudável para o planeta do que os de plástico, e você vai ficar toda animada pela animação dos outros. Enquanto isso, eu vou ficar contando os minutos até que possa voltar para a minha vida normal em Los Angeles.

Quando ele se volta para a janela, eu continuo:

— Ou você pode usar esta viagem como uma chance para me conhecer melhor. A opção de sermos amigos ainda está em aberto, sabia?

— Por que você iria querer ser minha amiga?

— E por que não? — pergunto, me sentindo ofendida de repente.

— Eu sou um babaca desagradável para você, que acha que sou algum tipo de bajulador que vai atrás das mulheres que estão na pior. Por que iria querer ser minha amiga?

— Quando foi que eu disse algo assim?

— Nem precisou dizer.

— Do que você está falando?

Seus olhos miram os meus quando ele diz:

— Naquela noite de gala. Você achou que eu estava tentando te levar para a cama. Não poderia estar mais longe da verdade.

Faço uma pausa e permito minha mente voltar àquela noite. Passamos um bom tempo dançando, Edwin foi embora com Genesis, e eu estava me sentindo meio mal, como se não fosse boa o suficiente. JP me levou para sua casa... *e disse tantas palavras gentis que eu bani da minha mente.*

Até agora.

O que ele deveria ter dito no momento em que te viu era que você estava de tirar o fôlego... Ele deveria ter erguido sua mão e pressionado um beijo leve nos nós dos seus dedos, assim te reivindicaria na frente de todo mundo... E quando ele baixasse sua mão, deveria ter dado um passo mais para perto, se inclinado a apenas centímetros da sua orelha e dito como seu perfume era inebriante e delicioso.

Por parecerem não ter nada a ver com JP, praticamente ignorei como reagi a elas. O que recordei foi *para onde* ele fez seu motorista nos levar.

— Mas você me levou para a sua casa. Se não estava tentando fazer isso, então o que estava fazendo?

— Sendo legal — ele lamenta. — Algo que, pelo visto, você não acha que eu posso ser. Sua opinião a meu respeito é tão ruim que você só acredita no pior.

— Mas... — Mordo o lábio inferior, tentando descobrir os detalhes.

— Esqueça, Kelsey.

— Não, JP, vamos falar sobre isso.

— Eu já não queria estar neste avião, acha que quero falar sobre aquela noite? Não mesmo. Então deixe para lá, porra.

Ele se vira para longe de mim, me deixando de fora.

O restante da viagem se passa em silêncio. Não sei dizer no que ele está pensando, mas suas palavras ficam se repetindo na minha cabeça.

Sua opinião a meu respeito é tão ruim que você só acredita no pior.

Se eu já me dei bem com JP? Não.

Mas não diria que ele é o pior ser humano que já conheci. Ele é temperamental, não parece ter as habilidades sociais mais impecáveis e ama tirar as pessoas do sério, mas eu não diria que ele é o pior.

Vejo coisas boas nele.

Vejo como ele ajuda os outros.

Vejo como ele sabe o nome de todo mundo no escritório, como os cumprimenta, como traz café para as pessoas por pura gentileza.

Vejo os elogios que ele faz, as boas camaradagens que cria e os sorrisos que coloca nos rostos.

Vejo o amor e o respeito que ele sente pelos irmãos, mesmo quando estão brigando.

Então por que não vi tudo isso na noite de gala?

Olho para ele.

Será que fui eu que o fiz se sentir assim? Mas então considero seus comentários de algumas horas antes, quando sugeri que poderia fazer o trabalho sozinha. Havia... desdém em sua voz.

Ah, tá bom que consegue. Há mais nisso do que só ficar andando para lá e para cá num escritório. Odeio dizer, mas você não tem conhecimento suficiente para lidar com isso sozinha.

Algo me diz que sua reação não se tratava só das minhas habilidades profissionais, mas também tem a ver sobre como ele se sente a meu respeito.

Como é que isso foi dar tão errado?

— Em que quarto você vai querer ficar? — JP pergunta, assim que terminamos o tour pela cobertura. Aqui uso a palavra *tour* de forma vaga. JP só estendeu os braços, me dizendo exatamente onde fica "tudo", enquanto fiquei olhando para o apartamento luxuoso em que vou morar por duas semanas.

As paredes exteriores são feitas completamente de janelas que vão do chão ao teto, oferecendo uma vista de tirar o fôlego da baía de São Francisco e da Golden Gate. O piso é de uma bela madeira tingida de cinza, acentuado por tapetes macios e móveis branquíssimos. Há fotos de prédios nas outras paredes, e eu reconheço alguns que já visitei em Los Angeles. Todos devem pertencer a Cane Enterprises. E a cozinha... ah, é linda, com aparelhos de última geração, bancadas de mármore e uma ilha que parece maior do que o meu apartamento inteiro.

Não será um problema passar duas semanas aqui.

Se ao menos a minha companhia fosse mais agradável...

— Não me importo. Qualquer um está bom — digo, ainda mais porque os dois quartos são iguais, pelo que JP disse. Se algum fosse maior, com certeza eu poderia ficar com o menor.

— Só escolha um — ele fala, em tom exasperado.

— Tudo bem, o da direita.

— Ótimo. — JP rola sua mala pelo piso de madeira e grita: — Ronda já pediu nosso jantar. Deve chegar a qualquer momento. Pode começar a comer quando quiser. — E então ele continua pelo corredor e fica fora de vista.

Bom, acho que é isso.

Rolo minha mala para o lado oposto, em direção ao meu quarto. Estou determinada a não deixar que seu péssimo comportamento me afete.

Quando chego ao quarto, coloco a bolsa no chão e me jogo na cama king-size, que é decorada com lençóis brancos e travesseiros cinza. Uma garota poderia mesmo se acostumar a isso. Agora meio que sei como deve ter sido para Lottie quando ela se mudou para a casa de Huxley. Que pena que só serão duas semanas para mim.

Alcanço a bolsa e pego o celular. Aperto no nome de Lottie e coloco o aparelho no viva-voz, ouvindo-o tocar.

— Ah! Você chegou a São Francisco? — Lottie diz ao atender a ligação.

— Cheguei e, ai, meu Deus, este lugar é tão lindo! Não consigo acreditar.

— Estou com tanta inveja. Eu disse para Huxley que, quando vocês dois terminarem por aí, a gente precisa passar pelo menos um fim de semana, porque ele estava me mostrando fotos da cobertura e parece uma coisa dos sonhos.

— E é. Mal posso esperar pela vista que vou ter pela manhã.

— E o voo foi bom?

— Melhor impossível.

— Teve turbulência? — ela pergunta.

— Bem, nenhuma turbulência com o avião, foi mais como uma turbulência com JP. Ele não está nada feliz comigo.

— Deu para perceber. Ele disse o motivo?

Sua opinião a meu respeito é tão ruim que você só acredita no pior.

— Disse e, sério, Lottie, estou me sentindo péssima com isso.

— O que foi?

— Bom, você já sabe que Edwin e Genesis foram embora juntos na noite de gala.

— Ah, é, e você não teve notícias dele desde então. Que cara legal, hein?

— Pois é, mas não te contei o que aconteceu de verdade depois disso.

— Como assim não me contou? Ai, meu Deus, Kelsey! Você dormiu com JP?

— Não! — quase grito e então me dou conta de que posso ter falado alto demais. Baixo o tom de voz enquanto me levanto da cama e começo a tirar as coisas da mala e organizá-las. — Não dormimos juntos, mas ele me levou para a casa dele, e quando digo a *casa dele*, quero dizer a garagem da entrada. Foi o mais longe que permiti antes de dizer que eu não ia dormir com ele.

— Ele te chamou para entrar?

— Não, eu meio que... sabe... supus que ele queria dormir comigo. Mas ele só estava sendo legal. Sem querer, o insultei e agora ele me odeia. Mal falou comigo no avião e já se retirou para o quarto, onde tenho certeza de que vai permanecer a noite toda.

— Então você está numa situação desconfortável?

— Exato. — Levo meus produtos de higiene pessoal para o banheiro e alinho tudo em ordem de uso. — Quero muito aproveitar aqui. Quase nunca conseguimos viajar, que dirá com todo este luxo, mas as coisas estão estranhas entre a gente, e já nem sei como melhorá-las.

— JP é um cara esquisito. Ele é muito sarcástico, e às vezes parece que não leva as coisas a sério, mas há um lado mais obscuro também, um lado do qual ele não fala muito. Até mesmo Huxley disse como JP pode ser bem reservado. Acho que você atingiu essa parte obscura e pode ser que o único jeito de consertar as coisas seja um pedido sincero de desculpas.

Suspiro e me inclino na parede de azulejos do banheiro.

— Acho que você tem razão.

— Sei que sim. Ah, e converse com a Ellie. Derek adoraria te encontrar aí em São Francisco. Ele vai checar a agenda e te avisar quando estiver livre.

— Tudo bem, beleza. — Meu estômago embrulha e não sei dizer se é pela necessidade de jantar ou se é por causa dessa conversa iminente que precisarei ter com JP. De qualquer forma, não é uma boa sensação. — Preciso ir. O jantar vai ser servido em breve.

— Você vai conseguir, mana. Mostre para eles do que são feitas as irmãs Gardner.

Vou ficar bem.

Só uma leve batida à sua porta, e se ele acabar pulando sobre você feito uma fera, apenas saiba que tudo isso é por causa do que você disse a ele, e nada a ver com ele em si...

Respirando fundo, levo o nó dos dedos até sua porta e dou uma rápida batida.

Aperto os lábios enquanto espero por sua resposta, mas, quando não ouço nada, torno a bater e pergunto:

— JP, você está aí? O jantar já chegou.

Espero alguns segundos e então ele finalmente grita:

— Pode comer sem mim.

Já temia que ele fosse dizer isso.

Foi por isso que elaborei um plano para fazê-lo sair do quarto.

— Tudo bem, mas, hã, acho que estraguei o forno e está com um cheiro de gás, então você acha que pode me ajudar com isso? Aí vou te deixar em paz.

Isso deve ficar só entre mim e você, mas eu nem mesmo toquei no forno, mas imaginei que um vazamento de gás poderia fazê-lo se mover.

E, para minha sorte, estou certa.

A maçaneta vira para baixo e a porta se abre, revelando um JP sem camisa, vestindo apenas um short.

Bem, hã... olhe só para isso.

Um tórax largo de peitoral grosso que se conecta à sua clavícula proeminente e braços esculpidos e cobertos de tatuagens. Abaixo de seu peitoral há um abdômen que só posso descrever como inatingível, que ondula em uma fileira até um V pontiagudo, onde seu short está perigosamente baixo.

Eu não estava, hã... não estava esperando que ele fosse atender à porta assim, por isso não disse nada. Ou por que não consigo encontrar as palavras.

— Kelsey... o forno.

— Ah, é — digo, indo para o lado. — O forno. O gás. Está cheirando a gás.

JP passa por mim, e eu observo seu traseiro caminhando até a sala de estar.

Não sou do tipo que não admite a verdade, mesmo que a verdade seja dolorosa. E a verdade é que JP é lindo, ainda mais sem camisa. O tipo de homem que se vir passando na rua, você só consegue parar e ficar olhando para absorver tudo dele. Sem a camisa, você não só consegue um vislumbre das tatuagens, como também ganha um show completo.

Chora mentalmente Meu Deus, como ele é sexy.

Ahh, acabei mesmo de pensar nisso? Não, ele não é sexy. Ele é só... um colírio.

Sexy não. Nada disso. Só... atraente. É isso.

Tudo bem, vamos em frente.

— O que você fez com o forno? — ele grita.

É aí que preciso jogar na defensiva, porque assim que descobrir que eu estava mentindo, ele vai correr para quarto e vou ter que impedi-lo. Me preparei para esse evento dobrando as mangas e tirando as meias, para que não escorregue pelo chão. O suor na sola dos meus pés já começou a se formar, então acho que estou pronta.

Entro na sala de estar, ficando perto do corredor que dá para seu quarto para realizar o bloqueio, e em um tom bastante dramático, anuncio:

— Eu menti!

Sua cabeça se vira depressa e seus olhos encontram os meus.

— Você mentiu? — ele pergunta, com as sobrancelhas erguidas.

— Menti. — Ergo o queixo ainda mais alto. — Essa história do forno é uma farsa. Eu nem sequer toquei nele.

— Jesus Cristo — ele diz, e assim como previ, vem na minha direção.

Mantenha-se firme!

Recuo para a entrada do corredor e estendo todos os meus membros, criando uma barreira com o corpo. Se ele quer chegar ao quarto, vai ter que passar por mim primeiro.

E estou ciente de que ele deve ter o peso de uma pessoa só de músculos no corpo como vantagem sobre mim, mas sou flexível e sei como agarrar alguém como um macaco-aranha.

— O que você está fazendo? — ele indaga, parando alguns metros à minha frente, parecendo se dar conta de que eu sou uma força a ser reconhecida.

— Impedindo você de voltar para o quarto. O que achou?

— Achei que fosse uma tentativa patética de ficar no meu caminho. Com um empurrão do meu mindinho, já consigo fazer você cair de bunda no chão.

— Eu sou muito mais forte do que deixo transparecer. Pode vir.

De jeito nenhum ele vai me tocar.

Cara, como eu estava errada.

Ele vem até mim, pressiona o dedinho no meu peito e me dá um empurrão forte o suficiente para me desequilibrar.

BUM!

Já que meus braços e pernas estão todos estendidos, não tenho nada em que segurar e, antes que possa até mesmo pensar em um contra-ataque, estou caindo de bunda com um baque.

No chão.

O calor sobe para o meu rosto quando ergo o olhar para JP, assim que ele começa a passar por mim. Posso estar envergonhada pela minha deplorável tentativa de detê-lo, mas não vou desistir. Ah, não vou mesmo. Não vou cair sem lutar.

Este homem vai falar comigo mesmo que seja a última coisa que eu faça.

Giro o corpo, então minha barriga fica pressionada no chão, estendo os braços, agarro sua perna e me puxo para mais perto, me segurando pela minha vida.

— Que porra é essa? — ele pergunta, olhando para mim. Ele balança a perna, tentando se livrar de mim, como se eu fosse um pedaço inconveniente de papel higiênico que ficou preso no seu sapato. Mas é uma pena para ele que meu aperto é forte. — Que merda você está fazendo, Kelsey?

Com a bochecha pressionada na sua perna, a barra de seu short fazendo cócegas no meu nariz, digo:

— Você não vai se livrar de mim, senhor. De jeito nenhum. Você vai falar comigo.

— Me solte. — Ele coloca a mão na parede para se equilibrar e balança mais forte.

— Nunca! — grito. — Se quiser que eu te solte, vai ter que me arrancar daqui.

Péssima escolha de palavras, porque o que percebo em seguida é que ele se abaixa e puxa os meus dedos.

Eu o empurro.

Ele empurra minha mão.

Eu o empurro outra vez.

Ele empurra novamente.

Abro a boca e começo a mordiscar sua mão para afastá-lo.

Funciona, porque os empurrões cessam e eu volto ao meu aperto letal.

— Kelsey, sério, me solte, porra.

— Você não tem ideia de com quem está lidando. Sou capaz até de reivindicar os direitos de posse da sua perna. Não tenho outro lugar para ir hoje. É entre mim e você, cara, então a escolha é sua. Você pode conversar comigo, ou passar a noite inteira com a sua perna sendo agarrada.

Ele olha para mim, olha para o seu quarto, e então, para o meu desgosto, começa a me arrastar pelo chão. Ele não pode estar fazendo isso.

— JP, eu exijo que você pare agora!

Ele não para. Continua andando, me arrastando atrás de si.

— Pare com essa loucura — grito. — Só fale comigo.

Arrasta.

Arrasta.

... e arrasta.

A frustração me consome, meus ouvidos estão a ponto de ebulição, e posso sentir a raiva começar a me dominar. Tentei ser legal. Tentei uma conversa tranquila. Tudo bem, tive que recorrer a me tornar uma algema de verdade, mas agora... Ah, agora estou ficando chateada.

Mantendo uma das mãos agarrada à perna que está me arrastando, tento alcançar a outra perna, mas erro por uma boa distância. Em uma terrível tentativa de segurar qualquer coisa para não o perder em uma corrida quando ele se livrar de mim, meus dedos se enrolam no tecido de seu short.

Não registro muito bem que estou com o seu short na mão. Só sei que consegui segurar em algo e é hora de puxar.

E é isso que faço.

Puxo seu short com tanta força que ele tropeça para frente, e já que estou segurando a outra perna, ele não consegue manter o equilíbrio.

Senhoras e senhores, é agora que as coisas dão muito, muito erradas.

Acontece em câmera lenta. Sou incapaz de processar o que está acontecendo, já que tudo desaparece e o único som é o longo e arrastado barulho de JP dizendo:

— Que... porra é... eeeeeeessa?

Nunca foi minha intenção deixá-lo ainda mais bravo, nem foi minha intenção derrubá-lo.

Mas consegui as duas coisas... enquanto enfiava a mão por baixo de seu short.

— Que... porra é... eeeeeeessa?

Pois é, bem assim, com um leve puxão, seu short de cós de elástico passa direto pelos quadris estreitos e desce por suas pernas, fazendo-o tropeçar ainda mais.

Grito de horror, porque, meu bom Deus, há um short perdido na minha mão.

Por favor, que ele esteja usando cueca. Por favor, que ele esteja usando cueca.

Ele balança sobre mim, tentando recuperar o equilíbrio.

Fecho os olhos com força por pura autopreservação.

Eu giro.

Ele se vira.

Ele pula.

Eu agarro.

E então, com um grande estrondo, ele cai em cima de mim, cobrindo meu rosto com o que imagino que só pode ser a sua barriga.

— Caramba, porra — ele diz.

Abro os olhos e dou de cara com um saco de homem.

Com a droga de um saco de homem!

— Ahhh! — berro e bato na sua perna. — Seu pênis está na minha cara. Seu pênis está na minha cara!

— Eu sei. Porra — ele grita, tentando se livrar de mim.

— Cadê a sua cueca?

— Eu não uso cueca à noite.

— Meu Deus! Está no meu nariz! Sua genitália está na droga do meu nariz!

— Eu sei, porra! — ele grita. — Mas não consigo me levantar, porque você continua me segurando.

— Estou sendo "ensacada" — grito de horror, com seu pênis ainda roçando meu nariz.

— Me solte, KELSEY. PORRA!

Como se eu finalmente me desse conta do que está acontecendo, solto todos os meus membros e ele se levanta. Vou me apoiando na parede para me erguer e estendo a mão — ainda agarrando seu short — à frente do meu rosto.

— Fui contaminada.

— *Você* foi contaminada? — ele replica. — Eu que fui deixado pelado aqui. — Ele arranca o short da minha mão, e eu o ouço se movimentando, vestindo-o. Quando acho que está tudo limpo, abro os dedos para ver se ele está decente.

Dou de cara com um olhar muito zangado. Ameaçador, para ser mais precisa. Alguns podem até dizer... *engole em seco* sinistro.

Tento um sorriso, mas falho.

Ergo um dedo para falar, mas ele me interrompe.

— Vamos deixar uma coisa clara, Kelsey. Eu não estou aqui para ser seu amigo, nem estou aqui para resolver qualquer tipo de complexo que você possa ter em ser rejeitada. Estou aqui para fazer um trabalho e preferiria que você me deixasse em paz. — Ele se vira e se afasta, passando a mão pelo cabelo e murmurando: — Jesus. — Bem antes de bater a porta.

Bom... não saiu como o planejado.

Lottie: E aí, como foi? As coisas estão melhores entre vocês?

Kelsey: Eu o enganei com um vazamento de gás, fiz com que ele saísse do quarto, aí me agarrei às pernas dele. Ele começou a me arrastar pelo chão. Na minha tentativa de impedi-lo, acabei puxando seu short para baixo, ele tropeçou, aí seu pênis pousou na minha cara. Para resumir, as coisas não estão nada bem.

Lottie: O pênis dele estava na sua cara? Pode me chamar de louca, mas essa seria uma típica sexta-feira entre mim e Hux. Parece que as coisas estão indo muito bem.

Kelsey: Eu te odeio.

CAPÍTULO DEZ

JP

— Talvez a gente devesse discutir sobre o que vamos falar na reunião, sabe — Kelsey diz enquanto se mexe ao meu lado no carro.

A noite passada foi... cacete, nem sei como descrever o que aconteceu na noite passada. Se eu não estivesse tão irritado, talvez achasse até engraçado. Mas a irritação se transformou em raiva enquanto eu ficava deitado na cama pela porra da eternidade, sem conseguir superar a respiração exasperada dela nas minhas bolas. Essa respiração foi a única ação que tive em *meses*.

Fez cócegas.

Foi bom.

E antes que me desse conta, eu já estava me masturbando no chuveiro pelo maldito fato de ela ter soprado no meu saco. Estou tão desesperado *e* excitado que, na verdade, gostei disso.

Me deixe falar uma coisa, a dura percepção disso — a compreensão que você é só um maldito solitário que até a respiração de uma mulher em seu membro deixa você excitado — é incrivelmente desconcertante e, sério, patética.

E, ainda assim, lá estava eu ontem à noite, bombeando o meu pau, porque, se não fizesse isso, não teria conseguido dormir.

Acordei de manhã incapaz de pensar em algo pior de mim mesmo.

Na tentativa de levantar minha autoestima, fui para a academia, me encarei no espelho enquanto fazia exercícios de bíceps e ouvia Adele — *Easy on Me* — e recitava as afirmações na cabeça.

Você é forte.

Você é lindo.

Você não é um patético perdedor que se masturba por causa de uma simples expiração.

Depois de repetir esse mantra várias vezes na cabeça, voltei para o quarto, liguei o computador e doei dez mil dólares para o resgate de pombos, porque, com toda a sinceridade, duvido que muitas pessoas se importem com pombos.

Com a combinação de ver meus bíceps trabalhando de forma pura, a voz animadora de Adele, minhas afirmações e uma doação robusta... me senti melhor sobre mim mesmo e mais confiante de que posso encarar o dia de cabeça erguida.

Isso até Kelsey aparecer vinda de seu quarto, vestindo uma saia lápis justa, que desce até acima de suas panturrilhas, e uma blusa de gola alta preta e sem mangas. Ela cheira como um maldito anjo enviado lá de cima e parece gostosa com seu cabelo volumoso caindo em ondas livres sobre os ombros.

Me.

Fodi.

A lembrança da *expiração* — é assim que vamos chamar de agora em diante — veio rugindo à tona, e tive que me virar para esconder qualquer excitação iminente.

Você é forte.

Você é lindo.

Você não é um patético perdedor que se masturba por causa de uma simples expiração.

Fiquei repetindo isso a manhã toda enquanto tentava me desviar de Kelsey, pegando café e a barra de proteína enquanto ela fazia ovos mexidos, torrada de pão integral, espinafre e, que estranho... feijões pretos. Nunca vi ninguém cozinhar de forma tão limpa na cozinha, nem vi alguém preparar tanto o lugar — até com jogo americano — para o café da manhã. Foi difícil não ficar olhando.

Depois do seu espetáculo no café, fomos até o lobby, onde um carro estava esperando, e agora estamos abrindo caminho pelo tráfego intenso de São Franciso.

— Você me ouviu? — Kelsey pergunta, me cutucando.

Olho para onde ela está me cutucando no braço e de volta para o meu celular.

Ela bufa de raiva e se vira para mim, tirando o celular das minhas mãos. O aparelho cai no chão do carro com um baque.

— Ei...

Com sua unha pintada de vermelho, ela aponta para bem perto da minha cara e se inclina.

— Olha aqui, Jonathan Patrick Cane...

— Esse não é o meu nome.

— Não estou nem aí se o seu nome é Junior Pooper, você vai me escutar. — *Não ria do Junior Pooper, não ria.* — Estou cansada de você ficar me ignorando. Vamos chamar a noite passada pelo que foi: uma falha total da minha parte. Vou assumir a culpa por como as coisas... terminaram, mas agora você está sendo cruel.

— Não estou sendo cruel. Só não tenho nada a dizer para você.

— Você sempre tem algo a dizer para mim. Sempre. Desde o maldito dia em que te conheci, você sempre teve algo a dizer. Nunca parava de falar, importunar, cutucar. Você ficava ao meu ouvido falando as coisas mais sem-noção, e agora, do nada, vai parar com isso? Bem quando temos que passar duas semanas juntos? — Ela balança a cabeça. — Ah, não, não é assim que vai ser. Eu preferiria passar duas semanas numa cobertura com você me pentelhando com as suas bobagens sem sentido a esse tratamento de silêncio que decidiu usar. Pode não achar que é cruel, mas é. Não é justo comigo. Você nem vai deixar eu me desculpar.

— Se desculpar pelo quê?

— Pela minha presunção na noite de gala. O que eu disse passou dos limites, JP. — Ela pousa a mão no meu braço. — Desculpe. Você tem razão, só estava sendo legal e eu entendi tudo errado. Eu nunca deveria ter feito aquele tipo de suposição sobre você. Me desculpe.

Bem... o pedido de desculpa foi legal. Que bom que ela não acredita que eu seja um completo babaca. Mas não sei se consigo voltar às brincadeiras, às "cutucadas", como ela disse. Não sei se tenho força suficiente para me controlar.

Brincar com ela tem sido excitante. Mesmo quando estamos em completo desacordo, adoro ver aquela faísca em seus olhos, a forma como ela xinga, bufa e tenta deixar claro seu ponto de vista. Adoro ouvi-la raciocinando e observar como seu peito vai ficando vermelho de irritação. É sensual.

E agora que estamos perto um do outro, não há como eu manter as mãos longe dela. Sei disso. Ainda mais depois da revelação humilhante da noite passada.

Não.

Você é forte.

Você é lindo.

Você não é um patético perdedor que se masturba por causa de uma simples expiração.

— Obrigado por se desculpar — falo, enquanto tateio pelo meu celular. Quando o encontro, volto aos meus e-mails.

— Hã... só isso? Mais nada?

— O que mais você quer que eu diga?

— Sei lá... tipo, uma piada sobre como eu fiz cócegas nas suas bolas.

O motorista nos olha rápido pelo espelho antes de voltar a focar na rua.

Querendo deixar as coisas claras, me inclino para frente e digo ao motorista:

— Ela não fez cócegas nas minhas bolas. Só respirou nelas.

— Não foi de propósito! — Kelsey quase grita ao se inclinar para frente também, agarrando o assento do motorista. — Ele caiu bem na minha cara.

— Depois que ela puxou o meu short.

— Não é culpa minha você não estar usando cueca. Como é que eu ia adivinhar?

— De qualquer forma, você não deveria ter puxado meu short, a menos que... esse fosse o seu plano desde o início. Tentar me deixar pelado para sentar no seu rosto. — Me recosto no assento e bato palmas devagar. — Nossa, Kelsey, bom trabalho.

Sua cabeça se vira para mim depressa e suas narinas estão infladas. Ahh, aí está. Senti saudades disso.

— Você sabe muito bem que minha intenção não foi te deixar pelado para sentar na minha cara. Não consigo imaginar uma situação mais grotesca.

— Você não pareceu se importar na noite passada — digo, voltando ao meu celular. Ela o tira das minhas mãos novamente. — Ei, pare de fazer isso.

— Eu não curti as suas bolas na minha cara. Me lembro muito bem de ter ficado gritando e mandando você tirá-las de lá.

— Pois é, enquanto você me segurava.

Ela se volta para o motorista, que tem se mantido em silêncio esse tempo todo. O que eu não pagaria para estar na mente dele agora.

— Não segurei, não. Eu estava confusa e não sabia o que estava acontecendo. Quando percebi o que estava na minha cara, me levantei no mesmo instante. Só quero deixar claro que não sou o tipo de garota que gosta de bolas na cara.

— Que pena.

Ela rosna de frustração e cruza os braços no peito enquanto se recosta no assento.

— Não sei nem por que ainda me dou ao trabalho de conversar com você. Você é tão irritante.

— Pois é. Foi você que não queria o tratamento de silêncio, então a escolha é sua. — Localizo meu celular e, quando ela tenta tirá-lo de novo, eu o seguro perto do peito. — Boa tentativa.

Então seu celular toca na bolsa e ela logo o pega e o deixa à vista. Então olha para mim.

— É Huxley.

— Coloque no viva-voz.

Me lançando um olhar mortal, ela diz:

— Juro por Deus, JP, se você tocar no assunto das suas bolas na minha cara com ele, vou te assombrar no seu sono. Você entendeu?

— Claro — respondo, mesmo que eu já não diria nada para os caras. Não contei o que aconteceu na noite passada, não achei que fosse apropriado.

Abrindo um sorriso — como se ele pudesse vê-la —, ela atende o celular.

— Bom dia, Huxley.

Nossa, que transformação: de diabo para um anjo agradável. Quem imaginou que ela fosse capaz de tamanha metamorfose?

— Bom dia, Kelsey.

— Coloquei você no viva-voz, aí JP pode escutar também. Já estamos a caminho da reunião.

— Imagino que vocês dois já tenham se acomodado desde as atividades de ontem à noite.

— Ai, meu Deus, JP. — Ela olha para mim. — Você contou para o seu irmão sobre o seu pênis caindo na minha cara?

Ah, Kelsey...

Ele não estava falando sobre *isso*.

Não consigo segurar o sorriso. Já me segurei com o *Junior Pooper*, mas isso... não, não tem como, porque ela se entregou.

— Como é? — Huxley rosna.

Os olhos de Kelsey se arregalam enquanto suas bochechas coram em um belo tom de rosa.

— Não falei nada para ele. — Sorrio com malícia. — Mas você acabou de fazer isso.

— Ai, meu Deus — ela sussurra.

— O que está acontecendo? Se você transou com ela, JP, eu vou ter que...

— Não, não aconteceu nada — Kelsey diz às pressas. — Foi só, hã, um mal-entendido, e a gente tropeçou um no outro, é verdade, não do tipo: "Opa, tropecei e caí no pênis dele, foi mal". Juro, foi só um incidente infeliz que foi logo corrigido com gritos, berros e golpes. Não houve nenhuma gracinha entre a gente.

— Ela tem razão — confirmo. — Não há nada rolando e, pode acreditar, nada vai rolar. Você não precisa se preocupar com isso.

— Que bom. Pode me falar se ele tentar alguma coisa, Kelsey.

Reviro os olhos. Eu fui a parte inocente em tudo isso. Não pedi para ela arrancar meu short e respirar no meu saco...

Ah, merda.

Seu hálito quente... dançando ao redor do meu saco...

Você é forte.

Você é lindo.

Você não é um patético perdedor que se masturba por causa de uma simples expiração.

— Ele não tem sido nada além de profissional. Não se preocupe. Só esqueça que eu mencionei isso. De qualquer forma, já estamos a caminho da reunião.

— Que bom. Edison vai encontrar com vocês dois, junto do Regis, nosso empreiteiro-geral. Ele é novo, JP. Ouvi críticas variadas sobre ele, então fique de olho.

— Então por que você o contratou? — pergunto.

— Tempo. Darius não conseguiu nos encaixar. Mas Regis tem feito um belo trabalho na cidade, por isso o contratamos.

— Todo mundo assinou o contrato de confidencialidade? — indago.

— Sim. Edison vai passar alguns detalhes para vocês antes da visita à propriedade. Já que ele tem experiência em restauração de prédios históricos na região, pedi para ser a voz que vai repassar os planos. Ele não vê problema em fazer isso. Vocês receberam os planos de restauração que enviei ontem à noite?

— Sim — respondo. — E suponho que você tenha enviado para Regis também.

— Correto — Huxley fala. — Também enviei para você, Kelsey. Quero que acrescente a sua opinião como fez para os nossos outros prédios. Sei que isso tudo é novo para você, começando do zero, mas acho importante te ter aí para supervisionar nossos planos de sustentabilidade. Karla também agendou reuniões para os nossos outros prédios, vocês viram?

— Vi. E suponho que quer que eu vá até eles, converse com os gerentes dos escritórios e organize tudo como você tem feito em Los Angeles.

— Correto. Vocês terão duas semanas bem ocupadas. Espero que estejam prontos.

— Eu estou — Kelsey confirma com entusiasmo.

— JP, agende uma reunião com o prefeito. Diga a ele exatamente o que estamos planejando fazer. Ele está desconfiado da nossa chegada na cidade, mas se conseguir ver o que defendemos, pode ajudar com propostas futuras. Quando disse que tivemos sorte em conseguir o Angelica Building, eu não estava mentindo. Se fizermos do jeito certo, isso pode se tornar grandioso para nós. Já estamos envolvidos com restauração há alguns anos, mas nada desta magnitude. Misturar o antigo com o novo pode nos colocar no topo.

— Bem, eu estou animada. Acho que é um ótimo plano, preservar o esplendor da arquitetura antiga, mas também combiná-la às tendências de hoje para ajudar nos custos, bem como fazer mudanças positivas para ajudar o meio ambiente. É uma combinação que vale a pena — Kelsey diz. — Estive fazendo algumas pesquisas sobre a estrutura e a identidade do Angelica Building e já tenho milhares de ideias. Mal posso esperar para implantar todas elas.

— Que bom. Vocês dois têm alguma pergunta?

— Acho que não. — Kelsey olha para mim. Eu apenas balanço a cabeça. — Parece que estamos bem. Obrigada por entrar em contato, Huxley.

— Por nada. Se você precisar de alguma coisa, peça ao JP. É por isso que ele está aí, para ajudar.

— Está bem, obrigada.

Eles se despedem e ela encerra a ligação. Kelsey cruza as pernas naquela saia lápis justa, se vira para mim e diz:

— Ouviu só, JP? Você está aqui para me ajudar.

— E daí? — Ergo uma sobrancelha.

— Isso significa que... chega de me ignorar.

— Se tiver algo produtivo a dizer ou uma pergunta bem pensada, vou ficar mais do que feliz de me colocar à sua disposição. Qualquer coisa além disso... apenas deixe para lá.

— O sr. Edison estará aqui em um instante — a recepcionista diz enquanto nós dois nos sentamos no sofá terrivelmente duro.

Kelsey olha ao redor, mas eu mantenho os olhos fixos no celular.

— Este lugar é... interessante — Kelsey fala. — É uma cadeira em forma de mão ali?

— É — digo, sem ter que erguer o olhar. Sei bem a que cadeira ela está se referindo. Já me sentei nela antes e foi incrivelmente desconfortável. — Edison acredita ter um gosto refinado quando o assunto é design de interiores. Quando, na verdade, não tem um pingo de senso. Espere só para ver a sala dele. É um cubo mágico gigante.

— Que... interessante.

— É, dá para chamar assim.

A porta que sei que leva ao escritório de Edison se abre, e o homem calvo e gorducho vem até nós. Vestido com uma bermuda xadrez marrom e laranja e um paletó verde, ele parece mais como um completo imbecil do que um corretor de imóveis sério. Mas ele já concluiu alguns negócios importantes para nós, então sempre voltamos, apesar de suas excentricidades.

Quando ele me vê, abre um sorriso largo.

— JP Cane, seu velho maldito. Como você está?

Ele não tem um pingo de decoro.

Me levantando junto de Kelsey, vou até ele e trocamos um aperto de mão.

— É bom ver você, Edison. Vejo que ainda é incapaz de combinar uma calça com o paletó.

Ele solta uma risada estridente.

— Nem todos querem ser pegos no mar dos ternos pretos. Alguns de nós gostam de se destacar.

— Até demais — digo, com um sorriso, me odiando por dentro.

Viu este meu lado? É o meu lado falso de negócios. É a razão de eu ser a "cara" da empresa, porque, quando a pressão vem, consigo colocar um sorriso no rosto e jogar um charme. Eu tenho... carisma, e isso com certeza tem sido requisitado para limpar os problemas que Huxley causa por sua *incapacidade* de esconder a irritação. É a mim que os clientes querem contratar, porque sei como ter uma conversa de negócios séria e ao mesmo tempo divertida. E, ainda assim, Kelsey acha que sou um babaca.

Estendendo a mão para além de mim, Edison diz:

— Você deve ser Kelsey Gardner.

— Oi — Kelsey o cumprimenta, em tom educado, apertando sua mão. — É um prazer conhecê-lo, sr. Edison.

— Pode me chamar de Edison, querida. Não precisa acrescentar o *senhor* na frente. Tenho certeza de que JP poderia entreter você com histórias sobre como um título tão formal não combina comigo nem com a minha personalidade.

— Eu até poderia, mas vou ter que te salvar desse constrangimento. — Dou um tapinha em suas costas.

— Que homem gentil. — Edison gesticula para seu escritório. — Por favor, entrem. Regis disse que vai encontrar vocês no Angelica.

Coloco a mão na parte inferior das costas de Kelsey por algum motivo — quem vai saber? Espero que ela a afaste, mas, quando não faz nada, continuo a guiá-la até entrarmos no escritório.

E que escritório. Nunca vi nada assim antes. Uma combinação interessante e ousada de gamer e nerd, com pôsteres de *The Legend of Zelda* em uma parede e a tabela periódica em outra. Ao entrar em seu escritório, ninguém pensaria que um corretor de imóveis sério — o mais famoso da cidade, para ser mais preciso — trabalharia ali. Não que eu esperasse que ele tivesse fotos de prédios ao longo da parede, mas há um batedor de ovos gigante — com quase um metro de altura — pendurado atrás de sua mesa de cubo mágico. Qual é a desse batedor de ovos? Será que ele só gostou disso e decidiu pendurar na parede? Há algum valor sentimental nele? Será que ele venceu algum torneio de bater ovos e aquele foi o prêmio?

Na área dos assentos, há um conjunto de poltronas roxas e um sofá de bolinhas ao redor de um aquário de mesa de centro... sem nenhum peixe dentro, e sim óculos flutuantes. Viu só o que quero dizer?

Escritório estranho do caralho.

Observo Kelsey enquanto ela absorve o cenário.

— Querem algo para beber? — Edison pergunta ao se sentar na cadeira mais perto da de Kelsey. Ele a observa com gosto, enquanto ela continua encontrando novas coisas no escritório.

— Para mim não precisa — Kelsey responde depois de alguns segundos.

— Também não precisa para mim.

— Seu escritório é tão excepcional, Edison.

— É um jeito legal de descrevê-lo — falo, causando uma risada em Edison. — Parece mais uma venda de garagem para os desajustados.

— Ah, mas você disse que gostava do pôster de Zelda. — Edison dá um olhar aguçado.

Solto uma risada.

— Disse mesmo. O adolescente em mim ficou com inveja quando o vi.

— Nunca é tarde demais para explorar uma floresta. — Edison junta as mãos. — Tudo bem, vamos ao trabalho, ou aquele seu irmão vai ter um ataque se a gente não conseguir resolver nada.

— Não podemos deixar isso acontecer. — Reviro os olhos de um jeito dramático.

— Antes de tudo... Regis não vai gostar de trabalhar com Kelsey.

Hã, não era o que eu estava esperando que ele dissesse.

— Por que não? — pergunto quando vejo Kelsey se mexer, desconfortável, perto de mim.

Edison cruza as pernas.

— Já trabalhei com ele algumas vezes. Ele é um cara ótimo, faz um trabalho incrível, mas, quando se trata de restauração, tem um tipo de estética. Gosta de fazer as coisas do jeito dele, e a sustentabilidade não está entre elas.

— Huxley sabia disso quando o contratou?

— Eu o avisei. Ele disse que você seria capaz de lidar com isso.

— Mas é claro. — Me recosto no sofá, colocando o braço atrás de Kelsey, e digo: — De que tipo de problema estamos falando? Quanta preocupação isso vai causar?

— O suficiente para fazer vocês quererem voltar para Los Angeles. — Edison se encolhe.

— Porra — murmuro.

— Espere, talvez não seja tão ruim assim — Kelsey opina. — Eu posso ser bastante agradável e complacente. Acho que precisamos dar ao Regis o benefício da dúvida. Ele ainda não sabe quais são os meus planos, e eu também não sei quais são os planos dele, então talvez seja melhor só continuar e ver aonde isso vai dar.

Falou como uma verdadeira inexperiente.

Regis encara, sem piscar.

Não é necessário ser um leitor de mentes para saber exatamente no que ele está pensando.

Ele DESPREZA Kelsey.

Me deixe pintar o cenário para você.

Regis Stallone, nascido e criado como italiano, direto de Nova Jersey, com um forte sotaque e uma postura sem dramas, está vestido com uma calça jeans gasta e salpicada de tinta, uma camisa de botões, colete refletivo e um capacete de construção amassado. Seu bigode tem mais personalidade que os dois assistentes que ele trouxe, e a fita métrica na qual continua mexendo é seu medidor de frustração. Quanto mais a estica e a fecha com um estalo, mais perto está de explodir.

Ah, a encantadora, mas ingênua, Kelsey, em seus saltos altos, saia lápis e regata justa, veio toda cheia de ideias de designs que foram aprovados em nossos prédios anteriores, mas, pela cara de Regis, não há nenhum espaço para eles no Angelica. Que, de acordo com Regis, foi projetado para proclamar sua arquitetura complexa, não para salvar o planeta.

E aí há Edison e eu, parados entre eles, observando-os rebater ideias de lá para cá. Estamos agora no tópico das janelas.

— Você percebe quão antigas são essas janelas? — Regis pergunta. — São janelas de batentes, muito raras. Não dá para simplesmente substituí-las.

— Mas você não vê? Não dá nem para abri-las por completo por conta do projeto do prédio, e por serem originais, elas não têm isolamento, o que significa que não têm nenhuma eficiência energética.

— Você não pode estar propondo remover todas elas.

Kelsey acena com gosto.

— Estou. Já até fiz anotações sobre isso.

Regis fica ainda mais furioso.

— E o que vai fazer com essas janelas? Jogá-las num aterro sanitário? Estou vendo como isso é sustentável.

Ahh, ele a pegou nessa.

— Na verdade — Kelsey diz, folheando seu bloco de notas —, eu ia sugerir que a gente as renovasse e as usasse em todo o prédio. Já que querem transformá-lo em um complexo de apartamentos, dá para moldar as janelas antigas como divisórias para os apartamentos individuais ou nos espaços comunitários, como a lavanderia. Jamais iria sugerir jogar coisas no aterro sanitário. De fato, imagino que eu precise conversar com Huxley sobre o processo de aprovação. Nada é jogado fora sem permissão.

Está bem... está bem. Ponto para Kelsey.

— Sabe quanto custará substituir essas janelas? Esses revestimentos não são de tamanho padrão.

— Sabe o tipo de impacto que teremos se as mudarmos? O gasto de energia para o prédio todo? Na verdade, você pode acrescentar a instalação de um sistema geotermal para o aquecimento à sua lista? Isso com certeza vai cortar gastos de energia.

— E onde acha que vamos conseguir cavar aqui para colocar um sistema geotermal? Se ainda não percebeu, estamos bem no meio da cidade. Meu Deus do céu. — Então Regis olha para mim. — Uma palavrinha, JP. — Ele se afasta, e sei que estou prestes a ouvir o final da discussão. Bem o que eu queria, porra.

Começo a ir atrás dele quando Kelsey puxa minha mão.

— Quando terminar de falar com ele, eu também vou querer falar com você.

— Sobre o quê? — pergunto, já percebendo o rumo. Sou o mediador ali. Que maravilha, porra.

— Sobre o que ele for reclamar com você. Preciso saber o que ele vai dizer sobre mim.

— Assim tão paranoica, é?

— Você já sabe isso sobre mim. — Seus olhos ficam mais preocupados. — E se alguém tentar fazer com que eu seja demitida, eu gostaria de saber o motivo.

— Acho que você já sabe o motivo. — Me afasto dela e me junto a Regis na outra sala.

Mas quando ele começa a falar — quer dizer, gritar —, sei que não vou precisar de outra conversa com Kelsey, porque, dado como as paredes são finas, ela já vai ouvir tudo.

— Você não pode estar falando sério com essa merda de sustentabilidade — Regis começa. — Este é um prédio histórico, então não dá para despojá-lo disso e torná-lo moderno. Os ativistas dos prédios históricos vão ter uma síncope com tudo isso, e já vou dizendo que, se eu não tivesse assinado o contrato de confidencialidade, estaria agora indo para uma reunião com eles e lhes contaria sobre o tipo de ideias ridículas que aquela mulher tem.

Entro no personagem do "cara da empresa" e digo gentilmente:

— Entendo as suas preocupações com relação à integridade do prédio, Regis. E estamos tão preocupados quanto você. Preservar a história dessas paredes é tão vital para nós quanto é para você. Mas há algo de que precisa saber. Kelsey é minha colega de trabalho, e não vou tolerar que fale sobre ela dessa forma. Ela merece tanto respeito quanto qualquer outra pessoa com quem você trabalha. Além disso, ela tem razão. Se vamos abrir este prédio ao público pela primeira vez em trinta anos, precisamos fazer isso do jeito certo. Precisamos nos certificar de que vamos atender a todas as necessidades de hoje com os complexos designs do passado. Compromisso, cara, tudo bem?

— Não há como fazer um sistema de aquecimento geotermal. Vou ceder quanto às janelas, se elas forem utilizadas em outro lugar. Mas é fisicamente impossível fazer um sistema de aquecimento.

— Tudo bem, então talvez você possa pensar em outra solução. Sei que é nossa primeira vez trabalhando juntos, mas não é a primeira vez da Kelsey com a gente. Valorizamos a opinião e as ideias dela e preciso que você faça o mesmo, senão vamos ter que encontrar outra pessoa que tenha a nossa visão. — Dou um aperto no ombro de Regis. — E você não vai querer perder a oportunidade de trabalhar conosco, ainda mais com os planos que temos para o futuro. Compreende?

O bigode de Regis se contrai quando ele concorda com a cabeça. Ele está cedendo, mas sei que é só por um tempo. Nas próximas duas semanas, sei que vou viver um pesadelo ao tentar gerir esse homem. É por isso que Huxley está no comando desta merda.

Voltamos à sala de estar. Kelsey está de pé, sozinha, enquanto Edison está num canto, falando baixinho ao celular. Quando ela faz contato visual comigo, há uma expressão de alívio em seu rosto. Sem dúvida ela escutou toda a conversa e parece que vamos ter que descobrir uma forma de deixar as paredes muito mais grossas.

— Acho que já conversamos demais por hoje — decido. — Já andamos pelo prédio, tomamos notas. Que tal vocês dois escreverem suas ideias de acordo com os planos do Huxley, como vamos conseguir executá-las, e aí poderemos nos reunir nos próximos dias?

Regis coloca a caneta atrás da orelha e aperta minha mão. Para minha surpresa, ele faz o mesmo com Kelsey.

Posso odiar este maldito trabalho, mas parece que sou muito bom nele.

A porta do carro se fecha atrás de mim, e Kelsey logo se vira em seu assento, a gratidão espalhada por todo o seu rosto.

— Não posso nem dizer o quanto estou agradecida por você ter me defendido quando falou com Regis, JP.

Pego o celular do bolso do terno e me fecho.

— Não foi grande coisa.

Ela pousa a mão na minha coxa, chamando minha atenção. E por eu ser um homem fraco, minha mente vai direto para ontem. Meu saco na sua cara...

Sua respiração...

Meu Deus, cara!

— Mas para mim foi, JP. Sei que a última coisa que você queria era bancar o mediador entre mim e Regis, mas eu ouvi o que você disse para ele e significou muito mesmo para mim. Não sei se sabe o quanto.

— É sério, Kelsey, não foi grande coisa.

— Não, você tem que me ouvir. — Ela põe o cabelo atrás da orelha, expondo a curvatura do pescoço. Luto contra a vontade de enrolar os dedos em sua nuca e trazê-la para perto. — Você definiu o tom. Vamos em frente e espero que Regis saiba como apreciar minhas ideias. Foi você que estabeleceu isso, e isso é trabalho em equipe, não um projeto comandado por um homem. Te devo uma, JP.

— Você não me deve nada — digo, olhando pela janela.

— Você não me deve nada.

Kelsey já está trabalhando para a Cane Enterprises há alguns meses, e já se provou para mim, Huxley e Breaker. Ela trabalha duro e tem conhecimento, não é uma mera abraçadora de árvores sem objetivos específicos e inteligentes. A Cane Enterprises tem uma reputação — é respeitada pela qualidade — e de jeito nenhum nos juntaríamos a qualquer coisa ou alguém que não estivesse alinhado à nossa visão. Hoje não se tratou apenas de "salvar" Kelsey, mas de garantir que teremos uma equipe que trabalhará de maneira coesa. É claro que ela já sabe disso.

— Se fosse Huxley ou Breaker, eles teriam feito exatamente a mesma coisa. Nós protegemos a empresa, você é parte dela, portanto, eu te protegi. Não é nada além disso.

— Está bem, mas, de qualquer forma, obrigada.

Baixinho, digo:

— De nada.

CAPÍTULO ONZE

KELSEY

♥ Arlo e Greer ♥
Feitos um para o Outro

Kelsey: Seja bem-vindo, ouvinte, a mais um Podcast Feitos um para o Outro. Aqui a gente conversa com casais loucamente apaixonados sobre como eles se conheceram. Arlo e Greer, muito obrigada por se juntarem a nós hoje. E aí, como vocês se conheceram?

Greer: Você quer que eu conte ou quer contar a história?

Arlo: Acho que você não vai querer que eu conte.

Greer: Provavelmente não. É capaz de você incluir alguns detalhes que eu não quero que ninguém saiba.

Arlo: Detalhes como... aquele da ilha da cozinha?

Greer: Tudo bem, tudo bem, mantenha a boca fechada, senhor.

Arlo: Por que não conta para ela sobre aquele fedor... ou aquela vozinha de esquilo... ou aquele xixi azul?

Greer: Garanto que todas essas três coisas não estão relacionadas de forma alguma à ilha da cozinha ou a algo sexual, Kelsey. Ele está se referindo às pegadinhas que fiz com ele.

Kelsey: Pegadinhas? Ah, por favor, me conte mais.

Greer: Tudo começou quando fui contratada para ensinar Inglês na escola em que Arlo estava trabalhando. Ele não me queria lá porque achava que minha forma de ensinar era progressista demais para sua mente conservadora e antiquada.

Arlo: Ela usa guia de estudos e filmes para ensinar a escrita.

Greer: Ai, meu Deus, a gente precisa mesmo falar sobre isso agora?

Kelsey: Então dá para ver que vocês se deram muito bem logo de cara.

Greer: Nem perto disso. Ele era um idiota irritado em um cardigã. A gente se odiou. Foi daí que veio o xixi azul. Meio que fiz uma pegadinha com ele para me vingar.

Arlo: Achei que havia alguma coisa muito errada comigo. A cor azul não é algo que um cara deveria ver na urina.

Greer: Mas aí ele fez isso: se vestiu de Jay Gatsby no meu "Dia de se vestir como um personagem literário" e... bem, foi o primeiro passo a caminho de nos apaixonarmos.

Arlo: Foi difícil não tentar impressioná-la ou mantê-la afastada. E quando ela foi a um encontro com outra pessoa, soube que eu estava sendo um completo idiota e se não a conquistasse ali mesmo, me arrependeria para sempre.

Greer: Que bom que ele fez isso, porque nunca estive tão apaixonada.

Mãe: Está gostando de São Francisco, querida? Faz tempo que não vou aí. Estou com muita inveja.

Deitada de bruços na cama, leio a mensagem e sorrio ao responder.

Kelsey: *Aqui é lindo. Não deu para explorar ainda, mas logo vou conseguir. Mas só de andar pela cidade, sentir o cheiro do oceano e a brisa... Me faz querer me mudar para cá.*

Mãe: *Ah, não, não faz, não. Nenhuma filha minha vai se mudar para longe de mim.*

Kelsey: *Que engraçado você dizer isso depois de implorar para Lottie se mudar.*

Mãe: *Se mudar, sim, mas não para outra cidade.*

Kelsey: *Ahh, entendi.*

Mãe: *E como estão as coisas com JP?*

Kelsey: *Dá para parar de jogar verde para colher maduro? Juro que não há nada acontecendo entre nós. E isso me faz lembrar que deixei minha comida no micro-ondas. Preciso ir lá pegar.*

Mãe: *Mas ele é tão lindo.*

Kelsey: *Tchau, mãe.*

Deixo o celular na cama e vou à cozinha, mas paro. Olho para mim mesma no espelho e analiso minha roupa. Calça *jogger* e regata branca sem sutiã. Um pouco reveladora, mas não demais. Além disso, JP não está em casa. Ele foi a algum lugar. Não há nada com o que me preocupar.

Não vou trocar de roupa só para tirar minha comida do micro-ondas.

Saio do quarto, passo pelo corredor e vou à cozinha, debatendo se devo começar a assistir uma nova série — que compromisso — ou se procuro algum filme que me agrade, também um compromisso. Se eu escolher uma nova série, significa que vou ter algo para assistir por...

— Errrrrrrrm.

Eu paro.

O que foi isso?

Não me movo.

Prendo a respiração, esperando ouvir o barulho de novo.

Pela forma como o prédio foi construído, não dá para ouvir barulho da cobertura do outro lado, e sei que estou sozinha, porque JP disse que ia sair. Então, isso significa que... há alguém aqui?

Meu coração bate acelerado enquanto me arrasto para frente, ouvindo, esperando...

— Urggghhh.

Aí está de novo.

Desta vez, o barulho me dá um arrepio na espinha, e os pelos na minha nuca se eriçam.

Não é um rangido normal de prédio. Esse som vem de um ser humano. Ou de um animal sofrendo.

Ou de um ser humano sofrendo.

Algo está sofrendo.

Me arrastando para frente, tento me manter o mais silenciosa possível para que consiga localizar o som.

— Uhhhhhhrrrrrr.

Minha cabeça vira para a direita, para o corredor em direção ao quarto de JP.

Já que a única luz acesa no espaço da sala de estar é na cozinha, dá para ver que não há luz na fresta da porta de JP.

Então com certeza ele não está em casa.

O que significa que... há um assassino aqui, um animal sofrendo ou um fantasma.

Me arrasto até a cozinha, mantendo os olhos na porta dele o tempo todo, enquanto pego uma colher de pau qualquer do porta-talheres da bancada. Com a colher em mãos, vou de fininho em direção ao seu corredor, só para ser parada ao escutar o barulho de novo.

— Frrrrrrrrreeerm.

Ai, meu Deus.

Ai, meu Deus.

AI, MEU DEUS!

Meu coração está batendo quase na boca enquanto me aproximo. Minha pulsação dispara, enrijecendo meus ombros. Por que estou fazendo isso sozinha? Eu deveria esperar JP chegar.

— Uhhhhh.

Fecho os olhos com força e faço uma corridinha nervosa no lugar, meus pés encostando de leve no chão.

Dê meia-volta, sua idiota, é assim que as pessoas morrem nos filmes de terror. Elas vão investigar o barulho. Mas assim como qualquer outro imbecil de filme de terror, eu não saio correndo para o quarto para chamar ajuda. Não peguei nem a droga de uma faca.

Nada disso. Armada com uma colher de pau — o pior que isso consegue fazer é mexer a salada —, vou me aproximando de fininho de seu quarto até que escuto... um som de bombeamento constante. Como se... ai, meu Deus, como se alguém estivesse sendo esfaqueado.

— Fuuuuuu.

Apunhalado!

Alguém está sendo apunhalado no quarto de JP. Espere... e se JP estiver sendo apunhalado e eu estiver aqui parada, fora de seu quarto, com uma colher de pau, sem fazer nada? E se ele tiver voltado para casa sem eu saber e tiver sido atacado?

Meus mamilos ficam enrijecidos pelo medo.

Quase me engasgo com a saliva.

E antes que eu possa me impedir, puxo a maçaneta, chuto a porta para abri-la e acompanho os movimentos com um grito de guerra que quase me deixa surda.

— EEEEEEE AAAAAAHHHHH! — grito, empunhando a colher no ar.

— Que porra é essa?! — JP grita.

Meus olhos pousam na cama, onde ele está, completo e totalmente nu... segurando um travesseiro na frente de seu membro.

O que é...

Ai, não.

Ai, meu Deus.

AI, MEU DEUS DO CÉU.

Não era um animal sofrendo.

Ou um humano sofrendo.

Ou um fantasma.

Ou uma punhalada.

Era só...

Ai, meu bom Deus, era só JP se masturbando.

A colher cai da minha mão, enquanto cubro os olhos às pressas e me viro.

— Ah, minha nossa, desculpe. Você está em casa, tendo o seu momento particular.

— Ah, minha nossa, desculpe. Você está em casa, tendo o seu momento particular. — Com os olhos ainda cobertos, vou em direção à porta, mas acabo dando de cara na parede, batendo o nariz e a testa. — Ai, merda — digo, enquanto tateio com a outra mão, tentando encontrar a porta.

Me viro, giro.

Perco o rumo de onde estou.

E antes que me dê conta, minha mão está roçando um corpo muito rígido.

— Ahh — grito de novo, deixando a mão que cobria meus olhos cair, só para descobrir que minha outra mão está passando pelos mamilos de JP. — Ah, merda, desculpe. Isso aqui é, hã, o seu peito. Seu mamilo. Eu estava só tocando no seu mamilo. Não é de propósito. Nem porque quero.

— Que porra você está fazendo aqui, Kelsey?

— Boa pergunta. — Dou um joinha a ele. — E tenho uma boa explicação para isso também. Veja só, fui pegar meu jantar quando ouvi esse barulho. Pensei que fosse um fantasma ou um assassino, ou até mesmo um animal sofrendo, como um esquilo preso na parede ou algo do tipo. Não dá para saber com esses prédios antigos. De qualquer forma, pensei em vir checar, e quando fui chegando perto, achei que você estava sendo apunhalado. Pareceu muito com o som de uma punhalada, não que eu já tenha ouvido uma punhalada. Aí eu entrei para tentar assustar o assassino.

Ele me encara, seu rosto ficando desanimado.

— Com uma colher de pau?

— Eu não disse que era um plano inteligente. Só estava tentando ser uma heroína sem um plano. Agora dá para ver que talvez não tenha sido a melhor ideia.

— Você deveria ter batido, porra. Meu Deus. — Ele estremece, e já que não consigo evitar, olho para o seu travesseiro e então de volta para ele.

— Você conseguiu terminar?

— Parece que eu terminei?

— Bem, sei lá. Talvez você estivesse no meio do orgasmo quando eu entrei. — Estendo a mão e toco a ponta do seu mamilo, nem sei por quê. — O seu mamilo está duro.

Ele se inclina para a frente, fechando a distância entre nós, e cutuca meu mamilo bem no meio.

— Ai — reclamo, cobrindo meu peito.

— O seu mamilo está duro. Isso significa que você vai gozar enquanto a gente conversa?

— Não cutuque o meu mamilo assim. Dói.

— Não doeu.

— Doeu, sim.

— Não doeu, não.

— Doeu, SIM! — digo, enquanto estendo a mão para cutucar seu mamilo da mesma forma que ele fez comigo. Ele nem se mexe. Então, faço de novo. E de novo. E...

Ele cutuca meu outro mamilo.

Solto um suspiro enquanto cubro este peito também.

Que ousadia daquele homem.

— Não posso acreditar que você cutucou meus dois mamilos.

— Você cutucou o meu — ele rebate, me confrontando, me testando.

— Não é uma brincadeira de mamilo por mamilo.

— Você costuma fazer isso para saber as regras assim? Se intrometer na masturbação de uma pessoa e começar a cutucar os mamilos dela? — Ele cutuca minha mão.

Vou ficando mais irritada e o cutuco de volta.

Ele me cutuca no peito.

Eu cutuco seu abdômen.

Ele bate o pé na minha canela.

Eu grito em choque e então o chuto e o cutuco em seguida.

Ele me engana para a direita e me cutuca na esquerda.

— Aff. — Solto meus peitos e vou para uma cutucada dupla, mas ele é rápido e me cutuca uma vez no mamilo e se afasta. Antes que me dê conta do que estou fazendo, já estou correndo até ele com força total e o jogo no chão, seu travesseiro caindo para o lado, e eu caio em cima de sua barriga, montando nele.

E como o babaca que é, ele coloca as mãos atrás da cabeça e olha para mim.

— Se era isso que você queria, era só pedir.

Meus dentes rangem, e eu digo:

— Eu só estava tentando salvar você.

— Que história mais plausível.

— Estava mesmo — insisto, mais irritada. — Já disse que te devo uma, e é verdade. Tentei jogar o meu corpo contra o assassino.

— Você estava jogando o seu corpo em mim.

Rosno e o cutuco de novo.

Ele me cutuca de volta, desta vez, levantando o meu peito ao fazer isso.

— Pare com isso! — grito.

— Pare com isso você.

— Eu já parei.

— Não, você que começou com isso de novo.

— Porque você está me irritando.

— Porque você interrompeu o meu momento de macho.

— *Seu momento de macho*? — Faço uma pausa, absorvendo suas palavras, e por alguma razão, talvez a forma como ele disse isso, as palavras escolhidas, elas me atingem de uma forma que eu não estava esperando. Solto uns risinhos.

E mais alguns risinhos.

Então bufo.

E rio.

Uma risada...

— O que é tão divertido?

— Você disse *o meu momento de macho*.

— E daí? Como você chama isso?

— Não de "o meu momento de macho". — Rio mais um pouco, uma risada desagradável, nervosa, mas do tipo *não dá para controlar*.

Isso também o faz rir.

Linhas de sorriso enrugam seus olhos. A alegria toma conta de sua expressão. E assim, nós dois estamos rindo juntos, a ponto de eu rolar de sua barriga e cair no chão. Ele coloca o travesseiro sobre seu membro de novo, então não vejo nada, enquanto seu peito se move para cima e para baixo pela risada.

Depois do que parece uma eternidade, eu me viro para ele.

— Me desculpe por interromper o *seu momento de macho*. Da próxima vez, dá para tentar não soar como um animal sofrendo?

Ele passa a mão sobre os olhos.

— Não vou mais conseguir gozar sem me preocupar com os barulhos que faço. Valeu por essa.

— De nada. — Me sento e digo: — Acho que a gente precisava disso.

— De você me interrompendo enquanto eu me masturbava? — ele pergunta, fazendo graça.

— Não, não disso por si só, mas de um momento leve para quebrar a tensão.

— Pode acreditar, querida, a tensão ainda está aqui, já que você não me deixou gozar.

Estremeço.

— Bom, então vou deixar você voltar para o... seu momento de macho. — Nós dois nos levantamos, ele ainda se cobrindo. — Tente não fazer tanto barulho dessa vez.

— É, pode acreditar que vou enfiar a porra de uma meia na boca de agora em diante.

— O que você preferir.

Nós dois sorrimos e então eu saio antes que tenha outro ataque de riso.

— Como foi o resto da sua noite? — pergunto, enquanto JP entra na cozinha pela manhã, recém-banhado e vestido de terno e gravata, uma roupa em que o vejo com frequência. Mas, por alguma razão, sua escolha de roupa parece diferente hoje.

Pode ser pelo que aconteceu na noite passada. Quando interrompi o "seu momento de macho". Foi meio que sexy saber que ele faz isso enquanto eu também estou nesta cobertura. Como ele nem se importou que eu estivesse por perto. Pensei sobre isso a noite toda. Será que ele queria que eu ouvisse? Será que estava me provocando? Fazer algo assim combina com a sua personalidade.

— O resto da noite? — JP questiona, lançando um rápido olhar sobre o ombro, enquanto pega café. — Explosiva.

Engulo em seco.

Explosiva, tipo...

— Bom saber.

Ele se vira e se inclina sobre a bancada enquanto leva a caneca aos lábios.

— É bom saber disso?

— Claro, todo mundo merece... alívio. Eu interrompi o processo, então fico feliz que você conseguiu terminar.

— Parece estranho alguém dizer algo assim.

— É, acabei de pensar a mesma coisa. — Empurro o prato para o lado e me recosto na cadeira da mesa da sala de jantar. — Sinceramente, não sabia o que dizer para você hoje. Foi o melhor que consegui pensar.

— Foi fraco.

— Eu sei. Talvez seja por isso que ainda estou solteira, porque tenho uma réplica fraca.

— Que nada, não é por isso.

— Ah, não? Então você tem uma teoria de por que ainda estou solteira?

Ele assente devagar enquanto abaixa a caneca.

— Você se esforça demais.

— Como assim?

— Porque você está sempre pensando no próximo encontro. Por que não tenta só relaxar e esperar que algo aconteça? Não dá para saber se a pessoa feita para você está bem na sua frente.

Reviro os olhos.

— Já estou cansada de ficar esperando. Nada acontece. Talvez eu devesse começar a andar pelas vizinhanças, como Lottie fez.

— Pode ser que ajude. — Ele sorri e então se senta à mesa. — Talvez precise parar de procurar, e aí ele vai te encontrar. — Ele dá de ombros e diz: — Além disso, você é gostosa. Não é como se não despertasse nenhum interesse.

— E não desperto, JP. Edwin foi o melhor que consegui.

— Edwin era um idiota. — Ele gira a caneca na mesa. — Deve haver alguma coisa em que você esteja mais interessada do que em encontrar o amor.

— Bom, eu tenho o podcast, mas ele também é focado em amor.

Ele solta uma risada.

— Como se chama?

— *Feitos um para o Outro*. Eu entrevisto casais que contam como se conheceram e encontraram o amor. — Dou de ombros, sem jeito. — Acho que eu simplesmente amo o amor. Gosto de histórias originais, encontros fofos e das diferentes formas que as pessoas acabam se conhecendo. É fascinante. Também gosto de fazer atividades aquáticas.

— Atividades aquáticas? Me fale mais sobre isso. Tipo, exercícios aeróbicos na água?

Assinto.

— É. Com certeza sou a mais nova na turma, mas isso não me incomoda. Eu só gosto de me exercitar na água e as músicas que são tocadas são as românticas antigas. Aí funciona para mim.

— Você fica de maiô?

— É claro.

Ele balança a cabeça.

— Que pena.

— Não vou ficar me exercitando de biquíni com um bando de mulheres mais velhas. Eu tenho um maiô recatado.

— E a cor?

— Vermelho.

— Legal. — Ele dá outro gole no café. — Qual é o seu plano para hoje?

— Vou finalizar minhas ideias para a restauração. Talvez sair para uma caminhada. Tenho reuniões agendadas para amanhã, mas nada para hoje. E você?

Ele checa seu relógio preto-fosco e caro em seu pulso grosso e diz:

— Tenho uma reunião em trinta minutos para a qual preciso correr. Quer me encontrar para almoçar?

— Ah, hã, claro — respondo, pega de surpresa. Encontrá-lo para almoçar? Tipo... só nós dois? Não parece muito com algo que ele faria. Mas, de novo, acho que quebrei o gelo dele na noite passada. *O nosso.*

Ele estava carrancudo na viagem de avião para cá.

Mas aí eu me desculpei pela noite de gala.

Ele me defendeu para Regis.

E quebramos a tensão.

Talvez este seja o próximo passo.

Ele bate na mesa com os nós dos dedos e se levanta.

— Vou mandar mensagem com a hora e o lugar. Vejo você depois, Kelsey.

— Tchau — digo, sem jeito, com um aceno de mão, observando-o se afastar.

Hum...

Talvez esta viagem não seja tão ruim quanto pensei que fosse.

— Salgadinhos sabor picles? Não sei não... — falo enquanto olho para o saco de salgadinhos que JP insiste em dividir.

Ele o pega, abre com um estalo e o inclina na minha direção.

— Experimente. Prometo que você vai gostar.

— E se eu não gostar?

— Aí você precisa de um paladar melhor.

— Você nem sempre tem razão, sabia? — digo, pegando um salgadinho.

— Na maioria das vezes, sim. E tenho razão sobre estes salgadinhos. — Ele também pega um e, juntos, os colocamos na boca. O salgadinho divino e temperado apresenta um mundo de sabores à minha língua. Como se fogos de artifício saborosos estivessem explodindo na minha boca.

E, droga... ele tem razão. São gostosos.

São muito gostosos.

Um dos mais saborosos que já comi.

— E aí, o que achou? — ele pergunta.

Sem querer dar o braço a torcer, dou de ombros e falo:

— É, são bons.

O canto de seus lábios se curva e ele sussurra:

— Mentirosa. — Então ele puxa o saco e acrescenta: — Se são só *bons*, acho que vou ter que comê-los sozinho.

Eu já deveria ter previsto isso.

Resmungo e estendo a mão.

— Tá bom... eles são bons pra caramba, e eu quero mais, por favor.

Isso o faz rir. Ele me passa o saco, e eu pego um bom punhado.

— Viu só? Sempre tenho razão.

— E é humilde também. — Ponho alguns salgadinhos na boca. — E aí, sobre o que foi a reunião de hoje?

Ele suspira.

— Só uma reunião com Edison. Saímos por aí para olharmos os outros prédios que Huxley quer que eu verifique.

— Algum bom?

— Na verdade, não. Nada que valha o nosso tempo.

— Como pode dizer se vale o seu tempo ou não?

Ele passa a mão no guardanapo, limpando o forte tempero de picles dos dedos.

— A localização é sempre a primeira coisa. O propósito do prédio: será que vale o tempo e a energia que colocamos para ganhar dinheiro? E aí, claro, as restaurações em si. Também não havia nenhuma personalidade naqueles prédios. Eles meio que só estavam lá. Já fizemos muito dinheiro em prédios genéricos, dá para vê-los em Los Angeles, e temos alguns em Nova York também. Eles fizeram a parte deles, mas estamos interessados nos mais excepcionais.

— Projetos apaixonantes?

— Tipo isso. Huxley quer mesmo expandir, é por isso que ele fez parceria com você. Às vezes acho que nada estará bom o suficiente, que ele vai ficar sempre pressionando para se tornar o melhor, mas não sei bem o que é o melhor.

— Enquanto isso, a sua carga de trabalho só vai aumentando.

— Exato. — Ele olha pela janela da lanchonete. — Fiquei surpreso por você ter aceitado o convite para o almoço. Achei que me odiasse demais para fazer uma coisa dessas.

— Eu não te odeio. Achei que você me odiasse. Fiquei surpresa por ter me chamado. Não sabia se era algum tipo de plano para outra coisa.

— Tipo o quê? — Ele ri.

— Sei lá, colocar algum tipo de chip no meu quarto, porque aí você saberia o que eu estaria fazendo o tempo todo.

— Meu Deus. — Ele ri. — Que tipo de psicopata você acha que sou?

— Pelo visto, um bem assustador. Sei lá. Só é legal que esteja falando comigo.

— Sempre falei com você, Kelsey. Só variei o tom.

— Não, ficou fazendo o tratamento de silêncio por um tempo.

— Porque você me deixou furioso. Eu estava sendo um cara legal naquela noite, e você me tratou como se eu fosse um babaca insensível.

— Eu sei, e me desculpe por isso. Acho que só fiquei desconcertada por tudo o que aconteceu naquela noite e não estava no meu juízo perfeito. Posso perguntar quais eram as suas intenções naquela noite? Por que me chamou para dançar?

— Porque... — Ele coloca outro salgadinho na boca e mastiga. — Eu queria fazer questão que você se divertisse. Ser derrubado por um velho não estava nos planos. Mas pelo menos isso foi um pouco divertido para você.

— E aí Edwin e Genesis foram embora. Me lembrou de uma cena de *Harry e Sally: Feitos um para o Outro*. Sabe, quando eles vão para um encontro duplo, e o par deles sai um com ou outro. Foi o que a gente fez.

— Então você deu sorte. Eu sou uma companhia muito melhor do que Edwin. Muito melhor para se olhar também.

— Ah, aí está aquela humildade.

— Eu sou humilde. Só estou te mostrando que sei o meu valor. Não há nada de errado com isso.

— Acho que não. — Como meu último salgadinho e pergunto: — E quando voltamos para a sua casa, qual era a sua intenção?

— Fazer você entrar no seu carro e te mandar para a sua casa. Eu tinha um encontro com algumas cerejas cobertas de chocolate naquela noite e de jeito nenhum eu ia dividir com você.

— Ah, pare, não tinha nada.

Ele coloca a mão no coração.

— Juro. Voltei para casa, me sentei na minha sala vazia, porque ainda não tinha nenhum móvel àquela altura, e comi cinco cerejas cobertas de chocolate enquanto olhava o Twitter.

— Estou tendo dificuldades para acreditar. Você não parece o tipo de homem que revida com uma caixa de cerejas cobertas de chocolate.

— Bem, eu sou. Elas são a minha kryptonita. Faço qualquer coisa por elas e tenho uma despensa abastecida com caixas delas. Uma prateleira inteira, para ser mais preciso, porque sei o que você vai perguntar em seguida.

— Está falando sério?

— Sim. Não acredita? Pergunte para Huxley.

— Não vou incomodá-lo com isso.

— Tudo bem, mas eu vou. — Ele tira o celular do bolso e começa a digitar. Aperta *enviar*, e então, com um ar arrogante, toma um gole de sua bebida. Seu celular vibra na mesa. Ele nem olha para a resposta. Apenas desbloqueia a tela e a vira para mim.

> **JP:** *Estou aqui com Kelsey. Ela não acredita que sou obcecado por cerejas cobertas de chocolate. Mande a real para ela.*
>
> **Huxley:** *Ele tem pelo menos trinta caixas na despensa. É uma obsessão.*

Olho para JP, que está sorrindo agora.

— Não falei?

— Nossa... isso é algo que eu jamais teria adivinhado sobre você.

— Às vezes você precisa conhecer as pessoas primeiro, Kelsey, antes de começar a ter uma opinião ruim a respeito delas. Há muitas coisas que não sabe sobre mim. Fique por perto. Tenho certeza de que vai descobrir muito mais.

— É, pelo visto, vou mesmo. Assim como descobri que você nem liga de se masturbar enquanto outras pessoas estão em casa.

Com um sorriso malicioso, ele dá uma piscadela.

— Exato.

— E aí, o que está planejando fazer à noite? — Lottie pergunta ao telefone enquanto termino meu *skincare* noturno.

Se você está imaginando, eu lavo o rosto, seco com delicadeza, aplico o sérum noturno antissinais, seguido pelo hidratante e então selo com um toque de óleo de rosas. Termino todo o processo aplicando loção no resto do corpo.

— Nada especial. Jantei sozinha de novo, pela segunda noite seguida. JP teve uma reunião, aí acabei pedindo macarrão de couve-flor com queijo e encerrei a noite. Estou planejando ler um livro na sala, porque o horizonte fica tão lindo à noite. Quero aproveitá-lo o máximo possível.

— Parece... interessante. E se quando ele voltasse para casa, você tentasse invadir o momento dele de novo, que tal?

Pois é, contei a ela sobre a outra noite. Tive que contar. Ela é minha irmã. Mas não falei sobre o almoço, porque não queria que ela ficasse toda encucada com isso. Foi só um simples almoço, nada louco, nada para dizer.

— Nunca mais vou chegar perto daquele quarto de novo.

— Qual é, depois daquelas cutucadas de mamilos, você não pode me dizer que não está interessada em saber como é ser beijada pelo JP. Agora é a hora. Vocês estão sozinhos, juntos, podem muito bem testar.

— Bateu a cabeça? Não é para isso que estamos aqui e sem chance que vou fazer algo assim.

— Está dizendo que não quer? Porque não acredito nisso. Esses irmãos Cane são de outro nível, e é claro que há química entre você e JP. Descubra o quão gostoso pode ficar entre vocês.

— JP não me quer desse jeito. Não houve nada sexual nas nossas cutucadas nos mamilos. Se tivesse um pingo de sexualidade nisso, ele teria tentado alguma coisa quando eu estava sentada no peito dele. E, tudo bem, claro, acho que ele é gostoso, mas não quero chegar a esse ponto com ele. Não estou atrás de um lance de apenas uma noite. Estou em busca de amor.

— Se ele tem alguma coisa do Huxley, você não vai querer que seja só por uma noite.

— Ele só vai querer uma noite. Você sabe que ele não quer saber de relacionamentos, e nem sei por que estamos falando sobre isso, já que nada está acontecendo entre a gente. Não tenho intenção de ir além com qualquer tipo de contato físico.

— Tudo bem, mas só me diga uma coisa: como foi ficar cutucando o mamilo dele?

Estranhamente bom.

E depois que o choque inicial quando ele me cutucou passou, eu meio que gostei.

Da brincadeira.

Foi um lado diferente dele, e eu gostei. Mas preciso dar um basta nessa necessidade incessante de Lottie de me ver pensando em JP de outra forma.

— Não foi nada de mais. Não foi como se uma faísca mágica tivesse surgido entre a gente. Foi rápido e constrangedor, e não conversamos depois disso. Estou falando, não há nada rolando, então esqueça.

— Aff — ela resmunga. — Por que você tem que arruinar os meus sonhos?

— Seus sonhos? Do que está falando?

— De casais irmão-irmão, irmã-irmã.

— Parece que você não disse isso na ordem certa.

— Você entendeu. — Ela bufa. — Seria tão legal se, como irmãs, a gente namorasse irmãos.

— Você não está só namorando o Huxley, vai se casar com ele. Aliás, como foi a reunião para o arranjo de flores?

— Chata. Huxley fica insistindo que quer o melhor para o nosso casamento, e eu continuo dizendo que não há necessidade disso. Ele me diz todo dia que quer voar para encontrar um estilista italiano para fazer o meu vestido. Eu disse que ele estava louco e que eu poderia ir a alguma boutique aqui em Los Angeles. Você precisava ver a cara de desgosto que ele fez. Como se ir às compras para o meu vestido estivesse muito abaixo dele. O problema, Kelsey, é que só quero me casar, não ligo para toda essa pompa.

— Mas é importante para o Huxley, não é?

— É... — ela fala arrastado. — E isso significa que eu só deveria embarcar nessa. Ele nunca foi tão exibido assim quando começamos toda essa coisa de relacionamento falso, sabe.

— Hã, vou discordar. Você se esqueceu daquelas roupas de grife e da lingerie cara que ele te fez usar? As pessoas não estavam nem vendo aquela lingerie, e mesmo assim, Huxley insistiu que você usasse o que *ele* tinha escolhido, e nada que custasse menos de cem dólares.

— Ah, acho que você tem razão. E isso me faz lembrar... gostou daqueles macaquinhos para dormir?

— Ai, meu Deus, Lottie. Eu amei demais. Eles são tão confortáveis. Eu os trouxe.

— Espere... foi isso que você levou para usar para dormir enquanto está aí?

— Foi, por quê?

Ela ri.

— Tá bom, claro, Kelsey, é assim mesmo que nada vai acontecer entre você e JP.

— Trouxe um robe para colocar por cima. Olha, não vou sacrificar meu conforto, só porque o macaquinho pode ser considerado indecente. Não planejo sair por aí neles. Sempre vou colocar o robe por cima.

— Se você diz... Mas me deixe falar: você tem um encontro com Derek daqui a uns dias. Se tiver algum envolvimento com JP, por favor, não machuque os sentimentos do Derek. Ellie me mataria.

— Você sabe que eu jamais faria isso. Na verdade, estou animada com o encontro. Trouxe algumas opções de vestido. Você pode me ajudar a escolher.

— Tudo bem, que bom. Ah, Huxley está me lançando aquele olhar sedutor, então preciso desligar.

— Minha nossa... vocês dois vão fazer sexo, que surpresa...

— Você parece estar com inveja.

Não, só excitada.

— Divirta-se, mana. Boa noite.

Desligo o celular e vou para o quarto pegar meu livro, uma comédia romântica sobre três irmãos que voltam à sua cidade natal e dão uma festa de aniversário para os pais, mas aí o inferno vem à tona quando suas personalidades se chocam e suas vidas amorosas estão prestes a serem testadas. Só ouvi coisas ótimas sobre este livro.

Volto para a sala. Acendo as luzes, iluminando o espaço... *e* há um homem parado ali vestindo nada além de um short de moletom e com um copo de água na mão.

— Jesus, MEU DEUS DO CÉU! — grito ao tropeçar para trás. — JP! — Bufo. — O que você está fazendo aí parado no escuro desse jeito?

Um sorriso bastante suave curva seus lábios.

— Só pegando um pouco de água. — Seus olhos me analisam, absorvendo o robe e minhas pernas nuas. — O que você está fazendo?

— Ia ler aqui para aproveitar o horizonte. Meu Deus, quando você chegou? — Tento acalmar meu coração acelerado enquanto vou para o sofá.

— Uns dez minutos atrás. Não achei que deveria falar oi para você.

— Nossa, mas como você é educado. Só ia ficar aqui no escuro, esperando para me assustar?

— Como é que eu ia saber que você ia ler aqui? Parece meio estranho ler enquanto aproveita o horizonte, porque não dá para fazer os dois ao mesmo tempo.

— Dá sim — rebato, inclinando o queixo. — De vez em quando posso olhar para cima e aproveitar a vista, e aí voltar a ler.

— O livro não deve ser tão bom assim se você fica tirando os olhos da página.

Respiro fundo e solto o ar aos poucos.

— Há alguma razão para você ficar por aqui em vez de se retirar para o quarto?

— Uma pergunta para você.

— Ah, por favor, me divirta com a sua pergunta — digo, cruzando as pernas.

Seus olhos se desviam para as minhas pernas só por um instante antes de ele focar nos meus pés.

— Fui convidado para uma festa na casa do prefeito na sexta à noite. Não sei se você gostaria de ir.

Ele está me chamando para sair.

Bom, não chamando para sair, tipo, como num encontro, e sim para passar mais tempo comigo, e eu estaria mentindo se dissesse que o fato de ele querer isso não me anima.

Mas... droga. Vou estar ocupada na sexta-feira à noite.

— Sexta à noite? — Estremeço. — É quando vou ter um encontro com Derek. Não quero deixá-lo esperando.

O rosto de JP se contrai.

— Um encontro, é? Você ainda quer sair com aquele cara?

— Bem, já que atualmente estou à procura de um namorado, diria que sim. Mas se isso é algo para o trabalho, posso ver se Derek pode reagendar.

— Não é do trabalho. Pode ir ao encontro. Encontre o amor. Tenho certeza de que ele vai ser o homem dos seus sonhos. — Pelo seu tom cortante, pela forma como está se esquivando da conversa, está claro que está mudando do JP simpático para o rabugento.

— Você não precisa ser um babaca quanto a isso, JP.

— Não achei que estivesse sendo um babaca.

Seguro o livro com mais força.

— Seu sarcasmo é inconfundível.

— Me desculpe se é assim que está vendo.

— Não é assim que estou vendo, JP, é como você está agindo.

— O que quer dizer com isso? Devo fazer uma festa só porque você finalmente tem um encontro?

— Ei! — digo, me sentindo ofendida. — Não precisa jogar isso na minha cara.

— Jogar o quê na sua cara?

Ele passa a mão pelo cabelo, e dá para ver como seus músculos se contraem com a irritação. Quer saber? Eu também estou irritada.

— O fato de eu não ter muitos encontros. Usar a palavra *finalmente* na sua frase foi um golpe baixo.

— Meu Deus, agora vai ficar analisando cada frase que falo para você?

— Não, mas se vai dar uma de grosseiro comigo, então vou destacar isso.

— Eu não estou sendo grosseiro. Meu Deus, deixe de ser tão sensível.

— Eu, sensível? — Aponto para o meu peito. — Como é que sou eu a sensível? É você que tem tido mudanças de humor como um Tarzan balançando no cipó. Pelo amor de Deus, não consigo acompanhar. Só alguns instantes atrás, estávamos numa boa, e agora você está sendo grosseiro. É por que não vou à festa com você? Para a sua informação, as pessoas precisam de um aviso prévio, JP.

— Não fique se achando — ele diz e se vira para o quarto.

— Por que você é assim?

— Assim como?

— A gente estava indo bem. Tivemos um ótimo almoço, estávamos nos comunicando bem, e agora você está me dispensando.

— E como quer que eu aja? Quer que eu fique falando sobre o seu encontro?

Quero que ele seja normal.

Quero que ele não me afaste.

Quero que ele... que ele... Meu Deus, estou tão irritada que nem consigo pensar direito.

Só quero fazê-lo entender. Quando não respondo, ele começa a se afastar de novo, mas, nada disso, não vou dar essa escolha a ele.

Nós *vamos* ter essa conversa.

E vamos ter agora.

Jogo o livro na mesa de centro à frente e vou até ele. Pego sua mão, puxo-o para o sofá e o forço a se sentar.

— Que porra você está fazendo?

Não respondo. Ele não merece. Eu o empurro na almofada do sofá, monto em seu colo e me sento.

— Hã, Kelsey...

— Não vou sair daqui até que você mude essa sua postura. — Aqui está, lide com isso!

— Não vou sair daqui até que você mude essa sua postura.

— Está tentando me prender de novo?

— Estou. E não me venha com gracinhas. Não estou tentando fazer nada... sexual, e sim para te conhecer. Esta posição é satisfatória para você, portanto, é assim que vou ficar sentada, no seu colo, até que converse comigo sem um único tom de sarcasmo na voz.

— Pode levar um tempo — ele diz, tomando um gole de água.

Roubo o seu copo de água e o coloco na mesa. Eu o empurro para o sofá com a outra mão.

— Caramba, não sabia que você era uma dominatrix. É um tesouro escondido.

— Cale a boca. Meu Deus, você é tão irritante.

— E mesmo assim você escolhe ficar na minha presença.

— Eu escolho paz e isso significa que preciso fazer você parar de agir como um babaca. Então... me diga algo sobre você.

— Como é? — ele pergunta, com a dúvida estampada em sua testa.

— Me diga algo, qualquer coisa. Vamos nos conhecer mais aqui e agora. Chame isso de me-conheça-melhor. Ah, ei, tudo bem... que tal duas verdades e uma mentira? Um jogo para quebrar o gelo.

— E eu lá pareço o tipo de cara que joga esse tipo de jogo.

— Ah, colabore, vai... por favor — imploro.

Seus olhos me analisam e posso vê-lo hesitando entre dizer algo sarcástico ou ceder ao meu pedido. Se ele disser não, eu só vou continuar implorando. Quero deixar as coisas pelo menos tranquilas entre nós, pelo bem do relacionamento profissional.

Espero mais alguns segundos e então finalmente...

Ele solta um pesado "Tudo bem" e coça a lateral do queixo.

— Duas verdades e uma mentira... Tudo bem. Eu já fiz um mergulho com baleias. Acho que tenho o melhor emprego do mundo. E o inverno é minha estação favorita. Que tal?

— Bem, essa é fácil. Mergulho com baleias parece ser uma atividade para ricos, então é verdade. Você com certeza ama o seu trabalho, então... o inverno não é sua estação favorita, o que faz sentido, já que você nasceu e foi criado na Califórnia.

— *Eeeerrr*, errado — ele diz, fazendo um zumbido.

— Sério? Então você nunca mergulhou com baleias?

— Não, eu já nadei com baleias. Em Mo'orea, uma ilha na Polinésia

Francesa, para ser mais preciso. É um santuário de baleias-jubarte. Foi uma das melhores férias da minha vida.

Rosno de frustração.

— Se você não vai levar isso a sério, JP...

— Quem disse que não estou levando a sério?

Tento me levantar do seu colo, mas suas mãos agarram minhas coxas, me prendendo no lugar.

— Eu disse duas verdades e uma mentira.

Em uma descrença total, falo:

— Então você está me dizendo que odeia o seu trabalho?

— Estou — ele responde com naturalidade.

— Espere... está falando sério? Você odeia o seu trabalho?

— Sim. Odeio o meu trabalho.

— Mas... você faz parecer que gosta. Estou confusa. Você tem sua própria empresa com os seus irmãos, pode trabalhar com eles sempre que quiser, faz a sua agenda e pode ficar em lugares como este. — Gesticulo ao redor. — O que você odeia nisso?

Ele balança a cabeça e diz:

— Pois é, já imaginei que você não ia entender. — Ele tenta me mover, mas, dessa vez, sou eu que me mantenho firme.

— Espere. — Pressiono o dedo em seu peito. — Você está sendo sincero, odeia o seu trabalho?

— Quantas vezes vou ter que falar que sim?

— Me desculpe. Só fiquei confusa. Você tem sido bastante convincente sobre gostar do que faz. Por que odeia?

— Me responda uma coisa: do que você gosta no trabalho?

— Bom, além do óbvio que é ter o meu próprio negócio e das complexidades de vivenciar os crescimentos e as quedas, eu amo meu trabalho, porque sinto como se estivesse ajudando a fazer deste mundo um lugar melhor para se viver. Há estudos que entram em detalhes sobre o processo terapêutico de organização dos espaços e como isso pode agir como uma técnica calmante para as pessoas que têm que viver e trabalhar nesse espaço. E, além do mais, estou divulgando a sustentabilidade, o que, por si só, já faz o trabalho valer a pena.

— Você se sente fazendo a diferença.

Assinto.

— É daí que vem o meu problema. Sinto como se não estivesse fazendo nada com minha vida que valha a pena. Eu tenho dinheiro, mais dinheiro que qualquer um de nós ou qualquer descendente poderia necessitar para passar a vida, é claro, e só vai aumentando, multiplicando. Não dá para parar isso, porque não dá para parar os meus irmãos. Eles querem dominar o mundo, e eu só estou junto a passeio.

— Mas vocês não são pessoas gananciosas. Doam muito para várias instituições em toda LA. Vocês são líderes no setor imobiliário quando se trata de melhores práticas de negócio, tirando aquele negócio do Huxley de "noivado falso" com Lottie, mas são homens honestos, confiáveis. Não estão machucando ninguém.

— É, mas não estamos ajudando ninguém. Só a nós mesmos.

— Não é verdade. Lottie perguntou especificamente para Huxley por que ele continuava trabalhando, quando começaram a sair. Ele disse que já tinha todo o dinheiro de que poderia precisar, mas continuava porque se não trabalhasse, se não expandisse, as pessoas que dependiam dele não poderiam sustentar suas famílias. Ele continua trabalhando para que seus funcionários também possam continuar.

— E Huxley pode dizer isso, porque é verdade, mas meu trabalho não justifica os elogios que Huxley e Breaker recebem. Eu sou só o assessor de imprensa. Cacete, há dias em que não há nada para fazer. O único motivo para você estar trabalhando comigo é que sou o único que pode lidar com a carga de trabalho adicional, o que não é quase nada, já que você faz quase tudo por conta própria. Sou pago, mas para não fazer nada.

— Algumas pessoas adorariam isso, sabia? Ainda mais com o seu salário.

— É, mas quando você tem que viver pela reputação dos seus irmãos, isso se torna brutal.

Sem pensar, esfrego seu peito.

— Dá para entender. — Tento sair do seu colo, já que ele está falando, finalmente, mas, mais uma vez, ele me mantém ali. Está bem, ele ainda não está pronto para me soltar, está tudo bem. — Então me responda: e o que quer fazer?

Ele dá de ombros.

— Ainda estou tentando descobrir.

— Você largaria a empresa?

Ele balança a cabeça.

— Não, meus irmãos dependem de mim. São pessoas bastante reservadas e não confiam em quase ninguém. Se eu largasse, eles teriam que ficar com as minhas responsabilidades. Não contratariam ninguém fora da família.

— Mas isso não faz sentido. Você não está feliz.

Ele dá de ombros.

— Talvez esta seja a minha vida. Infeliz.

— Não é justo para você.

— Bom, Kelsey, nem sempre a vida é justa.

Aí está o pessimismo.

— Você não precisa ficar nesse purgatório para ajudar seus irmãos. Sei que, se conversarem, eles vão querer saber que você não está feliz.

— Você acha — ele sussurra e solta um suspiro pesado. Agora ele tenta me mover, mas como este jogo de puxa-e-empurra que estamos jogando, agora sou eu que me mantenho firme.

— Eu ainda preciso dizer duas verdades e uma mentira.

— Ah, é. — Ele se recosta de volta no sofá e espera. Dá para ver que seu humor mudou de novo. Na verdade, não tenho certeza se deixou de ser azedo. Mas em vez de ficar todo carrancudo, ele falou comigo. Parece que tenho mais trabalho a fazer. — Quais são as suas duas verdades e uma mentira?

Em um tom alegre, digo:

— Já que você perguntou...

Ele revira os olhos de novo.

— Vamos ver. Gosto de colecionar ímãs. Sempre digo que vou pegar um para cada novo lugar que visitar, mas não estive em muitos lugares, então não passa de uma coleção bem pequena. Tenho uma planta no meu apartamento desde a faculdade. Seu nome é Boris e temos uma compreensão mútua de que eu sempre vou aguá-lo para que ele não morra. E eu planejo a cor da minha lingerie para cada dia de trabalho da semana. Os fins de semana são livres. E, antes que pergunte, segunda é vermelha. Terça é rosa. Quarta é preta. Quinta é verde, já que ouvi falar que é quando o dinheiro vem, quando você deve trabalhar ainda mais. E sexta é branca.

Ele está silencioso. Pisca.

E então coça a lateral do queixo.

— Todas as três foram bem detalhadas. Sério, é meio perturbadora essa facilidade com que você vai falando. Me faz acreditar que é algum tipo de agente secreto.

Mexo as sobrancelhas.

— Melhor tomar cuidado, hein?

Ele pondera sobre as minhas respostas.

— A primeira parece algo que você faria, mas deve ter só o quê? Uns... cinco ímãs?

— Quatro, para ser exata. Mas ainda assim é uma coleção.

— E uma planta chamada Boris parece mesmo a sua cara, assim como essa da lingerie, mas meu palpite é que você misturou os dias da semana, aí em vez de sexta-feira ser branca, é preta, na verdade, porque é uma noite típica para um encontro.

Fico boquiaberta ao olhar para ele.

— Como você adivinhou?

— Você pode pensar rápido, mas eu consigo farejar mentiras a quilômetros de distância. Você é romântica com essa coisa de encontro, e estou supondo, dada a sua inocência, que vestir preto numa sexta-feira, noite de encontro, é ousado para você. Faz sentido.

FEITOS UM PARA O OUTRO/OU NÃO

Cruzo os braços no peito e pergunto:

— Tudo bem, então qual é a ordem para os outros dias da semana?

Ele faz uma pausa por um instante, então ergue os dedos.

— Segunda é branca, para ter um início fresquinho da semana. Terça é rosa, porque você parece ser o tipo de mulher que tem muitas lingeries cor-de-rosa, então combina com uma terça. Quarta é vermelha, porque aí já é metade da semana. Quinta... Bem, aí é que está. Eu meio que acredito nessa história toda de verde para ganhar dinheiro, então vou dizer que é verdade. E a preta na sexta. Os fins de semana devem ser quando você usa lingeries divertidas. Tipo, uma calcinha rosa com um coração. — Quando não digo nada, ele continua: — Estou certo, não estou?

Deslizo do seu colo e, dessa vez, ele me solta mesmo.

— Infelizmente, sim.

Ele ri e, mesmo que me incomode admitir, parece que sou previsível. Fico feliz que ele tenha encontrado algo divertido.

— Mas quero que saiba que eu não sou lá tão inocente.

— Claro. — Ele se levanta do sofá e alisa seu short de moletom antes de pegar o copo de água.

— Eu não sou. — Também me levanto. — Já fiz várias coisas nada inocentes na minha vida.

Ele se vira.

— Como o quê?

Pois é, Kelsey... como o quê?

Como é que nada vem à mente? Já fiz várias coisas que não considero inocentes.

— Caia na real, você é tão inocente quanto aparenta.

Ele se vira e vai se afastando, então grito:

— Vibrador.

O canto de seu lábio se curva para cima quando ele torna a me encarar.

Ajeito meu robe, agarrando-o com firmeza.

— Eu tenho um vibrador. Aí está, não é nada inocente.

— Que tipo de vibrador?

— O tipo que... vibra, sabe — digo, me odiando. — É rosa.

— É claro que é rosa. — Ele ri. — Nada inocente, Kelsey. Praticamente todas as mulheres têm um vibrador. E me deixe adivinhar: você deve usá-lo na quarta para combinar com a sua lingerie vermelha.

Meu Deus... como é que ele pode ter adivinhado de novo?

Ele vai até a cozinha para pegar mais água.

— Caia na real, você é tão inocente quanto parece. Se essa coisa de lingerie por dia da semana já não me dissesse isso, sua incapacidade de descrever, em detalhes, o tipo de vibrador que você tem já diz.

— É rosa. — Jogo os braços no ar. — O que mais você quer de mim?

Ele agarra a bancada da cozinha e seus olhos se conectam com os meus, suas sobrancelhas escuras lançando sombras sobre seus olhos verdes.

— Frequência, configurações, circunferência, comprimento e anexos. Quero saber se ficou assustada demais até para olhar para vibradores com estimulador de clitóris, aí você só escolheu um pau comum.

Esfrego os lábios.

— Foi isso que você escolheu, não foi?

— E o que importa o tipo de... frequência que tem? Eu me masturbo, portanto, não sou inocente.

Ele arrasta a mão pelo rosto e então caminha em direção ao quarto.

— Tá bom, Kelsey.

— Ei! — grito, mas ele não para. Fui chamada de inocente a vida toda e sempre tentei lutar contra esse rótulo, já que não gosto dele, mas não posso deixar que ele fique achando isso. Então, desamarro o robe e o deixo cair no chão. — Você chamaria esta roupa de inocente? — pergunto.

— Um robe é inocente — ele diz, sem se virar.

— Não estou usando um robe.

Ele para e se vira devagar. Estou usando meu macaquinho de renda preto. É uma regata com um decote V profundo, justo na cintura, e que termina em um short que têm longas fendas que se abrem com qualquer brisa leve. É a roupa mais confortável que tenho e, mesmo assim, a mais sensual.

Seu olhar é deliberado, ele vai passando os olhos do meu pé, subindo pelas pernas, minha cintura, e então para no meu peito, onde sei que o decote está dando a ele um show e tanto. Quando seus olhos encontram os meus, ele umedece os lábios, sua expressão mais para a de um lobo mau faminto do que de um simples conhecido.

— Por que você está usando isso? — ele finalmente pergunta.

— É o que uso à noite. É só uma das muitas lingeries que tenho no guarda-roupa.

— Sugiro que troque de roupa — ele diz, antes de se virar de novo.

— Como é? — reajo, indo até ele. — Como assim eu deveria me trocar?

— É indecente, Kelsey.

Indecente?

Isto aqui é indecente?

Vindo de um homem que fica andando sem camisa pelo apartamento e usando só um short. Fui gentil em manter os olhos afastados, mas todo mundo sabe que JP não usa cueca com esse short e, sim, dá para ver... as coisas. Então, se isto aqui é indecente, o que raios ele é?

— Há algum tipo de dois pesos e duas medidas aqui nesta cobertura do qual não estou ciente? Porque com toda a certeza estou mais coberta que você.

Ele continua a andar, me ignorando.

Então, aperto o passo, e quando fecho a distância entre nós, puxo seu ombro para que ele seja forçado a olhar para mim. Mas ele se vira tão rápido que sou pega desprevenida, e ele me prende na parede do corredor, com uma das mãos no meu quadril, a outra ainda segurando o copo de água. Ele o encosta na parede.

Como lasers escaldantes, seus olhos estão fixos em mim.

— O-o que você está fazendo? — pergunto, respirando com dificuldade.

— Você está me tentando, Kelsey, e não sou muito gentil com isso.

— Como é que estou te tentando? Só estou... mostrando para você que não sou essa garotinha inocente que pensa que sou.

Ele se abaixa para colocar o copo no chão e, quando volta a se erguer, seu peito está tão perto que posso sentir o calor emanando dele. Me envolvendo em um aperto inesperado. O corredor desaparece no escuro, o horizonte não passa de uma lembrança distante, enquanto ele baixa o rosto para ficarmos cara a cara.

A mão que me prendia à parede escorrega por uma das fendas do macaquinho, então sua palma está em contato direto com minha pele, seu polegar bem ao final da junção da minha coxa. O leve e quase inexistente toque faz com que o ar fique preso nos meus pulmões.

— Você poderia ter escolhido trazer qualquer outro pijama, mas trouxe isso. — O dorso de seus dedos corre ao longo do decote. — Então, a menos que esteja planejando dormir com alguém que eu não conheça enquanto está aqui, trouxe isso sabendo muito bem que passaria as noites na mesma cobertura que eu.

— Isso não tem nada a ver com você e tudo a ver com conforto.

Sua mão desliza ainda mais pela fenda lateral, e seus dedos agora estão envolvendo minha cintura, marcando minha pele.

— Então você está me dizendo que, se fosse dividir a cobertura com Huxley, usaria isso também?

— Não — digo, antes que possa me conter. Merda.

A verdade é que... eu não usaria isso perto de Huxley. Quando passei a noite na casa deles, vesti algo respeitoso, porque não vou sair por aí nesse macaquinho perto do meu futuro cunhado. Isso seria... estranho.

Mas será que me vesti assim por causa do JP?

Não. Me vesti assim porque acho confortável.

— Tipo... eu não usaria perto dele porque...

— Porque ele não é solteiro. — A outra mão de JP vai subindo pela minha lateral, e estou quase escorregando pela parede por causa desse toque. Meu Deus, faz tanto tempo.

Faz tanto tempo que um homem me tocou assim. Com JP ali, esse homem incrivelmente sexy, tão perto, me fez perder qualquer tipo de raciocínio.

— Você está vestindo isso para me tentar, admita. — Ele inclina a cabeça para frente, nossas bochechas lado a lado, e move a mão até o meu pescoço, parando em uma das alças de renda. Ele brinca com ela, seu dedo passando com delicadeza sobre a renda trabalhada. — É por isso que você sempre volta para conversar comigo, porque você quer isso, Kelsey.

— Não quero — rebato, minha voz saindo toda ofegante.

Ele puxa a alça, movendo-a até o fim do meu ombro.

— Mentirosa do caralho — ele sussurra na minha orelha, bem antes de passar a alça pelo meu ombro, deixando-a caída, o tecido ao redor dos meus seios mal se mantendo.

Eu deveria me afastar.

Dizer a ele para parar.

Mas... não faço isso.

Porque sei, bem no fundo da minha alma, que mesmo que JP não seja o homem certo para mim, porque ele não é do tipo de cara que tem um relacionamento, não posso evitar minha atração por ele. Não posso evitar cair sob seu feitiço.

E não posso evitar querer mais.

Mais de momentos como este.

Mantendo a boca na minha orelha, ele passa suavemente os dedos pela minha clavícula.

— Você está reluzente, Kelsey. Seu peito está ofegante, seu corpo anseia por mais, e sei com certeza absoluta que, se eu abrir suas pernas, vou encontrar uma boceta molhadinha, implorando por mim.

Fecho os olhos com força, processando suas palavras, palavras que nunca foram ditas para mim antes.

Jamais.

Na minha vida inteira.

E, mesmo assim, elas acertam tão fundo na minha alma que posso sentir o quão penetrantes são. Sei que ele tem razão. Sei que ele ficaria feliz em pressionar dois dedos dentro de mim.

— Me diga que é verdade.

Nunca.

Não vou dar essa satisfação a ele.

Não posso.

Ele jamais me deixaria esquecer disso.

Então mantenho a boca fechada.

— É assim que você vai agir, Kelsey? — ele pergunta, seu nariz agora se arrastando pela minha bochecha. — Não vai falar a verdade?

Seus dedos deslizam pelo meu peito, para os meus seios quase expostos. Prendo a respiração, enquanto ele vai dançando pelo tecido frouxo, e minha mente grita, implorando para ele puxar o tecido para baixo, para levantar meu peito com a boca.

— Seu mamilo está rijo. — Ele passa bem rápido o polegar sobre meu mamilo, tão rápido que mal sinto, mas o suficiente para sair um levíssimo gemido da minha boca. — Hummm — ele cantarola no meu ouvido. — Foi o que pensei, porra.

Então ele pega minha mão e a desliza para baixo do tecido frouxo nos meus quadris, deixando-a logo acima do osso púbico.

— Me fale, Kelsey, você está com o seu vibrador aí?

Quase engasgo com a saliva quando balanço a cabeça.

— Grande erro — ele diz, movendo minha mão para baixo até que meus dedos estão deslizando ao longo da minha abertura.

— Porra — sussurro.

— *Porra* é a palavra certa, linda — ele declara, então passa a mão sobre a minha e vai me guiando para massagear meu clitóris. Incapaz de ter qualquer controle agora, permito que sua mão se mova com a minha. Abro as pernas. — É isso aí, abra espaço. Me fale: quão molhada você está?

Soltando um ofego pesado, digo:

— Bem molhada.

Tão molhada.

— Me fale: quão molhada você está?

Tanto que eu não precisaria passar nem mais que um minuto me aliviando.

Sua voz, suas mãos, suas ações possessivas, tudo está me deixando louca, me preparando para o que virá a seguir.

E eu quero isso, seja lá o que for.

Ele mordisca o lóbulo da minha orelha — *isso, bem isso, quero mais disso* — e um gemido ofegante sai dos meus lábios. Quero mais. Suas mãos em mim. Sua boca na minha. Seu...

Ele tira minha mão e a prende na parede.

Meus olhos se abrem na hora, e quando ele se afasta, me fita nos olhos.

— Falei que você estava mentindo, porra.

E então, com seu peito aquecido pressionado no meu, ele chupa meus dedos. Passa a língua pelas minhas pontas, lambendo minha excitação, e então os solta depressa com um estalo.

Ai, meu Deus.

Ele se afasta, me deixando toda mole na parede.

— Minta para mim de novo e não vai gostar do resultado. — Ele lambe os lábios, meu gosto molhado neles, e então pega seu copo de água e volta ao quarto, fechando a porta. *Puta. Merda.*

Vou deslizando aos poucos na parede até ficar sentada no chão. Tento recuperar o fôlego, enquanto meu coração bate acelerado e meu clitóris lateja com a necessidade de se aliviar.

O que... o que foi tudo isso?

Fico encarando sua porta, tentando dar um sentido a tudo isso, mas só o que meu cérebro consegue distinguir é que... meu corpo quer mais.

Meu corpo quer mais *dele.*

Meu corpo quer investir contra aquela porta, se despir por completo e deixar que ele fique no comando.

Deslizo a alça de volta no ombro e tento me levantar com as pernas bambas. Usando a parede como apoio, volto à sala e pego meus itens antes de caminhar para o quarto, toda abalada. Não vou ler hoje.

Meu corpo pode até querer JP, mas sei com certeza que meu coração não quer.

E o seu coração também não me quer.

Já vi a longa lista de mulheres em seu celular, então sei que sou só um obstáculo em sua busca pelo prazer.

Ele não é para mim. É o tipo de homem que pode entregar um orgasmo do qual você vai se lembrar pelo resto da vida, mas ele vai partir o seu coração a longo prazo.

A luxúria é um vício.

Mas, para mim, o amor vence a luxúria, e eu estou em busca de amor...

> *Kelsey:* As coisas não estão nada bem, Lottie.
>
> *Lottie:* Como assim?
>
> *Kelsey:* Você tem que me prometer que não vai contar para Huxley.
>
> *Lottie:* Pode deixar que não vou. É meio que uma preliminar manter as coisinhas inocentes longe dele. Eu o tiro do sério. Então, por favor, mande mais segredos.
>
> *Kelsey:* JP quase me fez gozar.
>
> *Lottie:* COMO É?
>
> *Kelsey:* Pois é. Meu Deus, é muita coisa, mas antes que eu me desse conta do que estava acontecendo, ele me prendeu na parede, me forçou a massagear meu clitóris. Eu fiz isso e então ele chupou meus dedos.
>
> *Lottie:* Mas o que raios está acontecendo aí? Além disso, Huxley fez isso comigo uma vez, quando a gente ainda se odiava, lembra? Já falei para você. É a coisa mais sexy.
>
> *Kelsey:* Eu quase gozei quando a boca dele chupou meus dedos. Por que... por que isso está acontecendo?
>
> *Lottie:* Falei para você não usar aquele pijama.
>
> *Kelsey:* Isso não está ajudando. E sei que ele não é o cara para mim, Lottie, sei bem fundo na minha alma. Mas, meu Deus, eu não conseguiria me impedir mesmo se quisesse hoje. Ele exerce esse controle sobre mim, e eu acabo cedendo ao toque dele. Fiquei completamente sem saber quem eu era naquele momento.
>
> *Lottie:* Você diz isso como se fosse uma coisa ruim.
>
> *Kelsey:* E é. Eu não quero um caso de uma noite só. Quero encontrar o amor. JP não é o homem que oferece orgasmo e parceria.

Lottie: *E como você sabe? Já perguntou para ele?*

Kelsey: *Está maluca? Jamais perguntaria. Além disso, ele só está a fim de casos de uma noite. Todo mundo sabe disso. Sou presa fácil para ele. Estamos dividindo este lugar, sozinhos... estava destinado a acontecer.*

Lottie: *Acho que há mais no JP do que você pensa.*

Kelsey: *É verdade, mas, quando se trata de relacionamentos, pode acreditar, eu sei. *respira fundo* Só preciso focar. Fiquei meio perdida por um momento. E foi legal, claro, mas tenho um encontro com Derek na sexta. Preciso focar nisso.*

Lottie: *Sim, mas lembre-se do que eu disse: se houver até mesmo uma vaga suspeita de que você possa estar começando algo com JP, não vá ao encontro com Derek. Não quero que o machuque.*

Kelsey: *Eu sei. Prometo, nada está rolando entre mim e JP. Foi só um lapso momentâneo de discernimento. Fico feliz de poder desabafar. Agora é seguir em frente. Estou me sentindo melhor.*

Lottie: *Tem certeza?*

Kelsey: *Absoluta.*

CAPÍTULO DOZE

JP

Estou parado na bancada da cozinha, com uma xícara de café na mão, recostado nos armários, usando apenas short de moletom, enquanto Kelsey vem entrando. Sua maquiagem está feita, seu cabelo, habilmente penteado e espalhado sobre os ombros, e ela está com uma calça social preta de cintura alta e uma blusa branca mais solta na parte de baixo. E para dar mesmo um chute na porra do meu pau, ela passou um batom vermelho-escuro que sei que combina com sua calcinha.

Ela está deliciosa pra caralho, e mesmo que alegue não estar me tentando, aquele batom vermelho diz uma coisa bem diferente depois da conversa que tivemos na noite passada.

Cacete... perdi o controle. Fico repetindo que preciso evitá-la. Era esse o plano ao pôr os pés na cobertura, mas ela continua mexendo comigo. Quando se desculpou, significou muito para mim. Foi por isso que a chamei para almoçar. Pensei que, se pudesse mostrar meu lado mais gentil, talvez ela começasse a ter uma ideia diferente sobre mim. E, porra, estava funcionando, mas, ontem à noite, quando ela disse que ainda ia ao encontro, o inferno inteiro congelou.

Pode ter sido idiota da minha parte, mas meio que pensei que, se me abrisse — se a fizesse *gostar* da minha companhia —, ela não iria ao encontro. Pensei que ela iria à festa comigo, em vez disso. No entanto, um almoço não vai fazê-la mudar de ideia.

E aí ela veio e se sentou na porra do meu colo. Todo o controle foi jogado pela janela. Eu estava só tentando me agarrar a qualquer coisa que me impedisse de arrancar suas roupas e enfiar a cabeça entre suas pernas.

E foi só ladeira abaixo a partir daí. Como acabei a prendendo na parede e enterrando os dedos na sua pele aveludada, não faço ideia, mas observar sua fachada calma e controlada entrar em combustão foi uma das coisas mais sensuais que já vivenciei.

Eu a deixei no corredor, com o seu gosto ainda na língua, e me retirei para o quarto. Então liberei a energia reprimida no chuveiro. Porra, ela tem um sabor magnífico, e não faço ideia de como consegui me afastar depois de sentir seu gosto na minha língua. Queria cair de joelhos e adorá-la.

E agora, logo pela manhã, vê-la toda arrumada para o trabalho... Tudo o que rolou na noite passada está bem na frente da minha mente.

— Bom dia — digo quando ela entra na cozinha.

Ela ergue o olhar da pulseira que está tentando fechar no pulso.

— Bom dia — ela responde, baixinho.

Coloco o café sobre a bancada e estendo a mão para ajudá-la.

— Quer ajuda? — ofereço, baixinho, pegando o fecho.

— Ah... obrigada — ela diz, claramente surpresa pelo meu gesto.

Eu não a culpo. Quando disse que meu humor oscila como o Tarzan no cipó — acho que foi isso que falou —, ela não estava errada. Estive com altos e baixos. Eu culpo a minha incapacidade de controlar minha raiva diária fervilhante. Raiva por ter perdido meu pai — *meu melhor amigo* —, raiva pelo meu trabalho e raiva pelo fato de eu gostar dessa mulher, gostar de verdade, porra, e não conseguir fazê-la olhar para mim da forma que quero que olhe.

Demoro para fechar a pulseira, e assim que está presa em seu pulso, paro por um segundo, deixando meus dedos se arrastarem por sua pele, e então volto ao meu café.

Ela pisca para mim e dá um passo lento para trás. Aceno para o forno.

— Seu café da manhã está esquentando ali.

— Meu café da manhã? — ela pergunta, confusa. — Você já pediu?

— Não. — Pego minha barra de proteína. — Acordei mais cedo, não consegui dormir, aí fiz o café da manhã do jeito que você gosta, com feijão e tudo.

— Por que... por que você faria isso?

Porque quero que pense que sou um cara legal, apesar das minhas atitudes.

Quero que veja que eu gosto de você, mas tenho medo de contar, porque há uma grande possibilidade de você apenas rir da minha cara.

Quero que me dê uma chance.

De namorar...

— Um simples *obrigado* já seria o suficiente, sabia, Kelsey?

Com a barra de proteína na mão, considero voltar ao quarto e comer lá, mas, caramba, o cheiro dela é tão bom, e devo ser masoquista. Então me sento à mesa de jantar, onde já arrumei os talheres para ela.

Eu a ouço se mover pela cozinha, pegar o café da manhã, e quando se vira para se sentar comigo, nota a arrumação. Mais uma vez, seus olhos castanho-esverdeados piscam para os meus.

Antes que ela possa me perguntar, digo:

— Estava sem nada para fazer hoje de manhã.

Nervosa, ela se senta e coloca o prato na mesa. Depois de ajeitar o guardanapo no colo, olha para mim e fala:

— Obrigada pelo café da manhã.

— De nada — respondo e coloco os pés na cadeira perto de mim. Posso sentir que seus olhos ainda estão em mim quando abro a embalagem da barra de proteína. Quando enfim ergo o olhar, pergunto:

— Quer alguma ajuda?

— Estou só confusa, é isso. Pareceu que você ficou com raiva de mim ontem à noite e agora me fez o café da manhã... Não sei bem como processar isso.

— Não fiquei com raiva de você ontem.

— Você me ameaçou.

— Meu Deus. — Reviro os olhos. — Não foi uma ameaça, foi mais como... um aviso.

— Então você me avisou ontem. E se é esse o caso, talvez eu deva te avisar também.

Aí vem.

— Está bem, sobre o que você quer me avisar?

— Bem... você não deveria ficar andando por aí sem camisa.

— Ahaaam. — Arrasto a palavra. — E o que vai acontecer se eu continuar?

Ela dá uma garfada nos ovos.

— Você não vai querer saber.

— Na verdade, quero. Quero muito saber.

— Tá bom. — Ela dá de ombros. — Se você ficar andando sem camisa, eu também vou.

Solto uma risada alta.

— E você considera isso uma punição? — Olho para meu peito nu e de volta para ela. — Estou sem camisa agora, então faça o favor de me punir, Kelsey. Tire logo essa sua blusa engomada. Me mostre as coisas boas.

— Aff. — Ela revirou os olhos. — Por que você é tão insuportável? Só estou tentando deixar as coisas mais confortáveis para a gente, mas ou você está com raiva, ou me provocando, ou... bem... você sabe.

— Não sei, não. Por favor, termine a frase.

Ela mira seus olhos em mim.

— Ou você está... bem... me tocando intimamente.

— Não dá nem para dizer que te toquei ontem. E me corrija se eu estiver errado, mas você pareceu ter gostado... e muito.

— Eu estava fingindo.

Isso quase me faz cuspir o café.

— Eu senti o seu gosto nos seus dedos ontem, querida. Não dá para fingir aquilo.

— Não me chame de *querida*. — Ela pega um pouco de feijão. — Será que podemos ser só amigos?

— O que foi que eu disse sobre amizades no ambiente de trabalho?

— Aquilo foi idiotice. Sou amiga de Huxley e Breaker. Então não venha me dizer que não posso ser sua amiga. Você só não quer ser rotulado como amigo porque quer transar comigo.

Sorrio com malícia.

— Quero mesmo transar com você.

Ela pisca, e suas bochechas coram. Sem jeito, ela diz:

— Bem, essa não é uma opção. Então por que não deixamos isso para trás e seguimos em frente? Podemos ser amigos. É simples. A gente só precisa fazer coisas amigáveis.

Pergunto com interesse:

— Tudo bem, que tipo de coisas amigáveis?

— Não consigo pensar em nada agora... Ah, já sei! A gente podia ir passear.

— Por que isso não parece nem um pouco interessante para mim?

— É uma coisa totalmente amigável. Você já esteve aqui antes, é claro, então por que não fazemos isso depois da minha última reunião? Você pode me mostrar a cidade. Eu posso tirar fotos dos lugares óbvios. Pode ser divertido e a gente vai se conhecer melhor.

— Não parece divertido para mim.

— JP! — ela grita, me pegando de surpresa. — Pare de ser difícil, só dê um passeio comigo, pelo amor de Deus. Minha nossa.

Rindo, digo:

— Tá bom, não precisa ficar toda irritada. A gente pode ir passear, mas saiba que vou dar uma de babaca o tempo todo.

— Não seria um passeio com você se não bancasse o babaca. — Ela limpa a boca com o guardanapo. — Minha última reunião é às duas hoje. Depois que eu voltar, me arrumar, a gente pode dar um passeio. Está bom para você?

— Bom como um pesadelo. — Inclino a xícara de café na direção dela. — Mal posso esperar. — Então me levanto da cadeira e, com a xícara de café e a barra de proteína na mão, vou me encaminhando para o quarto, mas paro a meio caminho. — E, Kelsey...

— O que foi? — ela pergunta, com o garfo perto da boca.

— Que fique claro, você pode agir como se fôssemos amigos o quanto quiser, mas saiba que... eu ainda estou com o gosto da sua doce boceta na língua.

E então, com um sorriso, me viro e me afasto dela em direção ao quarto. É exatamente disso que eu precisava, mais algum tempo sozinho com ela. *Agora, vamos ver se consigo manter o mínimo de sarcasmo possível quando isso acontecer.*

— Este lugar é tão fofo! — Kelsey diz ao meu lado, absorvendo tudo ao redor.

— Está lotado de turistas.

— E era exatamente isso que queríamos, certo?

— O que você queria. Esse não é o tipo de diversão que tenho aqui em São Francisco. — Me esquivo de um casal que está dividindo um pretzel fofinho.

— Ahh, eles têm um carrossel. Vamos dar uma volta.

— Você perdeu o juízo se acha que vou dar uma volta de carrossel.

Ela me lança um sorriso brincalhão e então puxa meu braço.

— Vai ser divertido.

— Estou falando sério, Kelsey, não vou andar naquela coisa.

Ela entra na fila e eu tento escapar, mas ela engancha o braço no meu e, surpreendentemente, me mantém no lugar.

— Relaxe. É isso que amigos fazem: coisas bobas como essa. Você pode fazer um boomerang comigo no cavalo.

— Que porra é um boomerang?

— No Instagram — ela diz, como se eu fosse idiota.

— Isso não esclarece nada.

— Foi isso que a gente fez em frente às casas do *Três é Demais*.

Pois é, fomos esse tipo de pessoa. Nós as procuramos, as Painted Ladies[2], para ser mais exato, e ficamos na frente delas e tiramos fotos esquisitas que ficam indo e voltando. Dali, paramos na frente da verdadeira casa de *Três é Demais*, onde tirei uma dúzia de fotos da Kelsey fazendo pose. Ela me forçou a tirar uma foto junto, que me mandou por mensagem, dizendo que somos adoráveis como amigos.

Que... maravilha.

Depois disso, viemos para o cais, onde estamos agora, como você sabe, na fila do carrossel.

— Quantas vezes você já esteve aqui? Quero dizer, aqui em São Francisco — ela pergunta.

— Mais do que consigo contar.

— Já esteve no Pier 39?

— Algumas vezes. Já tive um encontro lá.

— Aaahh, um encontro — Kelsey diz em um tom irritante. — Me conte mais. Não sabia que Jack Parker namorava.

— Esse não é o meu nome.

— Foi um bom palpite. — Ela sorri.

— Foi há alguns anos. Saímos por diversão e terminamos a noite na minha cama. Valeu pelo inconveniente de vir até aqui.

— Me deixe adivinhar: já que não vou acabar na sua cama, esta *inconveniência* não vai valer.

— Dá tempo de as coisas mudarem — digo, sincero.

— Não vai rolar. — Ela dá um tapinha no meu antebraço. — Mas boa tentativa. Então, me conte, você já teve namorada?

— Já.

— Dá para ser mais específico? — ela pede, enquanto damos alguns passos adiante na fila.

— Na verdade, não.

---

2   *Marcos históricos de São Francisco, são casas e edifícios* das eras vitoriana e eduardiana, que, a partir da década de 1960, foram repintados, em três ou mais cores, de forma a embelezar ou realçar seus detalhes arquitetônicos. (N.E.)

— Ah, então essa é uma daquelas histórias em que ela é a garota certa que partiu seu coração?

Continuamos avançando devagar enquanto o carrossel enche.

— Na verdade, não. Fui eu que parti o coração dela.

— Você? Ela estava apaixonada?

— Sim.

— E você não estava?

Balanço a cabeça.

— Não. E não achei justo continuar namorando quando sabia que meus sentimentos não iam crescer nessa direção, aí terminei. Ela jogou um milkshake na minha cara e saiu batendo o pé.

— Ai, meu Deus, ela jogou um milkshake na sua cara? Qual era o sabor?

Solto uma risada.

— E isso importa?

— Não dá para saber, mas os detalhes dão uma boa história, sabia?

— Acho que era de baunilha, outra razão de por que eu sabia que não era para a gente ficar junto. Milkshakes de baunilha são chatos.

— Ei, não são nada. São os originais. Não dá para conseguir outro sabor sem eles. Não detone os milkshakes de baunilha.

— É esse o sabor que você pede?

— Claro que não. — Ela joga o cabelo sobre o ombro. — É óbvio que peço de morango. — Solto uma risada, e chegamos à frente da fila, mas precisamos esperar mais um pouco, já que o carrossel está cheio. Kelsey se vira e se inclina no portão. — Qual sabor você pede?

— Chocolate.

— Já deveria ter adivinhado. Você é tão previsível.

— E milkshake de morango não é previsível? — zombo. — Você só precisa falar oi que todo mundo já sabe que é o tipo de mulher que pede milkshake de morango.

— Não há nada de errado com isso. Então essa garota jogou um milkshake na sua cara quando você terminou com ela. Aconteceu mais alguma coisa depois disso, ou o milkshake foi o fim da linha?

Estremeço e passo a mão pelo queixo.

— Fizemos sexo de despedida naquela noite, mas, depois disso, acabou.

— Ah, Jean-Pierre...

— Esse não é o meu nome.

Ela estala os dedos, desapontada.

— Ainda assim, sexo depois de terminar com ela? Meio babaca, não acha?

— Nunca disse que fiz as melhores escolhas — admito, despreocupado.

— Há quanto tempo foi esse namoro?

— Hum, deve fazer uns dois ou três anos. Acho que ela está noiva agora. Pelo menos foi o que imaginei quando ela "sem querer" me mandou uma foto do seu anel de noivado. Ela disse que era para ter enviado para outra pessoa.

— Ah, claaaaro — Kelsey diz, arrastando a palavra, o que me faz sorrir. — É isso que todo mundo sempre fala. Ela mandou aquela foto para te fazer ciúme. E conseguiu?

— Nem um pouco. Sério, é uma merda dizer isso, mas eu meio que tinha me esquecido dela até aquela mensagem.

— E desde então você tem sido um lobo solitário?

— É, e não há nada de errado nisso.

— Não estou dizendo que há — ela fala, enquanto o carrossel vai parando. Pego a carteira para pagar pela volta, uma volta que não achei que fosse dar, e seguro uma nota de dez dólares para pagar para nós dois. — Fascinante. Por outro lado, eu estou aqui solteira, porque... bem, pelo visto, não sou digna de ser amada.

— Você sabe muito bem que isso não é verdade — digo ao entregar o dinheiro ao atendente e ele abre o portão. — Como é que dizem mesmo? Que você só não encontrou a pessoa certa ainda?

— Mas você acredita nisso? — ela pergunta ao subir no carrossel e ir até um cavalo azul. Escolho o amarelo ao lado do dela e monto, me sentindo um idiota. Sou um homem adulto em um cavalo amarelo. Isso não tem nada a ver comigo.

— Claro — respondo de improviso, porque não sei mesmo no que acreditar quando se trata desse tipo de merda.

— Que impressão adorável você tem de mim.

— Não foi lá muito convincente.

— Não sei o que quer que eu diga. Você é gostosa, então atrai logo de cara. No ambiente de trabalho, é profissional, e é óbvio que sabe sobre sustentabilidade como a palma da sua mão. Por ter passado mais tempo com você recentemente, aprendi que sempre quer fazer as coisas do seu jeito, de uma maneira... pentelha e controladora, e estou vendo mais desse seu comportamento diabólico que sei que muitas pessoas sabem que está aí. Mas deve haver alguém no mundo que gosta desse tipo de coisa. — Dou de ombros.

Eu gosto dela, mesmo quando seu comportamento diabólico vem à tona. Não importa, estou a fim dela.

— Nossa — ela diz, sorrindo. — Que impressão adorável você tem de mim.

O sino toca e o carrossel começa a se mover, então ela interrompe a conversa, pega o celular e começa a tirar fotos.

— O que está planejando fazer com essas fotos? — pergunto, enquanto o carrossel ganha velocidade.

— Te chantagear, é claro. — Ela sorri com malícia e tira uma selfie nossa.

— Não esperaria nada menos que isso.

— Coloque, JP.

— Se acha que vou usar uma coisa dessas, perdeu completamente o juízo. Já andei de carrossel, fiz esses tais boomerangs em um bonde e fingi segurar Alcatraz. Usar a porra de um babador no jantar é passar dos limites.

— Você está sendo esnobe.

— Só porque não quero usar um babador?

— Exato. — Ela gesticula para o restaurante. — Faz parte da experiência.

Uma experiência que eu não quero. Ela escolheu onde vamos comer e claro que sua escolha foi a atração turística mais popular, o Crab House, que já ouvi falar que serve uma comida excelente. Mas não faz meu estilo. Eu não uso babadores de plástico.

— Estou bem perdendo a experiência.

— Joo-Joo Poo-Poo, coloque o babador.

— Joo-Joo Poo-Poo é uma tentativa de acertar meu nome?

— Sim... não é esse o seu nome?

— Nem chega perto.

— Droga, com certeza eu teria cuspido sobre a mesa toda se fosse.

— Que encantador.

— Aqui está — nossa atendente diz, colocando uma gigante, tipo, do tamanho de uma assadeira, frigideira com dois caranguejos cozidos e um prato de fritas entre nós, junto de ramequins com manteiga derretida. — Bom apetite!

— Nossa, quanto caranguejo! — Kelsey diz. — Mas ainda bem que estou com fome. — E antes que eu possa considerar pegar a frigideira, ela quebra a pata de um caranguejo e sorri para mim.

Hã...

O triturar, o jeito meio ninja que ela fez isso, a satisfação em seu rosto... me faz pensar que eu deveria temer pela minha vida.

— O que foi? — ela pergunta com um sorriso.

— É impressionante a rapidez com que você quebrou aquela pata.

— Que isso seja um lembrete para você, JP. Não me irrite.

— Já entendi. — Estendo a mão para o caranguejo e, gentilmente, porque não sou um bárbaro, removo a pata e puxo a carne. Quando a mergulho na manteiga, observo-a pingar, pingar... e pingar.

Porra.

Quando ergo o olhar para Kelsey, ela está abrindo aquele seu sorriso cúmplice. Ela ergue o babador de plástico e mexe as sobrancelhas para mim.

— Me dê isso logo — digo, tirando-o de suas mãos, fazendo com que ela jogue a cabeça para trás e ria.

Prendo o babador ao redor do pescoço e puxo a cadeira para mais perto da mesa.

— Ah, mas olha só como você está fofo.

— Se você tirar uma foto, eu vou...

Ela ergue o celular e sorri assim que vejo seu dedo pressionar a tela.

— Oops, tarde demais. — Ela torna a sorrir e olha para a tela. — Eita, esta só pode ser a minha favorita da noite. Com certeza vou salvar.

— Não é do seu interesse provocar seu chefe.

— Tecnicamente, você não é meu chefe, já que só supervisiona as coisas. Se vamos entrar mesmo nessa questão, meu chefe é Huxley, como você mesmo já deixou claro para mim, e tenho certeza de que ele me dará um aumento quando vir os "dados" que coletei hoje.

Infelizmente, acho que ela tem razão.

— Ainda assim, vou denunciar sua insubordinação.

— Boa sorte com isso. — Ela dá uma piscadela e então arranca outra pata do caranguejo. — Agora, você pode me dizer porque este lugar não é do seu gosto? Com certeza o caranguejo está delicioso, a vista é incrível, o traje... de primeira. Como nada disso te atrai?

— É chamativo.

Ela revira os olhos.

— Foi o que pensei, você é esnobe. Não fique falando mal de um lugar que trata muito bem os clientes. Isso aqui é como a realização de sonhos. Comer caranguejo no cais, com a baía cheia de barcos do lado de fora da janela, o antigo ladrilho de metrô que vai do chão ao teto não é lá tão náutico, mas até que oferece essa *vibe*. É tudo de bom. Então faça o favor de se sentir completamente satisfeito. Ah, se esse rabugento sentado na minha frente pudesse relaxar um pouco.

— Só não é a minha noite ideal.

— Aham. Você diz isso como se tivesse uma noite ideal em mente.

— E tenho. — Coloco uma batata frita na boca, e a minha resposta causa um olhar curioso nela.

Ela se inclina para frente, com as mãos debaixo do queixo, ao dizer:

— Ah, então, por favor, me conte.

— Não preciso contar. Vou te mostrar.

— Me mostrar?

Assinto.

— Amanhã à noite, quando você terminar todas as suas reuniões, vou te mostrar qual é a minha noite ideal aqui em São Francisco.

Ela estende as mãos sobre a mesa e, em um tom dramático, pergunta:

— Espere, então essa amizade que estamos desenvolvendo não é coisa de uma noite só?

— Isso aqui não é amizade... é só um... coleguismo de curto prazo.

Ela ri alto, e o som viciante atrai a atenção das mesas ao redor.

— Nossa, não é de se surpreender que é o assessor de imprensa da Cane Enterprises. Você sabe mesmo como descrever as coisas. Mas tudo bem, me convenceu. Este coleguismo de curto prazo vai continuar amanhã?

— Vai — respondo, pegando mais uma batata. Tenho que admitir que essa porra de lugar é bom, apesar da merda do babador. — E vou te mostrar exatamente como é a noite nessa cidade.

— Aposto que não vai ser melhor do que hoje.

— Garanto que vai.

— Olha só, Julian Prince... — Ela faz uma pausa e estremece, esperando para ver se vou corrigi-la. Apenas balanço a cabeça, e seus ombros caem. — Nada consegue ser melhor do que juntar provas comprometedoras de você em um carrossel e usando um babador.

— É o que você acha — digo, antes de pegar outra pata de caranguejo.

— Tudo bem... Pode admitir, isso aqui é bom — Kelsey fala com a boca cheia de sorvete.

Quando a conheci, pensei que ela fosse só uma organizadora gostosa e rígida, que sonha em se apaixonar. Mas agora percebo que ela tinha mantido essa fachada reservada e profissional mesmo quando encontramos Huxley e Lottie na casa deles. Mas, aos poucos, enquanto a noite vai avançando, tenho visto que ela está cada vez mais relaxada. Agora está falando comigo com sorvete na boca e calda no canto dos lábios.

É... cacete, é cativante.

Ela abriu mão de seu escudo de perfeição, e eu gosto desse seu lado. Meio que imprevisível e bem mais fácil de simpatizar.

— Vamos. — Ela me cutuca com o cotovelo, e eu decido admitir.

— É, é bom.

— Ha! Sabia. — Ela ergue sua colher suja de calda. — Sabia que ia te impressionar.

— Não foi você que me impressionou, foi a Ghirardelli.

Depois de jantarmos, Kelsey exigiu que subíssemos a colina até a Ghirardelli para a sobremesa. Foi uma caminhada e tanto, então quando chegamos, o jantar já estava parcialmente digerido e estávamos prontos para mergulhar na sobremesa.

Dividimos um clássico sundae com calda quente. Encontramos uma mesa no meio do restaurante cheio. Embora eu preferisse ter ido lá fora para comer, ela mais uma vez quis ter a experiência completa. Então estamos amontoados ao redor de uma mesa de bistrô com tampo de mármore, com muitas pessoas nos cercando, aproveitando seus sundaes tanto quanto nós.

É caótico.

É barulhento.

E odeio admitir, mas é o final perfeito para a nossa noite.

— Ai, meu Deus, olha ali, aquele casal está se pegando.

— Como é? — pergunto.

Ela aponta com a colher.

— Bem ali, no canto. O que você acha? Primeiro encontro?

— Você faz isso no primeiro encontro? Porque, pelo que me lembro, no nosso primeiro e único encontro, você estava mais espinhosa do que aquilo.

— Porque eu estava esperando encontrar o homem dos meus sonhos, e, em vez disso, foi o homem dos meus pesadelos.

Aperto o peito.

— Assim você me machuca, Kelsey.

Ela dá uma cutucada brincalhona no meu ombro.

— Mas olhe só para nós dois agora, vivendo nosso coleguismo de curto prazo. Milagres acontecem mesmo.

— Não deixe isso subir à sua cabeça. Mal chegamos a esse coleguismo de curto prazo.

— Sei lá, você concordou com um segundo passeio comigo, então parece que estamos comprometidos. Se isso não parece um coleguismo de curto prazo, não sei mais o que é.

— Meu Deus, mas você está muito irritante hoje, hein?

— Só um pouquinho do que tenho que lidar quando saio com você. E espertinha.

Pego uma colherada de sundae, mais focado no sorvete do que na calda. Percebi que Kelsey está muito mais a fim da calda, então pensei em deixar mais para ela.

Viu só? Posso ser um cara legal.

— Você não respondeu à pergunta, e aí? É isso que faz no primeiro encontro? Ficar de pegação no canto de uma loja de chocolates para que os românticos voyeurs como você possam ficar vendo esse show à parte de troca de saliva?

— Pode ser que, quando eu tinha vinte e um anos, estivesse mais inclinada a ficar de pegação assim, mas agora que já sou uma moça respeitável de vinte e tantos anos, tenho meus critérios. Espero uma boa refeição, uma ótima conversa, e aí, se eu ficar deslumbrada ao fim da noite, posso me inclinar para um beijo.

— Deslumbrada, é? E o que te deslumbra?

— Tomando notas? — ela questiona, com a sobrancelha erguida.

— Sim, para fazer o oposto, sabe, porque se não é para irritar você, o que mais vou fazer da vida?

Seu rosto fica desanimado e eu rio.

— Bem, se é esse o caso, vou manter meu deslumbramento para mim mesma.

Dou uma cutucada com o pé nela por baixo da mesa.

— Só me conte.

Ela me analisa por um segundo e então diz:

— Bem, antes de tudo, ele não pode ser cheio de si. Precisa ter a cabeça no lugar e ser um bom ouvinte, mas sem ter receio de falar sobre si mesmo. Família é importante para mim, então gosto de saber se é chegado à família. Hum, o que mais? Ah, uma história autodepreciativa é sempre uma boa, porque aí vou saber que ele não se leva tão a sério. Também gosto de uns toques aqui e ali, mas nada que vá forçar a barra. Gosto de saber que ele está interessado sem ficar me sufocando. E perguntas interessantes, claro, uma conversa que flua. Além disso, sou super a fim de um sorriso bonito, olhos gentis e um homem que puxa a cadeira para mim. Um cavalheiro.

Assinto devagar.

— Havia uma coluna que eu costumava ler chamada *O Cavalheiro Moderno*. Ele sempre dizia para abrir a porta para a garota, mas assim que ela passasse, que ele fizesse questão de deslizar a mão pela bunda dela, porque aí ela saberia a quem pertence. É isso que você está procurando?

Ela pisca algumas vezes e então desvia a atenção para o sundae.

— Bom, eu não ficaria brava por causa disso.

Solto uma risada.

— Vou tomar isso como um *sim*. Esse aí é um padrão bem alto que você está exigindo de um homem, hein?

— E eu deveria me sentir culpada por isso? — ela pergunta em desafio.

Sem nem mesmo ter que pensar, digo:

— Não, acho que não. E por que se contentar quando sabe o que quer? Apesar de achar que você não se contentaria com Edwin.

— Ficou claro que Edwin foi só um lapso momentâneo de discernimento. Para ser sincera, culpo você pelo Edwin.

— Eu? — Aponto para o meu peito. — Por que você me culpa? Eu não te forcei a sair com aquele idiota.

— Edwin não é um idiota, ele é só... um bocó.

— Se isso faz você se sentir melhor, claro. Mas não sei por que estava me culpando.

— Porque o jantar que tivemos naquele restaurante de encontro às cegas foi abominável. Me fez achar que eu tinha que baixar meus padrões.

— Não foi assim *tão* ruim.

— Não era você que estava lá para conhecer alguém. Só estava lá para cumprir uma aposta. Eu estava animada de verdade. Pode ter sido divertido para você, mas foi bem desanimador para mim.

Isso me faz sentir mal de verdade. Nunca pensei dessa forma, e antes de me dar conta, a culpa me consome.

— Desculpe, Kelsey — digo, olhando em seus olhos. — Fui idiota e orgulhoso naquela noite. Você feriu o meu orgulho quando me encontrou, e eu não deixei para lá. Tentei te arrastar para baixo também. Eu não deveria ter feito isso.

Ela faz uma pausa, com a colher a meio caminho da boca, e diz:

— Nossa, hum... valeu, JP. — Ela sorri ao levar a colher à boca. — Carrossel, fotos, babadores... e um pedido de desculpa. Ouso dizer que esta é uma das minhas noites favoritas da vida. Uma grande melhoria desde aquele encontro às cegas no restaurante. Esta coisa toda de "coleguismo de curto prazo" tem sido bem agradável, na verdade.

— Que bom que pude compensar.

— É mesmo... Josiah Phoenix.

— Chegou perto.

Seus olhos se arregalam de animação.

— Sério?

— Não. — Solto uma risada.

— Aff. — Ela me empurra. — Isso foi cruel.

— Eu achei divertido. — Lanço um sorriso a ela, que, para o meu maldito prazer... ela retribui.

— Dá para você me rolar até o quarto? — Kelsey pergunta ao desabar no chão da cobertura e tirar os sapatos. — Acho que não consigo me mover nem mais um centímetro.

Então ela se deita no chão, se atrapalha com o cós da calça jeans e a desabotoa antes de gemer de alívio.

— Nossa, essa é uma visão e tanto.

Blechhh.

Ela cobre a boca do arroto nada feminino que acabou de soltar. E olha para mim, com a expressão chocada, antes de perguntar:

— Você ouviu isso?

— O porteiro a trinta andares abaixo ouviu, querida. Fez até o chão tremer.

— Não seja tão dramático.

— Acho que São Francisco vai noticiar um terremoto medido na escala Richter.

— Pare.

— Na verdade, sinto até náuseas por causa dos tremores secundários.

Ela bate nas minhas pernas, e rio enquanto me abaixo e a pego pelos tornozelos.

— O que está fazendo?

— Levando você para o quarto... Espere... não vai sair nada daqui de baixo, né?

— Eca, acha mesmo que eu faria isso?

— Bom, para ser sincero, eu não seria capaz de dizer, porque a mulher que eu conhecia como a perfeccionista retraída acabou de desabotoar a calça bem na minha frente e soltou um arroto monstruoso... aí não dá para saber o que vai acontecer em seguida.

Ela coloca o braço sobre os olhos enquanto continuo a puxá-la.

— É por isso que nunca vou encontrar alguém que me ame. Sou uma nojenta enrustida.

— Não, não é... você é só normal.

Ela espreita por baixo do braço.

— Só está dizendo isso para que eu não peide enquanto estiver me puxando.

— Não mesmo. É legal saber que você não é sempre tão altiva.

— Altiva? Isso é um disparate.

— Só pessoas altivas usariam palavras como *disparate* — digo ao chegar ao seu quarto. Abro a porta e a arrasto para dentro. Considero deixá-la no chão, mas acabo me inclinando e a pegando nos braços. Ela solta um gritinho surpreso antes de envolver meu pescoço com os braços.

— O que você está fazendo?

— Jogando você na cama — falo ao jogá-la, mas, para meu desgosto, ela não solta meu pescoço, então ao invés de assisti-la cair na cama, nós dois desabamos em uma bagunça na cama. — Meu Deus — murmuro no edredom. — Era para você ter largado meu pescoço.

— Eu só comi um caranguejo inteiro, metade de um prato de batatas fritas, metade de um sundae e tive que desabotoar minha calça na sua frente quando cheguei em casa. O que fez você pensar que eu quero ser jogada desse jeito?

— Então, isso aqui, minha cara pressionada na sua barriga é melhor?

— Poderia estar melhor posicionada.

— Me solte.

— Ah, sim, é claro. — Ela tira os braços do meu pescoço e eu saio de cima dela. — Agora, seria pedir muito do nosso coleguismo de curto prazo se você tirasse minha roupa e colocasse meu pijama?

Eu a encaro.

— Se eu tirar sua roupa, querida, tenho certeza de que não vou colocar nada no lugar.

Ela esfrega a barriga.

— Ah, é? Você quer isso aqui?

— Que estranho, mas acho isso intrigante.

— Padrões, JP... padrões.

Dou de ombros.

— Não tenho nenhum. — Vou até a porta do quarto. — Você vai conseguir se virar?

Ela solta um longo suspiro.

— Acredito que sim. Pode ser que leve um bom segundo para me recompor, mas, sim, vou sobreviver.

— Tá bom, então... boa noite.

— Boa noite... Jordan Preston.

Agarro o batente da porta e olho por cima do ombro.

— É Jonah Peter.

Um sorriso sexy e demorado passa por seus lábios antes de ela dizer:

— Boa noite... Jonah.

— Boa noite, Kelse.

Breaker: *Está vivo?*

JP: *Você sabe muito bem que estou vivo e sabe muito bem que não quero falar sobre isso.*

Breaker: *Cara... um carrossel? Um babador? Kelsey mandou mensagem para Lottie, que mostrou as fotos para Huxley, que enviou para mim. Ela tem mesmo você na palma da mão, não é?*

JP: *Já disse que não quero falar sobre isso.*

Breaker: *Nem a pau vou deixar você em paz. O que está rolando?*

JP: *Absolutamente nada.*

Breaker: *Vocês foram a um encontro hoje?*

JP: *Não, fomos como colegas de curto prazo.*

Breaker: *É como os jovens estão chamando hoje em dia?*

JP: *A menos que tenha algo produtivo para dizer, você pode ir à merda.*

Breaker: Estou falando sério. Está a fim dela desde que a conheceu, então o que está rolando? Você está tentando alguma coisa?

JP: Não. Foi só um simples passeio. Não temos nada para fazer aqui, aí ela me pediu para dar uma de turista com ela. Eu fui. Foi isso. Quando voltamos para a cobertura, ela arrotou, e eu tive que arrastá-la pelo pé até o quarto, porque ela estava cheia. Pode acreditar, não há nada rolando.

Breaker: Mas você quer que algo aconteça?

JP: Por que está agindo como uma mãe fofoqueira?

Breaker: Só me preocupo. Você tem estado diferente esses dias. Quero me certificar de que está tudo bem.

JP: Se estive diferente, não tem nada a ver com Kelsey.

Breaker: Como assim?

JP: Nada. Não se preocupe. Olha, estou cansado e tenho uma reunião amanhã cedo com o Jeremiah lá no The Wharf.

Breaker: Tudo bem, mas sabe que estou aqui se precisar conversar. Huxley pode estar ocupado, mas eu não. Pode contar comigo.

JP: Valeu. Mas estou bem.

Breaker: Que bom. Mas... se gosta dela, cara, vá em frente.

JP: Vá à merda, Breaker. Boa noite.

CAPÍTULO TREZE

KELSEY

♥ *Huxley e Lottie* ♥
Feitos um para o Outro

Kelsey: *Seja bem-vindo, ouvinte, a mais um Podcast Feitos um para o Outro. Aqui a gente conversa com casais loucamente apaixonados sobre como eles se conheceram. Huxley e Lottie, muito obrigada por se juntarem a nós hoje. E aí, como vocês dois se conheceram?*

Lottie: *Já era hora de você convidar a sua irmã para o podcast. A gente deveria ter sido o primeiro casal.*

Kelsey: *Vocês não eram um casal quando comecei.*

Lottie: *Tem razão, por mais irritante que seja, mas, ainda assim, demorou demais. Com certeza a gente tem a história mais interessante que qualquer outro casal aqui.*

Huxley: *Talvez você queira baixar um pouco a bola.*

Lottie: *Huxley está com receio de perder credibilidade se a gente contar nossa história, mas eu disse para ele que isso só mostra o quanto ele é bom nos negócios. Não é verdade, fofinho?*

Huxley: *É para pegar pesado aqui, é?*

Lottie: *O ouvinte precisa saber o quanto estamos apaixonados.*

> **Huxley:** *Você nunca me chamou de* fofinho.
>
> **Lottie:** *Meus apelidos para você não são permitidos aqui no podcast.*
>
> **Huxley:** *Você me chama pelo nome.*
>
> **Lottie:** *Sério? Porque acho que já chamei você de "ah, Deus" mais do que tudo.*
>
> **Kelsey:** *E é exatamente por isso que não convidei vocês para o programa. Foi uma péssima ideia.*
>
> **Lottie:** *Não foi nada. Estamos apaixonados. Vamos nos casar. Não corte o microfone. Kelsey, não corte o...*

— Está perto de ficar pronta? — JP grita da entrada.

— Sim — grito. — Fique quieto, dê um minutinho para uma mulher.

— Você já teve vários minutos.

— Cheguei em casa, tipo, um minuto atrás.

— Uns dez minutos. Você só precisava se trocar. O que está fazendo aí?

— Passando desodorante. — Deslizo pelas axilas mais uma vez, tampo o desodorante, pego minha bolsa e vou para a entrada. — Meu Deus, você quer que eu fique fedorenta? — pergunto assim que ergo o olhar para ver JP parado à porta.

Minha... nossa.

Não sei se já vi um homem parecer tão casual, mas está revirando meu estômago com todos os tipos de coisas borbulhantes e quentes. De calça jeans gasta e rasgada, camiseta preta e uma jaqueta de couro com capuz, ele transborda apelo sexual. E finaliza o figurino com um boné virado para trás, e sinto meu interior tremer. Sem contar a barba grossa em seu maxilar e a cor profunda de seus cílios que estão fazendo seus olhos ficarem impossivelmente mais verdes.

— O que foi? — ele pergunta ao me pegar observando.

— Hã... desculpe, é só que nunca vi você assim tão casual antes.

Ele olha para a própria roupa e então de volta para mim.

— Esperava que eu fosse me arrumar por você? Isso aqui não é um encontro.

Estou bem ciente de que não é um encontro.

— Sei disso — retruco e penduro a bolsa no ombro. — Mas me desculpe se nunca vi você usar um boné antes. Nem sabia que tinha um.

— Tenho certeza de que todo cara tem um boné de beisebol.

— Bom, fica estranho em você. — Não fica, na verdade, fica muito bom, mas jamais vou admitir isso.

— Bom, você fica estranha de calça jeans — ele rebate.

— Sério? — pergunto, com a voz insegura.

Ele revira os olhos.

— Não, mas viu só como não é nada gentil dizer que as pessoas parecem estranhas? Um elogio teria sido legal.

— Quer que eu te elogie? Se isso aqui não é nem mesmo um encontro? Pensei que fosse só um coleguismo de curto prazo. Se é esse o caso, eu provoco os meus amigos e, portanto, vou dizer que você fica estranho de boné, porque estou acostumada ao sr. Homem de Negócios. Mas se quer mesmo saber, o boné virado para trás combina com você.

— Vou dizer que há um elogio aí, então vou aceitá-lo.

Ele começa a se afastar, mas estendo os braços e pergunto:

— Se importa de me elogiar também?

Seus olhos percorrem minha calça jeans simples e o suéter ombro a ombro antes de dizer:

— Dá para sentir o cheiro do seu desodorante, e não é cheiro de cecê. Bom trabalho.

Sinto meu rosto desanimar.

— É esse o seu elogio?

Ele abre a porta da frente para mim e pergunta:

— Algum problema com isso?

— Não é nem um elogio, você só está chovendo no molhado. — É tão bom quanto ser elogiada pela bela cor do vestido. Ou *já vi melhores*.

Começo a passar, mas então ele agarra meu pulso e se inclina na minha orelha.

— Kelsey...

Sua voz é doce sobre meu ombro exposto. Engulo em seco e assinto.

— O que foi?

Seu corpo se move para o meu, minha lateral no seu peito, quando ele sussurra:

— Gosto de como seus sapatos são brancos.

E então ele me solta e fecha a porta da cobertura atrás de nós.

— Esperava que eu fosse me arrumar por você? Isso aqui não é um encontro.

Ele olha de volta para mim com um sorriso malicioso enquanto avançamos até o elevador. Corro atrás dele e lhe dou um empurrão.

— O que foi? — ele pergunta. — Você queria um elogio.

— É, bem, mas não faça assim.

— Assim como?

— Você sabe... todo sedutor.

Suas sobrancelhas se erguem, quase tocando o boné.

— Você achou aquilo sedutor? E pelas suas bochechas coradas, parece que gostou.

— É a maquiagem — digo, dando tapinhas no meu rosto quente.

Não é a maquiagem.

Sou eu.

Se for para ser sincera, a última noite mexeu comigo.

Me diverti bastante com JP. Tudo bem, tive que batalhar contra o seu mau humor de vez em quando, mas também o vi ceder às minhas exigências em muitas ocasiões. Ele ficou fora da sua zona de conforto, e mesmo assim, me acompanhou, sem nunca ter reclamado de verdade. Me diverti muito. E então, quando voltamos para casa, e ele me arrastou até o quarto, *e* me disse seu nome verdadeiro...

Mulheres... escutem, nunca na vida tive um friozinho na barriga tão intenso. Foi como várias ondas enormes se quebrando ao mesmo tempo. Foi esmagador.

Passei o dia todo pensando sobre isso, pensando nele, e quando voltei à cobertura, disse a mim mesma para me recompor. Sim, JP é gostoso. Sim, ele tem essa atitude de macho-alfa que é atraente para mim. E, sim, ele se abriu na noite passada e se divertiu comigo, mas... há uma coisa da qual preciso me lembrar.

Uma coisa importante.

Ele não namora.

Ele não é o tipo de cara que sossega, que quer sossegar, ou mesmo ter uma namorada. Ficou evidente pela nossa conversa na noite passada.

Então, antes que meu coração comece a bater acelerado toda vez que o ouço respirar, preciso me lembrar de que ele não é do tipo que casa. Ele não é a longo prazo. Não é o que estou procurando, não importa que você desmaie mentalmente todas as vezes que ele dá uma piscadela.

— Não parece maquiagem — JP diz, enquanto a porta do elevador se abre e ele entra.

— Você é especialista em maquiagem agora?

— Sei uma coisa ou outra sobre o assunto. — Ele aperta o botão para o *lobby*.

— Ah, é? Você usa blush, JP?

— Só quando mancha a gola da minha camisa. — Ele sorri com malícia, e eu o odeio por isso.

Mas... Meu Deus, como ele é gostoso.

Tentando mudar de assunto, pigarreio e pergunto:

— E aí, quais são os planos para a noite? Você só disse para eu usar roupas casuais. Há mais alguma coisa que eu deva saber?

— Só deixe comigo.

— É o que continua dizendo, mas preciso confessar que estou meio preocupada.

— Por quê? Sabe que não vou deixar nada acontecer com você — diz tão sério que me faz acreditar nele de verdade.

— Sei disso — respondo, meio sem jeito com essa confissão. — Mas é sempre bom estar preparada para o que está por vir, sabe? Então, para o que devo estar preparada?

— Prepare-se para se divertir — é só o que ele diz, enquanto o elevador vai diminuindo a velocidade e as portas se abrem. Ele anda atrás de mim, coloca a mão na parte inferior das minhas costas e me guia para fora, quando o porteiro abre a porta para nós.

— Tenham uma ótima noite, sr. Cane, srta. Gardner.

— Você também, Tim — JP fala antes de me guiar para o carro à nossa espera e abrir a porta para mim.

Leva um momento, mas, quando estou acomodada no banco de trás com ele, minha mente começa a girar com pensamentos. Pensamentos idiotas.

Pensamentos irritantes.

Ele abriu a porta para mim.

Ele me tocou de leve.

Não é possível que ele esteja fazendo as coisas que eu disse que gostava em encontros... não é?

Ai, meu Deus, Kelsey, você está se ouvindo?

É exatamente por isso que você não se envolve nos malditos coleguismos de curto prazo — ou amizades com homens —, porque você é uma idiota romântica que acha que todo mundo está querendo sair com você.

É do JP que estamos falando. O homem é um galanteador. É também muito atraente e um cavalheiro por natureza. Durante as reuniões na Cane Enterprises, antes mesmo dessa insanidade começar, com frequência ele segurava portas e me ajudava a sair do carro. Não há nada novo aqui. Esse é só JP sendo JP.

— Quer me contar por que sua mandíbula está tão apertada assim? — ele pergunta enquanto começamos a avançar pela cidade.

— Está apertada? Ah... sei lá. Não estou com raiva ou algo assim, se é o que está pensando. Não há nada que possa estar me deixando com raiva ou irritada, certo? Somos só dois colegas de curto prazo indo para um lugar desconhecido, é isso.

Ele me olha, desconfiado.

— Você está estranha.

— Estou? — Aceno com a mão em frente ao meu rosto. — Pode ser que esteja quente aqui. Você está com calor? Estou usando um suéter leve, mas ainda assim parece quente. Você está com calor?

— Estou bem — ele diz, parecendo perturbado. Não o culpo. Estou surtando por dentro e começando a demonstrar isso por fora. — Mas a gente pode ligar o ar-condicionado.

— Não, está tudo bem. Não quero incomodar ou coisa do tipo.

Ele faz uma pausa e então se vira para mim.

— Você quer fazer isso, Kelsey?

— O quê? Não. Quero dizer... sim.

— Sim, você não quer fazer isso?

— Não. Sim... aff. Eu quero fazer isso. Me desculpe. Eu só estou... com vergonha. Me ignore enquanto eu me recomponho e tento agir como uma pessoa normal para você. — Abro um rápido sorriso, então me volto para a janela, fechando os olhos e tentando acalmar o coração.

Se recomponha, Kelsey.

E daí que ele tirou fotos no carrossel com você ontem, disse seu nome verdadeiro, tocou você no lobby...

Isso não significa nada.

Absolutamente nada.

Meu celular vibra na bolsa e fico grata pela distração. Eu o tiro lá de dentro e encaro a tela.

> **Lottie:** *Jantar amanhã à noite com Derek no Crab House do Pier 39. Ele achou que seria o lugar perfeito para o encontro. Será às sete. Não se atrase.*

Sorrio.

O encontro perfeito — parece um bom encontro para mim. Talvez Derek e eu tenhamos algo em comum.

E bem assim, a ansiedade e a tensão que estavam batendo no meu peito a cada respiração são logo varridas. É isso aí, tenho um encontro amanhã, um encontro de verdade. Com um cara que, por todos os padrões, é bem atraente. Lottie me mandou uma foto dele outro dia.

Cabelo loiro, tem toda aquela pose de... "eu tenho um barco". E com certeza ele tem mesmo, já que está na mesma área de negócios que Dave e os irmãos Cane. Formado em Yale e tem um golden retriever chamado Freddie. Não dá para ficar melhor do que isso, dá?

— Você está sorrindo como uma mulher maluca agora. Eu deveria ficar preocupado? — JP pergunta, chamando minha atenção de volta ao presente.

— Não, de forma alguma. Só estou animada com a nossa noite.

— Ah, é? Tem certeza? Porque sinto como se você tivesse passado por uma onda de emoções nos últimos cinco minutos.

— Absoluta. Não haverá mais emoções erráticas daqui para frente.

— Por que está com lágrimas nos olhos? — JP questiona quando entramos no restaurante.

Me viro para ele e pergunto:

— Como é que você sabe sobre este restaurante?

— Hã, você e Lottie estavam falando sobre ele no elevador. Ouvi que sua mãe trouxe vocês aqui. Você não... está bem com isso? A gente pode ir a outro lugar. Nunca vim aqui, mas sei que restaurantes chineses são bem populares em São Francisco, aí pensei que você ia gostar de vir.

Meus lábios tremem.

Uma lágrima rola pelo meu rosto.

E sou deixada sem palavras enquanto nos encaramos na calçada, em frente ao Dim Sum Star.

— Kelsey...

— Desculpe. — Enxugo as lágrimas. — Isso foi muito atencioso da sua parte, JP. Achei que não estivesse prestando atenção àquela conversa.

— Eu presto mais atenção do que você imagina — ele diz, antes de pegar minha mão, dando um aperto, e nos levar para a porta. Antes de abri-la, ele fala, baixinho: — Se precisar de mais um minuto, me avise.

Balanço a cabeça.

— Não, estou bem. — Sorrio.

Ele encara isso como um sinal verde, abre a porta para mim e me leva para dentro do restaurante.

E, ai, meu Deus, está exatamente como antes.

Paredes bege simples, tapete azul desbotado e divisórias frágeis que separam mesas e cômodos. É simplesmente perfeito. Bem como me lembrava.

O cheiro mundano da melhor comida que já comi me assalta com lembranças.

Me viro para JP e digo:

— Não mudou nem um pouquinho, o que me faz pensar... — Me viro para a parede de fotos e vou até ela. Meus olhos examinam os vários rostos até que pousam em duas expressões familiares. Meus olhos ficam marejados de novo e eu tiro o celular depressa da bolsa. Estou prestes a tirar uma foto quando JP pega o aparelho da minha mão.

Me viro para protestar, mas JP aponta para a foto e fala:

— Aponte para a foto. Vou tirar uma foto sua com ela.

Faço isso. Então tiro algumas fotos, inclusive uma apenas da fotografia só para tê-la, e então envio para Lottie, enquanto JP examina duas garotinhas inocentes de barriga cheia no retrato.

— Que aparelhos legais.

Solto uma risada.

— Obrigada.

— E aquela camiseta da Minnie Mouse... caramba. Eu poderia ter pedido para você segurar a minha mão se eu te conhecesse nessa época, sabia?

— Você acha que o JP menino e a Kelsey menina poderiam ter sido mais do que apenas colegas de curto prazo?

Ele faz uma pausa para pensar e então balança a cabeça.

— Que nada, eu era um grande babaca, sempre causando encrenca. Com aquele aparelho e aquela camiseta, você teria parecido inocente demais para mim.

— Ei, o que foi que eu te disse sobre a minha inocência? Será que vou ter que provar de novo?

— Prove de novo, por favor. Não seria nada mal conseguir te provar mais uma vez — ele diz antes de me puxar para a hostess.

Não tenho tempo para responder à sua cantada descarada — foi uma cantada, não foi? —, porque somos conduzidos pelo restaurante até a mesa, perto de uma janela que nos dá uma bela visão da movimentada Chinatown.

Antes que eu possa alcançar minha cadeira, JP a puxa para mim e se senta em frente. Quando olho em sua direção, ele apenas dá de ombros e pega o cardápio, posicionando-o diante do rosto.

Não fique caçando pelo em ovo, Kelsey. Apenas aproveite.

Meu celular vibra e eu digo:

— Aposto que é Lottie me respondendo. Posso olhar?

— Você não precisa da minha permissão. Vá em frente. Ei, sabe me dizer se esse chá aqui é bom?

— Hã... acho que não cheguei a experimentar — digo, e então pego o celular e leio a mensagem.

> **Lottie:** *Meu Deus! Ele te levou ao Dim Sum Star? Por que é que isso faz o meu coração bater forte? Como é que ele sabia?*

Olho para JP, que está envolvido com o cardápio, então respondo.

> **Kelsey:** *Ele ouviu a gente conversando sobre isso. Achou que eu gostaria de revisitar.*

Sua resposta é imediata.

> **Lottie:** *Hum... então ele é atencioso?*
>
> **Kelsey:** *Acho que só está tentando provar que não é o babaca que achei que fosse.*
>
> **Lottie:** *Com certeza não é, com esse tipo de jantar surpresa e tal. Bem, aproveite. Não peça o chá, lembra, a mamãe teve até ânsia com ele.*

Ah, é verdade.

— Não peça — quase grito ao estender meu braço para ele.

Ele espia sobre o cardápio, e suas sobrancelhas escuras se juntam.

— Meu Deus... Não peça o quê?

Minhas bochechas ficam quentes ao perceber o quanto devo ter soado maluca.

— Ah, o chá. Lottie acabou de me lembrar que a mamãe pediu chá e teve ânsia com ele. Então, pode ser melhor você evitar.

— Tudo bem. — Ele me lança um olhar estranho. — Tem certeza de que está bem?

Abro um sorriso.

— Sim, estou bem.

— Tá bom... — ele arrasta as palavras.

Passamos os minutos seguintes decidindo o que vamos pedir. Eles já não deixam a comida à vontade, mas trazem o que você escolher. Optamos por alguns pratos que interessaram a nós dois e então, assim que a garçonete volta à cozinha, eu tomo um gole de água.

— Então esta é a sua noite ideal? Ir atrás do restaurante dos sonhos de uma mulher?

— Não. Comer num restaurante chinês aqui em Chinatown é essencial.

— Você não acha... que isso é meio que coisa de turista?

— Deve ser. Se eu estivesse levando você para sair, tipo num encontro, teria te levado ao Parkside Club.

— O que é isso?

— Um restaurante que fica no topo do Parkside Building. É da nossa empresa.

— É claro. — Rio.

— O chef é brilhante e faz os melhores dumplings do mundo. Ele começou a carreira aqui em Chinatown, na verdade. Huxley o encontrou e ofereceu um emprego que era impossível recusar. Não são muitas pessoas que conseguem pagar por um jantar no Parkside Club, mas as que conseguem comem muito bem.

— Você poderia ter me levado lá, hein?

Ele balança a cabeça.

— Que nada, o ambiente não teria sido apropriado. Eles exigem roupas formais e o lugar é abafado pra caralho. Aqui a gente pode relaxar — ele diz enquanto se recosta na cadeira.

— Então quem você levaria ao Parkside Club? Uma mulher especial?

Ele ajusta o boné na cabeça.

— Só fui com os meus irmãos. Nunca levei ninguém lá. Como falei, a comida é boa pra caralho, mas é um lugar abafado. Não estou a fim de levar uma mulher lá.

— Mas achei que tinha dito que isso aqui não é um encontro. Você poderia ter me levado lá.

— E perder a oportunidade de ver você chorar por causa de uma foto sua de aparelho? Nem fodendo.

Solto uma risada.

— Ah, sim, tenho certeza de que foi um momento dos sonhos.

Ele dá um tapinha na lateral da cabeça.

— Arquivado bem aqui, só por segurança.

— Tenho certeza. — Me inclino na mesa e pergunto: — E aí, o que fez hoje?

— Nada de especial. Respondi a uma pilha de e-mails dos meus irmãos, treinei, fiz algumas visitas.

— Que tipo de visitas? Íntimas?

— Como é? — Ele ri. — Quem eu estaria visitando na prisão?

— Não conheço muito sobre a sua vida. Poderia ser qualquer um.

— Deve haver alguma coisa errada com a porra desse seu cérebro. Não, só fiz algumas visitas a umas instituições sem fins lucrativos da região.

Isso me deixa interessada.

— Sério? Quais?

— Se quer mesmo saber, sua intrometida. — Isso me faz sorrir. — Encontrei uma instituição que resgata pombos e dei uma parada no abrigo de animais.

— Você só foi por acaso salvar animais hoje. É isso o que está dizendo?

— Eu não os salvei, mas fiz alguns contatos, sabe. — Ele dá de ombros. — E aí voltei para a cobertura, tomei banho e me arrumei. Se eu soubesse que você levaria uma eternidade para se arrumar, teria passado mais tempo no banho.

— Ah, é? E fazendo o quê?

Ele ergue uma sobrancelha, e é só o que precisa dizer.

— Ah, entendo. Aquele velho esfrega e puxa, hein?

Sua cabeça cai para trás e o estrondo sexy de sua risada sai dele.

— É, algo assim. E você, como foram as reuniões hoje?

— Divertidas — digo com um sorriso. — Encontrei Dena no prédio sul. Ela foi muito gentil, e passamos a manhã toda andando pelo prédio e vendo onde podemos fazer as mudanças. Ela está bastante animada com os planos que traçamos hoje.

— Dena é de boa, gosto dela.

Assim que minha barriga ronca, a garçonete se aproxima com nosso pedido, então a conversa fica em espera enquanto abrimos caminho para a comida. Dumplings de carne de porco e cebolinha, dumplings de camarão, pão chinês de frango, rolinhos primavera e aspargos salteados. O cheiro está uma delícia.

Nós dois pegamos os pauzinhos, nos preparamos e, sem dizer uma palavra, atacamos a comida.

Estamos na calçada do lado de fora do Dim Sum Star, esperando nosso carro, quando digo:

— Sabe... eu tinha uma lembrança bem melhor do que aquilo.

JP dá um tapinha no peito e solta um arroto baixo.

— Porra... preciso de algo para tirar o gosto daquele *dumpling* de cebolinha da boca.

— Desculpe. Você vai ficar bem?

— É o que veremos, não é?

Como animais ferozes, atacamos a comida, cada um tirando *dumplings* das cestas fumegantes e os colocando nos pratos. Nossa primeira mordida foi voraz. Nossa segunda... meio questionadora. Nossa terceira... preocupada. Em silêncio, tentamos outra comida, e outra, até que nós dois nos encaramos, pegamos nossos copos de água, e tentamos lavar o gosto peculiar.

Não adiantou, nosso paladar já estava contaminado, e não foi uma experiência agradável, no fim das contas. Comemos porque nenhum de nós queria desperdiçar, mas, quando perguntaram se queríamos pedir mais alguma coisa, erguemos as mãos com um educado "não, obrigado", e então JP pagou a conta.

O motorista estaciona, e JP vai até a porta, abrindo-a para mim e, como das outras vezes, assim que entro, ele segue bem atrás de mim. Chamando o motorista, ele diz:

— Twentieth Century Bakery, por favor.

Então ele tira o celular do bolso e começa a digitar.

— Como é? O que há na Twentieth Century Bakery?

— Algo que, com sorte, vai melhorar nosso estômago. — Ele termina com o celular e então relaxa no banco. — Porra, Kelsey, aquela merda foi horrível.

— Eu sei. Não faço ideia de como Lottie e eu conseguimos comer tanto daquela primeira vez.

— Crianças não têm um paladar aguçado, é por isso. Deveria ter pensado nisso antes.

— Bom, valeu pelo sentimento, e eu agradeço por isso. — Estendo a mão e aperto seu antebraço. — Obrigada.

— De nada. — O canto de seu lábio se ergue.

— Então há algum lugar para se sentar nessa confeitaria?

— Há, mas vamos pegar a sobremesa e sair. Temos um bom caminho até a nossa próxima parada e uma reserva que não podemos perder.

— Nossa próxima parada? — Me viro para ele. — Me fale mais.

— Não. — Ele balança a cabeça. — É surpresa.

— Que irritante!

— Ah, é? — ele pergunta. — Ou divertido?

— Irritante.

Ele dá risada.

— É, eu também estaria irritado, mas lembre que esta noite é minha, não sua, então faremos do meu jeito.

— Ah, e isso me lembra... — Paramos num sinal, então desafivelo meu cinto de segurança por um instante, me aproximo de JP e posiciono meu celular para uma selfie. — Sorria, colega de curto prazo.

Ele põe os braços ao meu redor e me segura mais perto enquanto dá aquele seu sorriso perverso, e, por um momento, quase me esqueço de tirar a foto. Por um momento, me perco na sensação de seus braços me segurando tão perto, de seu perfume me envolvendo e no calor do seu corpo.

Mas o carro começa a se mover de novo, então tiro a foto e volto às pressas para o meu lugar.

— Eu deveria ter tirado uma foto nossa no Dim Sum Star.

— Uma lembrança de que não precisamos.

Passamos mais alguns instantes sendo conduzidos pela cidade, então o motorista para no meio-fio e JP diz:

— Espere aqui.

Ele sai do carro e vai em direção a esse antigo prédio de esquina que com certeza parece encantador do lado de fora. Pelas largas janelas de vidro, vejo-o pegar sua carteira, entregar algum dinheiro a alguém, então agradecer e voltar pela porta, com uma embalagem de bolo e duas garrafas de água.

Assim que está de volta ao carro, fala:

— Tudo pronto.

O motorista concorda com a cabeça e dá a partida no carro.

Para minha surpresa, JP desliza até o meio do banco, afivela o cinto e me passa uma água e um garfo. E é quando o aroma açucarado e delicioso que vem da embalagem me atinge.

— Hum, seja lá o que estiver aí, o cheiro é maravilhoso.

— Foi isso que você disse sobre aquele restaurante chinês.

— Isso aí vai ter o mesmo gosto que aquela comida chinesa?

Ele balança a cabeça e abre a tampa, revelando um bolo bege.

— Nem de longe. Esta é a minha sobremesa favorita desta área da baía. Nada supera isso aqui. Um bolo de mel da Twentieth Century Bakery. Garanto que você não vai encontrar nada melhor.

— Pode deixar que vou julgar isso. — Mergulho o garfo e corto um grande pedaço na lateral, então o levo à boca cheia d'água. — Ai, meu Deus — gemo de forma vergonhosa enquanto mastigo. — Minha nossa... tudo bem, isto aqui é... minha nossa...

— Fenomenal — ele diz enquanto dá sua própria garfada.

— Isso, essa é a palavra certa. É fenomenal. Hummm. — Pego mais um pedaço. — Seria estranho dizer que eu amo você agora?

— Depois de termos sofrido naquele jantar? Não. Pode comer, querida. Isto aqui vai compensar todos aqueles *dumplings* intragáveis que você comeu.

— Eles eram bem intragáveis, não eram? Mas isto aqui não, isso aqui é como uma nuvem açucarada na minha boca.

— Nuvem açucarada, hein?

— Sim. É incrível, sério. Como você o descobriu?

— Tentativa e erro. Gosto de encontrar algo especial em cada cidade que visito, aí se alguém me perguntar o que deveria fazer, posso dar algumas boas sugestões. Isso aqui está na minha lista. É um essencial daqui.

— Você tem uma lista desses lugares?

Ele assente, para minha surpresa.

— Mantenho as anotações no celular.

— Sério? Não parece algo que você faria.

— E por que não?

— Sei lá. — Dou outra garfada. — Você acaba passando uma imagem relaxada demais, realizada demais, para fazer algo como tomar notas no celular sobre bons lugares para comer. Nunca teria adivinhado isso.

— Há muitas coisas que não sabe sobre mim, Kelsey. Essa é só mais uma delas.

— É o que parece. O que mais você está escondendo?

— Você vai ver — ele responde.

— Pode comer, querida.

— Isso tem a ver com o lugar para onde estamos indo?

— Tem. — Ele mexe as sobrancelhas e dá outra garfada. — E quando você comparar nossas noites fora, acho que não deve levar em consideração a atração principal. Tivemos um jantar de merda por culpa sua.

Dou risada.

— É justo, a atração principal foi culpa minha. Mas esta sobremesa, não sei, não. Não sei se é melhor do que o sundae da Ghirardelli.

— Ah, pare, com certeza é.

Isso me faz rir ainda mais.

— Está na defensiva, é?

— Sim, porque eles vendem os malditos produtos na loja, aí dá para fazer o seu próprio sundae da Ghirardelli...

— Mas eles não vendem o ambiente, e isso deixa o gosto ainda melhor.

— Não faz sentido — JP me informa, e eu rio ainda mais. Ele aponta o garfo para o bolo. — Agora, quanto a este bolo aqui, dá para tentar fazer igual, mas garanto que não vai ter o mesmo gosto, mesmo se você pedir a receita. Na verdade, dá para comprar o livro de receitas deles. Mas ainda assim não vai ter o mesmo gosto. Leva anos para se aperfeiçoar e fazer um bolo assim, e isso é algo a ser apreciado.

— Mas estamos comendo este bolo no banco de trás de um Tesla. Não sei bem sobre o ambiente.

Ele faz uma careta para mim.

— Se servir para alguma coisa, você deveria apreciar mais o ambiente pelo fato de estarmos comendo em um carro elétrico, dirigindo por aí com a porra de um salvador do planeta. Se estiver com sorte, vou dar esta caixa para você quando terminarmos, aí poderá reciclá-la.

— Nossa, você sabe mesmo como conquistar o coração de uma mulher.

— Viu só... bem melhor. Você até admitiu que estou conquistando seu coração.

Reviro os olhos.

— Eu estava sendo sarcástica.

— E eu escolhi não interpretar assim. — Ele sorri com malícia.

— Você sempre precisa ter razão?

— Sim. Que bom que finalmente você está vendo isso.

Abro minha garrafa de água e digo:

— Será que esse lugar para onde estamos indo tem bebida alcoólica? Porque vou precisar se tiver que ficar com você pelo resto da noite.

— Tem, sim. Pode acreditar, eu não ficaria encalhado com você sem isso.

Aperto meus lábios juntos, e ele ri.

— Você é tão idiota — resmungo.

— Eu sei, querida. — Ele dá uma piscadela. — Mas admita, você gosta disso.

— Não gosto, não.

Ele ergue meu queixo com o dedo e sussurra:

— Mentirosa.

Hum... Ele pode muito bem estar certo sobre tudo, porque, mesmo que me tire do sério, eu meio que gosto disso. Caio nas suas provocações e... Ai, meu Deus... estou mesmo começando a desejar isso?

Não, não pode ser verdade, né?

Ele enfia o garfo no bolo e dá mais uma garfada, seus olhos fixos em mim o tempo todo.

Hum... Pode ser que eu esteja.

— O que você está fazendo? — JP pergunta, puxando meu braço.

— Mandando minha localização para a minha irmã.

— Por que você faria isso?

Enfio o celular na bolsa e paro na calçada escura. Comemos metade do bolo no carro e, sinceramente, eu poderia continuar comendo. Mas não achei que faria bem à minha barriga comer mais e então beber logo em seguida. Nada bem. Assim, me controlei e foquei na conversa com JP, contando a ele tudo sobre qual futuro imaginei para o meu negócio, quando comecei.

Ele ficou lá escutando o tempo todo, de vez em quando roçando a mão na minha perna. Não deu para descobrir se ele estava fazendo de propósito ou se era porque ainda estava sentado no banco do meio quando terminamos com o bolo. De qualquer forma, cada leve roçada, cada toque suave, foi como uma brasa começando a arder e queimando cada vez mais forte.

— Por que eu mandaria a localização para a minha irmã? Hã, você já deu uma olhada ao redor? Estou num beco escuro, sem nenhuma iluminação, com um homem.

— Um homem que você conhece.

— Será que conheço mesmo, JP?

— O suficiente para ter consciência do fato de que eu te protegeria de... seja lá o que está se passando na sua cabeça.

De braços cruzados, com o quadril inclinado para o lado, digo:

— Tudo bem, se alguém viesse na nossa direção agora e dissesse que me levaria para o covil dele, o que você faria?

— Em que tipo de conto de fadas fodido você está vivendo?

— Só responda à pergunta.

— Meu Deus. — Ele arrasta a mão pelo rosto. — Eu diria para ele cair fora, e se não fosse embora, provavelmente o apresentaria aos meus dez anos de prática de boxe.

Minha nossa, ele faz boxe? Isso é sexy.

Meus olhos vão para o seu peito. Hum, isso explica alguns desses músculos definidos.

— É o suficiente para você? — ele pergunta.

— Acredito que sim. — Enlaço meu braço no seu e me inclino para perto. — E para onde estamos indo?

— Bem ali. — Ele me conduz pelo beco até uma porta de metal. Ele bate e leva um momento para abrirem. Um homem grande e corpulento, com um bigode com as pontas enroladas, dá um passo em nossa direção.

Ele ergue uma prancheta e pergunta:

— Nome?

— Jonah Cane — JP responde. *Jonah Cane*. Gosto disso também. Ainda mais porque sinto como se o estivesse vendo como Jonah neste instante, e não como a sua persona de JP da Cane Enterprises.

O segurança risca algo na prancheta e abre a porta para nós.

— Sigam pelo corredor, primeira porta à direita. Esperem para se sentarem.

Vamos pelo corredor e eu pergunto, baixinho:

— Você usa o seu primeiro nome com frequência?

— Às vezes.

— Gosta que as pessoas te chamem assim?

Ele dá uma olhada em mim. Seus olhos caem para os meus lábios por um breve instante, mas logo desviam e focam no corredor mal iluminado adiante.

— Você vai responder? — pergunto enquanto alcançamos a porta à direita. Ele não responde. Ao invés disso, bate à porta, e, desta vez, quando ela se abre, uma cacofonia de conversas e uma música suave se espalham pelo corredor.

— Cane? — a atendente pergunta.

— Isso — JP responde.

— Por aqui.

Agarrando seu braço com mais força, indago com um sussurro:

— Você me trouxe mesmo para uma boate de strip?

Ele ri, mas não responde.

O salão está cheio de pessoas, cada mesa ocupada, todos com drinques nas mãos, seus rostos iluminados por uma pequena luminária de mesa simples. As paredes são de veludo vermelho, o teto salpicado de lâmpadas, e há um palco bem ao final do salão, coberto pelo mesmo veludo vermelho luxuoso e luzes antigas que revestem a parte inferior do palco.

O que é este lugar?

A hostess — estou supondo que seja isso — nos leva até a única mesa vazia. Bem na frente.

— Hilary estará aqui em um instante para anotar seus pedidos.

— Obrigado — JP diz. Ele puxa a cadeira para mim, pega minha mão e me ajuda a sentar. Então se acomoda em sua cadeira perto da minha. Falando baixinho no meu ouvido, ele pergunta: — O que você quer beber?

— Hã... não sei — respondo, enquanto os calafrios da sua voz suave cobrem minha nuca.

— Vinho? — ele oferece, seus lábios perigosamente perto da minha orelha. — Ou algo mais forte?

— Hã, o que você vai pedir?

— Uísque escocês.

— Boa pedida, um pouco forte demais para mim, então uma taça de cabernet está bom para mim.

Hilary chega bem a tempo e anota nossos pedidos, antes de colocar um prato de aperitivos à nossa frente. Olho ao redor do salão. As pessoas nas outras mesas estão conversando baixinho entre si, e, sinceramente, não sei dizer o que vai acontecer no palco.

Me inclino para JP e questiono:

— Sério, onde estamos? — Quando viro a cabeça, nossos narizes quase se tocam e eu pergunto: — É um show pornô?

Ele dá risada.

— Você ficaria brava se fosse?

Eu ficaria brava? Sinceramente, não sei.

— Seria diferente. Nunca estive em um. É o que isto aqui é? É isso que você gosta de fazer nas boates diferentes, ir a antros sexuais diferentes? Tipo, o veludo vermelho já diz tudo. Ai, meu Deus, e estamos bem na frente. Vamos ver coisas.

Ele dá uma risada e coloca o braço nas costas da minha cadeira, cruzando o tornozelo no joelho, todo descontraído.

— Você gostaria de ver coisas?

— Vou ser sincera. Quando você sugeriu que eu era inocente, devo dizer que isso é mostrar um pouco de inocência, porque nunca fiz nada assim antes. E estou nervosa. Eles vão fazer sexo? Tipo, fazer um strip-tease na nossa frente? Ai, meu Deus, eu vou ficar excitada? Você vai? — Meus olhos vão para os dele, que estão se divertindo de verdade. — Você fica com tesão aqui?

Se inclinando para mais perto, ele pressiona os lábios na minha orelha e diz:

— Isso aqui não é um antro sexual, Kelsey. Nem uma boate de strip, não tem nada a ver com sexo. Então pode acalmar esse seu coraçãozinho inocente.

Hilary nos serve os drinques e dá uma piscadela.

— Aproveitem o show.

— Que show? — pergunto, confusa pra caramba.

JP levanta seu copo de uísque, toma um gole e então vira sua atenção para o palco, enquanto as cortinas se abrem e a plateia irrompe em aplausos.

— Senhoras e senhores — uma voz anuncia pelos alto-falantes. — Por favor, permaneçam sentados, gritem à vontade e batam palmas para a incomparável, a magnífica, o traseiro mais gostoso deste lado de São Francisco. — Aplausos mais ruidosos soam. — A sra. Frisbee Lane.

Frisbee Lane?

Este é um show de comédia?

Um monólogo?

Um...

Meus pensamentos são cortados no momento em que uma pessoa muita alta e muito bonita desfila pelo palco, em traje drag completo, com uma peruca que rivaliza com a de Maria Antonieta, uma bunda tão grande quanto a da Kardashian e uma unha mais comprida que a minha.

— Boa noite, meus lindos bebês — ela saúda ao microfone.

— Ai, meu Deus — digo, baixinho, me virando para JP. — Você trouxe a gente para um show drag?

Ele apenas sorri e se recosta na cadeira.

— Temos uma noite e tanto planejada para vocês. Mas antes de começarmos, alguns lembretes. Deixe que os profissionais cuidem do *playback*, por favor, evitem baixar a moral. Vocês sabem que nós, putas, adoramos um drama, mas não quando estamos nos apresentando, e claro, gorjetas são muito bem-vindas. — Ela pressiona a mão no peito. — Serei a apresentadora da noite, a sra. Frisbee Lane. Se tiver interesse em lançar o seu frisbee na minha direção depois do show, meus bartenders vão anotar o seu número, e eu ligo para você mais tarde, querido. — Mais aplausos e gritos. — Agora vamos começar a noite com uma favorita da boate. Aplausos para a Winter Lips.

As luzes diminuem, e não posso evitar colocar a mão na perna de JP e dizer:

— Não posso acreditar que você nos trouxe para um show drag. É... incrível pra caramba.

Do bolso, ele tira um maço de dinheiro e o ergue na minha frente.

— Vá em frente, querida. Dê uma boa gorjeta.

E mais uma vez... meu coração perde o compasso.

— Estou com tanta inveja do decote da Fifi Heart — falo, enquanto JP abre para mim a porta do carro que nos espera. Antes de entrar, me viro e pressiono meus peitos juntos. — Como faço para ter aqueles peitos empinados?

— Você tem peitos bastante empinados. Agora, entre logo no carro.

— Não como os da Fifi — resmungo enquanto entro no carro e afivelo o cinto. — Você viu aquilo, os peitos dela estavam quase no queixo.

JP fecha a porta e também prende o cinto.

— Você é perfeita do seu jeito, Kelsey — ele diz, inclinando a cabeça para trás e fechando os olhos.

— Vai dormir, é? — Dou uma cutucada no seu braço. — Não pode dormir.

Ele vira a cabeça e ri.

— Só um minutinho. Dá para você parar de tagarelar só por um minuto?

— Bem, desculpe se eu acabei de ver um dos melhores shows da minha vida. Ainda estou empolgada.

— Um dos melhores, é?

Concordo com a cabeça e me viro para ficar de frente para ele.

— Foi tão divertido, JP. E nunca pensei que deslizar notas de dinheiro em peitos falsos podia ser tão divertido, mas, meu Deus, me sinto uma nova mulher.

— Que bom que gostou.

— Eu não só gostei — digo, séria, chamando sua atenção. — Para ser sincera, acho que esta deve ter sido uma das maiores diversões que tive em algum tempo.

E é verdade.

Assim que o show começou, eu já estava envolvida. Jamais estive em um show drag antes, mas nunca perco nenhum episódio de *RuPaul's Drag Race*, então já tinha uma ideia do que esperar. Meu Deus, não achei que seria tão incrível. E não foi só o show, mas JP também. Ele estava tão relaxado, tão... presente. Não estava sendo sarcástico. Estava só... sorrindo e se divertindo, enquanto fazia questão de cuidar muito bem de *mim*. Seu braço nunca saía da minha cadeira e, em certo momento, senti que ele estava brincando com algumas pontas do meu cabelo, enquanto LuLu Lemons fazia *playback* de *I Will Always Love You*.

— Que bom. Você merece — ele diz, desviando o olhar.

Fico com esse desejo estranho de pegar sua mão, de me aconchegar ao seu lado e respirar este homem que parece novo e também... o mesmo. Mas ainda que o desejo seja forte, sei que não é o que eu deveria fazer. Quero dizer, definitivamente não é o que eu deveria fazer. Preciso me lembrar do que esta noite se trata: JP está tentando provar que suas escolhas para passar a noite são melhores que as minhas.

Sei admitir quando sou derrotada.

E esta noite simplesmente me surpreendeu.

— Obrigada pela noite, JP.

— Ainda não acabou — ele responde, ainda de olhos fechados.

— Não? — pergunto, surpresa.

Ele balança a cabeça.

— Não, só se recoste no banco e relaxe. Vamos chegar ao nosso último destino logo.

Postes de luz se alinham no píer de madeira até a metade da baía. A riqueza profunda do céu da meia-noite paira sobre nós, enquanto as luzes distantes da cidade piscam logo atrás. Uma brisa fria faz a água subir, enquanto caminhamos devagar pelo longo trecho do calçadão, tendo como trilha sonora o som gentil da maré batendo na margem da baía. Exceto por algumas pessoas, JP e eu estamos totalmente sozinhos.

— Não achei que você fosse do tipo turista — falo, admirada, enquanto caminhamos. — Isto aqui não seria classificado como ponto turístico?

— O Pier 39, sim. O Pier 7, nem tanto. Você descobre isso logo que passa alguns dias aqui.

— Quando começou a vir aqui?

— Muitas vezes, enquanto meus irmãos iam para a cama, eu ainda estava pilhado, então passei a sair. Eles achavam que eu ia para um bar ou tentava arrumar alguém com quem passar a noite, mas eu vinha para cá, andava até o final do píer e só ficava observando as águas escuras.

— E sobre o que ficava pensando?

— Qualquer coisa. Tudo. O que quer que estivesse se passando na minha cabeça no momento.

— Então por que me trouxe aqui? — pergunto, enquanto continuamos ao longo do trecho. — Você não tem nada em que pensar, tem?

— Há sempre coisas em que pensar, e achei que você ia gostar daqui. Se algum dia voltar, este pode ser o seu lugarzinho para refletir também.

— Gostei bastante disso — digo, cutucando de leve seu ombro com o meu.

Ele sorri e coloca o braço ao redor dos meus ombros, me abraçando de lado enquanto andamos.

— Este pode ser o melhor lugar para passear depois de um longo dia de trabalho. Dar uma passada naquela padaria, pegar um bolo de mel, tirar uma foto dele e se deliciar, então voltar para cá e comer de frente para a baía.

— Cuidado com os pássaros, eles são cruéis durante o dia.

— É verdade.

— Sabe como sei disso? — ele pergunta.

— Me diga que é por experiência própria.

Ele assente.

— Foi um dia de conferências longo pra caramba com os meus irmãos, eu precisava de um pouco de ar, então peguei comida tailandesa para viagem, trouxe para cá e comecei a comer. Foi aos poucos. Um pássaro aleatório aqui, uma gaivota ali. Balancei um pouco os braços, tentando afastá-los, mas então eles começaram a se comunicar... cantar uns para os outros. Como se dissessem: "Ei, há um idiota desavisado ali no fim do píer...".

— E por que eles têm sotaque do Brooklyn?

— Esses pássaros já viajaram bastante. — Isso me faz rir, e ele continua: — Não liguei muito para isso no começo, quando outro pássaro pousou na minha frente. Um ao meu lado e outro atrás de mim. Eles vieram em bando, seus números superando os meus membros, e se aproximaram cada vez mais, até que um corajoso me bicou na perna.

— Não, não me diga.

— Pois é. Bem na canela. Gritei para ele, e me abaixei para checar minha canela, e foi aí que eles convergiram.

— Eles usaram uma isca em você.

— Exato. Eu estava perdido, sem defesa alguma. Os pássaros me atacaram. Penas para todo lado. Bicos batendo, e não havia nada que eu pudesse fazer além de jogar minha embalagem de comida o mais longe possível para salvar minha vida, até que deixaram a casca trêmula de um homem no calçadão.

Rio muito e sinto as lágrimas chegando aos meus olhos.

— Ai, meu Deus, você quase foi bicado até a morte.

— E essa não foi nem a pior parte.

— E qual foi?

— Quando eu estava gritando para eles, implorando para me deixarem em paz, um deles fez cocô.

— Eca, fizeram cocô em você? Eles pegaram a sua comida e ainda fizeram cocô em você? E isso lá é justo.

— Não, mas com toda aquela agitação e batidas de asas, de alguma forma, o cocô veio na minha direção e caiu bem na minha cara.

Ofego e cubro a boca.

— Ai, meu Deus!

— Pois é. A merda de pássaro caiu bem na minha cara. Não é necessário dizer que o meu dia de merda, sem trocadilho, ficou ainda mais merda.

— Estou surpresa por você ter voltado aqui depois dessa.

— Não foi culpa do píer. Foi culpa minha por ter sido ingênuo, achando que podia comer num lugar em que os turistas não têm noção e alimentam a vida selvagem, porque, quanto mais comida você dá, mais agressivos eles ficam. Lição aprendida, e sempre quando venho são só eu e meus pensamentos. Bem... e agora você.

Chegamos ao fim do píer. Vou até o parapeito e me inclino nele, observando as ondas e a escuridão infinita. A brisa fica mais forte, um calafrio me atravessa, e antes que eu possa cruzar os braços para me esquentar, JP coloca sua jaqueta em meus ombros. Olho para trás e o vejo só de camiseta fina de mangas compridas.

— Não quero que você fique com frio, JP.

— Estou bem, não se preocupe — ele diz antes de parar atrás de mim, colocando os braços de cada lado meu no parapeito e encostando o peito nas minhas costas. Estou presa. Por um momento, fico rígida, sem saber o que fazer, mas, quando o calor me atinge, me permito relaxar.

— Como está a sua mãe? Ainda aproveitando o tempo sozinha com o marido dela, o Jeff, na casa deles?

Dou risada.

— Sim.

Lottie estava morando com eles, e uma das principais razões para ela fazer um acordo com Huxley, para início de conversa, foi para dar um pouco de privacidade para a mamãe e o Jeff depois de tantos anos tendo de lidar com a gente. Jeff e mamãe participaram de muitos jantares e festas ao ar livre na casa de Lottie e Huxley, e JP e Breaker chegaram a conhecê-los.

— Eles estão amando. Agora estão construindo uma pérgula e discutindo sobre qual cor devem pintá-la.

JP descansa o queixo no meu ombro, com a lateral do rosto pressionada na minha.

Pode me chamar de maluca, mas aqui não parece um coleguismo de curto prazo, parece mais com... E meu coração romântico está tentando tirar conclusões, enquanto meu cérebro fica dizendo não, não, não, não.

— Qual cor sua mãe quer?

— Preta — respondo, me recostando mais em seu peito. — Ela quer ir de acordo com a moda. E é claro que Jeff, sendo um tradicionalista, quer só envernizá-la, porque, para ele, pintar madeira é um pecado absoluto.

— E quem você acha que vai vencer?

— A mamãe, é claro. Ela sempre vence. Mas tenho certeza de que vai deixá-lo vencer em alguma outra coisa. Talvez com algum vaso de plantas para decorar a área.

— É verdade, ele é um jardineiro ávido. Pode ser que esteja resistindo bastante em relação à cor já com a intenção de deixá-la vencer, porque aí ela vai deixá-lo escolher as plantas.

— Ah, não cheguei a pensar nisso. Mas conhecendo Jeff, é bem o tipo dele fazer algo assim.

— Quando a pérgula estiver pronta, eles vão te convidar para vê-la?

— Ah, com certeza. Apesar de estarmos passando mais tempo em família na casa de Huxley e Lottie, mamãe quer fazer um chá de panelas para Lottie no quintal deles. E como sou a madrinha de casamento e tudo mais, vou ajudar nisso. Ei, você é o padrinho?

— Breaker e eu estamos dividindo essa responsabilidade — ele responde. — Mas já que sou o mais velho, eu que vou entrar com a madrinha. Que sorte a sua.

— Ah, é, que sorte a minha. Tenho certeza de que você vai fazer uns comentários inapropriados.

— Não seria eu mesmo se não fizesse. — Ele suspira e então diz: — Mas estou feliz pelo Huxley, apesar de como o relacionamento começou. Já que ele é o mais velho dos três, sinto como se sempre tivesse carregado o fardo de se certificar de que estivéssemos sendo bem-cuidados. Quando decidimos investir no nosso próprio negócio, ele nos reuniu e disse que estava preparando a gente para o futuro, e foi o que fez. Financeiramente, Breaker e eu estamos muito bem. Não precisamos nos preocupar.

— Mas e quando se trata de felicidade? — pergunto.

— Ainda estou tentando descobrir. — Ele se endireita e fala: — Você deve ter algumas reuniões amanhã cedo. Deveríamos voltar para a cobertura.

— Infelizmente, tenho.

Me viro para encará-lo e consigo pegar a forma como seu rosto fica decepcionado. Ele coloca o braço ao redor dos meus ombros e, juntos, caminhamos pelo píer.

— Obrigada de novo pela noite. Eu me diverti muito.

— Eu também.

— Meio que fiquei receosa quando disseram que a gente precisava vir para cá, achei que seria constrangedor e estranho. E até foi, no começo, mas esses dois últimos dias foram muito bons. Exatamente do que eu precisava.

— É, sobre isso... — ele diz, bem quando seu celular toca no bolso.

Resmungando, ele o pega, e vejo o nome do Huxley piscando na tela antes de JP silenciar a chamada. Mas só leva alguns segundos até que Huxley ligue de novo.

— Deve ser importante. Pode atender. Te espero no carro.

— Tem certeza?

— Sim. Está tudo bem. — Começo a tirar sua jaqueta, mas ele ergue a mão.

— Pode ficar com ela, estou bem. — Então ele se vira e se afasta, levando o celular à orelha. — O que foi? — ele atende em tom irritado.

Enquanto vou em direção ao carro, escuto um distante "Porra" sair de sua boca, e meu estômago logo se embrulha de preocupação.

— Obrigada de novo pela noite. Eu me diverti muito.

Demora uns dez minutos até ele se juntar a mim no carro aquecido, e, quando se senta, dá para ver que seu bom humor se foi enquanto ele passa a mão pelo queixo. Estou com receio de perguntar, mas sei que, se não checar, vou me arrepender.

— Está tudo bem?

— Está — ele diz entre os dentes cerrados. — Só umas merdas com as quais vou ter que lidar amanhã.

— Posso ajudar em alguma coisa? — ofereço.

Ele balança a cabeça e olha pela janela.

— Não, nada com que você possa lidar.

E então é isso.

Ele se fecha.

O que tinha sido uma noite perfeita logo acaba, e não sei o que fazer. O que dizer. Ou como ajudá-lo. Portanto, passamos o resto do caminho em silêncio. E quando chegamos à cobertura, eu lhe entrego sua jaqueta e ele me deseja boa-noite. Por mais que JP tenha sido divertido hoje e, na maior parte do tempo, descontraído, fico triste com como tudo terminou. Fico triste que ele tenha se fechado para mim, porque, apesar do que ele disse sobre a amizade entre homens e mulheres, senti como se estivesse abrindo espaço para eu ser sua amiga. E então, isso simplesmente... *se foi.*

CAPÍTULO QUATORZE

JP

Eu iria beijá-la na noite passada.

Não tinha dúvida de que eu iria beijá-la no píer ou na cobertura. Iria acontecer, eu estava mais do que preparado, disposto, necessitado. Mas aí Huxley me ligou. Regis foi pelas minhas costas até Huxley, dizendo que Kelsey não tinha experiência suficiente para aquela posição. Ele acha que não deveríamos ter acreditado nela e que deveríamos ter contratado outra pessoa. Alguém da equipe dele. Huxley me mandou colocar o projeto em ordem.

Eu nem queria esta porra de projeto.

Estourei, cacete, e mesmo que a ligação com Huxley tenha sido curta, demorei um tempo até voltar para o carro. Não queria explodir na frente da Kelsey. E quando voltei para o carro, o clima tinha acabado.

E, porra, como fiquei de mau humor por conta disso. Ao invés de ir para a cama, coloquei roupas de treino e fui correr. Quando voltei, pensei em checá-la, mas já tinha passado da meia-noite e sabia que ela estaria dormindo.

O que eu não daria para contar como me sinto em relação a ela, porque, se prestou para algo, a noite passada me confirmou uma coisa. A noite foi perfeita porque a passei com Kelsey. Amei ouvir seus gemidos de prazer, seu encanto absoluto pelo show drag, seu amor óbvio pela beleza que é a baía de São Francisco e sua clara satisfação de estar comigo também. Então eu estava prestes a contar tudo para ela.

Huxley tem o pior *timing* do mundo.

Queria não ser esse tipo de pessoa que deixa as menores coisas afetarem o humor, queria só deixar tudo entrar por um ouvido e sair pelo outro e aproveitar o momento, mas esse não sou eu. Foi por isso que acordei de manhã pronto para compensá-la. Pedi alguns bagels, arrumei um prato de frutas e passei mais um tempo fazendo bacon com ovos.

Os últimos dois dias têm sido diferentes, e sinto que nos conectamos em outro nível. Espero que ela tenha visto um lado diferente meu, um que a atraia. Sei que ela me acha atraente — e não digo isso por vaidade. Noto a forma como me olha, mas como já provou, atração não é tudo para ela. Ela quer um parceiro para a vida, e a menos que eu mostre que posso ser esse tipo de homem, não sei se ela algum dia me dará uma chance.

Mas estou chegando lá. Posso sentir. Na noite passada e a noite antes dessa... Posso ser o homem de que ela precisa, e hoje de manhã, planejo deixar isso claro. A festa na casa do prefeito é esta noite, e meu plano é mimá-la com um passeio para comprar o vestido, fazer seu cabelo e maquiagem, tornar a noite toda especial, e quando o momento certo chegar, vou convidá-la para sair. Vou pedir uma chance. Estou a porra de uma pilha de nervos, mas sei que, se não perguntar, vou me arrepender.

Estou fazendo sanduíches quando ela entra na sala vestida como uma calça preta justa e uma regata cor de vinho. Cacete, ela é tão, tão linda que chega a doer. Quando me vê na cozinha de novo, para e ajusta o brinco que está tentando colocar.

— Bom dia — digo, com o coração batendo a mil por hora.

— Bom dia. Você fez café da manhã para mim de novo? — Ela sorri.

— Fiz. — Orgulho irradia de mim. — Você gosta de sanduíches para o café da manhã?

— Gosto bastante. — Ela vem até mim, e seu perfume aperta meu peito, me restringindo. — Você está se sentindo melhor da noite passada?

— Estou. — Estendo o braço e pego sua mão. Tão macia, tão perfeita na minha. — Desculpe pela forma como reagi. Huxley me contou umas merdas com as quais vou ter que lidar hoje à noite, e isso me deixou de mau humor. Eu não deveria ter ficado daquele jeito, ainda mais porque estávamos nos divertindo muito.

— O que você vai... Ah, é, você vai ter que ir à festa do prefeito, não é?

— Sim, vou. Um evento chique com um monte de gente com quem vou ter que conversar. — Pressiono nossas palmas juntas. — Mas eu estava pensando...

— Você já sabe o que vai usar? — ela pergunta. — Espero que um vestido de festa. — Ela mexe as sobrancelhas, me fazendo rir.

— Pois é, está sendo lavado a seco neste exato momento. Vou pegá-lo à tarde.

— Precisa me mostrar fotos quando eu voltar do meu encontro — ela diz, soltando minha mão, indo até a máquina de café e pegando uma caneca.

Posso sentir toda a cor ser completamente drenada do meu rosto, me deixando pálido, angustiado... abalado.

Encontro...

Porra, ela tem aquele encontro com o irmão de Dave Toney. Me esqueci completamente disso. Depois de passar duas noites juntos, ela ainda vai a esse encontro? Merda, parte de mim achou que talvez ela não fosse. Que talvez o deixasse de lado e me desse uma chance.

É claro que foi uma suposição burra. *E o que achou, seu idiota? Foi você que insistiu que seu tempo juntos não passou de um coleguismo de curto prazo. Ela quer um amor duradouro. Porra.*

Agarro minha nuca. A nova emoção está borbulhando no meu peito, perfurando meu coração, contraindo meus pulmões.

— Hã, você ainda vai a esse encontro? — gaguejo, com a mente girando.

Alheia ao turbilhão de emoções que está passando por mim, ela liga a máquina de café e se vira, com as mãos na bancada.

— Sim, e estou nervosa. O que devo usar?

Um daqueles vestidos horrorosos de camponesa da Target.

Porra!

Não use nada. Em vez disso, fique aqui comigo.

Cancele o encontro.

Me note... Kelsey.

Me note, porra.

Mas essa confissão fica perdida na minha língua insegura, e ao invés de dar voz ao que realmente quero dizer, me viro e murmuro:

— O que você está usando está bom.

Como é que eu fui achar que ela não iria ao encontro? Talvez porque, nas últimas duas noites, as coisas quase pareceram... como encontros. Pois é, eu disse a ela que passamos tempo juntos como colegas de curto prazo, mas ainda assim pensei que talvez ela pudesse ter sentido alguma coisa, uma conexão.

Na noite passada, eu quis que ela se divertisse, quis mostrar que podíamos nos divertir juntos também, não só discutir. Quis mostrar que sou alguém em quem ela pode confiar. Alguém que preenche o que ela está procurando.

Os toques suaves.

As conversas interessantes.

As histórias autodepreciativas.

Eu tentei na noite passada, porra, até Huxley me ligar.

Maldito Huxley. Nunca deveria ter atendido aquela ligação.

— Não posso usar isto num encontro — Kelsey diz, como se eu estivesse sugerindo a coisa mais absurda. — É uma roupa de negócios.

— E os encontros não são como negócios no começo? — pergunto, terminando de colocar a comida no seu prato. Não me dou ao trabalho de levá-lo até a mesa, só o deixo na bancada para ela e vou até a mesa com o meu prato.

— Hã, para mim não são. Não sei como você vê um encontro, mas eles devem ser divertidos e animados, um momento à parte do seu dia, algo pelo qual ansiar. Se eu usar esta roupa, vou ser lembrada do trabalho. Além disso, gosto de usar vestidos em encontros.

Ela não usou um vestido quando saímos.

Porque não foi a *porra de um encontro*, seu idiota.

Poderia ter sido, se você tivesse sido capaz de contar a ela como se sente de verdade.

— Mas também não quero ir chique demais — continua, enfiando o que parece muito com uma faca nas minhas costas. Sei que não tenho o direito de me sentir assim, mas não consigo evitar. Só consigo pensar em como esta mulher, por quem tenho uma queda há um tempo, vai sair com outra pessoa, mesmo depois de eu ter tentado mostrar que posso ser alguém de quem talvez ela gostasse. — Olha só, você vai rir. — Duvido. — Ele vai me levar ao Crab House. Dá para acreditar?

Sim, dá.

Porque esse cara parece um idiota.

Porque ele não sou eu.

Porque ele não conhece você como eu conheço.

Ele não sabe que você precisa de alguém que te tire da sua zona de conforto. Ele não sabe que você é o tipo de pessoa que se divertiria em um show drag, mas jamais iria a um por iniciativa própria. Ele não sabe que você apreciaria uma caminhada silenciosa por um calçadão vazio, onde pode apreciar as pequenas coisas como o céu estrelado ou o som dos seus passos no chão de madeira antiga.

— Mas diferente de quando fui lá com você, não vou poder pedir um caranguejo inteiro, arrancar a pata dele daquele jeito e usar um babador.

— E por que não? — pergunto.

— Porque com você não importava. Eu não estava tentando te impressionar. Não quero que Derek fique achando que sou algum tipo de psicopata que mutila criaturas marinhas. Tipo, não sou, mas vamos ser honestos, eu estava meio que fazendo um show arrancando aquelas patas. Eu queria te assustar.

Missão cumprida, mas também achei encantador. Gostei.

— Acho que só vou pedir uma salada — ela continua.

— Que bobagem — sussurro.

— Como é? — ela pergunta, enquanto pega seu café, coloca um

pouquinho de leite e açúcar e então traz o prato e a caneca até a mesa para se juntar a mim.

— Eu disse que isso é bobagem. — Agora, meu tom de voz sai um pouco irritado e dá para ver, pela forma como se recostou, que ela também percebeu.

— Espere, você está com raiva?

Sim.

E irritado.

E também enciumado.

Enciumado pra caralho.

— Não tente ser quem não é, só isso. — Não adianta tentar começar uma briga com ela.

— Não vou — ela diz, um pouco ofendida.

— Vai, se não pedir o caranguejo.

— Eu também gosto de saladas, sabia?

— Então por que não pediu salada quando a gente foi ao Crab House?

— Porque me sinto mais à vontade na sua presença — retruca, e essa confissão quase me faz abrir um sorriso, só para ser apagado quando ela continua: — Não espero que entenda, já que você nem ousa sair para encontros. Só faz um teste para se certificar de que elas sejam boas o bastante para você na cama.

Ai.

Aí está a forma como ela me vê de verdade.

— É assim que pensa mesmo?

— Você só teve uma namorada, JP.

— Porque ninguém foi interessante o suficiente para eu considerar algo além de alguns encontros. Eu estava conhecendo a Genesis antes da noite de gala, mas não chegamos a dormir juntos. Será que ninguém nunca te contou que qualidade é melhor do que quantidade, Kelsey? — Me levanto, pego meu prato e o café e me afasto. Se não sair, vou acabar dizendo algo de que vou me arrepender.

— JP, espere. Eu não queria te ofender.

— Está tudo bem, Kelsey — grito. — Tenha um ótimo encontro. — Fecho a porta e vou deslizando aos poucos até sentar no chão. Coloco o prato e a caneca no piso e agarro meu cabelo com as mãos, enquanto a dor me atravessa.

Porra. Eu só precisava dizer a ela como me sinto. Deveria disparar pela porta, interromper seu café da manhã e pedir para ela não ir a esse encontro, e, em vez disso, ir à festa do prefeito comigo.

Mas eu já perguntei... e ela escolheu o encontro. Acho que ela nunca vai me ver como alguém que quer conhecer melhor.

Eu sou o cara que sai pegando geral, não que namora. E essa é uma percepção dolorosa pra caralho.

Antes de eu conhecer Kelsey, ela não estaria errada. Mas como disse a ela, não cheguei a conhecer ninguém com quem achei que queria passar mais do que uma noite ou três. Não houve uma conexão intelectual, física e emocional. Diferente de como é com Kelsey, com a qual sinto todas as três. Mesmo que a provoque de propósito, irritando-a — porque é divertido pentelhá-la —, eu a respeito de verdade. E quero mais. Realmente a vejo como alguém com quem eu gostaria de ficar.

Nunca tive que me esforçar para fazer uma mulher se interessar por mim. E, na primeira vez que faço isso, sou rejeitado.

Será que consigo fazê-la mudar de ideia? Ou é uma causa perdida?

— Você está aí? — Huxley pergunta, enquanto estou sentado no carro, olhando pela janela, ouvindo sua voz irritante pelo celular.

— Sim, estou — respondo, com a mandíbula cerrada.

— Por que parece irritado?

— Ah, sei lá, deve ser porque vou com a porra de um smoking a esta festa ridícula do prefeito, onde não só vou ter que conversar com Regis sobre essa bobagem toda, mas também vou ter que puxar o saco do prefeito.

— Isso é para expandir nossos negócios, JP.

— Mas não acha que a gente já expandiu demais, não? Meu Deus do céu, Huxley, a gente mal consegue dar conta de tudo o que está acontecendo. Você vai se casar e começar uma família. Acha mesmo que pegar mais projetos é uma boa ideia?

— Você achou que seria uma boa ideia meses atrás, então por que está dizendo algo diferente agora?

— Na verdade, eu não disse nada naquela reunião, se não prestou atenção. Você discursou sobre novas oportunidades, Breaker concordou com cifrões nos olhos, enquanto eu fiquei lá, imaginando por que íamos começar algo novo quando já estávamos cheios de coisas.

— Então você deveria ter falado. Não conseguimos ler mentes.

— Mas eu falei — gritei ao telefone, minha parte mais calma completamente desaparecida. A irritação e o aborrecimento da manhã explodiram em um soco suave na direção de Huxley. — Já disse essa merda antes, mas vocês nunca escutam. Você e Breaker nunca escutam, porra. Então aqui estou eu, sentado neste maldito carro, esperando para ir a esta festa para alcançar os seus sonhos, não os meus.

— Pela empresa, JP. Não por mim. Pela empresa.

— A empresa é sua, e a gente é só o seu bando de lacaios indo junto nessa.

— De onde tirou tudo isso? Alguma coisa aconteceu hoje?

— É claro que é isso que você ia supor, que algo aconteceu para me deixar com esse *humor*, não é? Não pode ser como me sinto de verdade.

Ele fica em silêncio por um segundo e então diz:

— Acho que você e eu precisamos nos encontrar.

— Não, valeu — falo, antes de desligar.

Pressiono os dedos nas têmporas e respiro fundo para me acalmar.

Relaxe, cara.

É difícil relaxar quando nada parece certo. Absolutamente nada.

Não me sinto eu mesmo, é como... se eu não pertencesse a isto aqui.

Lá estava eu punindo Kelsey por tentar ser alguém que ela não é, enquanto estou fazendo exatamente a mesma coisa.

— O senhor está pronto para sair? — o motorista pergunta.

Por um breve instante, considero o que aconteceria se eu não comparecesse. Se não encontrasse Regis e o colocasse em seu lugar. Se não conversasse com o prefeito sobre os "nossos" planos. Teríamos muito mais dificuldades em ter as propostas aceitas para qualquer outro prédio histórico. Mas isso não é lá grande coisa na minha opinião. Mas e Kelsey? Que tipo de batalha ela terá se Regis continuar a sabotá-la? Por que eu deveria me importar?

Não me sinto eu mesmo.

Porque eu me importo.

Porque eu me importo com ela.

Apesar do fato de ela estar em um encontro com outro cara agora, eu ainda me importo com ela.

E essa é a razão pela qual estou abrindo a porta do carro, abotoando o paletó do smoking e varrendo a raiva temporariamente para longe, para o fundo do meu estômago, pronta para ser desencadeada.

Aviso ao motorista que não vou demorar, então enfio o celular no bolso quando chego à entrada. Não há necessidade de encarar o tapete vermelho. Não estou interessado nessa merda, não quando estou me sentindo tão ressentido. Huxley vai encher meu saco sobre isso mais tarde, já que ele gosta que mostremos a cara em eventos como este, mas se quiser que as coisas sejam feitas do jeito dele, da próxima vez, ele que venha.

Passo pela porta depois de ser verificado na lista de convidados e vou direto para o enorme bar na parte de trás do salão. Contorno a mesa de lugares marcados, já que não vou ficar para o jantar, e não me dou ao trabalho de cumprimentar as pessoas que passam por mim. Coloco a mão na beirada do balcão e peço duas doses de uísque. Então me viro e escaneio a multidão.

Para alguém de fora, um evento assim parece tão glamuroso, com seus vestidos de grife e ternos bem-passados, mas, para mim, é só mais uma noite no mundo de elite em que vivo. Não há nada de grandioso para a humanidade nestes eventos. Ao invés disso, mãos são apertadas, acordos são feitos e inimigos se tornam amigos momentâneos enquanto fingem expressões interessadas para as pessoas ao redor.

O benefício destes eventos vai apenas para as pessoas que estão no salão, e para mais ninguém. O prefeito não está ali para formular mudanças, mas para apertar mãos de pessoas que podem ajudar a assegurar seus votos. É triste, mas é assim que o mundo funciona, infelizmente.

— Não achei que fosse ver você hoje, JP — Regis diz, parado perto de mim no bar. Ele pede uísque para nós dois, o que permito. — Não sabia que você comparecia a estes eventos.

Só quando sou forçado.

Por sorte, Regis está deixando as coisas fáceis para mim, e não tive que sair por aí para procurá-lo.

— Quando rola o clima certo, é hora de vestir um smoking.

A bartender entrega nossos drinques, e eu coloco uma nota de vinte dentro de seu pote de gorjetas antes de me virar e encarar a multidão.

É hora de ir aos negócios.

— Ouvi dizer que você ligou para Huxley. — Tomo um gole do uísque. Mantenho o olhar adiante, me certificando de passar a impressão de que não estou contente.

— Liguei — Regis confirma, sem nem se dar ao trabalho de esconder sua arrogância. — Senti que essa ligação precisava ser feita.

Enfio a mão no bolso.

— Por quê?

— Percebi que você está mais preocupado com outras coisas, não em ver o dano que as ideias dela podem causar ao prédio.

— E com o que, exatamente, eu estou preocupado? Porque, pelo que me lembro, estive presente durante toda aquela primeira reunião, e tudo o que vi foi o seu comportamento misógino, que não será tolerado.

De soslaio, vejo-o se mexer, e então ele diz:

— Você está preocupado com ela. Notei a forma como olha para a boca dela, se perde nas palavras dela e fica do lado dela.

A insegurança congestiona minha garganta. Isso é verdade, porra? Não me lembro de ter olhado para ela de certa forma ou prestar mais atenção. De qualquer forma, não é a porra da função dele fazer esse tipo de ligação.

Antes de responder, tomo um gole de uísque e então me viro para ele. Regis ainda está encarando a multidão, e eu falo com muito cuidado para que ele possa ouvir tudo com clareza.

— Você deve estar enganado, Regis, porque ela é uma colega, nada mais, e diferente de outros homens, como você, com certeza, tenho capacidade de manter a mente focada em um projeto, e não na mulher que está tentando usar a voz dela. O que pode ter visto como afeição ou ficar apenas do lado da srta. Gardner foi apenas minha habilidade de ouvir com atenção uma mulher inteligente, uma mulher que é uma parceira da nossa empresa. — Me aproximo um pouco mais. — Você me ouviu? Uma parceira. Sabe o que significa ser um parceiro da Cane Enterprises?

Espero sua resposta, mas tudo o que ele faz é engolir sua bebida.

— Ser um parceiro significa que examinamos você. Nos certificamos de que não só fosse confiável, mas também tivemos a confiança de colocar o seu nome na nossa marca. A srta. Gardner e o negócio dela, a Organização Sustentável, são parceiros. Todos os irmãos Cane confiam totalmente nela. Investimos na empresa dela para que ela ajudasse a nossa, então qualquer problema que você possa ter com ela é um problema nosso. Entendeu?

Ele assente.

— E quando trabalhar no futuro com a srta. Gardner, você não só vai ouvir as sugestões dela, como também vai respeitá-las.

Ele assente de novo.

— Porque se não respeitar a srta. Gardner, então seus dias com a Cane Enterprises estarão contados. — Dou um aperto em seu ombro e suavizo a voz ao dizer: — Tenha uma boa noite, Regis.

Babaca.

Como é que eu fui acabar trabalhando com ele?

Ao passar por ele, um homem grande e com um terno todo preto vem até mim. Há um comunicador em seu ouvido esquerdo, e não há dúvida de para quem ele trabalha.

— Sr. Cane, o prefeito gostaria de ter uma conversa com o senhor.

Perfeito. O quanto antes eu falar com ele, mais rápido posso cair fora.

O segurança me leva para além do salão de festas principal e por uma série de corredores antes de abrir uma porta bastante grande para o escritório do prefeito.

— Ele estará aqui em breve.

A porta se fecha com um clique atrás de mim, e levo um momento para observar a sala. É o escritório particular do prefeito. Estive ali apenas uma vez. Sei que há uma porta secreta atrás de uma das prateleiras de livros, e assim como o Salão Oval, há uma porta escondida nas emendas do papel de parede, uma entrada apenas para o uso do prefeito.

No meio da sala há uma grande mesa de mogno que tem sido usada por todos os prefeitos de São Francisco por só Deus sabe quantos anos, mas as fotos no armário atrás da mesa foram feitas pelo próprio Eugene Herbert, o atual prefeito.

A porta secreta se abre e Eugene entra com um largo sorriso no rosto e um charuto na mão.

— JP Cane, fico feliz que você tenha vindo. — Eugene vem até mim e pega minha mão.

Dou a ele um aperto de mão firme e digo:

— Obrigado por me convidar, sr. prefeito. É sempre bom me atualizar com todo mundo.

É doloroso o quanto estou fingindo.

— Você pode deixar essa bobagem de "sr. Prefeito" de lado. — Ele ri e gesticula para os assentos. Me sento na poltrona de couro marrom bem de frente para ele. Ele se inclina sobre a mesa de centro e abre uma pequena caixa, me oferecendo um charuto.

Ergo a mão.

— Não, obrigado.

— Não sei se já o vi fumar, Cane. — Ele abre o isqueiro Zippo de madeira e dá algumas tragadas no charuto antes de acendê-lo.

— Não é o meu estilo. Nunca consegui me envolver com isso. Fico tossindo demais.

Eugene sorri e solta uma nuvem de fumaça.

— É preciso ter pulmões firmes para aguentar um bom charuto. Mas vi que você consegue aguentar um bom drinque. O que era? Conhaque?

— Uísque. O drinque que tenho escolhido hoje em dia.

— Ah, e como vão os negócios?

— Bons. Crescendo, como sempre.

— Pude notar. — Ele se inclina para frente e bate o charuto no cinzeiro. — Posso adivinhar o motivo de você estar aqui?

— Sim, por favor.

— Ouvi dizer que vocês adquiriram o Angelica Building.

— É verdade — respondo, tomando outro gole de uísque.

— Era um edifício muito requisitado, então fiquei surpreso que uma empresa com base em Los Angeles tenha conseguido, considerando todas as empresas locais que estavam atrás dele.

— Tivemos sorte.

Ele acena com a cabeça.

— E quais são os seus planos?

— Por enquanto, são confidenciais.

Ele ergue a sobrancelha como se dissesse: "Você sabe com quem está falando?". Mas eu sei como jogar, então deixo que me pressione; ele gosta de poder, é por isso que está fumando um charuto em seu escritório, numa tentativa de me intimidar.

— Você sabe que não sou idiota, JP. Agora que adquiriram o Angelica, sei que vão querer mais assim que terminarem com esse prédio e também sei que não conversaram com ninguém da sociedade histórica. Estou certo?

Concordo com a cabeça, lhe dando uma pequena isca.

— A Cane Enterprises é conhecida por seus belos prédios pelo país, mas também por seus prédios comerciais, que são desprovidos de qualquer personalidade e maximizados para o lucro — ele continua.

— É uma escolha inteligente para negócios. Acho que tem feito bem para nós.

— Pode ter feito bem para vocês em outras regiões do país, mas não aqui.

— E é por isso que não temos nenhum plano de descaracterizar o Angelica. Estamos bem cientes da importância dele para a cidade. Também entendemos que preservar a história é algo vital. O senhor pode ficar tranquilo que, assim que terminarmos as renovações, o Angelica não só terá sua beleza original de volta, como também estará em funcionamento pleno, mais amigável para o meio ambiente, e também ajudará as pessoas da cidade, se eu tiver alguma coisa a ver com isso — finalizo, com uma ideia sendo formulada na minha cabeça.

Ajudar as pessoas.

É exatamente isso que quero fazer com esse prédio.

— Bem... — Eugene bate o charuto no cinzeiro. — Parece que vou ter que esperar para ver.

— É verdade. Mas quando digo que o Angelica está em boas mãos, estou sendo sincero. Assim que terminarmos, o senhor irá procurar outros prédios na sua bela cidade para serem renovados por nós.

Ele solta uma risada cordial e se levanta. Eu também me levanto.

— É o que veremos, JP. — Ele estende a mão, e dou um aperto. — É bom ver você.

— É bom ver o senhor também... sr. prefeito.

Ele sorri e então me guia para fora do escritório.

Já que meu trabalho aqui está encerrado, decido não demorar, uma decisão que sei que não agradará a Huxley, mas não dou a mínima. Estou com uma sensação de merda, e a única coisa que quero agora é ficar sentado na frente da porra de uma TV e não fazer absolutamente nada.

Queria poder dizer que a última hora me distraiu do turbilhão que está pulsando na minha mente, mas infelizmente não, porque sei que, quando voltar à cobertura, estará vazia. Nem uma única luz estará acesa, e quando eu for até o quarto dela e bater à porta, ela não estará lá. Ela deve demorar para voltar para casa, o que só vai significar uma coisa: deve estar se dando bem com Derek. Se divertindo. Tendo a chance de conhecer outro homem.

Passo a viagem de volta em silêncio, olhando pela janela. O que antes foi a minha cidade favorita logo se torna a menos favorita. É engraçado como as coisas podem mudar tão rápido, como uma pessoa pode te fazer se lembrar de um lugar, roubar toda a alegria de você.

Quando chego à cobertura — uma cobertura escura —, visto um short, e nada mais, e pego uma cerveja da geladeira, minha única fonte de álcool ali.

E meu celular toca.

Fico imaginando quem poderia ser — deu para sentir o sarcasmo?

— O que é? — respondo.

— Como foi? — Huxley pergunta.

— Você só pensa nisso?

— Estou preocupado com você.

— Comigo ou com os negócios?

— Com os negócios — Huxley diz. — E com você. Você parece não estar nada bem. O que está rolando? Breaker sugeriu que você gosta da Kelsey.

Meu Deus do céu.

Arrasto a mão pelo rosto.

— Agora vamos agir como adolescentes fofoqueiros, e nem estou sabendo? Breaker precisa aprender a ficar de boca fechada, e, juro por Deus, se você falar alguma coisa para Lottie, vou te matar, sério.

— Eu jamais falaria. Mas é verdade?

— Eu sei lá. Não sei de porra nenhuma. E não é como se importasse, de qualquer forma. Não faço o tipo dela. Não sou alguém que ela notaria, isso está claro, porque ela está com Derek Tony agora, e ele não poderia ser mais diferente de mim. E de onde ele saiu? Por que foi se encontrar com Kelsey?

— Lottie arrumou o encontro — Huxley responde. — Cara, olha, vou mandar o avião para aí amanhã. Quero ter esta conversa pessoalmente com você.

— Não vou deixar Kelsey aqui sozinha.

— Você voltará. Mas temos que conversar sobre alguns negócios.

— Dá para não fazer isso? — reajo, pressionando os dedos na testa. — Por favor, pelo amor de Deus, não faça isso. Não agora. — Tomo um bom gole de cerveja. — E não vou embora amanhã. Pode mandar o avião o quanto quiser, não vou entrar nele. Na verdade, preciso desligar. Não consigo lidar com essa merda agora.

— Seja lá o que está acontecendo, JP, você precisa conversar com a gente.

— É, eu sei, mas não consigo fazer isso agora. — Balanço a cabeça, mesmo que ele não possa me ver. — Não consigo, caralho. — E antes que ele possa responder, desligo na sua cara e jogo o celular do outro lado do sofá. — Porra — murmuro, afundando no estofado.

Essa sensação irritante, incontrolável e debilitante começa a me consumir. Como se eu tivesse sido pego por um tornado de emoções exaustivas e não importa o que faça, não consigo escapar. Só continua girando ao meu redor. Não tenho controle. Sinto como se tudo estivesse escapando do meu alcance.

Minha sanidade.

Meu trabalho.

Kelsey...

Não sei nem o que eu faria se ela me notasse e me visse mais do que apenas JP, como eu lidaria com as coisas das quais ela precisa em sua vida, porque, porra, quero tentar. Quando ela me chamou de Jonah na noite passada, nada jamais soou tão certo. Por um instante, eu não era só JP, um dos irmãos Cane. Era Jonah. Um homem que gosta de uma mulher. Um homem que está pronto para mudar. *Pronto para começar minha própria vida... seja lá o que isso signifique de verdade.*

CAPÍTULO QUINZE

KELSEY

Ai, meu Deus.

Ele é tão fofo.

Isto é, Derek.

Tipo... bem fofo.

Cabelo grosso, só não tão macio, mas tudo bem. E seu estilo é meio engomadinho, mas de um jeito fofo, não de um jeito que usa cardigã sobre os ombros. Seu sorriso é adorável, seus olhos são lindos e ele tem uma voz fascinante e profunda.

Lottie estava certa... esse cara é uma armadilha.

— Não sei se já cheguei a comer tanto quanto hoje — Derek diz, dando um tapinha na barriga. — Espero que não tenha repelido você ou coisa do tipo com a forma como devorei aquele caranguejo.

Dou uma risadinha.

— De jeito nenhum. Foi impressionante. — Olha só, eu fiz a mesma coisa na noite com JP e ainda tive espaço para uma sobremesa.

— Não sei se eu deveria ficar orgulhoso por ter impressionado você com meus hábitos alimentares.

— Talvez um pouquinho. — Dou uma piscadela.

Ele olha para o relógio e faz uma careta.

— Odeio ser um estraga-prazeres, mas vou ter uma reunião amanhã cedo e acho que vou ter uma boa caminhada para voltar para o hotel.

— Você vai andando? Espero que seja perto.

— Algumas quadras... acima. E pode acreditar quando digo que eu DEVO ir andando.

Solto uma risada.

— Queimar algumas calorias tarde da noite, é?

— Vou precisar. — Já que tinha pagado a conta, ele se levanta da cadeira, e eu faço o mesmo. Assim que guardo minhas coisas, vou em direção à saída. Ele coloca a mão na parte inferior das minhas costas e me conduz pela escada até a porta da frente.

Arrepios percorrem minha espinha.

Foi um encontro legal.

Não há do que reclamar.

Houve um fluxo constante de conversa descontraída.

E mesmo que ele seja sem jeito em algumas coisas, é ótimo em outras.

— Fico feliz de ter vindo hoje — digo assim que chegamos ao píer. Fico esperando que ele pegue minha mão, mas, quando não faz isso, eu me contento em segurar a alça da minha bolsa.

— Também fico feliz. Ellie não parava de falar que eu deveria trazer você para jantar. Você é uma ótima companhia, Kelsey.

— Obrigada. — Sorrio. — Quanto tempo vai ficar em São Francisco?

— Uma semana. E você?

— Também. Pelo menos, é o que está na minha agenda. As coisas podem mudar, quem sabe?

— Pois é, não parece que nossa agenda está sempre mudando? Era para eu ter ficado aqui só por alguns dias, mas o prazo continua se estendendo. Esta foi a primeira noite que tive que não envolveu os negócios. Foi um bom escape.

— Que bom que pude ajudar com isso.

— E ajudou mesmo. — Ele enfia a mão no bolso. — Posso fazer uma pergunta?

— É claro — digo com um sorriso radiante, porque tenho a sensação de que sei o que vai perguntar. Ele é meio tímido, então sua aproximação não me surpreende. Minha resposta será "sim" quando ele me chamar para outro encontro. Eu me diverti de verdade hoje. Demos risada, e mesmo que tenha havido algumas hesitações na nossa conversa, no geral, foi uma ótima noite. Então, claro que vou dizer *sim* para um segundo encontro.

— Estou curioso. — Ele desvia o olhar, sem jeito. — Você ficaria confortável em me dizer como é trabalhar para a Cane Enterprises?

— Isso seria ótimo — respondo antes de conseguir processar sua pergunta.

Espere...

O quê?

Confuso, ele olha para mim com a testa franzida, e é aí que registro o que ele me perguntou de fato.

Cane Enterprises.

Como é trabalhar para eles.

Ah.

— Ehh, essa seria uma ótima pergunta — digo, tentando corrigir. Não tão bem. — E a resposta é sim. Gosto muito de trabalhar para eles.

Ele assente.

— Eles parecem um pouco implacáveis. Dave estava me contando o que Huxley e Lottie fizeram. Parece que eles fariam qualquer coisa para fechar um negócio, como se não se importassem com as pessoas ao redor.

— Não, esse está longe de ser o caso. Eles se importam bastante com seus funcionários e com o nosso trabalho. Aquela situação toda veio de um lapso momentâneo de discernimento por parte do Huxley. Mas ele se sentiu péssimo depois disso e jurou nunca mais fazer algo assim.

Derek assente.

— É muito bom saber disso. Sei que Dave pode ficar meio cego quando trabalha com outras pessoas. Mas ele tem um coração de ouro, e eu só queria dar uma checada. Espero que essa pergunta não tenha estragado nosso encontro.

— De forma alguma. Na verdade, gostei de você ter perguntado. Isso me mostrou que se importa com o seu irmão.

— Me importo mesmo. Ele pode ser cabeça-dura, meio estranho às vezes, mas é um homem bom e está construindo um negócio sólido. Só queria me certificar de que ninguém está tirando vantagem dele.

Passo a mão em seu braço.

— Isso é mesmo muito legal da sua parte.

Ele sorri para mim e volta a enfiar a mão no bolso assim que chegamos a uma fileira de táxis.

— Eu me diverti muito, Kelsey.

— Também me diverti, Derek. Muito mesmo.

Foi tão bom que espero que ele se incline e me beije. Com certeza eu o beijaria de volta. Acho que pode rolar algo entre nós.

Mas um beijo me diria se essa química que acho que há entre nós existe mesmo.

Umedeço os lábios quando ele estende a mão para a porta do táxi.

Um beijo à porta do táxi, que romântico.

Eu me aproximo dele.

E espero.

Espero por esse beijo.

Que ele se curve, na minha direção e pouse os lábios nos meus.

Mas, no instante em que espero que se incline para mim, ele dá um passo para trás e me oferece a mão.

A... mão.

Confusa, eu a aceito, e ele me dá um aperto de mão firme.

— Foi ótimo conhecer você — ele diz, antes de me soltar e dar outro passo para trás.

Ehh... o que está acontecendo?

Cadê o beijo?

Ou o abraço?

Ou o pedido de ligar para mim para que possamos fazer isso de novo?

Ehh... o que está acontecendo?

Espero alguns segundos, mas, quando nada acontece, me dou conta de que é isso. Um aperto de mão. Foi isso que consigo pela noite. A droga de um aperto de mão e um *foi ótimo conhecer você*.

Que porra está acontecendo? Este é o fim de uma noite de negócios, não de um encontro. Será que deixei passar alguma coisa? Será que fiz algo errado? Será que ele não gostou de mim? As incertezas me preenchem, me causando uma série de emoções terríveis.

Você não é suficiente.

Você não é bonita o suficiente.

JP disse duas vezes que sou gostosa, mas isso com certeza era só para conseguir transar comigo. Derek está se afastando depois da droga de um aperto de mão.

Se eu fosse Lottie, Derek estaria tentando alguma forma de permanecer por mais um tempo.

Minha garganta fica apertada, e antes que eu banque uma completa babaca na frente dele, decido me despedir e entrar no carro, onde posso lamber minhas feridas em paz.

— Tudo bem. Tchau. — Aceno.

— Tchau, Kelsey.

Ele fecha a porta com determinação e depois vai embora. Bom...

Dou ao motorista o endereço, me recosto no banco e olho pela janela.

Será que deixei alguma coisa passar?

Pensei que estávamos nos divertindo.

Pensei que estávamos criando uma conexão. A gente tem *Power Rangers* como algo em comum, pelo amor de Deus. Não é algo pelo qual gostaria de me conectar com alguém, mas tivemos uma conversa sobre isso que nos fez rir e lembrar da infância.

Ele falou sobre sua família. Eu falei sobre a minha.

Ele tocou minha mão várias vezes durante o jantar, e sei muito bem que, quando fui ao banheiro, ele ficou me olhando. A garota que entrou no banheiro um pouco depois de mim disse que o cara com quem eu estava ficou caidinho por mim, pela forma como me seguiu com o olhar todo o percurso até o banheiro.

Então, sei lá... pode me chamar de maluca, mas acho que entendi tudo errado. Acho que devo ter feito alguma coisa de que ele não gostou. Ou talvez... talvez eu não o tenha impressionado como achei que impressionei.

Assim como com qualquer outro homem que me levou para sair... Eu não sei deixar uma marca duradoura.

Não sou memorável.

Ou viciante.

Não sou alguém com quem um homem queira passar outra noite.

Considero mandar uma mensagem para Lottie, mas não tenho energia para discutir tudo isso, então apenas fico olhando pela janela.

Não faço ideia de onde JP está, ainda deve estar na festa, tendo algumas conversas superficiais que ele deve estar odiando. Ou talvez até a caminho do apartamento de uma mulher, porque *ela* é linda demais para deixar passar. *Ela* vai aproveitar mais do que um aperto de mão. E considerando nossa estranha explosão pela manhã, por que ele iria querer voltar para a cobertura?

Mas provavelmente é uma coisa boa.

Não sei se aguentaria encarar mais alguém hoje. Nunca me senti tão indesejada na vida. Primeiro Edwin, agora Derek. Será que estou fazendo alguma coisa que afasta os homens?

Só pode ser isso.

Você está desesperada demais.

Valeu, JP. Isso vai me marcar.

Com o ânimo destruído, a porta do elevador se abre e saio pelo corredor até a cobertura. Quando abro a porta, sou recebida por um cômodo escuro, bem como esperava. Ele não está ali. Deixo a bolsa na mesa de entrada e tiro os saltos. Pego-os do chão e vou em direção ao meu quarto.

— E aí, aproveitou a noite? — A voz profunda de JP me assusta tanto que dou um gritinho e levo a mão ao peito.

Olho para o lugar de onde sua voz veio e o vejo sentado em uma cadeira num canto escuro, com uma cerveja na mão.

— Você me assustou. — Recupero o fôlego. — Por que está aí sentado no escuro?

— Não fiquei a fim de acender as luzes — ele responde, sem se mover.

— Bom, isso é estranho. — Vou até um abajur em um dos lados da mesa e o acendo. Ilumina todo o cômodo, então consigo ver JP com clareza. Ele está usando apenas short de novo, e seu cabelo está uma bagunça completa, se projetando para todas as direções.

Ele leva a cerveja aos lábios e, antes de tomar um gole, pergunta:

— Como vai o seu namorado?

— Ele não é meu namorado. — Ele deixou isso muito claro ao me oferecer apenas um aperto de mão firme.

— Então o encontro não correu bem? — ele indaga, e é claro que está com vontade de começar outra briga. Não vou cair nessa.

— Foi ótimo. Obrigada. Agora, se me der licença, vou para a cama.

— Ele te beijou?

— Não é da sua conta — digo ao virar as costas para ele.

Ele se levanta e seu rosto vai aos poucos entrando na luz a cada passo que dá. Agora a apenas alguns metros de mim, ele coloca a cerveja na beirada da mesa e me encara, examinando cada centímetro do meu rosto.

— Não, né? Ele não te beijou.

Não sei se ele consegue ver através da fachada corajosa que estou tentando manter ou se consegue mesmo ver que meus lábios estão intocados, mas se aproxima ainda mais e ergue a mão para o meu rosto, e seu polegar puxa meu lábio inferior.

— Ele não beijou esta boca, não é?

Dou um passo para trás, ainda segurando meus saltos.

— Como eu disse, não é da sua conta, JP.

Antes que ele possa dizer mais alguma coisa, eu me viro e vou para o quarto. Preciso tirar o vestido e colocar alguma coisa confortável para que possa ir para a cama e me esquecer de tudo desta noite. Quando chego ao quarto, coloco os sapatos no chão e giro o braço para trás para abrir o zíper. Mas, mesmo que o tenha vestido sozinha, por alguma razão, já não consigo alcançar o zíper.

Merda.

E então sinto uma mão forte tocar meu ombro.

Quase morro do coração quando ele aperta minhas costas e sussurra:

— Posso ajudar? — Sua voz parece ondas de calor acariciando minha pele. Não ouso me mexer. Não ouso dizer nada, porque estou envergonhada. Estou desesperada. Desesperada pelo toque de um homem. *Estou desesperada para saber que sou alguém que pode ser valorizada da forma que Huxley valoriza Lottie, e como Jeff ama a mamãe.*

Mas acho que é por isso que tenho me sentido tão confusa perto de JP. Ele é sexy pra caramba, e quando nos damos bem, quando sinto uma conexão profunda — *como se estivesse vendo o real JP* —, fico tão desejosa por mais. Mas saber que ele não me quer para nada mais além de uma noite de sexo me jogou para ainda mais perto da margem desse penhasco chamado desespero.

Sou só uma romântica incurável em busca de alguém que me ame.

O zíper é gentilmente puxado para baixo até que sinto as laterais do vestido se abrirem. Seu aperto em meu ombro fica mais forte.

— O que é isso? — ele pergunta, seu dedo traçando minha lingerie. — Você vestiu isso para ele?

Meu corpete preto sem alça. Na verdade, não. Só é algo que gosto de vestir todos os dias. Lingerie é algo de que faço questão, porque me faz sentir especial. Me faz sentir bem por baixo das roupas. Me faz sentir sexy, mesmo que minha vida sexual esteja em baixa no momento.

Me viro e seguro o vestido com a mão sobre o peito.

— Sim — minto. Estou a fim de provocá-lo. Uma companhia para a miséria. É uma merda fazer algo assim, mas não estou exatamente pensando com clareza.

— E ele não te beijou... que palhaçada do caralho.

— Nunca disse que ele não me beijou — retruco. — Você só está supondo.

Ele se aproxima ainda mais, e agora sua mão está envolvendo possessivamente minha nuca. Não tenho ideia do que está acontecendo, o que deu nele para fazer algo assim, ou o que deu em mim para que deixe acontecer, mas me endireito — o máximo que consigo — e ergo bem o queixo, o desafiando.

— Não estou supondo, eu sei.

— Você ficou vigiando a gente?

Ele balança a cabeça.

— Conheço você, Kelsey. Se aquele homem tivesse te beijado, você teria entrado flutuando na cobertura, toda feliz. Mas não é o caso, é? Seus ombros estão meio caídos, não há alegria no seu sorriso. O encontro não foi como você esperava. E agora está de volta à estaca zero, tentando encontrar outra pessoa para te levar a um encontro.

A afronta envolve cada sílaba sua, e é como um golpe repetido no meu peito.

— O encontro foi incrível, na verdade. E, não, ele não me beijou, mas estava sendo um cavalheiro, e sei que você não sabe nada a respeito disso.

Ele me empurra para trás, e fico tão chocada que apoio as mãos em seu peito para me equilibrar, deixando o vestido escorregar até o chão, ficando com nada além da lingerie.

— O que foi que eu disse para você sobre ser um cavalheiro? Sei muito bem como segurar a droga de uma porta para uma mulher. Sei como me certificar de que ela seja muito bem-cuidada em um encontro com uma conversa envolvente. Ser um cavalheiro não significa não fazer o que vocês dois querem.

— Está dizendo que teria me beijado?

— Eu teria feito mais do que beijar — ele diz, em um tom tão sombrio que fico imaginando se aconteceu alguma coisa com ele durante a noite, mas estou tão perdida no meu próprio mundo que não tenho tempo para pensar sobre o motivo de ele estar agindo assim, o que causou essa... *agressão*. — Eu não teria deixado você sozinha numa cobertura com outro homem, isso com toda a certeza.

Ele continua me fazendo recuar até que minhas pernas tocam a beirada da cama.

— Eu já conheço o seu *modus operandi*, JP, o seu objetivo.

— É mesmo? — ele pergunta. Sua mão na minha nuca vai deslizando devagar para frente até que o polegar esteja bem abaixo do meu queixo, me mantendo no lugar. — E qual é, exatamente, o meu objetivo, Kelsey?

— Prazer.

— É o que você *diria* mesmo — ele diz. E me empurra para a cama, me encurralando com uma mão em cada lado dos meus ombros. Minha respiração fica presa na garganta quando ele baixa o rosto para ficar a meros centímetros do meu. — Nem tudo tem a ver com prazer, Kelsey. Tem a ver com tentação.

— Está tentando dizer que sou tentadora?

— Quer que eu te ache tentadora?

Umedeço os lábios. Meu coração está martelando tão alto no peito que mal consigo ouvir meus pensamentos.

— Só quero encontrar alguém para namorar, alguém por quem me apaixonar um dia. — Engulo em seco. — E acho que Derek pode ser esse cara.

Suas sobrancelhas se estreitam, se juntando no centro da testa.

— Quanta bobagem. Pare de mentir para mim, porra, e diga a verdade. Seu encontro deve ter sido só legal e o maldito idiota não aproveitou a oportunidade de te beijar, deixando você insatisfeita.

— Eu fui embora completamente satisfeita.

— É mesmo? — ele pergunta, então baixa a cabeça para que seu nariz passe pela minha clavícula. Uma onda de arrepios surge na minha pele quando sua respiração acaricia meu peito. — Então está me dizendo que não queria mais?

Meu Deus, como eu quero muito mais.

Quero sentir alguma coisa.

Quero saber como é ser beijada de novo.

E ter um homem me controlando com suas mãos, com sua boca, com suas palavras.

Quero muito mais do que o encontro que tive com Derek. Queria que ele quisesse mais. E tivesse dito que queria me ligar pela manhã para me chamar para sair.

Quero mais do que um maldito aperto de mão no fim da noite.

Mas não posso dizer a JP tudo isso. Não posso admitir para ele o fiasco que foi o fim da noite, então mantenho a boca fechada. Seu nariz sobe pelo meu pescoço até alcançar minha orelha quando ele pergunta:

— Quer saber o que eu teria feito se tivesse te convidado para um encontro?

Sim.

Desesperadamente.

— Não — respondo. — Porque você não me chamou para um encontro, JP.

— Se eu tivesse te chamado para sair, você não chegaria em casa tão cedo. Teria aproveitado todas as oportunidades para manter você comigo. Teria estendido nossa noite o máximo possível até que não tivéssemos mais opção além de nos despedir. E quando chegasse a hora — ele mordisca minha orelha, me atingindo com uma onda de luxúria — de dizer boa noite, eu estaria te encostando contra o carro, acariciando seu rosto, e então te manteria firme no lugar para finalmente beijar você da forma que eu estava querendo durante a noite toda.

— E... e como você me beijaria? — pergunto.

— Devagar, no começo — sua mão desliza para minha mandíbula bem acima do pescoço —, para que você me provasse, e quando eu sentisse que você estava confortável, satisfeita, abriria mais seus lábios e exigiria mais. Pressionaria meu corpo no seu, passaria a mão no seu cabelo, bem na base da cabeça, e então deixaria nossas línguas se emaranharem, puxando cada vez mais de você até roubar todo o seu fôlego. — Seu nariz corre ao longo da minha bochecha. — Assim como você está agora.

— Não estou sem fôlego. Não fique se achando — digo.

Seu aperto em meu maxilar fica mais forte quando ele pergunta:

— Quando vai aprender a não mentir para mim? Se eu escorregasse a mão para baixo no seu corpo, por entre suas pernas, sei que encontraria você molhadinha.

E estou.

Estou molhada, latejando, e tão necessitada que mal consigo processar suas palavras.

— Nem toda mulher é conquistada pelo que você chama de charme.

Ele solta minha mandíbula e se senta, ereto, agora parado de frente para mim, me olhando de cima a baixo. Seus olhos escaneiam meu corpo envolvido em renda preta. É quando deixo meus olhos vagarem por um segundo por seu corpo. Ombros largos e retos; bíceps que parecem rochas, tão grossos e cheios de veias, descendo por todo o caminho até seus antebraços impecáveis e tatuados; e dedos que parecem se curvar em sua palma quando a raiva lhe atravessa. Seu peito é grosso, forte, esculpido, levando ao abdômen, repleto de gominhos. Seu umbigo é o começo daquela flecha metafórica que aponta para a protuberância por baixo de seu short, uma protuberância bem proeminente.

Ele está excitado, assim como eu.

E em vez de ouvir sua voz e deixar suas palavras sacanas encontrarem o caminho para o meu corpo, estou provocando, empurrando-o para longe, deixando-o impossivelmente com mais raiva ainda.

Com os olhos nos meus, ele diz:

— Toque lá embaixo. Me mostre que não está molhada.

— Por quê?

— Porque não acredito em você. Me mostra que não foi conquistada pelo meu charme.

Meus dentes passam sobre os lábios, meu coração batendo acelerado. Sei que estou molhada. Sei que estou com tesão. E sei que é por causa dele.

Movo a mão para baixo, para entre minhas pernas. Escorrego um dedo por baixo da renda e pelo meu clitóris. Meus olhos se fecham no mesmo instante por causa da pressão, e me odeio por entregar como estou me sentindo, por mostrar para ele que estou exatamente como ele quer que eu esteja.

Meus olhos se abrem às pressas quando ele agarra meu pulso, e o encontro curvado para frente, com uma das mãos apoiada na cama, a outra levando meus dedos à boca. Ele abre os lábios, arrasta meus dedos por sua língua, e então os solta.

Porra, não sei se já vi algo tão sexy na vida.

— Mentirosa do caralho — diz, enfiando minha mão de volta entre minhas pernas debaixo da renda. Quando tento remover a mão, ele a mantém ali, pressionando a sua na minha. — Por que está mentindo para mim? — Não respondo, então ele fala: — Eu não mentiria para você.

Não estou escondendo como me sinto. — Ele dá outra olhada em sua protuberância, o tecido do short delineando seu pau.

— Está escondendo por baixo desse short — respondo. Não sei por que digo isso, talvez porque, a esta altura, eu já tenha passado há muito tempo do limite, mas estou desesperada por algo, qualquer coisa.

Ainda com os olhos em mim, ele pega o cós do short, puxa seu pau para fora e acaricia seu comprimento bem na minha frente.

Grosso.

Longo.

Promissor.

— Era isso que você queria? — ele pergunta. — Você queria este pau?

Sim.

Também quero seus lábios.

Suas mãos.

Seu corpo.

— Me diga por que está duro. — Tento remover a mão das minhas pernas de novo, mas ele me impede mais uma vez.

— Se toque — exige. — Sei que quer. Sei que precisa disso. Se toque, e eu vou dizer por que estou duro.

Aperto os lábios e deslizo o dedo pela minha abertura até pressionar meu clitóris. Com dois dedos, eu o massageio de leve, enquanto minhas pernas se abrem no colchão.

Seus olhos caem para onde estou me dando prazer e então voltam para cima. Ele umedece os lábios, abaixa uma das mãos até o colchão e se arrasta para mais perto, enquanto continua a se acariciar.

— É isso aí, continue se tocando, Kelsey. Me conte o quanto está molhada.

— Primeiro me conte por que você está duro — retruco.

— Estou duro pela forma como você entrou na cobertura, agindo como se não tivesse nenhum interesse em mim, mas seus olhos me dizem outra coisa. Estou duro porque você não faz ideia do quão sedutora é, do quanto é sexy, porra. Estou duro porque o gosto da sua boceta continua na minha língua, e se eu fizesse as coisas do meu jeito de verdade, você já estaria nua, amarrada na cama, esperando para que eu te desse prazer.

— Se você fizesse do seu jeito? — pergunto, e há uma hesitação na minha voz. — Como assim?

— Me diga por que está duro.

Ele estende o polegar e delineia meu rosto, indo para o meu pescoço e então por todo o meu braço.

— Você não é minha. — Ele solta seu pau e me move na cama, abrindo espaço para que possa se ajoelhar na minha frente. Então remove minha mão de onde estou me dando prazer e traz seu membro para minha abertura, deslizando-o pelo tecido. A sensação é de absoluta tortura, senti-lo tão perto, apenas com um tecido minúsculo para bloquear nossa conexão.

— Se você fosse minha, não haveria nada entre a gente.

Essa leve pressão, a sensação quase imperceptível de seu pau misturada à natureza erótica do que ele está fazendo, envia um desejo intenso através de mim. Uma necessidade tão forte que minha mente fica em branco. A única coisa em que está focada é na liberação.

Libertação por esse clímax.

Libertação por esta noite.

Libertação pela tensão entre nós.

Ele levanta seu pau e bate a cabeça bem no meu clitóris.

— Porra — sussurro enquanto cubro os olhos com o braço e respiro com dificuldade.

— Você gosta disso, não é?

Meus dentes passam pelo lábio inferior.

— Me diga que gosta, e aí eu faço de novo.

Meu Deus, como eu o odeio... por que ele está me fazendo admitir coisas que não quero?

— Diga, Kelsey.

— Eu... eu gosto — gaguejo, e ele bate o pau no meu clitóris mais algumas vezes.

Minha pélvis se ergue, minha pele fica suada e meu controle começa a falhar. E então, para minha surpresa, ele puxa o tecido que estava cobrindo minha boceta para o lado, me expondo, e deixa a cabeça de seu pau se esfregar de leve em mim.

— Ai, meu Deus — gemo enquanto minhas pernas se abrem ainda mais. — Ah, isso... JP.

— Porra, você está tão molhada.

— Mais — imploro. Quero mais.

Ele desliza o pau no meu clitóris mais duas vezes, e então, com um gemido, se afasta e continua bombeando seu comprimento bem acima de mim.

— Se quiser mais, vai ter que fazer isso sozinha — diz, com a voz tensa. Meus olhos seguem seus gestos, a lateral de sua mão sobre sua ereção grossa, as veias cobrindo seu comprimento, a tensão em seu peito enquanto ele respira com dificuldade, me olhando de cima a baixo.

É gostoso pra caramba, tão sexy que meus dedos encontram meu clitóris de novo e começam a massagear em círculos rápidos. A primeira pontada do orgasmo começa a envolver meus músculos, pelas minhas costas, ao longo das costelas até minha barriga.

— Porra... você está chegando lá, não está? — ele pergunta. — Está quase lá.

Assinto, mantendo os dentes cerrados enquanto meu peito arfa, meus dedos se movendo ainda mais rápido. Meus olhos estão focados em suas mãos, que estão bombeando, puxando, seu comprimento, as veias grossas em seus antebraços tatuados estão tensionadas assim como o resto de seu corpo.

— Meu Deus — murmuro, enquanto meu corpo começa a assumir o controle. A sensação esmagadora de prazer está em seu estágio inicial, pulsando pelas minhas veias e se ajustando no ponto entre minhas pernas. — Sim — sussurro, meus olhos se fechando enquanto me deixo cair nas mãos do meu orgasmo.

— Olhe para mim — JP comanda, sua voz tão autoritária que me faz abrir os olhos. — Olhe para mim quando gozar.

O tom de sua voz.

O significado por trás dele...

É como se um raio de luxúria me atravessasse. Meus músculos ficam rígidos, minhas pernas tremem e meus dedos vão para o clitóris, enquanto gemo mais alto do que me lembro de ter gemido antes, e eu gozo, um orgasmo feroz que me quebra em um milhão de pedaços.

Meus olhos ainda estão em JP, me preparo para vê-lo gozar, mas, para minha total incredulidade, ele enfia seu pau ereto de volta no short e se inclina tão perto que nossos narizes quase se tocam.

— Você... você não gozou — digo, sem fôlego.

— Porque não é para você ver, então farei isso em particular. Se quiser me ver gozando, se quiser ver o meu corpo tremendo descontroladamente enquanto penso nos seus dedinhos deslizando pela sua boceta, vai ter que me dar muito mais do que me deu hoje. — Ele se move para baixo no meu corpo, até que sua cabeça fica bem entre as minhas pernas. Minha respiração está tão pesada que mal consigo registrar o que está acontecendo, até que sua língua está deslizando pela minha boceta, uma única passada de leve antes de ele se levantar, ereto. Com satisfação em seu rosto, ele diz: — Da próxima vez, você vai gozar na minha língua.

Ele se vira para a porta, escapando antes que eu possa dizer qualquer coisa.

Sem fôlego, encaro a porta, toda excitada, me perguntando — ainda — que porra acabou de acontecer e como chegamos tão longe.

CAPÍTULO DEZESSEIS

JP

Bebi uma cerveja na noite passada, mas foi como se eu tivesse tomado umas vinte. Minha boca parece seca, meu corpo está dolorido e há uma sensação de insatisfação me inundando. E só há um motivo para esta sensação.

Kelsey.

A maldita Kelsey.

Movo as pernas para a beirada da cama e esfrego os olhos com a palma da mão numa tentativa de fazer meu corpo despertar.

Porra.

Mais uma vez, perdi o controle. Voltar para a cobertura, não a encontrar ali e ter que contar os segundos até ela retornar me transformou em um homem perigoso e ciumento. Assim que ela passou pela porta, eu já estava pronto para começar uma briga. Estava pronto para provocá-la e não importa o quanto tentei me acalmar, não consegui. E foi assim que me encontrei em seu quarto, colocando meu pau para fora e a observando se masturbar.

Mesmo agora pela manhã, ainda posso ver sua expressão no instante em que gozou. Posso ouvir seus gemidos deliciosos. Posso sentir seu gosto. Todas as três causas para esta ressaca não alcoólica que estou experimentando.

Da mesa de cabeceira, checo as horas no relógio. Merda, já são mesmo nove da manhã? Ainda bem que é sábado e não tenho nenhuma reunião. Só tenho que encarar o dia, sem ideia do que dizer.

Estou envergonhado pelo que aconteceu na noite passada? Não.

Sei que ela está envergonhada pelo que aconteceu na noite passada? Sim.

Acho que Kelsey não é o tipo de mulher que se masturba na frente de alguém, apesar do tipo de "lingerie" que ela usa. Acho que sua lingerie deve ser a coisa mais sacana dela.

Então o que devo esperar dela esta manhã é uma dose extrema de vergonha com uma dose pesada de arrependimento. Duas coisas com as quais não sei lidar muito bem. Eu não sinto, necessariamente, essas emoções, pelo menos não tanto quanto Kelsey, e também não sentiria com relação a uma experiência sexual. E isso me faz querê-la ainda mais. Como é que eu poderia me afastar dela conhecendo seu gosto? Sabendo que ela veste lingeries sensuais pra caralho? *Mas ela ainda não acredita em mim.*

Já que não posso permanecer no quarto para sempre, saio da cama, encontro um short e o visto para que não vá pelado até a sala. Ela viu o meu pau na noite passada, mas duvido que queira vê-lo hoje de manhã.

Vestido, abro a porta do quarto e atravesso o corredor, coçando o peito, parando na entrada da sala, onde vejo que Kelsey está sentada no sofá, se balançando para frente e para trás com um iPad à sua frente. Ela está de calça de moletom e camiseta e tem uma expressão preocupada no rosto.

Quando seus olhos pousam em mim, o medo os envolve.

— O que foi? — pergunto.

— Seu irmão me mandou uma mensagem. Ele disse que vai fazer uma chamada de vídeo com a gente em dez minutos. Ele vai... me demitir?

— Por que ele demitiria você?

— Você sabe, por causa da noite passada... — Sua voz vai sumindo. E quando não digo nada, ela acrescenta: — Você sabe, por causa do que a gente fez no meu quarto.

Puxo o cabelo.

— Como ele saberia o que aconteceu?

— Você não contou para ele?

— Eu não conto merda nenhuma para o meu irmão. Além disso, é uma coisa que eu jamais contaria para ele, ou para Breaker. Você disse para a sua irmã?

— Não. — Ela balança a cabeça. — Estou envergonhada demais.

Vou até a cozinha, pego uma maçã da cesta e dou uma mordida.

— Então não há nada com que se preocupar. E ele nunca demitiria você por causa de algo assim.

— Então sobre o que ele quer conversar com a gente?

— Sei lá. — Dou de ombros.

Apesar de não ser verdade, já que tenho certeza de que ele tem algumas merdas para falar para mim. Ele não ficou lá muito feliz comigo ontem, quando desliguei na cara dele, então essa necessidade improvisada de ligar parece certa.

— Bem, estou com um mau pressentimento. Como se tivesse me metido em encrenca.

— Você só está se sentindo assim porque fez uma coisa que nunca faria.

Seus olhos encontram os meus.

— Como você pode ser tão casual quanto a isso? Estou acordada desde as quatro da manhã, incapaz de pegar no sono. Eu não... sei o que deu em mim na noite passada. Jamais deveria...

— Não precisa ficar remoendo isso, Kelsey. O que aconteceu, aconteceu. Deixe para lá.

— Deixe para lá? Não é tão fácil assim para mim, JP. Você me faz sentir... — Ela se recompõe e então respira fundo. — Foi tudo muito louco para mim, ainda mais com um colega de trabalho que tecnicamente supervisiona tudo o que eu faço. Sem contar que fui a um encontro com outro homem ontem à noite. Como pode estar tudo bem?

Com um estalo audível, mordo a maçã e mastigo, pensativo.

— Na verdade, está tudo bem. Esses padrões, essas regras, que você parece impor sobre si mesma são só isso: regras autoimpostas. Você pode viver a vida do jeito que quiser. Pare de ficar se julgando.

— Como se tivesse me metido em encrenca.

— Pare de agir como se estivesse tudo bem com o que aconteceu na noite passada.

— E está tudo bem. A gente poderia ter feito mais.

— Não sou esse tipo de mulher, JP — ela retruca. Kelsey está muito irritada. Mesmo que tenha gozado com os olhos em mim, ela está qualquer coisa menos feliz com isso. — Eu... não faço esse tipo de coisa e, por alguma razão, não consigo ser eu mesma perto de você. Perco a cabeça e começo a pensar que está tudo bem em ser sexualmente provocante.

— E *está* tudo bem em você ser sexualmente provocante — digo.

— Mas eu não quero ser. Quero muito mais do que só satisfação sexual. — Sua voz vacila. — Meu Deus, não sei nem por que estou conversando sobre isso com você, já que é algo que não entende.

— Porque eu não sou o tipo de cara que namora, não é?

— É — ela diz, sem se segurar. — A noite passada deve ter sido um jogo bobo para você, e eu fui só um peão.

— Você não é um peão no meu jogo. — Minha voz fica mais firme pela irritação.

Ela cruza os braços.

— Então o que foi aquilo? Porque não consigo pensar em nenhuma boa razão para a gente ter feito aquilo.

— Sei lá, Kelsey, pode ser que haja uma atração sexual entre nós? É tão difícil assim de acreditar? Talvez estivéssemos tão inflamados de necessidade que deixamos nosso raciocínio escapar ontem à noite.

— Bem... não vai acontecer de novo — ela diz, desviando o olhar.

— Já deu para notar — murmuro enquanto vou até o sofá e me sento ao seu lado.

Por quê? Por que não consigo fazê-la mudar de ideia? A noite passada foi um testemunho do quanto poderíamos ser bons juntos. *Sexualmente.* Mas ela é clara quanto ao que quer.

Eu... não faço esse tipo de coisa e, por alguma razão, não consigo ser eu mesma perto de você. Perco a cabeça e começo a pensar que está tudo bem em ser sexualmente provocante. Quero muito mais do que só satisfação sexual.

E eu quero dar muito mais do que satisfação sexual a ela. O arrependimento me atinge, sabendo que a deixei na defensiva de novo.

Se toque, Cane.

— O que você está fazendo? — ela pergunta.

— Me sentando na frente do seu iPad, porque aí, quando Huxley ligar, ele vai poder me ver. Há algum problema nisso?

— Não — ela diz, se recostando no sofá. Faço a mesma coisa e, juntos, ficamos em silêncio, deixando o tempo passar enquanto esperamos a chamada de Huxley.

Sem saber o que fazer, ofereço a maçã a ela, e, para minha surpresa, ela a pega. Pode ser uma oferta de paz, sei lá, mas não gosto do quanto ela está brava comigo, ainda mais desde a noite passada. Caramba... deve ter sido errado, mas, porra, foi bom. Deslizar meu pau ao longo de sua abertura, sentir o quanto ela estava com tesão, foi uma droga da qual não consegui me afastar, e eu precisava de muito mais. Quando voltei ao quarto, fui direto para o chuveiro e logo trabalhei na minha ereção, pensando em seu rosto surpreso quando ela gozou. Terminei em segundos.

— Me desculpe pela noite passada — peço, baixinho. — Eu estava de mau humor. Vou ser honesto com você, Kelsey. Te acho muito gostosa. Perdi o controle e me desculpe se fiz você se sentir desconfortável.

A maçã está a meio caminho de sua boca, mas ela para e se vira para mim. Inclino a cabeça, então ficamos olhando nos olhos um do outro.

— Não, me desculpe. Eu não deveria ter falado com você daquele jeito. Acho que surtei, e em vez de agir como um ser humano normal, acabei culpando você por tudo, quando não deveria. Naquele momento, quando tudo estava rolando... Eu quis aquilo. Nossa, como eu quis aquilo.

Isso traz um sorriso ao meu rosto e afrouxa o aperto no meu peito.

Puxo o cabelo.

— É, eu também quis muito. Acho que só havia um pedacinho de autocontrole em mim que me impediu de arrancar aquela lingerie de você e te foder.

Seus dentes passam sobre seu lábio e ela diz:

— Eu teria deixado acontecer.

— Caralho — gemo, arrastando a mão pelo rosto. — Não diga isso.

Ela solta uma risada.

— Eu estava triste na noite passada. Você tinha razão sobre Derek. Ele não me beijou, e eu fiquei bem para baixo. Me agarrei a você das piores maneiras possíveis. Eu deveria ter apenas conversado com você como estou fazendo agora.

Estendo o braço e, para meu alívio, ela se move, descansando a cabeça no meu peito enquanto eu a trago para mais perto.

— Você nem teve a chance de conversar comigo. Eu já fui logo provocando. Com toda a sinceridade, fiquei triste por você não ter ido à festa do prefeito comigo e acabei descontando em você. Eu não deveria ter feito isso.

Ela ergue o olhar.

— Você ficou triste com isso?

Assinto.

— É, fiquei. Me diverti muito nas duas últimas noites e, sei lá, não queria ter ido sozinho. Mas eu tinha me esquecido do seu encontro.

— Você deveria ter dito alguma coisa, eu teria reagendado.

Não queria que você tivesse ido ao encontro de jeito nenhum.

— Que nada, você estava animada com isso. Eu deveria ter sido mais respeitoso, mas é meio difícil para mim. Nem sempre faço as escolhas certas, e deu para perceber na noite passada. Me desculpe mesmo, Kelsey.

— Não se preocupe — ela diz, descansando em meu peito de novo. Eu a seguro mais perto, desejando que isso seja o nosso normal, que fosse uma típica manhã de sábado para nós. — Acho que não tratamos muito bem um ao outro. Eu te usei porque estava me sentindo vazia depois daquele encontro e jamais deveria ter feito isso.

— Não correu nada bem, não é? — pergunto, com a esperança de que ela diga sim.

— Pensei que tinha corrido.

Droga.

— Mas acabou... — Ela faz uma pausa e enterra o rosto ainda mais no meu peito. — Meu Deus, foi tão vergonhoso que não consigo nem considerar contar para você.

Passo os dedos gentilmente por seu cabelo quando digo:

— Não vou julgar.

Ela resmunga e então diz:

— Meu Deus, ele me deu um aperto de mão ontem à noite como despedida.

— Um aperto de mão? — pergunto. Jesus, cara, que jeito de estragar tudo com a mulher mais irresistível, hein?

— Pois é, eu estava mentalmente me preparando para um beijo, seguido de um "eu te ligo" ou "vamos nos encontrar de novo", talvez até um possível "mal posso esperar para ver você de novo". Mas consegui um "obrigado" e um aperto de mão, e aí segui o meu rumo. Foi uma grande decepção, porque achei que tínhamos química. — Ela balança a cabeça. — Fiquei tão triste quando cheguei em casa. Só conseguia pensar: "O que há de errado comigo?". O que há de tão terrível em mim que só ganho um aperto de mão de um homem? Tipo, nem mesmo um abraço?

— Não há nada de errado com você, Kelsey. Pode acreditar, não há nada de errado, porra. Você é perfeita.

Ela balança a cabeça outra vez.

— Não sou, não.

Eu me afasto e ergo seu queixo para que nossos olhos se conectem.

— Você é perfeita pra caralho, Kelsey — repito, tentando transmitir a ela o quanto tenho razão sobre isso. — Derek é um idiota por não ter te beijado na noite passada. E sinto muito por ele ter deixado você se sentindo mal, coisa que você não é. Porra. Me desculpe pela forma como eu te tratei ontem à noite.

Ela balança a cabeça.

— Naquele momento, eu precisei daquilo. Precisava me sentir desejada e linda. Só me desculpe por ter usado você.

— Você não me usou, Kelsey. Eu quis aquilo tanto quanto você. Ninguém usou ninguém.

Ela abre um leve sorriso.

— Bem, acho que sim, obrigada. — Ela dá de ombros, e isso me faz rir. — Sei que disse que somos colegas de curto prazo e você provavelmente vai negar isso até a morte, mas nossa amizade significa muito para mim.

Como a porra de uma adaga bem no coração. Acabei de ser posto como amigo.

Depois de tudo pelo que passamos, depois de ontem à noite, depois dos encontros, estou bem ali, como seu amigo.

Porra.

Continuo acariciando seu cabelo, com a decepção correndo por mim.

— É, para mim também, querida.

E como escolhe os momentos MAIS inconvenientes, Huxley liga. Kelsey se levanta do meu peito, se ajeita, e então estende a mão para o iPad apoiado e atende à ligação.

Huxley e Lottie aparecem na tela, e Kelsey logo acena.

— Oi.

— Oi, bom dia — Lottie diz. — Espero que não seja cedo demais. Sei que você teve um encontro na noite passada. — Lottie mexe as sobrancelhas.

— Não, está ótimo. Está tudo bem? — Kelsey pergunta.

— Ela estava preocupada que vocês iriam demiti-la — digo, fazendo Kelsey me empurrar.

— E por que eu demitiria? — Huxley entra na conversa. — Você tem feito um trabalho excelente.

— Ah, esse é só o jeito da Kelsey — Lottie responde. — Ela sempre acha que vai ser demitida. Mas isto aqui não tem nada a ver com trabalho.

— Não, nada a ver mesmo — Huxley concorda. — E só para deixar claro, Kelsey, você não tem que se preocupar com nada. JP já cuidou do Regis ontem à noite.

Puta merda, cara.

Ela lança um olhar rápido na minha direção, mas ignoro seus olhos questionadores e pergunto:

— Então por que vocês ligaram?

Lottie engancha seu braço no de Huxley e diz:

— Bem, enquanto tivemos que lidar com todas essas reuniões de casamento, chegamos à conclusão de que um casamento chique não é necessário. Aí vamos nos casar daqui a um mês.

— Um mês? — Kelsey reage. — Minha nossa, é cedo demais. Vocês vão ter tempo suficiente para planejar tudo?

— Sim. Você ficaria surpresa com o quão rápido conseguimos fazer as coisas quando há dinheiro envolvido — Huxley diz.

— É verdade. Ele tem exibido cifrões para todo mundo e as coisas são feitas. Mas ligamos porque será numa cobertura em Malibu com vista para o mar. Vamos convidar umas cem pessoas e manter tudo bem pequeno. Não se preocupe, cada um de vocês vai ganhar um convite extra. — Lottie pisca para Kelsey. — Talvez você possa convidar Derek. Dave e Ellie estão convidados.

Que maravilha.

— É, talvez — Kelsey diz, mas sua voz está distante.

— De qualquer forma, vamos mandar os detalhes em breve. Quisemos ligar e contar a grande novidade. Nos demos conta de que a gente só queria se casar, aí pensamos que seria uma combinação perfeita para nós dois.

— Parece encantador — Kelsey fala quando uma notificação de mensagem aparece no topo da tela do iPad.

Leio rapidamente antes que Kelsey possa arrastá-la para o lado.

> **Derek:** *Oi, Kelsey. Me diverti muito na noite passada. Podemos fazer isso de novo enquanto estamos aqui?*

Minha mandíbula fica apertada e minha nuca começa a suar.

Sei que sou só um amigo.

Mas, porra... não preciso que Derek se intrometa enquanto as coisas ainda estão frescas.

— Você ainda vai ter um chá de panelas ou algo do tipo? — Kelsey pergunta.

— Hã, acho que vou querer só um de lingerie. Algo pequeno. Nada louco demais. Não precisamos de nada, mas sei que Hux gosta de lingerie.

Huxley coça o queixo.

— Gosto mesmo.

Bing.

Outra mensagem.

Como uma mariposa atraída para o fogo, meus olhos vão a mil para lá.

> **Derek:** *E desculpe por não ter te beijado. Eu queria, de verdade. Só que...*

O resto da mensagem está escondido, mas deu para entender a essência. Derek é um maldito maricas e agora está arruinando minha vida por ter vindo quente com essas mensagens logo pela manhã.

Acho que a vida não poderia ser mais frustrante.

Passamos os cinco minutos seguintes conversando. Estou disperso o tempo todo, me perguntando por que isso não poderia ter sido enviado por mensagem ou e-mail. Por que precisou de uma chamada de vídeo? Porque agora sei que Derek ainda quer levar Kelsey para sair, e conhecendo-a, ela vai ficar cem por cento empolgada com isso.

Assim que estamos prestes a desligar, mais uma mensagem chega.

> **Derek:** *Estou livre hoje, se você quiser fazer um piquenique no parque comigo.*

Que droga.

Meu Deus do céu, Derek, dê a ela a chance de responder antes de escrever a porra de um livro sobre como você se sente, o quanto estragou tudo e o quanto quer compensar isso.

— Você ainda precisa conversar, JP? — Huxley pergunta, me desviando da raiva que está fervendo na boca do meu estômago.

— O quê? Ah, que nada, estou bem — respondo, no tom mais neutro que consigo.

— Tudo bem. — Huxley me encara. — Me mande uma mensagem se precisar de alguma coisa.

— Estou tão empolgada por vocês dois — Kelsey diz antes de nos despedirmos e ela desligar. Estou preparado para vê-la sair correndo para ler as mensagens, mas, em vez disso, ela se vira para mim e indaga: — O que foi que Huxley quis dizer sobre você ter cuidado do Regis?

É claro que ela ia se lembrar disso.

Me levanto do sofá.

— Nada com que se preocupar.

— Eu estou preocupada — ela insiste, também se levantando. — Com certeza teve alguma coisa a ver comigo. O que foi?

— Ele estava sendo um babaca e eu dei uma lição nele, só isso. Não é nada demais, então não se preocupe.

— Você o viu ontem na festa?

Solto o ar com força e vou para a cozinha pegar um copo de água.

— Sim, eu o vi lá ontem. Resolvi o problema e bola para frente.

— E qual era o problema?

— Meu Deus, Kelsey, já disse que não foi grande coisa, então esqueça.

Ela estremece pelo meu tom forte.

— Tudo bem, é só que... sei lá. Pensei que, se soubesse o que está acontecendo, talvez eu pudesse melhorar.

— Você não precisa melhorar nada. Já disse, você é perfeita. Era Regis quem precisava melhorar. — Bebo a água e coloco o copo na bancada antes de voltar pelo corredor que leva ao meu quarto.

— Para onde está indo?

— Para o meu quarto.

— Você parece bravo de novo.

Bravo não.

Estou machucado.

Decepcionado.

Ansioso por uma chance que sei que nunca vou conseguir.

— A gente não precisa mesmo conversar sobre isso, tá bom?

— Tudo bem — ela diz, torcendo as mãos à sua frente. — O que vai fazer hoje?

— Não sei. Mas parece que você já tem planos.

— Pois é, acho que você viu aquelas mensagens. — Ela se move pé ante pé. — O que acha que eu deveria fazer?

Não vir até mim procurando conselho amoroso, isso com certeza.

— Achei que nos divertimos muito, mas fiquei mesmo bem para baixo por causa dele ontem. Então não sei.

— Parece que você tem uma escolha a fazer.

— Mas e se não for a certa? — ela grita.

— Tenho certeza de que será uma escolha melhor do que aquela que você tomou ontem à noite — respondo antes de fechar a porta do quarto e cair na cama.

Vazio.

É como me sinto, absolutamente vazio.

Por um breve momento na noite passada, quando os olhos de Kelsey estavam em mim no instante em que ela gozou, e então mais cedo, quando a tive em meus braços, tudo pareceu bem. *Eu* me senti bem. *Pronto*. Mas agora, deitado sozinho na cama, sabendo que mais uma vez o que tive com ela foi um breve intervalo entre sua missão de encontrar o sr. Certo, eu só me sinto... vazio.

— Cara, quantas doses você já tomou? — Breaker pergunta.

— Não o suficiente — digo enquanto tomo mais um copo de uísque.

Quando tive um vislumbre de Kelsey em um vestido azul leve de verão, cabelo e maquiagem feitos, sua decisão ficou clara: ela daria outra chance a Derek e, desta vez, ele vai mesmo beijá-la. Então peguei o celular, pedi ao recepcionista para trazer uma garrafa de uísque e alguns daqueles cubos de gelo chiques, e é isso o que tenho feito desde que Kelsey saiu.

Bebendo.

Usando meu short.

Só tomei um banho porque não queria ficar na minha própria imundice o dia todo, mas não fiz nada com o cabelo. Até agora passei o dia bebendo e assistindo a documentários sobre o planeta, deixando David Attenborough acalmar minha alma massacrada.

Se você está se perguntando se funcionou...

Não, não funcionou.

Mas pelo menos não fiquei aqui o tempo todo sozinho.

Nada disso, o uísque e a ameaça de os ursos polares perderem sua casa têm me feito companhia durante todo esse momento.

Após milhares de mensagens para Breaker sobre como nós precisamos fazer mais pelos ursos polares, o que resultou em uma doação minha para o World Wildlife Fund, destacando para salvarem os ursos polares, é claro que isso me deixou com sentimento de culpa por ter traído os pombos e acabei doando mais dez mil dólares para a causa deles.

Depois de mandar cinco fotos de pombos que precisavam de cuidados ou de adoção para Breaker, ele me ligou.

— Qual é a dessa fotos de pombos? Devo ficar preocupado? Esses merdinhas cagam para todo lado, você quer mesmo adotar um?

— *Você* caga para todo lado. Não fale assim dos pombos. Milhares estão sendo eutanasiados porque ninguém quer adotá-los. Ninguém quer pagar a conta deles no veterinário. Todo mundo quer ser o salvador do gatinho fofo com um olho só, do cachorrinho de cadeira de rodas ou do coelho sem dentes. Mas e os pombos que não conseguem voar? Quem vai cuidar deles, caramba?

— JP, ei, cara... você está tendo uma crise existencial?

— Não — grito e me levanto. — Não estou. Sou só um cidadão consciente. Você anda pelas ruas sem nunca notar os pombos, achando que eles não passam de acessórios para as pinturas de Bob Ross, e aí, *bum*, você fica sabendo que os pombos estão sendo eutanasiados e o mundo desaba ao seu redor. Tudo bem, eu salvei os ursos polares hoje, porque ficar olhando para aqueles malditos esquálidos me deixou enjoado, mas, cara, vou começar a porra de uma campanha, e o logo será um pombo voando. O dinheiro irá para salvar os pombos, porque ninguém liga para eles. Ninguém acha que eles valem a pena. Só porque um pombo pode ter uma infância fodida e não conseguir voar como os outros pássaros não significa que devesse ser isolado.

— Hã... você, por acaso... é um pombo, JP?

— Eu sou a porra de um *homem*, seu imbecil! Meu Deus do céu, você está me escutando?

— Você está *se* escutando?

— Estou. Estou me escutando e tenho certeza de que sou o único que se importa com esses pássaros robustos e angelicais, porra.

— Então você vai adotar um?

— Como é? Meu Deus, não! Porra, me imagine com um maldito pombo. Que porra eu faria com um?

— Sei lá, cara, sinceramente. Você parece estar precisando de um hobby ou de um amigo.

— Ou de uma namorada — murmuro enquanto me sento de volta na cadeira.

— Uma namorada? — Breaker pergunta. — Me fale mais sobre isso, porque, até onde sei, você nunca quis uma de verdade.

— Bem, quer saber, filho da mãe? As pessoas mudam. Tá bom? Por que ninguém consegue ver isso? As pessoas mudam, porra, e acho que está na hora de todo mundo se sentar, tomar uma taça de vinho e discutir sobre como alguém dá a droga do nome de Kazoo a um pombo e se safa disso.

— Qual o problema com o nome Kazoo?

— É um tapa na cara da comunidade dos pombos. Vamos dar o mesmo nome ao nosso amigo emplumado de um simples brinquedo de criança de vinte e cinco centavos, que transforma a voz da pessoa em um zumbido ao tocá-lo.

— Eu te amo, cara, mas acho que você pirou.

— Não. — Balanço a cabeça. — Nada disso, agora é que estou vendo as coisas com mais clareza. Como a porra de um cristal.

— Parece que esse cristal aí está manchado.

— Porra, sabe o que eu deveria fazer?

— Procurar ajuda profissional?

— Eu deveria mandar um e-mail.

— Hã, que tipo de e-mail? Sair mandando e-mails enquanto se está bêbado nunca é uma boa ideia, sabia?

— Eu não estou bêbado. Finalmente estou vendo as coisas como deveria.

— E como é isso? — Breaker pergunta.

— Bem, eu quero uma namorada, e preciso de uma acompanhante para o casamento, então eu deveria mandar um e-mail.

— Espere, dá para a gente voltar a essa coisa de "quero uma namorada"? De onde veio isso?

— Cara, não dá para você só acompanhar?

— Não, não dá, não. Uma hora você está falando sobre pombos e, na outra, está dizendo que quer mandar um e-mail sobre namoradas. Acho que a gente deveria mesmo ir com calma, recuperar o fôlego e talvez tomar um café.

Solto um suspiro pesado.

— Meu Deus, já falei para você que gosto da Kelsey e sobre como o desejo de ficar perto dela é tão intenso que me sinto como... porra, como se não conseguisse respirar. Ela é linda pra caralho, e o seu sorriso me faz feliz, e o jeito como ela ri manda um raio de luxúria direto para o meu pau. E ela é tão esquisita e excêntrica, e gosta do amor, mas é terrível nisso por alguma razão. E, cacete, como ela é rígida sobre coisas como organização e ama estar certa, mas gosto disso nela, porque ela é neurótica e eu sou neurótico do meu jeito (malditos pombos, sabe, cara), então acho que a gente faria a porra de um casal e tanto, mas ela acha que sou só um jogador que não consegue se comprometer e, tá bom, pode ser que eu tenha sido isso no passado, mas, como falei, as pessoas mudam e eu quero mudar por ela, mas ela não quer enxergar isso, quer me ver só como amigo, e agora está com Derek, que nem deu a porra de um beijo nela no primeiro encontro. Que idiota. Ele só apertou a mão dela. Tipo, cara, você deu uma boa olhada nessa mulher? Ela não foi feita só para um aperto de mão, ela foi feita para casar. Ela é a garota que você leva para conhecer os seus pais. Porra, você não aperta a mão dela ao fim do encontro, você a beija, a reivindica, a faz ser sua. Bem, ela vai sair com ele de novo, aí eu preciso de uma namorada, então vou mandar um e-mail.

— Ah... merda. E para quem você vai mandar esse e-mail?

— Para todo mundo.

— Sabe, acho que você não deveria fazer essa coisa do e-mail, mesmo. Parece uma péssima ideia.

— Parece uma ótima ideia para mim.

— É porque você está bêbado — Breaker diz. — Até gastar uns cinquenta mil com pombos parece uma ótima ideia para você.

— Foi só vinte mil ao todo. Porra, será que eu deveria ter doado cinquenta?

— Não é essa a questão. Acho que você só deveria ir com calma, respirar fundo, e se gosta mesmo dela, JP, acho que deveria tentar chamá-la para sair.

— E como é que eu posso fazer isso?

— Tenho algumas ideias, mas acho que não te dizer nada agora vai ajudar. Não sei se você vai guardar alguma coisa. Vou te mandar mensagem e aí pode ler amanhã de manhã, quando sua mente estiver... lúcida.

— Estou lúcido pra caralho.

— Que bom que acha isso. Olha, não mande e-mail para ninguém agora. É uma péssima ideia. Talvez devesse fechar essa garrafa aí de bebida, comer alguma coisa e ficar no seu quarto pelo resto da noite. Não vai querer fazer ou dizer nada idiota. Se gosta mesmo da Kelsey, me deixe te ajudar a descobrir uma forma de mostrar isso.

— Acha que um pombo pode levar um recado para ela?

— Há grandes possibilidades, cara.

Suspiro de novo.

— Está bem.

— Está bem? Então você vai comer alguma coisa e aí a gente conversa amanhã?

— Sim.

— E nada de e-mails.

— Tá bom, nada de e-mails.

— Ótimo. E, olha, não sei se já disse, mas bom trabalho sendo uma voz para os pombos, cara. Você está fazendo um ótimo trabalho.

Aperto o peito.

— Obrigado, significa muito para mim.

Depois de algumas despedidas, desligo, me sentindo um pouquinho melhor. Salvei os ursos polares e os pombos e vou conquistar Kelsey. Que tarde mais produtiva.

Satisfeito comigo mesmo, tampo a garrafa de uísque, como Breaker disse, pego o copo vazio e vou até a cozinha. Só então ouço a porta se abrir e paro no corredor, prendendo a respiração.

Ela voltou.

Será que quero que me veja assim?

Provavelmente não.

Sei que disse para Breaker que eu não estava bêbado, mas vamos falar sem rodeios aqui: estou bem confortável, e não quero estragar tudo com Kelsey só porque o uísque tem sido o meu senhor nesta tarde. Então começo a ir em direção ao quarto, mas paro ao ouvir uma voz masculina.

Me viro às pressas. Não é possível que ela o tenha trazido aqui.

Vou deslizando ao longo da parede, na esperança de passar despercebido enquanto tento xeretar uma conversa que não tenho direito de escutar.

Vou me aproximando cada vez mais. Até que escuto Kelsey.

— Muito obrigada por ter vindo até aqui comigo. Não precisava.

Pois é, não precisava mesmo, babaca. Ela é mais do que capaz, já fez isso várias vezes.

— Eu estava me sentindo mal com a forma que deixei você da última vez.

Porque você é um idiota.

— Bem, obrigada. Eu me diverti — Kelsey diz com sua voz doce, e juro que, se ouvir um beijo deles, vou acabar derretendo numa poça de desespero bem aqui.

Não é possível que ela o tenha trazido aqui.

— Eu também.

Prendo a respiração.

Espero o som revelador de duas bocas se encontrando.

Estou tentado a virar a esquina e a assistir em desespero à despedida deles.

— Vou te ligar — Derek finalmente fala, e não sei dizer se eles se beijaram, se abraçaram ou apertaram as mãos de novo, mas isso está quase me matando.

— Tudo bem, parece ótimo. Tenha um ótimo dia.

A porta se fecha, e eu fico recostado na parede, imóvel, enquanto tento dizer a mim mesmo para me mexer, para dar o fora, para não ficar ali como um enxerido. Mas a dúvida se eles se beijaram ou não está me mantendo no lugar, minha mente girando. Como ela está se sentindo agora?

— JP? — ela pergunta, olhando ao longo do corredor e me vendo ali colado à parede, com o copo em uma mão, o uísque na outra. — O que você está fazendo?

Errrr...

O que estou fazendo?

Bem, a verdade é que estou tentando decidir se devo terminar esta garrafa com base em se eles se beijaram ou não.

Mas essa não parece uma resposta segura. Mesmo no meu estado de bêbado, sei que não é uma resposta segura, então vou com a segunda melhor coisa...

— Cheirando.

— Cheirando? — ela pergunta, e seu rosto se contrai, confuso. — E o que é que você está cheirando?

— A parede — respondo, e para o meu completo horror, me viro, planto o nariz bem na parede e inalo com força.

Minha nossa... por que será que cheira a *kielbasa*, a salsicha polonesa?

— E por que está cheirando a parede?

Uma ótima e razoável pergunta.

E, infelizmente, não tenho uma ótima e razoável resposta para dar.

— Meu passatempo favorito. Cheirar uma parede no tempo livre. De qualquer forma, então você está de volta do seu encontro?

— Está tudo bem? — ela indaga, dando um passo para perto.

— Bem — respondo, segurando o gargalo da garrafa com mais força. — Só, hã, com sede. — Ergo o uísque. — Vou voltar para o meu quarto. Estou assistindo a um documentário sobre ursos polares em perigo. Não se preocupe, já fiz uma doação para ajudá-los... e os pombos também. — Engulo em seco. — De qualquer forma, vou voltar para lá. Mas, é, que bom que você se divertiu e está... você está linda nesse vestido. Eu não quis dizer nada com isso. É só uma observação. — Minha garganta fica apertada. Por que está apertada? Será que eu... porra, será que estou sentindo alguma emoção?

— JP, tem certeza de que está bem?

— Sim — falo engasgado. — Desculpe se esse comentário sobre você estar *linda* soa estranho. Eu só... só acho que você está muito bem. Bem bonita. Mas está namorando Derek, né? Ele beija bem? — Ergo a garrafa. — Espere, não precisa responder. Não quero saber. Não é da minha conta. Não quero saber. Eu só... Ah, cara, esses ursos polares, eles estão tão magros. Dá até para ver as costelas. E vou escrever uma carta para o abrigo de pombos e dizer que não deveriam dar o nome de Kazoo para um deles. Ele parece mais como Kevin. É só minha humilde opinião. Então, é, é isso. Bom, te vejo depois.

Eu me viro e quase corro para o quarto. Fecho a porta com força e a tranco por segurança.

Porra, que merda foi aquela?

Vergonhoso, é isso que foi.

Coloco o copo de uísque na mesa de cabeceira e me sirvo várias doses. Não posso imaginar o que ela está pensando sobre mim agora, mas não deve ser nada bom. E Derek... porra, acho que eles se beijaram. Não ouvi nenhum estalo labial, mas eles devem ser do tipo que beijam em silêncio. Aquele filho da puta a beijou antes de mim e isso dói.

Eu a conheço muito mais.

Já somos conhecidos há mais tempo.

Tenho desejado essa mulher por vários meses.

E ele a beijou primeiro.

Eu nem conheço o babaca, mas isso me deixa... triste pra caralho.

Porra.

Viro o copo, engolindo mais uísque. Não gosto da dor que estou sentindo. Não gosto das emoções que estão me atravessando. Não gosto de nada disso. Quero ficar entorpecido. Não quero ter que lidar com os pensamentos autodepreciativos. Não quero ficar pensando no encontro deles, o que eles fizeram ou deixaram de fazer, ou se ela está mandando mensagem para ele agora. Ou se está contando para Lottie o quanto ela gosta do Derek e o quanto quer levá-lo ao casamento.

O casamento...

Passo a próxima meia hora virando a garrafa até que haja apenas uma gota dentro.

Choro pelos ursos polares, assistindo a tudo de novo.

Mando um e-mail para o abrigo de pombos sobre o nome Kazoo.

E mando uma mensagem para Breaker, dizendo que sou um perdedor que se masturba até a exaustão.

E, em algum momento da noite, quando estou pronto para apagar, envio mais um e-mail da minha conta particular.

De: *JP Cane*
Para: *McKayla, Kenzie, Hattie, Eileen, Barbie, Olivia, Betty, Rita, Jessica, Tess, Pauline, Dominique, Miranda, Cara*
Assunto: *Seja a minha acompanhante*

Ei, moçaaaas,

Estou mandando este caralho de e-mail porque vocês sabem que... eu tenho um caralho grande, aí este e-mail tem que dar conta do recado.

É o seguinte. Hux vai se casar com a Lulu Lemon e eles me disseram que eu precisava de uma acompanhante. Estou à procura de uma candidata que queira ir comigo.

Pago todas as despesas. Prometo muito prazer.

Se ficou interessada, me responda aqui.

Ainda uso camisinha.

Bj. Tchau.

JP

Me.

Fodi.

Ahhhh... porra.

Meu estômago se revira, meu corpo arfa, e estou agarrado ao vaso sanitário, vomitando pela terceira vez esta manhã.

Por favor, Jesus, faça isso parar. Prometo nunca mais beber tanto de novo, só faça... o... vômito...

Porra.

Meu corpo recua, meu estômago se revira, e mais uma vez, solto tudo até que não haja nada dentro de mim.

Deslizo até o chão do banheiro e descanso meu rosto aquecido no azulejo frio.

Se o inferno é um lugar, imagino que seja bem aqui, se repetindo sem parar. Uma ressaca com uma dor de cabeça constante e latejante e uma náusea para combinar.

Respiro fundo algumas vezes, enquanto meu celular vibra ao meu lado no chão. Precisando de uma distração, olho e vejo que é Breaker.

> **Breaker:** *Está vivo aí? Você me mandou mensagens com as fotos do Kazoo onze vezes ontem à noite, em sequência. E isso me faz acreditar que você não parou de beber.*

Me recosto à parede e respondo.

> **JP:** *Acho que gastei uma das minhas vidas ontem à noite. Tenho certeza de que acabei de vomitar uma bota.*
>
> **Breaker:** *E o que aconteceu com o "coma alguma coisa"?*
>
> **JP:** *O encontro da Kelsey a acompanhou até aqui. Acho que eles se beijaram. Eu pirei, cara. Falei para ela sobre os pombos, divaguei sobre os ursos polares doentes, disse que ela estava linda e aí voltei para o quarto, onde apaguei. Pois é...*
>
> **Breaker:** *Meu Deus. Então você não ouviu nada do que eu disse.*
>
> **JP:** *Não.*
>
> **Breaker:** *E aí, o que vai fazer agora de manhã?*
>
> **JP:** *Até agora, vomitar. Não sei o que fazer depois disso.*

Breaker: *Você gosta mesmo dela? Tipo... quer tentar de verdade?*

JP: *Acho que depois dos eventos de ontem à noite, se eu pelo menos não tentar, vou acabar bebendo até morrer.*

Breaker: *Tem algum plano?*

JP: *Não mesmo.*

Breaker: *Tá bom, primeiro, você precisa parar de ser um babaca com ela, porque não é assim que vai conquistá-la. E comece sendo amigo dela.*

JP: *Amigo dela? Já cheguei nessa parte. Ela já disse que somos amigos.*

Breaker: *Que bom, porque agora você pode sair com ela sem essa pressão por sexo. Mostre que você é divertido, que é um bom par para ela. Você sabe que atração está aí, mas precisa se esforçar na personalidade.*

JP: *Se ainda não percebeu, não sou lá muito bom em controlar minhas emoções.*

Breaker: *Não é desculpa. Só se esforce mais. Se quer que ela fique com você, vai precisar mostrar que consegue ser o homem que ela quer. Você precisa cortejá-la.*

JP: *Cortejá-la? Porra... não use essa palavra.*

Breaker: *Mas é a palavra que ela usaria. Ela é uma romântica. Você precisa fazer coisas que ela vai notar, coisas que marcam. Faça as refeições dela, puxe a cadeira, traga para casa coisas que te façam se lembrar dela. Alguns toques de leve aqui e ali. E quando você estiver na cobertura, tranquilo, se sente perto dela. Não faça disso algo sexual, mas deixe que ela saiba que você está ali.*

JP: *E quem disse que você é especialista nessa merda?*

Breaker: *Ninguém, mas tenho certeza absoluta de que tenho uma ideia melhor do que a sua agora.*

JP: *Porra... tá bom.*

Breaker: E, pelo amor de Deus, não saia do quarto até que já tenha acabado de vomitar.

JP: Sou esperto o bastante para saber disso, pode acreditar.

CAPÍTULO DEZESSETE

KELSEY

♥ Griffin e Ren ♥
Feitos um para o Outro

Kelsey: *Seja bem-vindo, ouvinte, a mais um Podcast Feitos um para o Outro. Aqui a gente conversa com casais loucamente apaixonados sobre como eles se conheceram. Griffin e Ren, muito obrigada por se juntarem a nós hoje.*

Griffin: *Claro. Quando a Ren me falou sobre o podcast, achei que nossa história era interessante o suficiente para estar aqui.*

Ren: *Interessante o suficiente é um jeito legal de dizer isso. Conte para Kelsey sobre A Maldição.*

Griffin: **Suspira* Eu estava em Nova Orleans com meus irmãos, e foi uma noite de bebedeira quando a gente se deparou com uma vidente. Para resumir, ela fez uma péssima leitura da nossa mão, a gente deixou clara a nossa opinião e aí — meus irmãos e eu juramos que é verdade — ela amaldiçoou a gente.*

Kelsey: *E qual foi a maldição?*

Griffin: *Coração partido. Foi intenso, o vento girou ao nosso redor e tudo mais.*

Ren: *A gente mora numa cidadezinha chamada Port Snow, no*

Maine, e a cidade inteira sabia sobre essa maldição. Os rapazes ficaram intocáveis. Mas para a defesa de Griffin, ele perdeu mesmo a esposa logo depois da viagem, então ele ficou com medo de tentar encontrar um novo amor.

Kelsey: E aí, como vocês se conheceram?

Griffin: Ren estava em busca de um recomeço. Ela conseguiu um emprego como professora em Port Snow. Veio lá da Califórnia.

Ren: Eu estava dirigindo para Port Snow no que parecia ser um matagal e não estava preparada para o tráfego na entrada.

Griffin: Quando ela diz tráfego na entrada, quer dizer um alce.

Kelsey: Um alce?

Ren: É, um alce veio para a estrada, eu desviei e fui colina abaixo, e meu carro ficou preso entre duas árvores. Griffin era bombeiro voluntário e me tirou do veículo. Eu surtei um pouco naquele dia, e ele me ajudou a chegar à minha casa alugada, que acabou sendo uma propriedade do irmão dele.

Griffin: Apesar de ela ficar gritando comigo e por causa do sangue que estava pingando de um corte na testa dela, achei-a linda. Ela me deixou intrigado, e foi a primeira vez desde a morte da minha esposa que me senti atraído. E aí, logo depois, passei a achar que poderia namorar de novo. Ren foi o meu milagre.

Kelsey: Owwn. Fico feliz de ouvir isso. E aí vocês começaram a namorar?

Ren: Não foi bem assim. Não aconteceu tão rápido, porque, você sabe... a maldição.

Griffin: *Ri* Não acabe comigo num podcast.

Ren: Kelsey disse que a gente tem uma hora. Então pode acreditar quando eu digo que vou falar bastante sobre a maldição.

Griffin: Que maravilha.

Queria poder dizer que a cobertura é à prova de som, que não posso ouvir o que JP está fazendo e que ele não pode ouvir o que estou fazendo, mas acho que, depois de toda essa história de eu ter me intrometido enquanto ele estava se dando prazer, todo mundo sabe que não é verdade.

Por boa parte dos últimos vinte minutos, escutei JP vomitar várias vezes. Eu estaria preocupada sobre ele estar doente, mas por causa daquela garrafa de uísque que ele estava segurando na noite passada, sei que não é o caso.

Isso quer dizer que ele encheu a cara ontem à noite e agora está lutando contra os efeitos da ressaca.

Por que ele ficou bêbado? Por que estava falando sobre ursos polares e pombos? Bem, deve ser porque estava bêbado.

Ele também disse que eu estava linda, e eu estaria mentindo se dissesse que isso não me aqueceu por dentro. Porque me aqueceu, sim.

De qualquer forma, isso me manteve acordada a noite toda, e agora, pela manhã, enquanto estou sentada no sofá, relendo a mesma frase no livro repetidas vezes, porque não consigo me concentrar, estou esperando que ele saia do quarto.

Meu celular vibra na mesa de centro, e vejo que é uma mensagem de Lottie.

Precisando dessa distração, eu o pego.

> **Lottie:** *E aí, como foi o encontro ontem? Ellie disse que Derek se divertiu. Você não comentou muito. Não está sentindo rolar um clima? Ah... e me lembre de te contar o que Ellie me falou sobre JP.*

Essa última parte chama minha atenção. Respondo depressa.

> **Kelsey:** *O encontro foi bom. Derek é um fofo. Mas não sei se está rolando um clima. Não me beijou de novo, mas ele me deu um abraço. Sei lá. É meio estranho. O que Ellie disse sobre JP?*

> **Lottie:** Ele não te beijou? Caramba, esse aí está indo com calma mesmo. Ah, ela disse que uma amiga dela estava como bartender na festa do prefeito. Ela serviu uísque para JP e ouviu a conversa entre ele e Regis Stallone.

A conversa sobre a qual JP não quis me contar. Toda envolvida com meu celular agora, respondo de imediato.

> **Kelsey:** O que rolou? O que JP disse?
>
> **Lottie:** Não sei palavra por palavra, mas ela disse que JP estava incrivelmente sexy ao falar com Regis, que ficou olhando para a pista de dança enquanto JP o encarava. Ela mencionou o queixo esculpido dele e o quanto estava tenso ao falar entre dentes cerrados. Ela o ouviu dizer que você é uma parte valiosa da equipe, e se Regis ferrar com você, então está acabado para ele. Isso é parafraseado. Basicamente, JP deu uma lição nele.

Me recosto no sofá, relendo várias vezes a mensagem de Lottie até absorvê-la.

Ele me defendeu? Sei que Regis não gosta de mim, mas pelo que Lottie está falando, JP não vai deixar barato.

> **Kelsey:** Nossa, eu não fazia ideia.
>
> **Lottie:** Pois é, e aí ela ouviu uns boatos mais tarde sobre como JP não aceitou nenhum desaforo do Regis. Foi a fofoca da festa. Uma das principais razões para que ninguém mexa com a Cane Enterprises. Então acho que dá para considerar nós duas umas sortudas. De alguma forma, caímos nas graças de alguns dos homens mais poderosos do país.
>
> **Kelsey:** Acho que sim.

O ruído de pés se aproximando chama minha atenção, e ergo o olhar bem a tempo de ver JP aparecendo na sala, puxando seu cabelo molhado para trás, com uma aparência terrível, mas até que um terrível limpinho.

Deixo o celular de lado e digo:

— Bom dia. Como você está?

Quando ele fala, sua voz sai rouca.

— Já estive melhor. — Ele estremece, como se estivesse com dor de cabeça, e pergunta: — Você escutou?

— Sim. Imagino que sua viagem ao banheiro seja por conta da garrafa de uísque que vi ontem à noite.

Seus ombros caem, enquanto ele entra mais na sala.

— Infelizmente.

Toc. Toc.

— Serviço de quarto — alguém chama do outro lado da porta.

— Deve ser o meu pratão de pedreiro — ele diz, indo até a entrada. Ele abre a porta e deixa o garçom entrar empurrando um carrinho de comida.

— Bom dia, sr. Cane. Tudo o que o senhor pediu está aqui. Se precisar de mais alguma coisa, por favor, não hesite em pedir.

— Obrigado — JP diz ao pagar a conta.

Assim que a porta se fecha e ficamos sozinhos de novo, JP empurra o carrinho até a sala, tira a mesa de centro do caminho e então se senta ao meu lado no sofá.

— Pedi algumas coisas para você, caso ainda não tenha tomado café da manhã. — Ele tira as tampas dos pratos e revela uma pilha de croissants e uma bandeja com frutas perfeitamente cortadas, e então move um recipiente com água quente, chá, mel e geleias para mim.

— Pediu isso para mim? — pergunto, admirada.

— Você parece ser do tipo que curte um croissant com chá. Se não gostar, posso pedir outra coisa.

— Não, isso é... Bem, é muito gentil. Obrigada.

— De nada. — Ele tira a tampa do seu prato e não consigo evitar uma expressão enjoada.

— Não quero ser grosseira, mas... o que é isso?

— A cura para a ressaca. — Ele pega um garfo e aponta para o prato. — *Hash browns*[3] com feijões fritos, bacon e bife, ovos mexidos e fritos, encharcados de molho.

Eca.

— Ah... Nossa, isso aí é, hã, um prato e tanto.

Ele olha para mim enquanto enfia o garfo no monte de comida.

— Quer que eu coma em algum outro lugar?

— O quê? Não.

— Dá para ver que isso te dá nojo.

— Não me dá nojo, é só... interessante. Nunca vi algo assim antes. Dois tipos diferentes de ovos, muito fascinante. E esse molho aí é forte.

Um sorriso bem leve puxa o canto de seu lábio.

— Vou comer na cozinha.

Ele está prestes a se levantar, mas coloco a mão em seu antebraço para impedi-lo.

— Não, por favor, não vá. Está tudo bem, sério, não quero que vá se sentar lá enquanto eu enfio croissants na boca. Prefiro não comer sozinha.

— Tem certeza? — ele pergunta.

— Absoluta.

— Tudo bem.

Ele move o garfo por sua comida e come uma grande garfada. Eu apenas fico olhando enquanto ele mastiga, imaginando como ele consegue comer depois daquela maratona de vômito no banheiro.

— Isso não te deixa enjoado?

— Na verdade, até ajuda. É algo que aprendi na faculdade. — Ele pega seu copo de água e toma um gole. — Você chegou a comer uma cura para ressaca durante a faculdade?

— Eu não bebia muito. Ainda não bebo.

---

3   Prato típico de café da manhã dos Estados Unidos feito com batata ralada frita em pouca gordura. (N.E.)

— Ahh, é porque você é uma boa menina. — Ele dá uma piscadela e come mais.

— Pode ser que eu seja, mas pelo menos não sou eu que estou vomitando até as tripas — respondo.

Ele sorri.

— As tripas não. Mas eu falei mesmo para Breaker que devo ter visto uma bota saindo de mim.

Isso me faz bufar e cobrir o nariz.

— Ai, meu Deus, eu bufei. Apenas ignore.

— Que nada, só acrescente à sua lista de boa menina.

— Só as boas meninas bufam?

— Sim.

Ele salpica pimenta em sua comida. Aproveito o momento para preparar meu chá e passo geleia de morango em um croissant.

— Ao menos está se sentindo melhor?

— Estou, tipo, o melhor que posso. E meio envergonhado. Achei que não dava para você ouvir.

— Acho que essas paredes não dão tanta privacidade assim, apesar de o lugar ser bem chique.

— Uma observação para fazer para Huxley quando eu conversar com ele de novo. — Ele ergue o guardanapo e limpa a boca.

Quando acho que vai dizer mais alguma coisa, mas acaba não falando nada, pergunto:

— Está tudo bem? Sei que já deve estar de saco cheio de eu ficar perguntando isso, mas parecia que algo estava te incomodando se bebeu aquilo tudo sozinho.

Seus olhos se conectam com os meus, e pela primeira vez desde que o conheço, vejo uma pitada de vergonha cruzá-los quando os desvia para baixo. JP não costuma demonstrar vulnerabilidade. Ele prefere se resguardar ou fazer piada, sempre se portando como o tipo de homem forte e dominador. Mas aqui, no sofá, enquanto ele come o café da manhã, posso ver isso tudo estampado no seu rosto.

— Você deve estar achando que sou um fracassado, né? — ele pergunta, revirando a comida no prato.

— De forma alguma — digo, colocando o croissant no prato e me virando para ele. — Só estou preocupada. Você parece emocionalmente instável às vezes, e eu queria que falasse comigo sobre isso. Tipo, já entendi que não somos amigos ou que não quer que sejamos amigos...

— Eu quero — ele fala, me surpreendendo. — Quero que sejamos amigos.

— Como é? — indago, completamente confusa. — Mas achei...

— Você achou certo. Já falei que não podemos ser amigos e, claro, talvez uma parte minha ainda acredite nisso, mas eu também... — Ele esfrega a nuca. — Porra, é difícil deixar as pessoas entrarem na minha vida. — Seu olhar encontra o meu. — Hã... Lottie ou Huxley já contaram para você sobre o meu pai?

— Não. — Balanço a cabeça, e sinto minha pulsação acelerar.

JP se recosta no sofá e olha para o teto.

— Quando a gente era pequeno, com idades bem próximas, meus irmãos e eu ficávamos no pé um do outro. Vire e mexe Huxley passava dos limites e sempre tentava ser o melhor, o primeiro. Breaker sempre foi esse tranquilão que ia com a maré. Não se importava muito com nada além de fazer a coisa certa e se divertir. E eu meio que ficava entre eles, tentando encontrar meu lugar. Nunca cheguei a encontrar, na verdade. Nunca me senti em casa... exceto quando estava com meu pai. Ele não tinha muito tempo livre, era ambicioso como Huxley, mas, no nosso tempo juntos, ele me fazia sentir importante. Como se eu tivesse algo especial para oferecer para o mundo.

— E o que vocês dois costumavam fazer? — pergunto. Francamente, estou muito surpresa que ele esteja compartilhando isso, mas também estou absorvendo cada gota.

— Íamos àquelas gaiolas de rebatidas. Cada um fazia cinco rounds, pegávamos limonada e nachos na lanchonete e aí nos sentávamos na nossa mesa de piquenique favorita e ficávamos lá conversando. Em alguns dias, conversávamos mais, e em outros não conversávamos nada. Breaker e

Huxley nunca foram tão próximos do papai. Eles nunca iam com a gente, então quando ele faleceu, fui eu que sofri mais com a perda. — Seus olhos se conectam com os meus. — Sei que, desde que o perdi, não permiti que muitas pessoas entrassem na minha vida por causa do medo de perdê-las. Não demorou muito para descobrir isso.

— E é por isso que não quer que sejamos amigos.

— Exato — ele solta. — Mas com você, Kelsey, parece que não consigo te afastar, não importa o quanto eu tente. Gosto de passar tempo com você.

Um sorriso se espalha pelo meu rosto.

— Gosto de passar tempo com você também, JP.

— Então, acho que é isso. — Ele se recosta, enfia o garfo no prato cheio de comida e pega uma quantidade enorme. — Somos amigos apesar das probabilidades, porque você sabe muito bem... que eu ainda não acredito que homens e mulheres que trabalham juntos possam ser amigos.

Reviro os olhos.

— Ah, imagino que sim, porque você não pode estar errado sobre nada, não é?

— Isso mesmo. — Ele sorri.

— Tudo bem, então somos amigos, o que me faz perguntar... por que ficou bêbado ontem à noite?

Ele desvia o olhar e revira mais a comida no prato.

— Que tal a gente deixar essa pergunta para outro dia? Vamos só focar nesse nosso novo vínculo.

Não gosto da ideia de deixar de lado seja lá o que o esteja incomodando, mas também gosto desse seu novo lado. Ele parece mais... livre, então não vou forçar a barra.

— Acho que consigo fazer isso.

— Que bom. — Ele dá outro gole na água. — Quer ver um filme hoje? Há um cinema como dos velhos tempos perto do Angelica Building que passa filmes antigos. Ouvi dizer que estão passando algum tipo de comédia romântica num especial de dois por um.

Fico interessada.

— Tipo... duas comédias românticas seguidas?

Ele assente.

— Isso. Acho que são *Harry e Sally: Feitos um para o Outro* e *Ele Não Está Tão a Fim de Você*.

Bato palmas.

— Ahh, esses são bons. E você iria comigo?

— Não teria sugerido se eu não quisesse ir.

— Mas achei que você não gostasse desse tipo de filme.

Ele dá de ombros.

— Sei que você gosta, então não podem ser tão ruins assim, não é? Além disso, os comentários dizem que o cinema faz pipocas salgadas que deixam os lábios ardendo. Esse é o meu tipo de pipoca.

— Eu também amo pipoca salgada. Tudo bem, vamos fazer isso, mas depois vamos ter que fazer algo de que você goste... isto é, se você já não tiver planos.

— Meus planos consistem em sair com você, querida.

— Está bem. — Meu sorriso fica ainda maior. — Então o que quer fazer depois?

Eu o observo mastigar, todo pensativo, e então ele diz:

— Uma coisa bem de turista.

— Como é? Sério? Mas achei que isso estava a sua altura.

Ele ri.

— Odeio admitir, mas aquele seu passeio turístico foi divertido. Que tal um passeio noturno em Alcatraz?

Meus olhos se arregalam.

— Isso é assustador demais.

Ele nivela o olhar com o meu.

— Ei, eu vou a uma maratona de comédia romântica. E você disse que poderíamos fazer qualquer coisa que eu quisesse depois, então quero fazer isso.

— Desde que você não tenha problema nenhum com o meu rosto escondido no seu peito o tempo inteiro.

— Pode acreditar. Não tenho problema nenhum com isso. — Ele sorri com malícia e dá outra garfada na comida.

— Pode abrir os olhos, Kelsey — JP sussurra no meu ouvido, enquanto agarro seu braço com mais força. — Não é como se um monstro fosse aparecer do nada.

— Você não sabe — sussurro.

— Abra os olhos, linda.

— Pode abrir os olhos, Kelsey.

Abro um olho e depois o outro, e o corredor principal de celas de prisão fica à vista. Já que JP não consegue fazer nada do jeito simples, ele reservou um tour pelos bastidores para nós, então estamos sozinhos com uma guia turística, andando pelos corredores sombrios de Alcatraz. Eu preferiria ir com mais pessoas.

— Viu? Não é tão ruim assim — JP diz.

Ainda agarrada a ele, olho ao redor e digo:

— Sinceramente, sinto como se minha pele estivesse pinicando. A sua pele também está pinicando? Há fantasmas por toda parte.

— De acordo com a lenda — Kathy, a nossa guia turística, fala —, Alcatraz é um dos lugares mais assombrados do país.

— Ah... que maravilha. — Pressiono o corpo ainda mais no de JP. — Um dos mais assombrados, não me canso de ouvir isso.

— Se vocês quiserem dar uma olhada mais de perto nas celas, por favor, sintam-se à vontade — Kathy oferece, gesticulando para as barras frias alinhadas na parede, enquanto nos dá um pouco de espaço.

— A gente pode entrar em uma delas?

— Claro.

— Hã... Você ficou maluco? Não vou entrar numa dessas celas!

— Por que não? — JP pergunta. — É uma oportunidade única na vida.

— Nunca estive em uma cela de prisão e não planejo estar em uma.

JP ri e me puxa para mais perto das celas. Solto seu braço e ele entra em uma.

— Caramba, elas são pequenas. Você precisaria ser criativo para viver em um espaço assim. — Ele agarra as barras da cela e pergunta: — Como estou?

— Como um louco.

Um rangido alto ecoa pelos corredores úmidos, e então, num piscar de olhos, a porta da cela de JP se fecha, me fazendo ofegar e JP soltar o gritinho mais de menininha que já ouvi.

— Ahhhhhhhhhhhhh.

Do fim do corredor, Kathy ri, fazendo nós dois nos virarmos para ela. Ela aperta um botão e a cela se abre novamente.

— Meu Deus... porra — JP reage enquanto sai da cela e encara Kathy. — Eu não paguei para ser assustado assim.

— É de graça. — Ela sorri.

— Porra. — Ele vem até mim e sussurra: — Minhas bolas se encolheram para dentro do corpo. Não vou ter colhões por dias depois dessa.

Cubro a boca e rio.

— Ainda curtindo a ideia de passear por aqui à noite?

— Estou repensando um pouco. Não sabia que a Kathy de *O beco do pesadelo* seria a nossa guia turística.

— Fico aqui a noite toda — ela grita, ainda sorrindo.

— Meu Deus, ela é perfeita para esse trabalho. — Ele solta um suspiro profundo e então diz: — Eu estava prestes a dizer que esta não é a primeira vez que fico atrás das grades.

— Hein? Como é?

Ele estende o braço para mim, e o pego enquanto caminhamos em direção à mulher de Satã.

— Eu estava na faculdade. Um pouco depois que o meu pai faleceu. Embriaguez em público. Alguma merda do tipo. Acho que fiz xixi na árvore de alguma senhora. Ela chamou a polícia e eu fui preso. É claro que Huxley veio voando ao meu resgate como sempre e tudo foi retirado do meu histórico, e aí ele ameaçou me tirar da faculdade se eu fizesse algo assim de novo.

— Parece... triste. Parece que você precisava de alguém para cuidar de você. Estava passando por um momento difícil.

— Pois é, o álcool cuidou de mim. O álcool sempre esteve lá por mim.

— Percebe o quanto isso não é saudável?

— Sim, mas eu nunca disse que era completamente saudável. Estou trabalhando nisso. Um dia de cada vez.

— Devemos ver os chuveiros? — Kathy pergunta quando a alcançamos.

— Com certeza — JP diz, indo à frente.

Passamos a hora seguinte ouvindo Kathy contar sobre os diferentes presidiários que tentaram escapar, como o fizeram e o resultado. Apesar de ser sombrio, assustador e algo que eu não escolheria por conta própria, acabei me divertindo bastante. As histórias eram interessantes, diferentes de qualquer coisa que já ouvi, e ouvir JP fazer perguntas intensas foi divertido também.

Agora que estamos na balsa de volta, sentados do lado de fora sob as estrelas, um milhão de perguntas estão passando pela minha cabeça.

— Se estivesse numa prisão como aqueles caras, também tentaria fugir? Ou só ficaria sofrendo em silêncio, fazendo o que precisasse ser feito para poder sair um dia?

— Depende da duração da minha sentença — ele diz, passando o braço ao redor do banco atrás de mim. — Se fosse longa, porra, com certeza eu tentaria fugir. Cavaria um buraco como os irmãos Anglin, faria umas cabeças de papel machê e trabalharia até de manhã. Mas se fosse, tipo, dez anos... é, acho que esperaria.

— Eu não sobreviveria em uma prisão. Não consigo ser toda durona.

— Porque você é inocente. É gentil demais para uma prisão. Já eu, poderia acabar lá de alguma forma. Se eu estivesse por conta própria, acabaria.

— Então quer dizer que já se envolveu em algumas brigas de soco?

Ele ri.

— Não sei se já ouvi alguém chamá-las de brigas de soco, é só uma briga, mas, sim, já estive em algumas. Como falei, nunca senti como se eu tivesse um lugar de verdade no mundo, então lutei pelo caminho, tentando descobrir algo que importasse para mim.

— E você já encontrou alguma coisa?

Sinto seus olhos em mim antes de ele dizer:

— Já encontrei algumas coisas.

— Como o quê?

— Bem, descobri que gosto mesmo de ajudar as pessoas e os animais. Quero conversar com Huxley sobre como transformar o Angelica Building em um complexo de moradias sociais. Para morar lá, a pessoa teria que preencher um formulário, ter um salário menor que determinado patamar e se for um pai ou uma mãe solo, teria prioridade na lista.

Me viro para ele.

— Essa é uma ideia incrível, JP, mas sabe que isso teria um grande impacto no lucro. Tenho certeza de que sabe que as renovações não são nada baratas.

— Teríamos o impacto, é claro, mas também poderíamos compensar na redução dos impostos, e nem sempre se trata de dinheiro. Gosto da ideia de ser capaz de ajudar as pessoas. Estava pensando que, se Huxley disser sim, talvez a gente possa começar uma nova divisão na empresa, em homenagem ao Angelica, focada em moradias sociais que proveria não só um lar para as pessoas, mas um lar cheio de oportunidades. Doamos bastante dinheiro para instituições de caridade e organizações, mas eu adoraria fazer algo interno, algo focado em ajudar as pessoas das cidades em que lucramos bilhões.

— Acho que é uma ideia brilhante, JP.

— Ah, é? — ele pergunta, parecendo inseguro.

— Sim. Isso é algo que te deixaria realizado? Sei que você odeia o que faz, então isso ajudaria?

Ele passa a mão pelo cabelo enquanto olha para o mar de escuridão à nossa frente.

— Com certeza. Na verdade, sentiria como se estivesse fazendo algo benéfico. E ser a cara disso, a cara da colaboração, ajudando as pessoas que precisam de um lar, isso é algo que me faria feliz.

— E quando você vai conversar com ele?

— Quando a gente voltar. Ainda preciso pensar em algumas coisas e, claro, preciso falar com Breaker para fazer uma análise dos números.

Também tenho algumas perguntas sobre as perdas. E aí vou escrever tudo, colocar como proposta e entregar para ele. Sei o quanto ele gosta de apresentações formais, e vou fazer questão de entregar do jeito que ele gosta.

— E se ele disser não?

— Então ele é um babaca egocêntrico e eu estaria decidido a vender minhas ações e encontrar uma empresa ou uma paixão na minha vida que realizaria esta necessidade. Amo os meus irmãos, e tenho feito tudo o que me pedem, mas acho que é hora de deixá-los um pouco de lado e buscar o que preciso.

— Nossa, JP, pega mal se eu disser que estou orgulhosa de você?

— Que nada, não sei se já ouvi muito isso antes, então é legal.

Me inclino em seu peito e digo:

— Bem, estou orgulhosa de você.

— Valeu, linda.

JP: *Cadê você?*

Kelsey: *Só terminando uma reunião com Regis. Tenho certeza de que ele riu sarcasticamente de mim umas duas vezes, mas disfarçou piscando os olhos. Foi engraçado.*

JP: *Ele está te enchendo o saco?*

Kelsey: *Não. Ele foi agradável e disposto.*

JP: *Cara esperto. Bem, estou a caminho da cobertura. Terminei a entrevista com o* The Gazette. *Vou pegar um pouco de Pho, uma sopa vietnamita. Quer?*

Kelsey: *Não seria um incômodo para você?*

JP: *E por que eu perguntaria, então?*

Kelsey: *É verdade. Então sim, por favor. Parece uma delícia.*

JP: *Pedi a original. Você quer da mesma?*

> **Kelsey:** Sim, está ótimo. Vou voltar em breve. Devo pegar alguma sobremesa?
>
> **JP:** O que você tem em mente?
>
> **Kelsey:** Vai ser surpresa.
>
> **JP:** Por que será que isso me preocupa?
>
> **Kelsey:** Porque, apesar de eu ser inocente para você, ainda sou uma caixinha de surpresas.
>
> **JP:** É verdade.

Limpo a boca com um guardanapo e coloco minha vasilha na mesa de centro. Quando JP chegou, nós dois trocamos de roupa. Ele vestiu seu short e nada mais — não vamos comentar —, e eu coloquei um short e uma camiseta simples. Também tirei a maquiagem e prendi o cabelo para tirá-lo do rosto enquanto comia.

Decidimos colocar *The Office* como som de fundo enquanto comíamos e conversávamos. Descobri que Dwight é o personagem favorito de JP, e Michael vem bem perto em segundo. E eu, sendo uma romântica, é claro, disse que Jim e Pam são meus preferidos. JP apenas revirou os olhos para isso.

Também descobri que JP com certeza teria "pegado" a Jan, teria tido uma noite de bebedeira com a Meredith e teria ficado de conchinha com Phyllis em uma noite aconchegante. Eu admiti que tenho uma quedinha pelo Ryan e muito provavelmente estaria interessada em uma noite selvagem com Robert California, o que é claro que deixou JP enjoado e encerramos a conversa.

— Acho que nunca comi Pho — digo. — Sempre ouvi falar e queria provar. Odeio ter demorado tanto tempo. É tão bom. Obrigada por ter comprado para mim.

JP, que já tinha terminado dez minutos antes, descansa a cabeça em sua mão apoiada e pergunta:

— Qual é a sua culinária favorita?

— Mexicana.

Ele assente.

— Porra, eu já deveria ter adivinhado essa. Aqueles tamales que a sua mãe faz são deliciosos. E os feijões refritos caseiros. Droga, eu faria qualquer coisa que sua mãe pedisse só para comê-los agora.

Sorrio.

— Eu também sei fazer, e já ouvi falar que os meus são melhores que os dela.

— Quem disse? — Os olhos de JP se estreitam.

— Minha mãe.

— Tudo bem, então o que eu preciso fazer para que você os prepare?

— Que tal assim: se você não for fazer nada amanhã à noite, a gente pode fazer junto. — Quando ele não responde de imediato, pergunto: — Ah... você tem algum compromisso? Eu não teria adivinhado, já que tem passado bastante tempo comigo.

— Relaxe, Kelsey. Eu adoraria fazer tamales com você, só estou pensando na reunião que tenho às quatro, mas não deve demorar tanto. Podemos começar às seis?

— Perfeito.

— Posso pegar os ingredientes, se você quiser.

Balanço a cabeça.

— Não, está tudo bem. Eu sou muito seletiva com as marcas. Pode acreditar, faz toda a diferença.

Ele ergue a mão.

— Não quero ficar no caminho da chef. Só me avise quanto vou te dever.

— Acha mesmo que vou querer o seu dinheiro, JP?

— Não... devo pegar uma sobremesa?

Sorrio.

— Acho que estamos começando um padrão aqui.

— Pois é, um que está acabando com o meu abdômen. — Ele dá um tapinha na barriga.

— Duvido. Você ainda acorda cedo e vai treinar. — Aponto para sua barriga. — Me deixe ver.

Ele relaxa no sofá e estufa a barriga, fazendo uma péssima tentativa de parecer que tem uma pochete. É péssima porque ainda consigo ver os gominhos.

— Pare com isso. — Cutuco sua barriga.

— Não brinque com a minha pochete. Sou sensível.

— Ai, meu Deus, mas isso não é uma pochete. Dá para ver muito bem os gominhos. Boa tentativa.

— Bom, mas, se eu continuar, nenhuma mulher vai querer me ver pelado.

Isso me faz rir alto com vontade.

— Mais uma vez, duvido. Eu, hã... já vi o suficiente para saber que qualquer mulher iria querer ver você pelado.

Suas sobrancelhas se erguem em surpresa.

— Kelsey Gardner... continue.

— Ai, meu Deus. — Reviro os olhos. — É por isso que não costumo te elogiar. Sabia que isso ia acontecer.

Ele se aproxima e mexe a sobrancelhas para mim.

— Você ficou impressionada com o meu corpo? E que tal o meu pênis? Você gostou do bagulho entre as minhas pernas?

— Eca, quem diz uma coisa dessas?

— E quem diz *eca* para se referir à propriedade mais valiosa de um homem?

— Alguém que está respondendo a uma pessoa que está sendo desagradável, que é você. Seu pênis não é um bagulho, é... um pênis comum.

Isso deixa seu rosto desanimado pela descrença.

— Um pênis comum? Você acha que só tenho um pênis comum?

— Bem, sim. Tipo, não há nenhum adorno nele e está bem-conservado, mas não há nada lá muito especial.

— Hã... não quero soar como a porra de um voyeur, mas já estive em vestiários de academia o suficiente para saber que meu pênis não é comum. Só porque não é cheio de piercings, não quer dizer que é chato. Há muito sobre o meu pênis que você nem sabe. E o comprimento e a grossura sozinhos já devem ser melhores do que qualquer coisa que você já teve.

— E como é que você sabe o tipo de pênis que já tive na vida? — eu o desafio, com humor na voz.

— Dado o quanto você é inocente, é muito provável que aqueles pênis tenham sido comuns. O meu é tudo menos comum.

— É o que todo homem diz.

Seus olhos ficam escuros e todo o humor some de seu rosto.

— Quer que eu bote meu pau para fora agora mesmo?

— Não, está tudo bem. Ainda consigo me lembrar de quando você se sentou na minha cara. Bem... carnudo.

— Porque é bem carnudo.

— Sempre achei que pênis deveriam ser macios como veludo, sabe? Não senti isso em você.

— De onde você tirou isso? E com quais paus você tem andado que são como veludo?

— Os dos livros de romance.

Ele bufa.

— Se um pau for macio como veludo ao toque, o cara deve ter colado a porra de um tecido em volta do membro. Paus são carnudos, e quando ficam duros, são rígidos e cheios de veias. Tenho certeza de que você consegue se lembrar do meu pau duro. Você gozou na sua lingerie, afinal. — Ele me lança um olhar aguçado e eu posso sentir minhas bochechas esquentando. Caí feito um patinho nessa.

— Eu gozei por causa do meu esforço.

— Quanta bobagem — ele diz. — Você gozou por causa do momento em que estava.

— Pode ser, mas não dá para ter certeza agora, dá?

— Eu tenho certeza. Você não teria gozado daquele jeito se eu não estivesse lá, te incitando, dizendo como devia se tocar, pegando o meu pau e te excitando.

Apenas dou de ombros, porque sei que ele tem razão, mas gosto de tirá-lo do sério.

— Será que preciso mostrar para você de novo? Porque posso fazer isso.

— Sei que pode, mas não há mesmo necessidade. Como é que a gente foi chegar a esse tópico? Não estávamos conversando sobre sobremesas para amanhã? Vamos voltar para isso. Acho que seria muito legal se você escolhesse a sobremesa.

— Quem disse que eu preciso escolher...

Pressiono a palma em seu rosto e o afasto.

— Só pode ser uma sobremesa que podemos comer, ou não vai haver nenhuma.

— Eu posso comer a minha sobremesa. — Ele umedece os lábios.

Ah, cacete.

— Pare com isso. Você está me deixando...

— Excitada? — Ele mexe as sobrancelhas para mim.

Sim.

— Não. Você só está... tornando as coisas estranhas. E não quero deixar as coisas estranhas entre a gente.

— Não há nada estranho com essa conversa. Amigos podem falar sobre essas coisas. Continue, me fale o lugar mais estranho em que já fez sexo.

— Para quê? Só para que possa dizer o quanto eu sou comum?

— Nunca disse que você era comum. Disse que era inocente. É diferente. Uma pessoa comum jamais se masturbaria na minha frente.

Mais uma vez, minhas bochechas esquentam.

— Bem, isso foi... Meu Deus, odeio o que estou prestes a dizer.

— Só diga. Somos amigos agora, né? — Uma única sobrancelha sua se ergue, interrogativa.

— Acho que somos. — Mordo o canto do lábio antes de dizer: — Bem, não foi bem sexo, mas o que a gente fez deve ter sido minha experiência mais provocante. E ainda não entendo como aconteceu e não ligo de discutir isso. Mas, sim, todo resto foi algo bem comum numa cama. Não mais.

— Que pena. Se você fosse minha, a gente não foderia só na cama.

— Ah... tenho certeza de que você tem uma enorme lista de lugares estranhos em que, hã, já fez sexo. Então, em vez disso, vou perguntar qual é o seu lugar favorito?

— Na jacuzzi — ele revela, sem nem pensar duas vezes. — Foder numa jacuzzi. Meu Deus, amei fazer isso.

— Sério? Não fica tudo molhado e esquisito?

— Não. — Ele balança a cabeça. — Há algo sobre ter uma mulher pelada numa jacuzzi, possuí-la por trás... Pois é, amei fazer isso.

— Ah. — Pigarreio. — E, hã, quantas vezes você já fez isso?

— Nem tanto quanto gostaria e não com a pessoa certa.

— E como sabe que não foi com a pessoa certa? É óbvio que você gostou.

— Porque sei que haveria muito mais intimidade envolvida. Só tive algumas fodas aleatórias, mas, com o ambiente certo, com a quantidade correta de preliminares, sei que dá para fazer algo explosivo.

Engole em seco

É... dá para ver isso.

— E você? — ele pergunta. — Tem algum local que acha que seria o melhor sexo da sua vida?

— Na verdade, não. Só sei que, quando encontrar a pessoa certa, tudo vai se encaixar e não vou ter que tentar nada. Não vou ter que ficar imaginando situações românticas, mas viver o momento e deixar as coisas acontecerem.

— E você ainda não teve isso?

Balanço a cabeça.

— Não. Para uma garota obcecada pelo amor, é triste ver para onde foi minha vida amorosa.

— Não é triste, você só não está se acomodando, e acho que isso é inteligente da sua parte. Você vai encontrar a pessoa certa. — Ele cutuca meu queixo com a testa. — Mas enquanto isso, revele o segredo que tem escondido a noite toda. Que sobremesa secreta é essa sobre a qual não quer me contar?

Antecipando sua reação, não consigo esconder o sorriso enquanto me levanto do sofá e retiro a caixa da confeitaria da geladeira.

— Devo ficar preocupado com esse sorriso? — ele pergunta quando eu me sento à sua frente.

— Acho que sim. — Abro a caixa e revelo cookies de pênis de uns quinze centímetros em palitos de picolé. — Comprei esses cookies de pênis para a gente, cobertos com chocolate preto e branco.

Ergo o olhar para ele e espero, sorrindo como uma idiota. O canto dos seus lábios se ergue e então ele sorri. Pega um cookie de chocolate branco e o examina, virando-o de um lado para o outro.

— Nunca pus um pau na boca, mas nunca é tarde para mudar isso. — Então ele dá uma mordida grande e mastiga. — Porra, este pênis é bom.

Rio tanto que sinto gotículas de ranho saindo pelo nariz. *Que atraente, Kelsey.*

— E tão realista. — Ele examina o cookie de novo. — Agora, isto, Kelsey, isto aqui seria um comum. Mas o meu rapaz aqui... nem tanto.

Então ele dá outra mordida e não consigo evitar pensar que ele tem toda razão.

> JP: *Você ouviu isso?*
>
> Kelsey: *Alguém está fazendo sexo? Pensei que os demais apartamentos deste andar ficassem lá do outro lado.*

JP: *E ficam. Não vem deles. Vem de baixo. Acabei de olhar. As pessoas estão transando na varanda.*

Kelsey: *Sério? Onde todo mundo pode ver?*

JP: *Ha-ha. Ah, Kelsey.*

Kelsey: *O que foi? Isso é preocupante, você não acha? Ser "pego de calça curta" é uma expressão real.*

JP: *Mas é isso que deixa as coisas emocionantes, ser pego.*

Kelsey: *Me deixe adivinhar: fazer sexo na varanda não é algo novo para você.*

JP: *Nem tanto.*

Kelsey: *Estou chocada.*

JP: *Você está dizendo que sou um pouco sem-vergonha?*

Kelsey: *Acho que a gente não precisa rotular a nossa vida sexual. Você só teve uma mais agitada.*

JP: *Muito mais. Quer que eu te ensine umas coisinhas?*

Kelsey: *Como é que eu sabia que você ia sugerir isso?*

JP: *Porque estou me tornando um bom amigo e você me conhece por dentro e por fora.*

Kelsey: *Meio que isso. Droga, acho que converso mais com você do que com minha irmã agora. Mas ela tem estado ocupada com o casamento.*

JP: *Você tem outros amigos?*

Kelsey: *Tenho algumas amigas, mas infelizmente a gente foi se afastando aos poucos por causa do meu trabalho. A agitação não permite manter muitas amizades.*

JP: *É, entendo. Mas agora você tem a mim.*

Kelsey: *É verdade. E fico feliz por isso.*

JP: *E aí... quer ficar na varanda ouvindo esses filhos da puta?*

Kelsey: *... boa noite, JONAH!*

JP: *Ahh, fale o meu nome de novo. Gostei.*

> **Kelsey:** *Suspiro*

> **Kelsey:** Obrigada pela vitamina no meio da manhã. Como é que você sabia que eu precisava disso mais do que tudo agora?
>
> **JP:** Vi você quando estava andando pelo Angelica e conversando com Huxley por chamada de vídeo. Aí pedi para entregarem a comida no mesmo instante. Você parece cansada, querida.
>
> **Kelsey:** Aqueles filhos da mãe transaram pra valer ontem à noite.
>
> **JP:** Mas foi isso que tirou o seu sono?
>
> **Kelsey:** Minha mente estava acelerada, pensando só em trabalho. Você sabe como é.
>
> **JP:** Sei. Mas, se quiser, a gente pode deixar o jantar para lá e ficar só relaxando ou qualquer outra coisa. Não sei o que você faz para relaxar.
>
> **Kelsey:** Não, eu ainda quero fazer o jantar, a menos que você não queira.
>
> **JP:** Não ligo para o que vamos fazer, se isso significa que vou passar mais tempo com você.
>
> **Kelsey:** Bem, tá bom, então...
>
> **JP:** Foi um comentário esquisito?
>
> **Kelsey:** Foi inesperado.
>
> **JP:** É que me sinto melhor com você por perto. Desculpe se foi esquisito, mas é a verdade.
>
> **Kelsey:** Não foi esquisito. Me faz sentir que sou importante.
>
> **JP:** E você é, querida. Você é muito importante.

— Tudo bem, agora acrescente gelo — digo, enquanto minhas mãos estão afundadas até o pulso na massa.

— Claro — JP fala, enquanto está trabalhando ao meu redor.

A carne de porco está cozida, eu trapaceei e a coloquei na panela elétrica à tarde e já preparamos o tempero. Achei fofo quando JP ficou maravilhado com as pimentas desidratadas e como as reidratamos e as misturamos.

— E agora a gente mistura por uns dez a quinze minutos com as mãos.

— Caramba, sério?

— Sim.

— Tudo bem. — Ele manobra ao meu redor e fica numa posição desajeitada ao meu lado, mas não consegue o ângulo certo até que finalmente murmura: — Que se dane. — E para atrás de mim. Ele estende os braços ao meu redor e coloca a mão na tigela, sua cabeça bem perto da minha. — Está bom assim?

Seu peito está colado nas minhas costas e a sua barba áspera está roçando minha bochecha, aumentando minha temperatura interna em uns dez graus. Mas não vou fazer caso disso, então apenas assinto.

— Está bom assim. Desde que você esteja confortável.

— Estou, querida. Aliás, que perfume é esse? É gostoso pra caralho.

— Light Blue, da Dolce & Gabbana.

— Porra, o cheiro é bom. Não que eu devesse estar dizendo isso enquanto estou bem atrás de você assim, mas o cheiro é delicioso pra caralho.

— Obrigada — digo, enquanto os pelos da minha nuca se arrepiam.

Os últimos dias têm sido... confortáveis. Passar todo esse tempo com JP me faz perceber que ele é um cara legal de verdade. Quando sua mente está clara, quando está feliz, quando está aberto, e sincero, e em um bom momento. Ele tira sarro — como costumava fazer — e odeio dizer, mas ele meio que me faz sentir viva. Como se uma parte de mim estivesse desaparecida e ele a tenha despertado.

Me sinto animada ao vê-lo, entusiasmada ao receber uma mensagem dele, e fico contando os minutos até o nosso "não encontro" planejado. Em pouco tempo, ele se tornou um dos meus melhores amigos. Eu nunca teria imaginado algo assim.

— Desde que você esteja confortável.

— Isso é meio que divertido. Me sinto como um gato, massageando uma barriga.

Minhas mãos param e me viro um pouquinho para olhar para ele.

— Que tipo de analogia é essa?

— Sabe... como os gatos ficam "amassando pãozinho". — Ele replica o movimento de massagem. — É isso que parece. Você não teve gato quando era criança?

— Não.

— Ah, não sabe o que está perdendo — ele diz, se inclinando ainda mais sobre mim. — Que pena. Nunca experimentou uma língua de lixa nas costas da sua mão. Ou nunca sentiu uma garra de gato penetrando nos fios de roupa, indo direto para a sua carne. Ou o prazer absoluto de peneirar merda de uma caixa de areia.

— Pois é, uma pena mesmo — digo, sarcástica. — Qual era o nome do seu gato?

— Huxley e eu a chamávamos de Gata, porque não sentíamos nada por ela. Era mais como uma babaca irritante do que qualquer outra coisa. Sempre tirando a gente do sério com os arranhões. Mas Breaker era o melhor amigo da gata. Tecnicamente, seu nome era Jiggles. Você já assistiu à série *New Girl*?

— Já, amo essa série.

— Bem, então imagine Winston com o gato dele. Era bem como Breaker era com a Jiggles.

Nossas mãos colidem na tigela, e em vez de tirá-la ou movê-la, eu apenas deixo nossos dedos se enroscarem na mistura da massa. Gosto disso. Não deveria, mas gosto.

— Não consigo imaginar isso. Breaker parece tão tranquilo e calmo. Não consigo imaginá-lo fazendo caso por causa de uma gata.

JP ri.

— Caramba, como ele te enganou. Ele é tranquilo e calmo, claro, mas também é o maior nerd. Adora dados, tem autógrafo de cada um do elenco de *O Senhor dos Anéis* e é conhecido por ter se fantasiado algumas vezes de calculadora no Halloween.

— Como é? Não brinca. — Balanço a cabeça. — Não pode ser verdade.

— Pode acreditar, querida, ele é um nerd. Ele montou sozinho o próprio computador.

— Caramba, como o Henry Cavill?

— O quê? — ele pergunta, confuso.

— Henry Cavill montou o próprio computador e filmou tudo. Foi sexy.

— Nossa... caramba, acho que já não estou sabendo mais o que as mulheres acham atraente hoje em dia.

— Mas também Henry é um homem dos sonhos. Aquela covinha no queixo, os olhos sedutores, os músculos inacreditáveis...

— Algumas pessoas dizem que eu pareço um Henry Cavill tatuado, sabia?

— Quem disse uma coisa dessas? Alguém nos seus sonhos? — Rio da minha própria piada.

— Muito engraçado. Não, foi uma garota que conheci num jogo de beisebol.

— Aham. E me deixe adivinhar: ela pediu um autógrafo e aí ficou extremamente sem jeito por ter pensado que você era outra pessoa, ela se desculpou bastante, você a consolou, comprou um drinque para ela e aí a levou para casa naquela noite. Foi ela uma das garotas na jacuzzi?

— Nãooo — ele diz, arrastado. — Mas o resto da história é assustadoramente verdade.

— Imaginei. Quando eu estava na faculdade, havia um grupo de garotas que fazia esse truque com os caras o tempo todo para conseguir drinques de graça e uma transa fácil.

— Qualquer cara é uma transa fácil.

— Foi só uma farsa. E ela te pegou.

— Tanto faz, pode me enganar o quanto quiser. Fiz sexo naquela noite.

— Como se fosse difícil para você encontrar alguém com quem fazer sexo.

— Você tem sido difícil — ele diz, sua voz praticamente acariciando minha pele. Mais uma vez, os arrepios se espalham. — Mas me considera só um amigo mesmo desde o começo, aí não há chance alguma.

— Você estava fora dos limites. Não tive escolha além de te considerar só como amigo.

Ele para, sua bochecha áspera se movendo na minha enquanto suas mãos afundam mais na mistura.

— Por que eu estou fora dos limites? — Seus lábios quase se movem na minha bochecha; posso senti-los, estão tão perto. Só a um sussurro de distância.

E isso é frustrante, porque eu não deveria querer seus lábios tão perto de mim, não deveria me sentir confortável com o fato de ele estar me envolvendo, não deveria ficar impaciente, esperando que ele me chame de *querida*, mas aqui estou eu, esperando com a respiração presa seu próximo movimento.

— Porque você é irmão do Huxley. Porque minha empresa está sob a sua gestão. Porque eu sabia que você pensa diferente de mim.

— E se esses não fossem fatores, e aí, Kelsey?

Engulo em seco.

Minhas mãos ficam lentas, mal misturando, e meu coração bate tão alto que o som é ensurdecedor nos meus ouvidos.

Seu perfume me envolve.

Sua voz ressoa na minha pele.

Ele está me prendendo deliciosamente entre seu corpo e a bancada.

Isso é tudo com o que eu poderia sonhar para um momento romântico, e ainda assim, o homem que está me fazendo sentir, o homem que está me transformando em uma piscina de desejo... deve ser meu amigo. Ele não deve ser aquele que faz meu coração ficar acelerado.

— Caramba, nem sei por que perguntei isso — ele diz ao tirar as mãos da tigela, confundindo meu silêncio com desconforto. — Você tem as suas razões, e já está ótimo que a gente tenha a amizade. Você e eu, amigos. Tem sido fácil.

Não me viro para ele. Não posso.

Não posso deixá-lo ver o quanto me afeta.

Não posso deixá-lo ouvir minha respiração pesada, tentando encontrar um jeito de acalmar o ritmo de novo.

E não posso deixá-lo ver o quanto minhas mãos estão agarradas à massa, implorando e suplicando para que ele volte.

— O que posso fazer para preparar o próximo passo? — ele pergunta.

Respiro fundo para me acalmar e desacelerar meu coração.

— Pode colocar as palhas de milho e pegar aquela espátula. Vamos começar a espalhar a massa nelas.

— Pode deixar, querida.

Fecho os olhos com força. *Se controle, Kelsey.*

— Comer aqui fora na varanda foi uma ótima ideia — digo enquanto dou um gole na margarita virgem com a qual JP me surpreendeu.

Virgem, porque ele disse que estava dando um tempo de bebida. Ele não elaborou sua decisão, mas deu para perceber que foi uma muito bem pensada e eu o apoio completamente.

— Não consigo evitar, mas agora estou curiosa — continuo. — Você estava esperando um bis daqueles filhos da mãe?

— Ah... um jantar e um showzinho teriam sido legais.

— Não sei se teria sido lá um grande show. — Rio.

— Teria sido divertido, com certeza. Mas isso aqui é legal, a noite calma, sons fracos da rua, a brisa ocasional, a comida maravilhosa... tem sido uma ótima noite, Kelsey. — Ele esfrega a barriga. — Não sei se há espaço para a sobremesa.

— Nem eu. — Me recosto na cadeira. — Estou feliz de estar usando short com elástico na cintura. É uma coisa desagradável de se dizer?

— Nem um pouco. — Ele faz o cós de seu short estalar. — Só estou feliz de a gente ter limpado tudo enquanto os tamales estavam cozinhando.

— Sim. — Solto um assobio baixo. — Não dá para acreditar que só temos mais duas noites aqui. Estou triste por isso. Acabei me acostumando com esta cobertura e a cidade.

— E a empresa? — JP pergunta, tomando um gole de margarita.

— Também. Voltar para meu apartamento minúsculo vai me deixar solitária.

— Você pode se mudar para a minha casa. Há bastante espaço. E vem com acesso a uma piscina bem completa... e uma jacuzzi. — Ele mexe as sobrancelhas para mim, me fazendo rir.

— É tentador, mas tenho certeza de que está pronto para ter sua vida de volta.

— O que quer dizer com isso?

— Sabe, dando suas saídas, nem sempre tendo que passar tempo comigo.

Ele me olha nos olhos ao dizer:

— Eu não *tenho que* passar tempo com você, Kelsey. Eu *quero* passar tempo com você. Escolhi fazer isso.

Um sorriso surge em meus lábios e desvio o olhar, odiando que suas palavras enviem uma excitação pela minha espinha.

— Eu também, Jonah — falo, testando seu nome. Quando dou uma olhada em sua direção, sua expressão é de total admiração. — Quero dizer, JP.

Ele balança a cabeça.

— Me chame da forma que quiser. Gosto dos dois.

— Eu gosto do seu nome. Acho que combina com você, pelo menos com esse seu lado. JP lembra mais o playboy festeiro. Mas o homem com quem tenho passado tempo esses dias, ele é o Jonah.

— É. — Ele ergue o olhar tímido para mim. — Gostei pra caralho disso.

— Que bom. — Junto nossos pratos e digo: — Mas vai ser estranho voltar para a minha vida normal. Gostei bastante do meu tempo aqui.

— Tenho certeza de que você vai voltar. Só estamos começando com o Angelica Building, e Huxley vai querer que você supervisione as coisas. Esta não será sua última vez aqui.

— Que bom. Porque ainda há muitas sobremesas que quero experimentar. Eu deveria começar um Instagram de sobremesas. Poderia chamá-lo de *Feitos um para o Doce*, tipo uma brincadeira com o nome do meu podcast.

— Ou você poderia chamá-lo *Me Lamba como um Pirulito*.

Meus olhos se nivelam com os seus brincalhões.

— Esse é o tipo de comentário do JP.

— Pode tentar o quanto quiser. Não dá para tirar isso de mim. — Ele dá uma piscadela e se levanta comigo. Recolho os pratos e ele pega o resto de tamales e feijões refritos que não comemos.

— Não quero que mude. Gosto de você desse jeito — digo enquanto voltamos para dentro da cobertura e em direção à cozinha.

— Ah, de que filme é isso mesmo? Acho que alguma garota me fez assistir.

— *Bridget Jones* — respondo.

Ele estala o dedo.

— Isso. Lembro da Bridget passando pela tela com umas saias curtas, não é?

— É claro que essa é a parte que você lembra.

Ele apenas dá de ombros, e juntos guardamos a comida e enchemos o lava-louças. Quando terminamos, eu me recosto na bancada e cruzo os braços no peito.

— Eu me diverti hoje. Você ajudou muito na cozinha.

— Sei fazer uma coisa ou outra.

— Bem, eu deveria ir para a cama, onde posso evitar qualquer elástico ao redor da minha cintura sem vergonha alguma e aí vou conseguir respirar com os tamales que comi.

— Deixa a sacanagem para o quarto, querida.

Solto uma risadinha e passo por ele.

— Boa noite... Jonah.

— Ei — ele chama, me fazendo virar. — Tenho uma coisa para você.

— Por favor, não me diga que é o seu pênis ou algo grotesco assim.

— Primeiro, meu pênis não é grotesco... é *comum*, lembra?

Solto uma risada.

— E não, tenho uma coisa de verdade para você. — Ele vai até seu paletó, que está pendurado nas costas de uma cadeira da sala de jantar, e enfia a mão no bolso. Ele tira de lá uma bolsinha e me entrega. — Vi isso e pensei em você.

— Ah, isso *é* uma coisa de verdade?

Ele ri.

— É, é, sim.

Abro a pequena bolsinha azul e tiro algo longo e duro de lá. Quando me dou conta do que é, um tsunami de emoções me atinge de uma só vez.

— Você comprou um ímã para mim?

Ele enfia as mãos nos bolsos.

— Comprei. Não sabia se você já tinha encontrado um. Lembro que disse que pegava um para cada cidade que visitava. Mas já que vamos partir em breve, achei que seria uma boa lembrança. Mas se já tiver comprado um, a gente pode deixá-lo aqui ou...

— Ainda não comprei. — Encaro o ímã. Há *São Francisco* escrito embaixo, com o horizonte e a Golden Gate no topo. É fofo, alegre e colorido, algo que eu teria escolhido. — Mas este é tão perfeito. — Passo o polegar sobre as letras.

— Sério, se não tiver gostado, posso conseguir outro.

Balanço a cabeça e dou um passo à frente para que possa pressionar a mão em seu peito.

— Isso é tão atencioso e gentil da sua parte. — Nossos olhos se conectam. — Obrigada. — Me aproximo e o abraço. Seus braços também me envolvem.

— De nada. Espero que acrescente mais à coleção enquanto seu negócio cresce. — Suas mãos esfregam minhas costas, para cima e para baixo.

Eu não me afasto.

Não quero.

Em vez disso, o agarro com mais força, pressionando a bochecha em seu peito.

— Espero que sim.

E, pelo minuto seguinte, permanecemos assim, abraçados. Olhando de fora, pode parecer constrangedor, duas pessoas simplesmente se abraçando no meio da sala, mas, neste instante, parece certo. Parece que pertenço ali, em seus braços, protegida por sua força, cuidada pelo seu coração. *Isso. Isso é o que me faz falta em um namorado.* O toque. Sempre que vejo Jeff engolindo a mamãe em um abraço, me sinto tão incrivelmente grata a ele, porque ele traz a confiança dela de volta com os abraços. Mostra que é uma mulher desejável, e não uma mãe solo. E quanto mais você fica sem esses toques acidentais, e eu já tenho estado sem eles há bastante tempo, mais você passa a ansiar por eles. Abraços. Um beijo rápido na testa. Mãos dadas. Dedos roçando sua bochecha. Sinto falta demais disso. E mesmo que eu não possa esperar que JP — *Jonah* — vá dar essas coisas, ele tem dado. E vou sentir saudade disso quando voltar ao meu apartamento, de volta à vida solitária.

— Está tudo bem? — ele pergunta, provavelmente imaginando por que ainda estou agarrada a ele.

— Sim. — Assinto e dou um passo para trás. — Isso só foi muito fofo da sua parte. — Nossos olhos se conectam. — Muito fofo mesmo.

Ele sorri sem jeito.

— Que bom que gostou. — Ele se vira para o seu quarto. — Vou para a cama agora. Obrigado pela ótima noite, querida.

Não vá ainda.

Sente-se comigo no sofá.

Converse comigo um pouco mais.

Volte para o meu quarto, onde pode passar os dedos pelo meu cabelo e me deixar sentir o estrondo da sua voz profunda no meu peito...

— Tenha uma boa noite. — Aceno.

— Até mais, Kelse.

E então ele vai para o quarto, me deixando completamente sem fôlego.

Sem palavras.

E totalmente confusa.

CAPÍTULO DEZOITO

JP

> **JP:** Cara, acho que consegui. Acho que a "cortejei".
>
> **Breaker:** Eu vou julgar isso. Me conte mais.
>
> **JP:** A gente passou as últimas noites juntos, como "amigos", saindo, conversando, dividindo refeições. Fomos a uma maratona de filmes e aí a um tour noturno em Alcatraz. E na noite passada fizemos o jantar e comemos na varanda.
>
> **Breaker:** Tudo bem, então vocês passaram um tempo juntos. Não sei se é suficiente.
>
> **JP:** Deixei o melhor por último. Comprei um ímã para ela.
>
> **Breaker:** Esse é o seu melhor? Um ímã. Cara...
>
> **JP:** Não, foi uma coisa boa. Ela gosta de comprar um ímã em cada cidade que visita. Lembro-me de ela ter dito isso, aí comprei um. Ela ficou tão agradecida e, porra, até me deu um abraço demorado.
>
> **Breaker:** Quão demorado?
>
> **JP:** Tipo... um minuto?
>
> **Breaker:** Ela encostou a bochecha no seu peito?
>
> **JP:** Sim.
>
> **Breaker:** Ela chorou?
>
> **JP:** Não houve lágrimas, mas acho que estou quase lá.

Breaker: Aham. Algum outro detalhe que queira me contar antes que eu possa julgar?

JP: Ela me chamou de Jonah algumas vezes.

Breaker: Espere, você contou o seu nome verdadeiro para ela?

JP: Contei. Ela disse que o homem que tem passado tempo com ela está mais para o Jonah, não o playboy do JP.

Breaker: Acho que meu coração ficou acelerado.

JP: Ah, é? Acha que ela foi cortejada?

Breaker: Acho que há uma chance de noventa e nove por cento de que sim.

JP: É uma porcentagem boa.

Breaker: Ela te chamou mesmo de Jonah?

JP: Chamou... e eu gostei disso pra caralho. Cacete, eu gosto dela pra valer. Se serviu para alguma coisa, esses últimos dias me mostraram o quanto eu me importo com essa mulher. Não sei o que vai acontecer, mas preciso aproveitar a chance.

Breaker: Acho que tem uma boa chance. O que vai fazer?

JP: Bem, é a nossa última noite aqui. Vamos partir amanhã por volta das seis, eu acho. Então pensei em levá-la ao Parkside. Contei sobre o lugar um tempo atrás, como eles fazem a melhor comida chinesa e aí vou levá-la para a cobertura para a sobremesa.

Breaker: Bom. Gostei disso. Depois da sobremesa, você vai contar como se sente?

JP: Vou. Pode me chamar de louco, mas acho que ela sente o mesmo por mim.

Breaker: Acho que você está pronto.

JP: Sei que estou pronto. Porra, estou animado. Nunca me senti assim por uma mulher.

Breaker: Não mesmo, ao menos você nunca me falou. Dá para dizer... você gosta dela de verdade.

> **JP:** Gosto. E não quero ferrar com tudo. Nunca me perdoaria.
>
> **Breaker:** Bem, você vai saber se ela está pronta. Acha que ela está?
>
> **JP:** Acho. Depois daquele abraço ontem, acho que ela está pronta para mim.
>
> **Breaker:** Então precisa usar as suas palavras, JP.
>
> **JP:** Como assim? A gente tem conversado sobre muitas coisas.
>
> **Breaker:** Você precisa usar as palavras e contar como se sente. Até agora, tentou mostrar para ela como se sente. Agora está na hora de dizer, cara. Dê a verdade para ela.
>
> **JP:** Pode deixar. Porra... tá bom.

Atravesso o corredor da cobertura me sentindo enjoado e animado, tudo ao mesmo tempo. O dia se arrastou, e cada minuto pareceu uma hora. As reuniões foram terrivelmente chatas. Minha caixa de entrada não parou de receber novos e-mails. E quando chegou a hora do almoço, fiquei empolgado e, ainda assim, exausto pelo fato de a minha mente ficar imaginando o que aconteceria à noite.

Mas, porra, mal posso esperar para vê-la.

Mal posso esperar para surpreendê-la com os planos para a noite.

Abro a porta da cobertura, coloco a carteira e as chaves na mesa perto da entrada e então a chamo.

— Kelsey, você já está em casa?

— Estou — ela diz do quarto. — Já vou aí.

Há um espelho na entrada para o qual eu me viro depressa e me checo.

O cabelo está em ordem.

O terno parece bom.

Nada nos dentes.

Me viro a tempo de vê-la se aproximando, e ela está linda pra caralho. Usando um vestido preto esvoaçante que vai até abaixo dos joelhos, seu cabelo caindo em ondas... Minha pulsação está acelerada.

— Oi. O dia foi longo? — ela pergunta, ajustando um de seus brincos.

— Sim, bem longo. E o seu?

— Foi bom. Tive outra reunião com Regis. Ele estava um pouquinho mais agradável que o normal, mas acho que é porque sabe que vamos embora amanhã. — Ela muda para a outra orelha, agora brincando com o brinco. — O que você tem planejado para hoje?

Que bom que ela perguntou.

— Bem, estava pensando...

Toc. Toc.

Dou uma olhada para trás.

— Você chamou o serviço de quarto?

— Não, é Derek. Temos um encontro hoje.

E, bem assim, cada grama de entusiasmo, emoção e confiança é drenada das minhas veias e vira poça na sola dos meus pés.

Como se meu coração tivesse sido arrancado do peito, sido arranhado e ferido pelas minhas costelas no processo. Todas as minhas esperanças. Todos os meus pensamentos. Toda a porra da minha coragem... foi tudo varrido. Evaporado. Demolido.

Ela... ela vai a um encontro?

Porra, isso não pode estar acontecendo.

Só pode ser uma piada, não é?

Não é possível que ela vá a um encontro com ele, não depois... bom, não depois de tudo.

Mas, para o meu horror, Kelsey passa por mim e abre a porta, revelando Derek do outro lado.

Porra...

— Oi, Derek, só preciso calçar os sapatos. Me dê um segundo.

— Sem problema. — Derek se vira para mim, enquanto Kelsey abre o armário da entrada. — Oi, você deve ser JP. É um prazer te conhecer. Seu irmão já falou muito sobre você.

Ele estende a mão, e já que não gosto de ficar parecendo um babaca, eu a seguro e a aperto.

— É um prazer conhecer você — digo, mas quase não consigo reconhecer minha própria voz. Está áspera, sombria.

Porra, estou tão chateado.

Tão chateado que posso sentir a garganta ficando apertada.

— Tudo bem, estou pronta — Kelsey anuncia.

Ela está indo embora.

Meus planos.

Minha noite.

Meu grande pedido.

Está tudo desmoronando bem à minha frente.

Não consigo sentir meus pés. Não parece haver ar nenhum nos meus pulmões. E é como se uma faca afiada estivesse golpeando meu peito sem parar, aumentando a sensação avassaladora de dor.

— Vou chegar em casa tarde — Kelsey diz, passando a mão no meu braço.

Seu toque... mexe com algo dentro de mim.

Me faz lembrar do que Breaker disse.

Você precisa usar as palavras e contar como se sente. Até agora, tentou mostrar para ela como se sente. Agora está na hora de dizer, cara. Dê a verdade para ela.

Ele não está errado. Minhas táticas provaram ser incompletas.

E antes que ela possa dar mais um passo, eu pergunto:

— Posso falar com você um minutinho?

Ela para, olha sobre o ombro e indaga:

— Agora?

— Sim — respondo.

Devo estar parecendo perturbado, porque ela pede a Derek para lhe dar um minutinho e então me segue pelo corredor até o meu quarto, onde fecho a porta. Tiro o paletó, o jogo na cadeira do canto e ando pelo quarto.

— Está tudo bem?

— Não. — Balanço a cabeça. — Não está nada bem. — Paro e ergo o olhar para ela. — Vou dizer algo que sei que você com certeza não estava esperando, mas, porra, preciso que saiba.

— O que está rolando, JP?

— Eu gosto de você, Kelsey — declaro, apenas deixando tudo sair. — Gosto de você pra caralho, e quero... quero te chamar para um encontro, um encontro de verdade.

Sua boca se abre um pouco.

— E sei que este não é o melhor momento e é egoísta da minha parte, porque você está prestes a ir a um encontro, mas, por favor, por favor, não saia com ele. Fique aqui comigo, fique comigo, me dê uma chance. — Ela não diz nada. E eu espero enquanto ela fica ali em choque. — Eu tinha planos para hoje. Iria te levar ao Parkside e contar o quanto gosto de você e como quero ficar com você. Sei que é difícil de acreditar, dada a sua primeira impressão de mim, mas juro, Kelsey, juro que estou mais do que pronto para algo mais.

— JP... eu... eu não sei o que dizer.

— Não precisa dizer nada, só não saia com ele. Acho que eu não conseguiria suportar isso. Seu último encontro foi quando enchi a cara. Isso é o quanto gosto de você. Não sei se consigo sobreviver a esta noite sabendo que ele reivindicou você, segurando sua mão, fazendo você rir... beijando você. Tudo o que eu queria fazer era te beijar, porra, sentir o gosto dos seus lábios, fazer de você minha. Quero isso desde que te conheci, desde o momento em que pus os olhos em você, Kelsey. Soube que era especial. Soube que era alguém que eu queria conhecer, que eu queria manter por perto. E, tudo bem, não tratei isso do jeito certo no começo, mas estou tentando. Várias vezes tentei te dizer. — Passo a mão pelo cabelo. — Por favor, Kelsey, por favor, apenas fique aqui comigo, vamos conversar, me dê uma chance.

Ela olha para trás e então de volta para mim.

— Eu tenho um encontro, JP... Eu não sei... não tenho certeza...

Porra.

Porra, a dor é lancinante.

Me queimando.

Me marcando.

— Me desculpe — peço. — Porra, foi egoísta da minha parte. Me desculpe, Kelsey. Me desculpe mesmo. — Me sento na beirada da cama e enterro as mãos no cabelo.

— JP...

— Me dê uma chance.

— Apenas vá. Esqueça que eu disse alguma coisa. Por favor, eu não deveria ter feito isso. Só te deixei em uma situação ruim. Me desculpe... apenas vá para o seu encontro.

Ela está em silêncio.

Posso sentir seus olhos em mim.

Sua indecisão pesa muito em meus ombros e, por um instante, quando acho que ela pode ficar, ouço seu primeiro passo ecoar pelo quarto, depois outro... e outro. Se distanciando de mim, um passo de cada vez, até que a porta se fecha.

Por-ra.

Respiro fundo através dos meus pulmões pesados e sufocados. Parece impossível conseguir o tão necessário oxigênio.

É nossa última noite em São Francisco, e em vez de passá-la comigo, ela irá passá-la com outro homem.

Amei conhecer como ela gosta de seu café, sobre o café da manhã especial de que ela precisa pela manhã.

Duvido que ele saiba sobre sua lingerie do dia ou como ela cacheia o cabelo quando está de bom humor, e o alisa quando está a negócios.

E saber qual é o gosto dela quando está molhada, excitada e querendo mais? Ou como ela soa e parece quando está gozando? Será uma tortura seguir em frente.

Dei a minha verdade a ela. Tudo o que eu queria desde que a conheci era beijá-la. Impressioná-la.

Mas, no fim, ela *vai* escolhê-lo.

Minha garganta está tão apertada que mal consigo respirar. Sinto minhas frustrações, minhas emoções, vindo à tona. O impulso de ligar para o recepcionista e pedir uma garrafa de uísque está me consumindo. Só para me perder, esquecer, para apagar esta dor monopolizadora que chicoteia o meu peito.

Puxo meu cabelo grosso.

Porra, o que fazer agora?

Partir?

Segui-la pelo corredor e implorar para ela ficar?

Ir ao bar mais próximo?

Não posso ficar. Não posso ficar esperando, imaginando quando ela vai voltar. Não, preciso cair fora daqui. Preciso ir para casa. Sou um bilionário, então posso voar quando eu bem entender, porra. É isso que vou fazer.

Partir.

Ir para casa hoje.

Ir para o meu lugar seguro, minha casa, onde Kelsey não chegou a tocar em nada. Onde não vou ser lembrado dela.

Onde posso me afundar no esquecimento.

Dou uma olhada ao redor em busca do meu celular. Preciso fazer uma ligação. Preciso arrumar as malas. Porra, quem se importa em arrumar as malas? Posso comprar coisas novas.

Só preciso partir.

Só preciso...

A porta do quarto se abre um pouco. Meu corpo fica paralisado enquanto meus olhos voam para a porta. Ela se abre um pouco mais, e então Kelsey aparece.

Não há ar nos meus pulmões.

Não há sangue nas minhas veias.

Nada está trabalhando dentro de mim enquanto fico ali parado, olhando... imaginando o que ela está fazendo.

Ela fecha a porta e vem até mim. Seus passos são acanhados, sua linguagem corporal, tímida.

Curvado, eu me endireito para que ela possa ficar de frente para mim.

— Kelsey, eu...

Sem dizer uma palavra, ela monta no meu colo, levanta meu queixo com o dedo e antes que eu possa tentar respirar, seus lábios estão nos meus.

Ah... porra.

Um toque é o suficiente para me quebrar.

Não sei quais são suas intenções, mas não dou a mínima, porque ela está me beijando. Kelsey está me beijando, porra, e sinto como se tivesse morrido e ido para o paraíso.

Suave.

Controlado.

Desejoso.

Ela separa os lábios, mergulha a língua na minha boca e então passa os dedos pelo meu cabelo.

Eu desperto.

Minhas mãos deslizam ao seu redor, uma na sua cintura, a outra na sua nuca, e eu a beijo de volta com mais força. Deixo que ela se derreta sob meu toque, assumindo o controle.

Ela puxa o meu cabelo.

Eu deslizo a mão por dentro da bainha de seu vestido.

Ela geme na minha boca.

Eu gemo na sua boca.

Ela abre mais a boca.

Minha língua encontra a sua.

E então se torna um emaranhado de necessidade. De desejo. De tudo o que eu sempre quis, e está bem aqui, disponível para ser tomado. E eu não vou soltar.

Não posso.

Sua mão desliza para o meu maxilar e ela me agarra com força.

— Abra o meu vestido.

— O quê? — pergunto, sem fôlego.

Seus olhos se conectam com os meus, o dourado neles cintilando sob o brilho amarelado da luz da mesa de cabeceira.

— Abra o meu vestido, Jonah.

Meu pau fica imediatamente duro. Isto é real?

Ela é real?

Porra, estou sonhando?

Porque é como parece: um sonho do qual vou acordar assim que agarrar o pequeno zíper do seu vestido. Serei bruscamente interrompido, ela irá desaparecer, e aquela sensação vazia e áspera vai voltar.

— Linda — sussurro, minha testa tocando a sua. — Isto é... isto é real?

— Sim — ela diz enquanto seus lábios vão para o meu maxilar. — É real.

— Mas... e o seu encontro?

— Eu o mandei embora — ela sussurra, enquanto seus lábios vão para minha boca de novo. — Me dei conta... — Ela beija minha bochecha. — Bem no mesmo instante... — Ela beija minha boca. — Que a dor que senti quando me afastei de você... — Ela beija minha outra bochecha. — Me deixou de joelhos. — Ela se ergue e me olha nos olhos. — Acho que quero isso há muito tempo e precisei me afastar para confirmar isso.

Tento engolir o nó na garganta, mas falho miseravelmente.

— O que isso significa?

Ela coloca as mãos entre nós e começa a desabotoar minha camisa social aos poucos, um botão de cada vez.

— Significa que sou sua. Toda sua.

— Você não... você não vai embora? — Ainda não consigo acreditar.

Ela puxa minha camisa para fora da calça e desliza as mangas pelos meus ombros, me deixando de torso nu. Suas mãos voltam a deslizar pelos meus braços tensos, pelos meus ombros grandes e desce para o meu peitoral esculpido. Ela umedece os lábios enquanto move de leve o quadril no meu colo.

— Não. Vou ficar. Eu quero... quero que você me chame para sair.

Porra. Sinto as lágrimas pinicarem no fundo dos meus olhos. Não sou a merda de um chorão, mas, caramba, não consigo evitar essas emoções feias que me dominam. Não sei nem dizer qual foi a última vez que alguém me escolheu... por eu ser quem sou.

Por toda a feiura que tenho a oferecer.

Por toda a seriedade hesitante que demonstro.

Por todas as inseguranças, demônios, bagagem.

Ela já viu isso tudo, em carne e osso. E está me escolhendo.

Umedecendo os lábios, olho em seus olhos e digo:

— Quero você como minha. Você por inteiro. Sua linda mente, sua mania de organização insana, seu corpo sexy pra caralho e seu coração amoroso.

— Então... — ela faz uma pausa e leva as mãos até as costas, até o zíper do vestido — tome. Me possua.

Duas palavras — quem diria que elas poderiam me desfazer?

Deslizo o zíper até embaixo e as alças de seu vestido ficam frouxas para que ela possa tirá-las dos ombros. Ela pega a barra e a passa pela cabeça, ficando em uma lingerie de peça única.

— Você... você estava usando isso para ele?

Seus olhos sedutores encontram os meus enquanto ela balança a cabeça.

— Não. Usei para você.

Caralho.

Passo a mão por seu cabelo de novo e trago sua boca para a minha, mostrando o quanto a quero, o quanto ansiei por isso. Quando ela agarra minhas costas, seus dedos se afundam na minha pele, e me dou conta de que ela quer tanto quanto eu.

Não vou deixar passar, nem ela, e com essa compreensão, desacelero o beijo. Abro os lábios e enrosco minha língua na sua ao girá-la no colchão, fazendo-a se deitar com cuidado, enquanto pairo sobre ela, com meu braço me sustentando.

Juntos, exploramos um ao outro. Suas mãos passam pelo meu cabelo, descem pelas minhas costas, atravessam meu peito e sobem para os ombros.

Arrasto os dedos pela renda de sua lingerie, pela lateral dos seus seios, descendo para o quadril e então de volta ao seu pescoço delicado.

— Quero você há tanto tempo... — sussurro enquanto levo a boca até o comprimento de seu pescoço. — E não só pelo sexo. Para mim, isto não é só pelo sexo. — Eu me levanto para que nossos olhos se encontrem. — Você ouviu? Para mim, isto aqui não é só pelo sexo.

— Você estava usando isso para ele?

— Eu sei. — Ela leva minha mão ao seu coração, pressionando-a ali para que eu possa sentir o quão forte está batendo. — Para mim, também não é só pelo sexo. Consegue sentir? É isso que você faz comigo, faz meu coração ficar acelerado.

— Por que você não disse nada?

— Não sabia que sentia o mesmo.

— Linda. — Agarro seu queixo e inclino sua boca para cima. A centímetros de distância de sua boca, digo: — Acho que você sabe como eu me sinto agora.

— Sim — ela sussurra antes que eu torne a pressionar os lábios nos seus. Ela suspira e envolve meu pescoço com os braços. Brinco com a alça de sua lingerie e então a puxo alguns centímetros para baixo, esperando por sua resposta. Quando ela não protesta, eu a puxo por todo o seu braço. Ela termina de tirá-la.

Enquanto mantenho os lábios nos seus, nossas línguas colidem, emaranhadas, e vou passando os dedos por seu braço, na clavícula e então por seu peito exposto. Minha palma encontra seu mamilo rijo, e eu gemo em sua boca antes de rolar a protuberância rígida entre os dedos.

— Isso — ela sussurra quando minha boca se afasta da sua.

Vou beijando seu pescoço, até seu peito, e então me levanto e olho para ela.

— Porra — sussurro, arrastando a mão sobre sua boca. — Você é linda pra caramba, Kelsey.

Ela termina de tirar a outra alça e então, com os olhos conectados aos meus, ela diz:

— Tire a minha roupa.

Caralho...

Me levantando, puxo a lingerie até que a livro da renda, deixando-a completamente nua na minha cama.

— Meu Deus — sussurro antes de levar minha boca aos seus seios.

Aperto um com a mão, enquanto levo o mamilo à boca. Eu o lambo algumas vezes, de novo e de novo, e então chupo a protuberância — com força —, fazendo suas costas arquearem.

Tão responsiva.

Vou para o outro seio e faço a mesma coisa.

Lamber.

Lamber.

Chupar.

Ela geme enquanto me segura no lugar.

Volto ao seu outro seio e então deixo uma trilha de beijos ao longo de sua pele, descendo até o umbigo e um pouco mais abaixo. Suas pernas se abrem em antecipação, mas, em vez de dá-la o que ela quer, volto à sua barriga e depois ao seio esquerdo. Provoco seu mamilo com a boca.

— Meu Deus — ela geme em frustração. — Estou tão pronta para você. Você já deve saber disso.

— Está mesmo? — pergunto, enquanto movo a mão entre nós e passo-a bem de leve ao longo da beirada de sua boceta. Meus dedos ficam encharcados de seu tesão. Olhando em seus olhos, chupo os dedos. — Porra — solto. — Eu quis sua boceta desde aquela primeira vez.

Vou descendo com a boca pelo seu corpo, girando a língua, sentindo-a se contorcer abaixo de mim na medida em que me aproximo cada vez mais do ponto entre suas pernas. Arrasto a língua pelo seu quadril e então na parte interna da coxa.

— Por favor, não me provoque... por favor — ela choraminga.

— Você quer a minha boca?

— Por favor, Jonah. — Ela assente.

Vendo o desespero em seus olhos, mudo os planos. Queria deixá-la consumida de desejo ao brincar com a parte interna das suas coxas, mas não há motivo para isso, então abro suas pernas com as mãos e me movo entre elas. Seu clitóris brilha de umidade, pronto para mim, então com uma única, demorada e gentil chupada, absorvo tudo.

— Ai... meu Deus — ela geme, enquanto sua pélvis procura por mim. — Mais. Quero muito mais.

Eu a abro com os dedos enquanto vou arrastando muito devagar a língua por seu clitóris. Fico lânguido pelas minhas lambidas, acrescentando pressão suficiente para levá-la à loucura, mas não com velocidade o suficiente para fazê-la passar dos limites.

E é assim que a mantenho: no limite a cada pressão, a cada lambida. Não quero que ela goze, ainda não, não quando estou bem onde quero estar. Agradando-a. Provando-a. Consumindo-a.

Já sonhei com isto, com este exato momento, quando posso tomar esta mulher. Não quero que acabe; quero que dure. Quero saber que posso levá-la à loucura a cada passada da minha língua.

— JP, por favor — ela implora.

Vou inserindo aos poucos dois dedos nela, dando-lhe mais, mas não o suficiente para fazê-la gozar.

— Assim. — Ela se move sob meu aperto. — Bem aí. Ahhhh, isso.

Curvo os dedos para cima, enquanto pego o ritmo das minhas lambidas, deixando-as cada vez mais devagar, fazendo com que uma série de palavrões saia da boca da minha linda garota. E, porra, isso me deixa com ainda mais tesão.

Meu pau está tão duro, é doloroso enquanto ele pressiona minha calça social, sem deixar espaço algum. Entre o gosto dela e sua reação ao que estou fazendo, sei que, assim que entrar nela, ela vai gozar.

— JP... ai, meu Deus... eu... estou chegando lá.

Sua confissão me faz parar, e eu tiro a boca de seu clitóris para erguer o olhar para ela.

Seu peito está ofegante, seus olhos, famintos, e sua boca está franzida em uma carranca quando ela diz:

— O que você está fazendo?

— Quero olhar para você, ver como fica logo antes de gozar.

Suas mãos agarram o edredom abaixo de nós enquanto ela se recosta de novo.

— Por favor, JP, por favor, não me faça esperar. Eu quero gozar na sua língua.

Ah, porra.

Levo a boca de volta ao clitóris, e em vez de lambê-la, chupo a pequena protuberância, fazendo com que ela chame meu nome e suas pernas me apertem com mais força.

— Porra — ela geme. — Ah... eu... eu estou... lá.

Chupo mais uma vez antes de soltá-la e girar a língua em seu clitóris várias vezes, até que ela fica tensa ao meu redor e grita algo ininteligível ao passar dos limites. Seus quadris cavalgam contra a minha boca, seu tesão encharca minha barba, e eu continuo movimentando a língua e os dedos até que ela esteja implorando para que eu pare.

Me afasto um pouquinho para ver o que fiz com ela. Para observá-la se dobrando, para recuperar seu corpo saciado e estendido ao longo da cama.

Meu pau está tão dolorido agora, tiro o cinto, desabotoo a calça e abro o fecho. Seus olhos vão para os meus, e lhe dou um show enquanto vou empurrando aos poucos a calça e a cueca para baixo, revelando meu membro sedento. Eu o pego, agarro a base e puxo.

Porra, isso é bom.

— Quero estar dentro de você — digo, arrastando a mão pela cabeça.

— Você está tomando anticoncepcional?

Ela assente, seu corpo ainda relaxado do orgasmo.

— Que bom, porque não quero nada entre a gente.

Seus dentes esfregam o lábio inferior.

— Você também quer, não é? — pergunto.

Ela assente devagar.

— Foi o que pensei. Porra, como eu quero isso. Sempre usei camisinha, mas com você, linda, não quero nada entre nós.

Eu me deito, encostando a cabeça no travesseiro, e coloco a mão por trás da cabeça, acenando para que ela suba em mim.

Ela fica de quatro e rasteja até mim, e seu corpo perfeito está me deixando mais duro a cada movimento que ela faz. Sempre achei que seus peitos fossem incríveis, mas poder tocá-los, chupá-los, marcá-los... é melhor do que eu imaginava. E é por isso que estou deitado. Quero fodê-la assim para que possa assistir aos seus peitos pulando, seu rosto iluminado de prazer, quando estiver dentro dela.

Montando nas minhas pernas, ela se senta nas minhas coxas. Ela roça a mão nos meus quadris e então na direção do meu membro, agarrando a base.

Um assobio áspero sai dos meus lábios pelo seu toque quente... firme, bem do jeito que gosto.

— JP?

— O que foi? — pergunto, observando sua mãozinha bombear meu pau muito devagar.

— Eu gosto muito de você.

Cacete. Se ela está tentando mexer comigo, está fazendo um trabalho bom pra caralho.

— Eu também gosto muito de você, linda.

Ela sorri com malícia e então fica de joelhos, posicionando meu pau na sua entrada. Meu maxilar fica rígido, me preparando para o que sei que será a sensação mais incrível da minha vida.

Com o primeiro centímetro... Porra, ela é quente, apertada e perfeita.

Com o segundo... sinto meus olhos quase rolando para trás do meu crânio.

Com o terceiro e o quarto, meu peito está ofegante.

Com o quinto, o sexto, o sétimo, o oitavo, o nono... eu quase engulo a língua.

E quando chego ao fundo, exalo com força. Suas mãos vão para o meu peito e seu cabelo cai em cascata sobre seus ombros e seu rosto lindo.

— Ai, meu Deus... — ela sussurra. — Eu... eu me sinto tão... tão preenchida.

Deslizo a mão por sua coxa, enquanto o impulso de bombear me consome, e está me custando tudo para me segurar.

— Está tudo bem, amor?

Sua cabeça cai para trás, e seu cabelo esvoaça com o movimento, enquanto ela assente.

— Sim. Estou me sentindo muito bem.

— Perfeito, porque preciso me mover. Preciso foder você.

— Então me foda — ela diz logo antes de pulsar sobre mim. Movo os quadris com ela, bombeando dentro dela.

Tão quente.

Tão apertada.

Nunca senti algo assim, porque nunca fiquei sem usar proteção com uma mulher, jamais. Mas com Kelsey, eu soube que precisava sentir cada centímetro dela. Precisava saber como é ser puxado para dentro dela, sentir sua boceta se contorcer ao meu redor.

E é o paraíso.

— Caramba, linda, isto... Ahhh, é tão bom. — Abro os olhos e a vejo jogar a cabeça para trás com paixão, seus seios empinados pulando com seus movimentos, seu cabelo balançando para frente e para trás... estimulando meu orgasmo iminente.

Suas mãos viajam por seu corpo, por seus seios, e ela os agarra com força, seus dedos se movendo sobre os mamilos, os beliscando.

— Mmmmmm, isso — ela diz.

Caramba, que tesão.

Agarro seu quadril com mais força e os movo com mais rapidez sobre meu pau. Cada estocada é como um raio lânguido de prazer, pulsando direto para as minhas bolas, deixando-as cada vez mais apertadas, mas sem nunca me levar totalmente aonde quero estar. Em vez disso, apenas fico no limite, cavalgando a necessidade prolongada de gozar, mas sem nunca chegar lá.

A frustração me domina e eu a viro pelas costas. Ela solta um suspiro surpreso, e enquanto ainda está atordoada, agarro suas mãos e as prendo juntas sobre sua cabeça. Baixo a cabeça em seus seios e chupo um mamilo.

— Ai, meu Deus, sim — ela grita, enquanto eu continuo bombeando. Agora no controle, posso girar os quadris do jeito certo, posso empurrar devagar e bombear com mais força dentro dela. Posso conseguir o que preciso enquanto entrego o que ela precisa.

— Você é tão gostosa, Kelsey. Gostosa pra caralho.

Ela envolve minhas costas com as pernas, me trazendo para mais perto. Posso sentir que ela está perto, e eu estou quase lá com ela, enquanto minhas pernas começam a ficar leves, formigantes e dormentes. Meu aperto em suas mãos parece mais fraco enquanto meus quadris pulsam cada vez mais rápido.

O som da minha pele esmagando a sua preenche o quarto. Movo a mão livre para sua barriga, bem acima do osso púbico, e pressiono gentilmente.

Seus olhos se arregalam depressa, sua boca se abre e um apelo silencioso sai de seus lábios, enquanto suas bochechas ficam vermelhas e suas pernas me apertam cada vez mais.

— Ai, meu Deus... Ai, meu Deus, sim... isso. Ai, meu Deus, Jonah!

Sua boceta aperta meu pau e ela goza, meu nome saindo de sua boca várias vezes.

Isso é tudo de que preciso. Minhas bolas ficam apertadas, meu pau incha e com um último impulso, gozo dentro dela.

— Porra... caralho — solto entre os dentes, meus molares quase rachando pela intensidade do orgasmo que me atravessa, me mandando para um buraco negro de puro êxtase.

Pulso mais algumas vezes antes de desabar bem em cima dela.

Caramba...

Porra.

Isso foi... cacete, foi o melhor sexo da minha vida inteira. E sei que é por causa dela, por causa dos sentimentos que nutro por *ela*. Não foi um sexo descuidado, foi significativo. O começo de algo novo.

— Merda, desculpe — digo, enquanto tento sair de cima dela.

— Não, fique — ela diz, me envolvendo com os braços, enquanto vou arrastando devagar os dedos sobre os fios curtos de sua nuca.

Pressiono os antebraços no colchão para que possa aliviar um pouco do peso e olhar para ela. Nossos olhos se conectam, e juntos, nós dois sorrimos e então rimos.

— Por que você está rindo? — pergunto.

— Porque você está rindo.

— A gente riu ao mesmo tempo.

— É verdade... É só que, sei lá, isto aqui parece certo. Acho que é essa a minha resposta quando algo parece tão certo.

— Parece mesmo, não é? — pergunto, lhe dando um selinho.

— É, parece.

— E aí, nenhum arrependimento? — pergunto.

— Nenhum. Você tem algum? — Suas sobrancelhas se juntam de preocupação.

— Eu quase tive um ataque cardíaco quando você saiu do quarto, linda. Tenho certeza de que pode me rotular como o homem mais feliz do planeta agora.

Ela tira o cabelo que está caindo na minha testa.

— Por que não disse nada antes? Por que esperou tanto tempo?

— Eu tentei dizer algumas vezes, mas a gente sempre acabava sendo interrompido e aí, merda, achei que, se eu te cortejasse primeiro, você estaria mais disposta a me dar uma chance. É isso o que tenho feito. Planejei contar hoje, no jantar. Até que vi que você ia sair com Derek.

— Isso deve ter doído tanto. Desculpe, JP. Eu nunca teria concordado em sair com ele se soubesse que é assim que você se sente.

— Foi como um soco no estômago, por isso implorei para você ficar.

— Bem, eu estou aqui agora, sou sua.

— Toda minha? Você sabe o que isso significa, não é?

— O quê? — ela pergunta.

— Que eu tinha razão, homens e mulheres não podem trabalhar juntos...

Ela tampa a minha boca com a mão, me interrompendo.

— Sugiro que não termine essa frase.

Rindo, dou uma mordidinha na sua mão até que ela a tire, e então levo os lábios ao seu pescoço e começo a beijá-la tudo de novo. Ela suspira com os beijos, e pela primeira vez desde que consigo me lembrar, estou feliz de verdade.

CAPÍTULO DEZENOVE

KELSEY

♥ *Sawyer e Fallon* ♥
Feitos um para o Outro

Kelsey: Seja bem-vindo, ouvinte, a mais um Podcast Feitos um para o Outro. Aqui a gente conversa com casais loucamente apaixonados sobre como eles se conheceram. Sawyer e Fallon, muito obrigada por se juntarem a nós hoje.

Sawyer: Obrigado por nos receber.

Kelsey: Vi que o filme Padrinho em Fuga vai estrear neste outono e que o roteiro é baseado no relacionamento de vocês. É verdade?

Fallon: É. Sawyer é um roteirista fantástico para filmes de romance, mas a vida amorosa dele era uma porcaria.

Sawyer: Fato.

Fallon: E ele também não tinha lá muita sorte, porque a namorada dele o havia traído com o melhor amigo dele.

Kelsey: Caramba, isso é horrível.

Sawyer: E essa não é nem a pior parte. Eu fui o padrinho amargurado no casamento deles, e a meio caminho da cerimônia, me dei conta de que eu não tinha que ficar lá olhando eles se casarem. Aí... fui embora.

> **Fallon:** No meio do casamento, ele saiu da igreja direto para o carro, aí dirigiu até Canoodle, onde nós dois moramos agora.
>
> **Sawyer:** Ao estilo mais clássico e lamentável, dirigi até o primeiro bar que vi e fiquei bêbado.
>
> **Fallon:** Não foi amor à primeira vista... porque, na verdade, tínhamos ido a um encontro às cegas um ano antes, mas ele não se lembrava de mim.
>
> **Sawyer:** Ainda me sinto um babaca por isso. Mas aos poucos — e digo bem aos poucos mesmo —, nos tornamos amigos. Mas ela já estava com uma pessoa, então permaneci amigo dela, apesar de ter me apaixonado.
>
> **Fallon:** Naquela época, já que estava com outra pessoa, não consegui notar o que eu sentia pelo Sawyer.
>
> **Sawyer:** Foi só quando ela terminou com o namorado — uma decisão mútua — que fui, aos poucos, mostrando para ela que eu poderia ser o cara.
>
> **Fallon:** Ai, meu Deus, você é tão brega.
>
> **Sawyer:** É, mas você me ama mesmo assim.
>
> **Fallon:** Amo mesmo.

— Bom dia — JP diz ao se inclinar na bancada da cozinha, segurando uma caneca de café, parecendo tão lindo em seu terno azul-marinho completo.

— Bom dia — respondo. Sinto meu rosto aquecer, porque, ai, meu Deus, nunca fiz tanto sexo na vida como na noite passada.

Seis vezes.

Caramba, seis vezes.

Foi como se ele tivesse aberto a represa da minha libido. Sempre que ele se afastava, eu me aninhava nele de novo, querendo mais.

Das suas mãos.

Da sua boca.

Do seu pau.

Eu precisava disso tudo, e cada vez que ele estava bem fundo dentro de mim, com nada entre nós, eu ainda não conseguia sentir que era o suficiente até que gozássemos juntos. Nunca senti nada assim antes, esta necessidade cega de ficar ligada a outro ser humano.

Para ser sincera, a necessidade foi crescendo a semana toda. Cada momento que passávamos juntos, cada refeição em conjunto, cada abraço antes de irmos para a cama... Tentei dizer a mim mesma que éramos só amigos, que não havia nada além disso, mas o meu coração já sabia. No instante em que vi a devastação no seu rosto antes do meu encontro com Derek, eu quase me parti ao meio.

Saí do seu quarto com uma única coisa em mente: deixar que Derek fosse embora para que eu pudesse passar o resto da noite nos braços de JP. Sei que não foi justo com Derek, e estou planejando mandar uma mensagem para ele depois, mas não pude deixar JP. Não consegui suportar sua expressão, o apelo para que eu ficasse. Me dilacerou. E, num piscar de olhos, foi como se tudo estivesse no lugar.

As conversas.

Os encontros.

As mensagens.

Este era o homem com quem eu deveria ficar.

Não com Derek.

Não com Edwin.

Não com um cara aleatório que talvez eu encontrasse num aplicativo de encontros.

JP tem sido o homem certo o tempo todo, e eu só estava cega demais para enxergar isso... até a noite passada.

— Você vai me dar um beijo? — ele pergunta, antes de tomar um gole de café.

Sorrindo sem jeito, vou até ele, coloco a mão em seu peito e então me levanto na ponta dos pés e pressiono um beijo nos seus lábios. Sua mão ao redor da minha cintura me mantém no lugar. Nossas bocas colidem em uma doce conexão, nada carnal, mas é bom. É o doce beijo dos sonhos que envia arrepios pela minha espinha enquanto sinto o friozinho na barriga de entusiasmo.

— Seu cheiro é bom.

— Ah, é? — Ele sorri com malícia. — Não sei se vou me acostumar com os seus elogios. Você me detestou por tanto tempo.

— Eu não detestava você. Você era só... irritante.

— Parece que eu fiz um ótimo trabalho irritando você para os meus braços. — Ele mexe as sobrancelhas para mim.

— Ou você fez um ótimo trabalho me mostrando quem é de verdade, e eu não consegui resistir.

— Você gosta do meu eu verdadeiro?

— Gosto muito. — Assinto. E lhe dou mais um beijo antes de me afastar e levar sua caneca de café comigo. Me inclino na bancada do lado oposto ao dele e tomo um gole da sua caneca. — Estou triste que este é o nosso último dia aqui, que vamos embora hoje.

Ele vem até mim e me pressiona na bancada, colocando as duas mãos nos meus quadris.

— Esqueceu que sou um bilionário e que se a gente quiser vir aqui todos os fins de semana, a gente pode.

Brinco com os botões de sua camisa.

— Mas não seria a mesma coisa. A gente ficou numa bolha aqui. Tipo, quando voltarmos para Los Angeles, você vai mesmo me visitar no meu apartamento e passar um tempo juntos?

— Se você quiser, vou. Porra, a gente pode passar todas as noites lá, se você quiser.

— Acha que vai passar todas as noites comigo?

Suas mãos me apertam com mais força, então ele me levanta na bancada. Ele se coloca entre as minhas pernas e fala:

— Eu não espero nada de você. Só estou dizendo como me sinto. Se quiser passar a noite comigo, a escolha é sua. Se eu fizesse do meu jeito, você iria para casa comigo hoje mesmo.

— Você não fica nervoso? — pergunto.

— Nervoso por quê?

— Sei lá... por tudo isso.

Seus polegares esfregam meus quadris quando ele indaga, calmo:

— Você está se arrependendo?

— Não — digo depressa, antes de colocar a caneca na bancada e as mãos em seus ombros. — De jeito nenhum. Não quero que pense isso. A gente só entrou nessa rápido e, sim, a noite passada foi a melhor da minha vida. Eu só não quero me perder no aspecto físico da coisa, sabe?

Um sorriso lento passa por seus lábios quando ele se inclina para perto e me dá um beijo no rosto.

— Eu entendo, linda. Você quer ter encontros, não é?

Quando ele se afasta, eu assinto devagar.

— Tipo, a gente ainda vai sair para encontros?

Ele ri.

— Que tal amanhã à noite? Pego você no seu apartamento e a gente sai para um encontro. Fica bom assim? Nosso primeiro encontro oficial.

— Tecnicamente, nosso primeiro encontro foi aquele às cegas.

— É, mas nós dois estamos concordando em ir neste.

— É verdade. — Levo as mãos até sua nuca. — Você não se importa em me levar para sair? Tipo, desacelerar da noite passada?

— Kelsey. — Ele me olha nos olhos. — Desde o instante em que você saiu daquele elevador na Cane Enterprises, eu estive esperando pelo momento de te chamar de minha garota. Desacelerar não vai me matar, só vai deixar as coisas ainda melhores.

Como é que eu não sabia que este homem pode ser tão fofo? Que ele não só é compreensivo e gentil, mas também digno de parar o trânsito?

— Obrigada.

— Você se sente melhor?

Meus dedos brincam com os fios curtos de seu cabelo.

— Muito melhor. — Me inclino e lhe dou um sussurro de beijo antes de perguntar: — Você tem uma reunião com o prefeito agora de manhã?

— Tenho, e aí vou ter que atravessar a cidade para conversar com Edison sobre outro prédio em que estamos interessados. Infelizmente, não vou te ver até a hora da viagem.

— Não tem problema. Você já fez as malas?

— Já, arrumei tudo hoje de manhã.

— Como? Eu ainda estou meio dormindo.

Ele sorri com malícia.

— Plugar em você a noite toda me deu toda a energia.

— Você está se arrependendo?

— Eca. — Dou um empurrão em seu peito. — Não diga que plugou em mim.

Ele ri alto e passa os braços ao meu redor, me envolvendo.

— Que nada, linda, eu só estou empolgado demais. — Ele beija a lateral da minha cabeça. — Quando você voltou ontem, quando me escolheu, significou mais para mim do que você jamais saberá.

— Foi uma escolha fácil — admito, fazendo com que ele suspire com o meu abraço.

— Porra, queria não ter duas reuniões hoje. — Ele ergue minha mão e beija o nó dos dedos. — Vejo você no avião.

— Sim — digo. Ele se afasta e, enquanto se dirige à porta, eu chamo: — Ei, JP.

— O que foi? — Ele olha sobre o ombro.

— Fico muito feliz que você tenha vindo para São Francisco. Sei que não queria vir.

— Só porque eu estava com raiva pra caralho de você. — Ele dá uma piscadela. — Te vejo no aeroporto.

Quando ele sai, eu praticamente derreto na bancada, enquanto tudo o que ele já disse para mim vem à tona na minha mente. Os olhares, os toques leves, a provocação, os gestos fofos — estava tudo ali. Sempre esteve, desde o instante em que o conheci, e eu tinha ficado tão decepcionada que Lottie havia arruinado nossa apresentação na Cane Enterprises, até a forma como ele me mostrou o escritório quando enfim fomos contratadas, me oferecendo ajuda sempre que eu precisava. Na festa de gala, quando ele viu o quanto fiquei chateada, em vez de deixar pra lá, tentou melhorar minha noite. Os jantares que tivemos e o tempo que passamos juntos em São Francisco. Seu cuidado genuíno sempre esteve ali, eu só estive preocupada demais para ver de verdade.

Preocupada com a reputação dele.

Preocupada demais de me apaixonar por alguém como ele.

Preocupada demais para abrir os olhos e ver *cada* face de JP.

Mas agora eu o vejo.

Pulo da bancada e pego meu celular da mesa de jantar. Abro a conversa com Lottie e mando uma mensagem.

> **Kelsey:** *Caramba, como eu preciso falar com você.*

Volto para o quarto para recomeçar a arrumar as malas e estou quase terminando quando Lottie responde.

> **Lottie:** *Isso aí tem cara de fofoca boa. Me conte tudo.*
>
> **Kelsey:** *Era para eu ter ido a um encontro com Derek ontem.*
>
> **Lottie:** *Ele não apareceu?*
>
> **Kelsey:** *Não, ele veio. JP interrompeu, me falou que faz tempo que me desejava, que quer ficar comigo e... bem, eu me despedi rápido de Derek e acabei fazendo sexo com JP... seis vezes.*
>
> **Lottie:** *AI. MEU. DEUS! Até que enfim, hein? Além disso, seis vezes... bem-vinda ao sexo com um irmão Cane. Como você se sente?*
>
> **Kelsey:** *Empolgada. Desorientada. Um pouco nervosa. Mas principalmente... ansiosa para vê-lo de novo. É loucura? Tipo, só uns dias atrás, a gente estava no pé um do outro. E agora, bom, ele é meio que tudo o que eu sempre quis em um homem. E esse é JP! Nunca achei que fosse dizer isso.*
>
> **Lottie:** *Eu já tinha visto isso todo esse tempo. Só estava esperando que acontecesse. Não é loucura. Acho que o mais legal sobre vocês dois é que são tão opostos. É por isso que Huxley e eu ficamos tão bem juntos. A gente se desafia, mas também acalmamos as partes um do outro que precisam de cuidado extra. Dá para ver a mesma coisa entre você e JP.*
>
> **Kelsey:** *Pois é, acho que é bem isso mesmo. Sei lá. Eu gosto dele, de verdade. Me dei mais conta ainda nos últimos dias. Só estou nervosa.*
>
> **Lottie:** *Pelo quê?*

Kelsey: Que eu não seja suficiente. Que ele vai se cansar de mim. Que ache que está pronto para um relacionamento, mas, na verdade, não está, e eu vou acabar me machucando.

Lottie: São preocupações válidas, mas você não vai saber a resposta a menos que tente, a menos que o deixe tentar.

Kelsey: Mas e se ele me machucar?

Lottie: Aí ele não só vai ter que prestar contas para Huxley, mas como ter que me encarar também, e você já sabe que não deixo ninguém machucar minha irmã.

Kelsey: Edwin me machucou.

Lottie: E adivinha quem recebeu uma bomba de glitter com um recado dizendo para abri-la em frente ao computador? Ele ainda deve estar limpando o glitter do teclado.

Kelsey: Você não fez isso...

Lottie: Ninguém mexe com você e sai ileso. E se JP te machucar, bem, imagine o dano que posso causar.

Kelsey: Posso ter ficado um pouco assustada.

Lottie: Que bom, sempre gostei que todo mundo achasse que sou um pouco desequilibrada. Mantém todos muito comportados.

Kelsey: Eu meio que sinto pena do Huxley.

Lottie: Não precisa, ele ama isso. Além do mais... não fique se preocupando com o que pode dar errado entre vocês. Foque no que pode dar certo. Ele gosta de você. Você gosta dele. Comece por aí.

Kelsey: Tem razão. Obrigada, mana.

Lottie: Agora, me conte mais sobre essa noite de sexo. Seis vezes!

— Não precisava subir comigo — digo ao alcançar minha porta.

JP me lança um olhar aguçado.

— Achou mesmo que eu ia deixar você carregar essas malas até aqui em cima sozinha?

— Não. — Destranco a porta, abro e, em seguida, coloco uma das malas para dentro, enquanto JP me segue, arrastando a maior. — Pode deixar ali.

— Este é o seu apartamento? — JP pergunta, absorvendo o meu apartamento de cinquenta e cinco metros quadrados.

— É. É pequeno, eu sei, mas dá para o gasto. Espero conseguir um lugar maior em algum momento, mas é difícil encontrar um apartamento em uma boa região que não custe todo o meu salário.

Sem dizer nada, JP anda pelo pequeno espaço, passando os dedos pela mesa minúscula com duas cadeiras a que chamo de mesa de jantar, espiando a cozinha e até abrindo a porta do meu closet e banheiro. Quando se vira para mim, ele enfia as mãos no bolso e diz:

— Eu gostei, linda. É muito a sua cara.

— É pequeno, nada comparado à sua casa.

— Por que você tem que fazer isso? Ficar desmerecendo o seu apartamento? Não é uma competição. É onde você mora, fique orgulhosa dele.

Isso aquece meu coração.

— Você tem razão. Eu gosto do meu apartamento. Me serve muito bem. Mas ainda espero encontrar um lugar maior um dia.

Ele vem até mim, pega minha mão e me puxa para o seu peito.

— Até lá, espero que a gente possa fazer algumas lembranças aqui.

— Que tipo de lembrança você está sugerindo?

— Bom, estava pensando em ficar aconchegado na sua cama, tomando sorvete e conversando.

— Jonah Peter Cane, o homem que tem sexo na cabeça vinte e quatro horas por dia, só quer conversar? — Lanço um olhar aguçado para ele.

— O que foi que eu disse? Você falou que queria ir com calma, então é isso que vamos fazer. Quero passar mais tempo com você antes de te dar um beijo de despedida e ir embora.

Brinco com a barra de sua camisa.

— Sendo a romântica que sou, sempre sonhei com alguém dizendo que quer passar mais tempo comigo, mas nunca ouvi isso.

— Porque não estava com o cara certo. Mas não precisa mais procurar. Estou bem aqui — ele diz, dando um beijo leve nos meus lábios. — E, com sorte, o sorvete vai chegar logo. Já pedi para o nosso motorista, Ramon, dar uma passada na loja da esquina e comprar um pote, apostando que você fosse aceitar.

— E se eu tivesse dito não?

— Aí eu teria ido para casa e comido tudo sozinho.

Dou uma risadinha e beijo seu queixo.

— Que tal assim: tomamos sorvete e eu desfaço as malas enquanto a gente conversa, porque não consigo ficar no meu apartamento com duas malas cheias.

— Eu posso ajudar. Posso arrumar a sua lingerie, se você quiser.

Reviro os olhos e o empurro na direção da cama.

— Você só fica aí e conversa comigo enquanto desfaço as malas. Não preciso de você bagunçando o meu esquema.

— Tá bom, Monica Geller — ele diz, caindo na cama.

Aponto para o seu pé.

— Hã, os sapatos, senhor. Precisam ser tirados.

Ele olha para os pés e então de volta para mim.

— Ah, como vai ser divertido te tirar do sério.

— Apenas tente. Tenho certeza de que sabe quem vai ganhar.

— Você sempre faz isso toda vez que volta de viagem? — JP pergunta com a boca cheia de sorvete de cookie de chocolate.

— Sim.

— E se chegar em casa tarde?

— Aí eu vou para a cama tarde.

— Então está me dizendo que precisa vaporizar e desinfetar todos os seus sapatos antes de ir para a cama?

Abaixo o vaporizador, pego minha tigela de sorvete e como a última colherada antes de colocá-la de volta no lugar.

— Sim. Se eu não fizer isso, não vou conseguir dormir. Já falei, eu tenho um esquema, e ele precisa ser seguido antes que eu possa ir para a cama.

— Entendi... Por que será que acho isso estranhamente sexy?

— Porque você é perturbado — respondo enquanto termino com o último sapato. Deixo de lado o vaporizador e o desinfetante e fecho as malas, a pequena dentro da grande, e as coloco ao lado da porta.

— Para onde você vai levar as malas?

— Para o armário. Há uma unidade no porão do prédio. É onde mantenho minha decoração de Natal, assim como quaisquer suprimentos extras, como papel higiênico, papel-toalha e qualquer outra coisa que eu possa ter comprado em excesso por causa de uma boa promoção.

— Você é eficiente pra caralho, me faz querer enterrar a cabeça entre os seus peitos.

Dou risada.

— Você está me dizendo que não tem quarto de excedentes?

— Hã, acho que o meu se chama despensa.

— Ah, verdade. E é organizada?

Ele estremece.

— Acho que seus mamilos iriam se contorcer se você visse minha despensa.

— E o seu banheiro? É organizado?

— A pasta de dente tem um lugar específico na bancada, se é o que quer dizer.

— Sua geladeira é arrumada por cores?

Ele coça a lateral do queixo.

— Não sei nem se há comida lá.

— Debaixo da sua pia, há gavetas para guardar o detergente da lava-louças?

— Eu não lavo louças.

Meus olhos se estreitam.

— E as roupas?

— Pago uma pessoa para lavá-las.

— No seu closet, os seus ternos são organizados por cor e tecido?

— Vou parar essa loucura agora, linda, dizendo que de jeito nenhum você entraria na minha casa e se sentiria à vontade. É desorganizada. — Ele se recosta na cama e coloca a mão atrás da cabeça. — É por isso que acho que vai ser ótimo que a gente passe muito tempo aqui.

— Ah, não, de jeito nenhum. Nada disso, não vai rolar. — Balanço a cabeça. — Amanhã vamos passar o dia organizando a sua casa.

Ele se ergue com o cotovelo.

— Isso não é um encontro.

— Para mim, é. Acho que nada me faria mais feliz do que ver você arrumar seus sapatos. Ah, a gente pode ir à loja de itens para organização juntos, pegar comida para viagem e se divertir.

— Isso não parece nada divertido.

Vou até ele, monto no seu colo e coloco a mão em seu peito.

— Vou usar um cropped, algo que deixará minha pele exposta para você passar a mão sempre que se sentir frustrado.

Sua mão cai para a minha coxa.

— Agora sim.

— E você terá uma ótima sessão de pegação depois, porque, sério, sei que vou ficar animada com toda essa organização e aí vou querer mais lábios nos lábios com você.

Ele ri.

— Você vai ser malvada? Ou vai ser gentil com a pessoa desorganizada?

Eu me inclino para baixo para que minha boca fique a centímetros da sua.

— Gentil. Sempre gentil.

Sua mão esfrega minhas costas e então, num piscar de olhos, ele me vira na cama e me cobre com seu corpo forte e quente.

— Você sabe que eu quero te fazer feliz, mas quer mesmo passar o nosso primeiro encontro organizando a minha casa?

— Quero.

Ele solta um suspiro pesado e diz:

— Tudo bem, mas o próximo vai ser ideia minha. Tá bom?

— Acho que é justo.

Eu o agarro pela gola da camisa e o puxo para perto. Ele coloca gentilmente meu cabelo atrás da orelha e então envolve meu rosto antes de me beijar.

Passamos a meia hora seguinte de pegação, e é tudo o que eu poderia querer.

— Kelsey.

— O que foi? — pergunto, me virando, segurando duas caixas organizadoras de bambu que planejo usar para suas barras de proteína na despensa.

— O que raios você está vestindo?

Olho para a minha calça jogger e o cropped preto.

— Roupas. Eu falei que ia usar um cropped para você. — Cheguei em sua casa usando uma blusa de moletom por cima, mas toda essa organização me deixou com calor, então a tirei.

— É, mas você não está usando sutiã.

Ah... sim, é verdade.

Sorrio e digo:

— Ah, é, devo ter esquecido.

Ele estreita os olhos, e isso é meio hilário.

— Não foi com isso que a gente concordou.

— Está reclamando de eu não estar usando sutiã? Sério?

— Sim... você está me deixando duro.

— Controle-se. A gente ainda tem coisas para organizar.

— Mas já faz duas horas. Não podemos fazer uma pausa?

— E onde você acha que podemos fazer uma pausa?

— Lá fora. Você não viu a piscina ou o quintal. A gente pode olhar as estrelas, recuperar o fôlego por um segundo.

Olho de volta para a despensa.

— Bem, acho que podemos fazer uma pausa. A gente conseguiu muita coisa. Pode ser que uma pausa não faça mal.

O alívio em seu rosto é fofo. Ele me guia para além das caixas que comprei para sua despensa e me leva da sala de estar para uma grande porta corrediça de vidro. Depois de uma breve pausa, ele empurra as cortinas para abrir um painel na parede, digita a senha e então aperta alguns botões. Como num passe de mágica, as luzes da piscina se acendem em um azul profundo, as lâmpadas dançando sobre nós, e as imensas palmeiras, que delimitam o perímetro do quintal, brilham com uma iluminação suave.

— Nossa! — exclamo. — Isto aqui é... uma coisa dos sonhos.

— Sabia que você ia gostar. — Ele me leva até a grande espreguiçadeira branca à frente da piscina, perfeitamente posicionada sob as luzes cruzadas das lâmpadas. — Venha se sentar aqui comigo.

— É claro — digo.

Ele se senta primeiro e então me puxa para baixo entre suas pernas, minhas costas em seu peito. Eu me recosto em seu corpo e o uso como apoio. Ele passa os braços ao redor da minha barriga exposta.

— Está bom assim? — ele pergunta, baixinho, o que me surpreende, porque ele sempre foi o homem que pega o que quer, então o fato de estar checando me faz respeitá-lo ainda mais.

— É perfeito, JP. — E então, de repente, começo a ouvir o som intrigante de uma música instrumental a distância. Mas não qualquer uma. — De onde conheço essa música?

Sua voz é baixa, como um sussurro de um estrondo.

— Foi a primeira música que a gente dançou na noite de gala. Uma versão instrumental de *Wildest Dreams*.

— Você se lembra disso?

— Kelsey — ele diz em tom suave —, eu me lembro de tudo que envolve você. Tudo. Desde o que estava usando no dia em que te conheci, um vestido azul de gola alta, até do seu cheiro quando a gente pegou o elevador juntos pela primeira vez, de baunilha e açúcar mascavo, até do seu gosto da primeira vez que tive a chance de ter intimidade com você, era como a porra de um pôr do sol num dia chuvoso. Essa música... ficou gravada no meu cérebro, e eu só estava esperando a chance de tocá-la de novo para você.

Quase não consigo ouvi-lo por causa das batidas do meu coração.

— Eu... eu não fazia ideia.

— Sei que não. E está tudo bem. Eu te absorvia de longe e esperava até que me visse como o homem que sou de verdade.

— Por que não disse nada?

— Eu até tentei, mas o medo também ficou no caminho. Várias vezes o orgulho me comandou. Você não é fácil de se aproximar. Foi bastante profissional quando a gente se conheceu, então passar por essa barreira foi difícil.

— Por causa da Lottie. Por causa do que ela estava fazendo com Huxley. Sei que ela fez o que precisava, os dois fizeram. Muito pouco ortodoxo, mas eu não só compreendi, como também aprovei. Mas isso significava que eu tinha que mostrar para vocês que nós não éramos duas irmãs tentando ganhar uma boquinha, sabe? Eu queria manter o mais profissional possível. Queria mostrar que éramos mesmo mulheres de negócios.

— Não houve dúvida de que fossem, mas entendo o que está dizendo.

— E, falando sério, quando te conheci, soube que você era encrenca.

Pensei... *Meu Deus, como ele é lindo.*

— Pensou, é? — ele pergunta, com choque na voz.

Assinto com a cabeça em seu peito.

— Pensei. É verdade que te achei quase lindo demais para ficar olhando. Minha mente romântica estava girando com as possibilidades, mas deixei isso de lado rápido porque eu tinha dado duro para estabelecer o meu negócio, e trabalhar com a Cane Enterprises era algo grandioso. Não queria ferrar com tudo por causa de uma paixão.

— Uma paixão? Nem vem. Não acredito nisso.

— Mas é verdade. — Me recosto e inclino a cabeça para olhar para ele. — No começo, foi só uma paixão, mas eu trabalhei duro para interpretar tudo o que você dissesse ou fizesse como algo irritante. E essa irritação cresceu e consegui bloquear os sentimentos iniciais e focar no negócio. Mas a cada gesto gentil seu, a minha avaliação inicial foi se tornando mais alta.

— E Derek?

— O que tem ele?

— Por que saiu com ele?

— Porque eu estava mesmo em busca da minha alma gêmea.

— Nunca achou que eu pudesse ser essa pessoa?

— Nunca achei que fosse uma opção — respondo com sinceridade. — Não só por causa dos negócios, mas porque sei que somos diferentes em vários aspectos. Você é mais experiente, mais descontraído, mais... Parecia que estava fora do meu alcance.

— Que bobagem — ele diz. Sua voz não está brava, e sim incrédula. Sua mão desliza pela minha barriga e o polegar esfrega casualmente minha pele quente. — Não estou nem perto da *sua* estratosfera, Kelsey. Caramba, sou sortudo por você ter me notado.

— Pare, você sabe que não é verdade.

Ele inclina minha cabeça para trás e ergue meu queixo para que meus lábios fiquem à sua disposição.

— É verdade, linda. — Ele se curva e pressiona um beijo doce nos meus lábios. Não é demorado, mas é delicioso e me faz gemer quando ele se afasta. — Porra, quando você faz esse som... — Sua mão torna a deslizar pela minha barriga, e, desta vez, seu polegar faz uma rápida carícia na lateral do meu seio. — Me pergunte alguma coisa para eu não te deixar pelada e jogar você na piscina comigo.

Essa ideia é *incrivelmente* sedutora. Sedutora até demais. Tão sedutora que me contorço ao seu toque, querendo que ele "sem querer" toque meu seio de novo.

Mas estamos indo com calma.

Não queremos ser só luxúria.

Então fecho os olhos e bloqueio o desejo que tenho por este homem enquanto tento pensar em uma pergunta.

— Hã... qual é, hã... a sua favorita... hã...

Posição?

Forma de ser chupado?

Brincadeira sexual?

Meu Deus, o que há de errado comigo?

— O que é a minha favorita *o quê*? — ele pergunta, sua mão mais uma vez roçando minha barriga, seu polegar se arrastando tão perto do meu seio, meu seio nu (valeu, cropped), que um latejo fraco começa a pulsar entre as minhas pernas.

Parte do corpo?

Peça de lingerie?

Forma de me fazer gozar...

— Meu Deus, não sei o que perguntar — digo, sem fôlego.

— Hum, então talvez eu deva perguntar uma coisa.

— Vai ser sobre sacanagem, não é?

Ele ri.

— Como é que você supõe uma coisa dessas? — Arrepios irrompem quando seus dedos dançam mais uma vez na minha barriga. Ofego quando seu polegar encontra meu seio.

Eu me pressiono em seu peito.

— Porque você está tentando me deixar com tesão, e está funcionando.

— Não estou tentando fazer nada, linda. — Seu polegar desliza bem abaixo do meu mamilo.

— Jonah — sussurro. O ponto entre minhas pernas está latejando agora.

— Sim, linda? — ele pergunta, pressionando um beijo no meu pescoço.

— Você sabe muito bem o que está fazendo.

— Não sei. — Ele passa o polegar sobre o meu mamilo de novo, e já que há um tecido entre seu polegar e o meu seio, não sinto aquela intensa sensação que desejo de seu toque. — Só quero ter certeza de que está confortável. Você está confortável?

— Não mais. — Eu me mexo nele e descanso a cabeça de lado, expondo meu pescoço.

— Que pena. Como posso te deixar mais confortável? — Seus lábios vão beijando meu pescoço, beijinhos suaves e leves, deixando uma trilha de arrepio ao longo dos meus braços.

— Você sabe o que pode fazer.

— Infelizmente, estou meio perdido. — Seus lábios sobem para perto da minha orelha enquanto ele diz, em tom sedutor: — Você vai ter que me dizer... ou me mostrar.

Meu Deus, ele está me tentando. Está me dando a opção de explorar.

E eu quero desesperadamente explorar.

Só um pouquinho de provocação.

Só um pouquinho de alívio.

Movo a mão para sua nuca e me ancoro nele, enquanto minha outra mão agarra a sua que está repousando sobre a minha barriga exposta. Respirando fundo, eu a levo para dentro do meu cropped e a deixo bem abaixo do meu seio.

Sinto-o endurecer nas minhas costas e isso me deixa mais excitada do que onde sua mão está. Saber que posso fazer isso com ele, que posso deixá-lo excitado tanto quanto ele me deixa. Este homem que é fogoso, sexy e alguém que jamais imaginei que fosse me notar... posso fazê-lo perder o controle. Não só me faz sentir poderosa, mas também incrivelmente desejável, e não consigo me lembrar da última vez que me senti assim, se já tiver sentido.

— Me diga o que quer — ele sussurra.

— Quero saber o que você faria comigo se eu estivesse nua, na sua piscina.

Ele geme na minha orelha, e sua ereção começa a ficar cada vez mais proeminente contra as minhas costas. Eu encorajo seu polegar a se arrastar pelo meu mamilo nu, e ele faz isso, me fazendo cerrar os dentes. Isso é... tão bom.

— Me diga o que quer.

A pulsação entre as minhas pernas começa a ficar forte, necessitada, e minhas pernas se abrem, mesmo que ele não esteja em lugar nenhum perto delas.

— Se estivesse nua na minha piscina, primeiro, eu iria fazer você ficar toda molhada para que eu pudesse observar as gotas rolando dos seus seios incríveis. — Ele aperta meu peito, e eu gemo. — A porra dos seios mais sexy que já vi. E estou falando sério. Grandes o suficiente para as minhas mãos, empinados, com esses mamilos rígidos que me levam à loucura. E você é tão responsiva quando eu os toco. — Ele rola o meu mamilo entre os dedos, e eu gemo antes de erguer o cropped completamente, expondo meus dois seios para ele. — Porra, linda. Você está me deixando duro pra caralho. Dá para sentir?

— Sim. Adoro que você fica duro só por me tocar.

— Você não faz ideia. — Enquanto uma de suas mãos brinca com meu mamilo, a outra se arrasta pela minha barriga de novo, para onde o cós da calça encontra minha pele. — Mas se você estivesse nua, na piscina, eu não estaria só te tocando assim. Estaria explorando sua pele molhada e escorregadia. Eu te colocaria deitada na beira da piscina, na cascata.

Seus dedos roçam o elástico da minha calça de moletom.

Sua outra mão se move de um seio para o outro, e de vez em quando acaricia minha pele.

Toques levíssimos que me levam à loucura, mas não me fazem passar do limite.

— Eu começaria pelos seus peitos. Chuparia seu mamilo, imaginando como seria escorregar meu pau por entre os seus seios e fodê-los.

Quero que ele faça isso. Essa ideia me deixa ainda mais quente. Tão quente que a calça de moletom parece sufocante agora.

— E aí eu iria para a sua barriga, logo acima da sua boceta. — Ele pressiona um dedo sobre o ponto do qual está falando, acima do tecido da calça. — E te provocaria, várias vezes com a língua, até que você estivesse agarrando meu cabelo com tanta força que chegasse a doer.

Meus dedos avançam em direção ao seu cabelo quando ele solta o peito e move a mão para o meu quadril, onde enfia um dedo por baixo do elástico da calça.

— Não está de calcinha? — ele pergunta.

— Não achei que fosse precisar. — Balanço a cabeça.

— Você é provocante pra caralho — ele sussurra, abrindo bem as mãos para que seus polegares fiquem exatamente acima do meu osso púbico.

Ai.

Porra.

Me contorço com o seu toque, mas ele me mantém no lugar quando diz:

— E aí quando eu soubesse que você já não estaria aguentando, te abriria com dois dedos e comeria a sua boceta. Porra, já dá até para sentir o gosto, doce e salgada, deliciosa pra caralho na minha língua. — Seus polegares se arrastam para dentro e depois puxam para trás quando minha pélvis sobe. Agarro sua nuca com mais força.

— Você está me deixando tão molhada.

— Que bom — ele diz, puxando minha calça para baixo até quase já não me cobrir.

Precisando de mais contato, tiro o cropped, me deixando de topless descansando em seu peito.

— Você quer muito mais, não é, linda?

— Quero — sussurro, levando uma das mãos aos seios. Meu toque não chega nem perto do dele, e só me deixa frustrada. — Por favor, faça alguma coisa.

— Mas eu ainda não terminei de contar minha história — ele fala, antes de arrastar a língua pelo meu pescoço. Sem saber o que fazer com as mãos, eu as levo para trás e me agarro a ele mais uma vez, desejando que eu pudesse roçar seu pau duro pressionado contra mim, e então o ouço gemer enquanto lhe dou prazer. — Eu te foderia com a língua várias vezes, até que estivesse implorando para parar, e aí, só então, eu te abaixaria na beirada da piscina, colocaria sua bunda para cima e te comeria de novo.

Reivindicaria a sua boceta, me certificaria de que jamais se esquecesse de quem te faz gozar do jeito que eu faço.

Minhas pernas tremem.

Meu corpo balança.

E eu me mexo, fazendo minha calça cair da curva da minha bunda e passar pela minha boceta, me expondo. Abro as pernas e empurro a calça para baixo até os joelhos. Então me livro dela e me deixo toda nua na espreguiçadeira com ele.

— E eu achando que a gente ia com calma — ele diz, enquanto arrasta as costas dos dedos na minha barriga. *Não* era a direção que eu queria que ele tomasse.

— Você não pode me deixar com tesão assim e esperar que eu só fique aqui sem fazer nada.

— Não. Eu já estava esperando que isso terminasse assim, fazendo você se contorcer por mais. Agora, a pergunta é: será que eu vou deixar você gozar?

Paro e me viro para que possa olhá-lo.

— Nem ouse.

Ele apenas sorri.

— Sabe que eu mesmo posso me fazer gozar, não é?

Tento alcançar o ponto entre as minhas pernas, mas ele pega meus braços, move-os para trás de mim e então me prende em seu peito tão rápido que não consigo nem respirar. Tento fechar as pernas, mas ele passa os tornozelos por cima e por baixo dos meus, me abrindo ainda mais.

Estou presa.

À sua mercê.

E nunca estive tão excitada na vida.

Sei que, se eu dissesse para parar, ele pararia.

Sei que se eu dissesse que não quero, ele iria me vestir e voltar à nossa conversa.

Mas não quero dizer.

Quero isso aqui.

Quero que ele me possua.

Me controle.

Me provoque.

— E agora o que você vai fazer? — ele pergunta.

Solto um suspiro pesado e me inclino para ele, sem lutar.

— Acho que vou ter que te ouvir.

— Boa garota — ele sussurra e então faz círculos preguiçosos na minha coxa. — Agora, como eu estava dizendo, assim que te fodesse com a língua de novo, deixaria você recuperar o fôlego antes que te levasse para os degraus. Aí te sentaria no degrau de cima para que o meu pau que está implorando por você ficasse acima da água.

Umedeço os lábios.

— E eu ordenaria que você retornasse o favor. — Seus lábios dançam no meu rosto. — Você faria isso?

— Sem dúvida. Quero a minha boca no seu pau agora.

Ele geme e arrasta os dedos sobre o ponto logo acima de onde eu o quero. Ele brinca comigo ali, mergulhando cada vez mais, até que está brincando com a minha abertura. Tento me mover, tento colocá-lo onde o quero, mas ele me segura firme, seu corpo forte assumindo o controle.

— Me fale como você iria me chupar na piscina.

Meus pulmões parecem pesados enquanto trabalham duro para conseguir ar.

— Eu iria... querer que você segurasse meu cabelo. Esperaria que o agarrasse com força, me guiando, enquanto eu baixava a boca para a ponta. Giraria a língua várias vezes. — Sua pélvis se aperta nas minhas costas, o movimento é curto, o que não deve ter surtido nenhum efeito além de o levar à loucura. — E aí eu iria pedir para você abrir as pernas para que eu pudesse brincar com suas bolas enquanto chupo seu comprimento inteiro até o fundo da garganta.

— Linda... — ele sussurra. — Você não engasgaria?

— Sim. Mas faria tudo de novo.

— Porra — ele solta ao passar os dedos na lateral da minha boceta, mas sem mergulhar lá.

— Eu brincaria com a ponta. E passaria os dedos pelas suas bolas. Lamberia o comprimento do seu pau, e então repetiria até que você puxasse o meu cabelo, me mostrando que não conseguiria aguentar mais.

— Sua língua diabólica me faria gozar antes do que eu gostaria. — Ele mergulha o dedo na minha excitação, mal tocando meu clitóris, e então tira a mão por completo, levando-a de volta à minha barriga.

— Nãooo — gemo. — Não mova a mão, JP.

— Está tentando me dizer o que fazer? — ele pergunta enquanto passa de leve os dedos nos meus seios, fazendo círculos nas auréolas, mas sem me dar o que quero.

— Sim, porque você está me deixando tão quente, tão molhada.

— Que bom. — Sua mão volta para o ponto entre minhas pernas e repousa ali, sua palma me cobre, seus dedos estão presentes, mas não fazem nada. — Você me deixaria gozar na sua boca?

— Sim.

Ele pressiona um dedo, depois outro, mudando entre os dois e me levando tanto à loucura que sinto o suor deslizar pelas minhas costas.

— Você engoliria?

— Sim — respondo, minha voz implorando em desespero.

— Boa garota — ele diz, então abre minhas pernas e pressiona dois dedos no meu clitóris.

— Isso — grito, com o peito arqueando, enquanto recebo algum alívio. Ele move os dedos, para cima e para baixo, para cima e para baixo, o movimento tão cheio do que preciso para liberar esta pressão crescente e corrosiva que relaxo em seu peito, em sua ereção urgente, e apenas o deixo assumir o controle. — Bem aí — ofego. — Por favor, não pare.

— Eu não gozaria na sua boca — ele fala, me levando de volta à fantasia. — Eu não iria querer. Iria até o limite e aí puxaria seu cabelo, tirando você do meu pau.

Ele esfrega mais rápido, e tudo ao redor desaparece, enquanto sinto meu corpo chegar cada vez mais perto. O fluxo desenfreado sobe pelas minhas pernas, desce pelos meus braços e se concentra entre as minhas pernas. Está ali. Bem ali.

— Isso. Ai, meu Deus, eu vou...

Ele tira a mão e a pousa na minha barriga, imóvel.

— O que você está fazendo? — grito em um choque absoluto e dolorido.

— Preste atenção, linda... você está ouvindo?

Muito pouco. Meu corpo está rugindo tanto por dentro que mal consigo ouvir o leve chicote do vento farfalhando as palmeiras acima.

— Si... sim — gaguejo.

— Que bom. Porque é aqui que a diversão começa.

— Que diversão? — pergunto, meu orgasmo começando a desaparecer, me deixando com a sensação vazia na boca do estômago... a experiência mais enlouquecedora que já vivenciei.

— É aqui que eu te ensino a me escutar.

— Escutar o quê?

Ele arrasta o dedo pelo meu corpo de novo, sobe para os meus seios, onde faz círculos apertados, e então de volta à barriga.

— Esse corpo, quando está nu, pertence a mim. Você concorda?

Mordo o lábio inferior e assinto. Ele me possui. Não há dúvida, ainda mais neste momento.

— E quando está nua, não só seu corpo me pertence, mas eu também posso dizer quando gozar, e você não está permitida a gozar ainda.

— Por que não?

Ele rola meu mamilo entre os dedos.

— Sugiro que você não me questione, a menos que queira ficar aqui a noite toda, sendo provocada sem alívio algum.

Meus lábios se fecham com força, porque acredito que ele faria algo assim.

Acredito que ele permitiria que o único prazer que eu receberia viesse do vento batendo de leve na minha excitação.

— Desculpe — peço.

Seus lábios pousam no meu rosto, bem à frente da minha orelha.

— Está tudo bem, linda. Você está aprendendo. Me diga, como está se sentindo?

— Frustrada.

— Perfeito. — Ele arrasta a mão pela minha barriga e mais uma vez desliza dois dedos pelo meu clitóris. Suspiro com seu toque e relaxo em seu peito, enquanto ele me segura no lugar. — Agora, de volta à piscina. Eu tiro você do meu pau, porque não estou pronto para gozar, não até que eu possua a sua boceta. Como você gostaria que eu te possuísse?

Seus dedos me fazem subir de novo, e acontece mais rápido do que antes. Minha mente está fixada no que ele está fazendo com os dedos, enquanto sua mão sobe para os meus seios. Ele faz círculos no meu mamilo, me provocando, me atiçando, aumentando cada vez mais meu desejo por ele.

— Isso — gemo. — Bem aí.

Ele afasta a mão rápido e agarra meu queixo, me forçando a olhar para ele enquanto se inclina sobre meu ombro.

— Eu fiz uma pergunta, Kelsey.

Minha mente gira.

Meu coração martela.

Minhas pernas ficam dormentes por completo.

— Eu... me desculpe. Não estava escutando.

Ele sorri e dá um beijo leve nos meus lábios.

— Pelo menos você é sincera.

E então ele desliza os dedos para dentro da minha boca. Sinto meu próprio gosto, e não faço ideia do que dá em mim, mas chupo seu dedo indicador, e a expressão mais satisfeita atravessa seu rosto.

— Porra, linda. — Ele começa a me excitar com os dedos de novo, e, desta vez, seu ritmo é mais rápido. — Agora me responda: como quer que eu te foda na piscina?

Seus dedos voam sobre meu clitóris, massageando, aplicando a pressão perfeita, me levando à loucura pela necessidade. Sem fôlego, respondo:

— Por trás.

— Por trás? — Ele tira a mão, e eu fecho os olhos com tanta força que quase sinto lágrimas brotarem. — Você gosta de ir por trás?

Assinto. Ele belisca meu mamilo e meu peito sobe para sua mão, enquanto minha cabeça vai para o lado com um gemido.

— Gosto — respondo. — Amo por trás.

— Do que mais você gosta? Gosta de como estou te provocando? Levando você tão perto do orgasmo e o tirando em seguida?

— Não. Quero libertação. — Balanço a cabeça.

— Mas a gente está indo com calma, linda. Isto aqui é ir com calma.

— Isto aqui é uma tortura de puro êxtase.

Ele rola meu mamilo mais algumas vezes antes de soltar meu peito. Mais uma vez, ele para com qualquer toque e apenas me deixa ali, presa em seu abraço. Como uma pena, ele vai roçando sua barba grossa no meu pescoço, bem de leve e devagar, pela minha bochecha e de volta ao pescoço, sua respiração me faz cócegas antes de ele pressionar o mais leve dos beijos no meu ombro.

— Como quer gozar?

— Não me importo. Só me deixe gozar.

Dedos acariciam a parte interna da minha coxa e então vão para minha abertura. Inclino a pélvis para cima o melhor que posso, e ele desliza dois dedos para dentro de mim.

— Queria que fosse o seu pau — digo.

— Eu também, mas estou honrando o que você quer. Só estou me divertindo ao tocar você. — Ele move os dedos para dentro e para fora, mas não é suficiente, não chega nem perto de ser suficiente, e ele sabe disso, enquanto eu me contorço sob seu toque.

— Por favor, me diga que vai me deixar gozar, por favor, JP.

— Precisa saber de uma coisa, Kelsey. — Ele beija meu rosto. — Eu sempre vou deixar você gozar. Se confiar seu corpo a mim, vai sempre gozar. — Então ele pressiona o polegar no meu clitóris.

— Isso — grito. — Por favor, por favor, não pare.

O acúmulo.

A pressão.

A dormência em meu corpo desde que ele começou está vindo em ondas. Me consumindo, então desaparecendo, me consumindo mais, e desaparecendo menos, e agora me consumindo tanto que estou tão perto, caramba, tão perto...

— Eu... eu vou...

— Ainda não. — Ele tira a mão e eu grito de frustração.

— Jonah... por favor.

Lágrimas brotam dos meus olhos e ele move meu queixo para encontrar seus lábios. Ele os abre e me beija de boca aberta, enquanto mais uma vez pressiona dois dedos no meu clitóris e o esfrega várias vezes. Estou tão embriagada da sensação dele, tão exageradamente excitada, que sinto meu corpo flutuar em um estado de euforia.

— Amo pra caralho quando você diz o meu nome — ele murmura em meus lábios. Tirando a boca, agarra meu queixo e sussurra ao meu ouvido: — Pode gozar.

Seus dedos vão para o meu clitóris, sua permissão é como se uma parede tivesse sido quebrada. Relaxo em seu toque, no êxtase avassalador que está pulsando em minhas veias.

Pulsação atrás de pulsação, estou chegando cada vez mais até sentir o ápice do meu orgasmo. Só mais algumas estocadas.

— Por favor, não pare. Eu estou... Ai, meu Deus, estou tão perto.

— Não vou parar. — Ele beija meu pescoço. — Goze, amor.

Seus dedos se movem sem parar sobre meu clitóris, meu estômago vibra, minhas pernas parecem flutuar, e com mais um movimento de seu dedo, estou gozando, gritando seu nome várias vezes com ondas atrás de ondas de prazer que me atravessam.

— Porra... isso, Jonah. Ai, meu Deus. Ah, porra... ah, porra.

Minha pélvis se ergue e quando acho que o orgasmo está para desaparecer, isso não acontece. Ele continua me puxando para dentro, me atraindo para uma bola de nada, até que as lágrimas rolam pelo meu rosto e caem sobre uma versão sem vida de mim mesma, completa e absolutamente saciada.

Respirando fundo, ele tira a mão, os braços, as pernas e então me ergue, me embalando, enquanto descanso a cabeça em seu peito.

Ele acaricia meu cabelo com carinho e pressiona um beijo suave na minha testa. De repente, ele puxa um cobertor sobre nós dois e me segura com força.

— Está tudo bem? — ele pergunta com uma voz suave, o homem exigente e controlador já não está em lugar nenhum.

— Estou... me sentindo maravilhosa — respondo.

Estou ciente da minha nudez em seus braços.

Também estou ciente de que seu pau está rígido logo abaixo de mim.

Mas quando tento me mover de seus braços, ele não me deixa, então, em vez disso, eu o deixo me embalar.

— Com certeza você é a mulher mais sexy, mais incrivelmente linda, que já tive nos braços. E ainda estou admirado por ter me escolhido.

Quero perguntar como ele consegue ser tão cego. Quero dizer que sempre foi ele, mas não posso, porque sei que me levou um tempo para perceber como me sinto com relação a ele. Mas agora que sei, não consigo nem me imaginar com outra pessoa.

— Estou tão ligada a você, JP. E não quero te assustar, mas... eu gosto mesmo de você e sei que bem lá no fundo, você tem o potencial de me destruir completamente. E não haveria mais recuperação.

— Nunca vou machucar você. — Ele beija minha cabeça. — Nunca, linda.

A porta corrediça de vidro se abre e Lottie se vira para mim. Com desespero nos olhos, ela sussurra:

— Me conte tudo.

Na noite anterior, depois que JP finalmente me deixou gozar, passamos o resto da noite de mãos dadas, conversando, e de vez em quando, organizando sua cozinha. Ele me beijou a cada chance que teve, e eu desmaiei a cada olhar, a cada palavra sussurrada que ele disse para mim.

Fui embora de sua casa cem por cento apaixonada.

Quando acordei pela manhã, ele estava à minha porta com o café. Me fez gozar no banho, e depois, quando tentei fazê-lo gozar, ele não me deixou e lembrou que estava indo com calma. E acho que significa que ele está me mostrando que isso não se trata de seus desejos luxuriosos. Ele quer o meu coração, a minha mente. O resto vem depois.

E quando estávamos no escritório, conversando sobre os planos de energia solar para o Angelica, ele roçou a mão na minha coxa, roubou olhares, e de vez em quando entrelaçou nossos dedos. Ele é atencioso, amoroso, carinhoso e exigente. Tudo o que eu sempre quis, e ainda parece bom demais para ser verdade. Estávamos no meio da conversa sobre a colocação da placa solar quando Huxley entrou e nos convidou para um jantar em sua casa. Não sabia se JP já tinha contado aos irmãos ou não, mas parecia que Huxley já estava por dentro das coisas e não pareceu se importar.

Agora que estou aqui, na casa deles, sei que de fato ele não liga. Ainda ostenta um olhar calculado, mas direcionado a JP, não a mim.

Me inclinando para perto da minha irmã, digo:

— Estou tão apaixonada, Lottie.

— Ai, meu Deus, dá para notar. Acho que nunca vi você tão feliz. Esse seu sorriso, ai, meu Deus, Kelsey... isso me deixa tão feliz.

— Ele me faz feliz. Ele é tão... Meu Deus, nem sei como dizer isso. Costumávamos brigar e nos provocar tanto, mas, assim que a barreira se quebrou, ele se tornou esse macho-alfa superprotetor que não vai deixar nada me machucar. Ele me possui de todos os jeitos certos, mas também curte que eu seja independente e construa meu próprio negócio.

Lottie assente.

— Esse é o jeito dos Cane. Não lembra como Huxley e eu ficávamos pegando no pé um do outro? E aí a gente só... foi se aproximando e agora é difícil respirar sem ele.

— Pois é. — Olho através da casa, para onde os rapazes estão fazendo o jantar juntos, muito provavelmente conversando sobre nós. — Já faz alguns dias, e me sinto... Meu Deus, estou apaixonada por ele. Muito mesmo.

Lottie bate as pontinhas dos dedos nos outros, comemorando.

— Ahhhh, isso me deixa tão feliz. Eu sabia. Eu sabia que vocês dois eram perfeitos um para o outro.

— Só estou com medo de que algo dê errado. De alguma forma, de algum jeito, é bom demais para ser verdade.

— Não é. Não pense assim. Ele gosta mesmo de você. E dá para ver pela forma como te olha, a forma como se senta perto de você e como descansa a mão na sua coxa. Ele está apaixonado, e já se sente assim por um tempo. É isso, Kelsey, você tem sonhado com isso.

Passo os dentes pelo lábio inferior e digo:

— Também acho. Mesmo antes de ficarmos juntos, quando ainda estávamos saindo como o que achei que fosse só amizade, ele me compreendia. Ele me apoiava. Sabia do que eu precisava. Eu só... — Pressiono as mãos no rosto. — Gosto demais dele.

A porta corrediça de vidro se abre e os rapazes entram segurando grandes tábuas de charcutaria de madeira, cheias de biscoitos, queijos, embutidos, geleias, pastinhas e frutas. Eles colocam as bandejas na mesa de centro à nossa frente, e JP se senta ao meu lado, passando o braço atrás de mim antes de se curvar e inclinar meu rosto para frente para dar um beijo gentil nos meus lábios.

Quando se afasta, ele sussurra:

— Falando sobre mim?

— Sim. — Não consigo esconder o sorriso.

— Coisas boas?

— Coisas ótimas.

— Olhe só para eles, Huxley — Lottie murmura. — Meu Deus, estou tão feliz!

Pego o olhar que Huxley lança a JP quando diz:

— Também estou.

Mas ele não parece feliz. Nem um pouco.

Mais tarde, quando JP está me acompanhando até o meu apartamento, pergunto a ele:

— Está tudo bem entre você e Huxley?

— Como assim? — JP indaga. Quando alcançamos a porta, ele pega as chaves e a abre para mim. Segura a porta e eu entro, e ele vem logo atrás.

— Ele não parecia feliz. Sei que ele disse que estava feliz pela gente, mas não consigo deixar de pensar que possa estar chateado. Ele está com raiva de mim?

JP fecha a porta e então se recosta nela. Ele me puxa para perto. Segurando minhas mãos, diz:

— Ele está feliz pela gente, mas está basicamente me mandando sinais de aviso. Não quer que eu te machuque. Já garanti a ele que isso não vai acontecer, mas ele é mais protetor de você do que eu.

— Ah. Então ele não está com raiva de mim?

— Nem de longe. Tenho certeza de que se perguntar para Lottie amanhã, ela vai confirmar isso. Como ele me explicou na cozinha, Lottie é tudo para ele, e o que é importante para ela é importante para ele. Parece que você me supera agora, mas, falando sério — ele coça a lateral do queixo —, estou bem com isso. Ele me deu aquele sermão de não te machucar ou ele vai me machucar.

Sorrio com isso.

— Bem, olhe só para mim com um irmão mais velho.

— É exatamente isso que ele é, e odeio admitir, mas eu o amo ainda mais por cuidar de você.

— Então ele aprova?

JP assente.

— Com cautela. Ele gosta da ideia da gente, mas quer se certificar de que estou falando sério. Já disse para ele que estou, que estou cem por cento determinado a fazer você feliz, e isso nunca vai mudar.

Meu coração palpita e eu fecho o espaço minúsculo entre nós. Passo as mãos por seu peito, por seu maxilar, e então o puxo para mais perto da minha boca.

— Você me faz feliz... sabia?

— Você também me faz feliz, linda. — Ele envolve minha nuca com as mãos e me beija bem devagar, e a sensação deliciosa de seus lábios vai se espalhando pelas minhas veias, por todo o caminho até a ponta dos meus pés.

Pois é, estou tão apaixonada por este homem. Mais do que jamais estive.

CAPÍTULO VINTE

JP

— Com certeza isso é de tirar o fôlego! — Kelsey diz enquanto absorve a vista de 360 graus do horizonte de São Francisco. — Não posso acreditar que você nos trouxe aqui para o nosso primeiro encontro oficial.

— Sabia que ia ser apropriado.

Com as reuniões se acumulando na minha agenda, eu sabia que esperar até o fim de semana seria melhor e sabia que queria estar ali. Queria mimá-la. Enviei para ela um vestido verde ombro a ombro que eu mesmo escolhi, porque sabia que ia realçar tudo de que gosto nela: suas curvas, a cor de seus olhos e seus ombros esbeltos. Pedi para alguém cuidar do seu cabelo no seu apartamento. Quando a peguei, eu a vendei no avião. Mantive os olhos nela o tempo todo da nossa curta viagem, feliz por vê-la se iluminar com entusiasmo. Não contei nada até que o motorista estacionou no Parkside e abriu a porta para ela.

Nada é mais apropriado do que estar no Parkside com ela, já que posso finalmente chamá-la de minha.

— Pedi para o chef criar algo especial no cardápio para a gente. Espero que não se importe.

Ela sorri — porra, como eu amo esse sorriso.

— Parece ótimo. — Então ela se inclina e fala: — Sem querer pressionar demais, mas há alguma chance de a gente conseguir mais daquele bolo de mel antes de irmos embora de São Francisco?

— Já estou um passo à sua frente, linda.

Ela inclina a cabeça, com alegria nos olhos.

— Você sabe mesmo como cortejar uma mulher, não é?

— Só você — respondo, assim que o primeiro prato chega.

Uma tigela é posta à frente de cada um assim como a tradicional colher de sopa asiática feita de melamina. Então, com o guardanapo pendurado no braço, o garçom diz:

— Sr. Cane e srta. Gardner, gostaria de apresentar a sua entrada. Um curry asiático com batatas-doces, grão de bico e leite de coco, artisticamente temperado com os sabores da Malásia. Bom apetite.

Ele nos deixa no salão privado, reservado para mim e para os meus irmãos.

Sussurrando, Kelsey diz:

— Acho que esta é a experiência mais chique que já tive em um restaurante.

— Não é exagerado demais, é? Porque a gente pode ir a outro lugar.

— Não, de jeito nenhum. Tipo, eu gosto da experiência descontraída, mas também amo isso aqui. Sou louca por jantares românticos e isso aqui, JP... é simplesmente incrível.

— Você merece — declaro antes de pegar a colher e mergulhá-la na sopa.

— Você me mima demais.

— Como deve ser.

Ela sorri e também mergulha a colher na sopa. Seus olhos se arregalam e encontram os meus.

— Ai, meu Deus, é delicioso!

— E é só o começo.

— Me fale mais sobre a sua mãe e Jeff. Ele ajudou a criar você?

Kelsey balança a cabeça.

— Na verdade, não. Meu pai nos deixou quando éramos bem

pequenas. Ele era motorista de caminhão e queria viver na estrada. Mamãe nos criou sozinha. Nosso pai mandava dinheiro, mas era só isso. Não havia envolvimento na nossa vida. E aí, quando eu estava com uns catorze anos, minha mãe conheceu o Jeff. Até onde sabemos, ele foi o único namorado que ela teve quando éramos mais novas, e a gente nem sabia que eles estavam namorando até seis meses depois. Nem sei como ela fez isso, mas era muito protetora. Quando finalmente o conhecemos, foi um grande alívio, porque vimos o quanto nossa mãe estava feliz. A gente o aceitou de olhos fechados na família, e ele tem sido um suporte para nós desde então.

— Essa é uma boa história. Já tive algumas conversas com ele e já deu para ver que ele considera vocês como filhas.

— Ele é o pai que nunca tivemos — Kelsey conta, enquanto o garçom recolhe nossos pratos de salada. — Houve uma noite em que voltei para casa depois de um encontro no ensino médio e eu estava de coração partido, porque o garoto com quem saí disse que eu não beijava bem. E eu sabia que não era verdade, porque tinha praticado na mão várias vezes. — Ela dá uma piscadela e ri alto. É bem a cara dela fazer isso. — Jeff estava muito quieto, e quando mamãe me levou para o quarto para me consolar, ele deu uma saída.

— Ah, merda, o que ele fez?

— Nunca me contou. Só sei que, no dia seguinte, Skylar, o cara com quem eu tinha saído, se desculpou e disse que ele era quem beijava mal, não eu.

— Esse é dos meus. Espero que tenha feito esse Skylar se borrar todo.

— Tenho certeza de que fez.

Me inclino para perto dela.

— E só para constar, você com certeza tem o melhor beijo da minha vida.

— Digo o mesmo. — Ela dá uma piscadela.

Kelsey pressiona a mão na barriga e fala:

— Tudo bem... este é o melhor Dim Sum do mundo.

— Não falei? — Limpo a boca com o guardanapo. — Nada ganha deste lugar.

— E esse macarrão Szechuan mudou a minha vida.

— Espero que no bom sentido.

— No melhor sentido. — Ela mistura o chá que pediu e toma um gole. — Já faz um tempo que estou querendo te perguntar uma coisa.

— O que é?

— Você já conversou com Huxley sobre o seu emprego, como se sente e as ideias que teve para se sentir mais realizado?

— Ainda não. — Balanço a cabeça.

— Você está nervoso?

— Não, só estou focado em você no momento.

— Não precisa focar em mim, já sou sua.

— Ah, é? Isso é uma promessa?

Ela se inclina e pega minha mão.

— É uma promessa. Então agora pode focar no seu trabalho. Precisa de ajuda para organizar a apresentação? Sou boa em organizar pensamentos.

— É claro que é. — Beijo o nó dos seus dedos. — Mas acho que devo fazer isso sozinho.

— Hum, gostei. Gosto de quando você fica no comando.

— Eu sei, porque você grita o meu nome quando eu estou no comando.

Suas bochechas ficam vermelhas enquanto ela olha ao redor.

— É uma sala de jantar privada, Kelsey.

— Sim, mas o garçom entra e sai.

— E ele assinou um contrato de confidencialidade, então não há nada com que se preocupar. Além disso, dada a gorjeta que ele vai ganhar hoje, a lealdade dele é minha.

— Ainda assim, não preciso que as pessoas fiquem sabendo que eu grito.

Solto uma risada.

— Não há nada de errado com isso. Gosto que você grite. Na verdade, eu até queria que esse fosse o toque do meu celular.

— Ai, meu Deus, está tentando arruinar a noite?

— Não dá para ser só um mar de rosas, linda. A gente precisa de um pouco de realidade também. E é isso, mesmo que estejamos juntos, eu ainda vou tirar você do sério.

— Que estranho — ela diz com um suspiro —, mas acho que é disso que gosto mais em você.

— Mentirosa, você gosta da forma que te faço gozar.

— Não. — Ela balança a cabeça. — Eu gosto de você... da pessoa que é. Gosto do doce Jonah. Do provocador JP. O sexo é só um bônus.

Porra, ela sabe como me fazer sentir inteiro.

Amado.

Estimado.

Desejado.

Eu sabia que esta mulher tinha o potencial de mudar a minha vida, mas não sabia que seria tão rápido.

Quando Huxley me perguntou o quanto eu estava sério sobre Kelsey, se era só por diversão ou algo real, eu não estava brincando ao dizer que ela era a pessoa certa para mim. Mais ninguém. Falei que tinha me apaixonado por ela semanas antes, e ficar com ela, poder abraçá-la, beijá-la, apenas reforçou este sentimento.

Ela é a pessoa certa para mim.

— Como está se sentindo? — pergunto a Kelsey enquanto estou sentado de frente para ela no nosso jatinho particular.

— Bem. Feliz. Sortuda.

Depois do jantar, fomos para a cobertura e eu toquei a nossa música de novo — a que me refiro como nossa música — e dancei com a minha garota sob as estrelas, enquanto velas iluminavam o espaço ao nosso redor. Foi romântico pra caralho, e Kelsey chorou quando a levei pela primeira vez até a cobertura. Então ficamos sentados no sofá, dividimos um pedaço de bolo de mel e conversamos mais um pouco. Sobre tudo e qualquer coisa. Nossa conversa flui com facilidade, e é como se já conversássemos há anos. Assim que estávamos prontos para ir embora, perguntei se ela queria voar de volta ou passar a noite lá, e, infelizmente, ela tinha uma prova de roupas com Lottie no dia seguinte, então tivemos que voltar para casa.

O capitão nos informou que estávamos livres para sair do assento, então tiramos o cinto de segurança e nos levantamos. Estendi a mão para ela e disse:

— Venha comigo.

Eu a levo de volta ao quarto em que há uma cama que acabou de ser arrumada. Fecho a porta e me viro.

— Quero você nua.

Seus olhos se arregalam com entusiasmo.

— O que planeja fazer?

— Algo que vai durar a viagem toda.

— Que é mais de uma hora.

— Exato. — Desabotoo minha camisa social. — Parece a quantidade perfeita de tempo para explorar o seu corpo com a língua.

Ela coloca a mão no meu peito e vai aos poucos arrastando as unhas sobre o meu peitoral, através dos meus mamilos e descendo para o meu abdômen.

— Você sabe que eu amo como me faz gozar, não é?

— Por que parece que vai haver um "mas" depois dessa frase?

— Porque há mesmo.

— Porra, você está menstruada?

Ela balança a cabeça.

— Não, mas estou prevenindo você de me fazer gozar hoje.

— Por quê? — Sinto meu cenho franzindo.

Sua mão escorrega para a minha calça e ela a abre, então mergulha a mão pelo elástico da cueca e direto no meu pau.

Um silvo escapa de mim enquanto me inclino na porta do quarto compacto.

— Eu quero fazer você gozar desta vez — ela diz.

— Mas a gente está indo com calma.

— O jeito que me faz gozar sempre que estamos juntos não é ir com calma.

Faço uma pausa e agarro sua mão.

— Porra, você tem razão. Eu... caramba, me desculpe. — Tiro sua mão dali. — Você tem razão, eu não deveria terminar o encontro assim. A gente pode...

Sua mão cobre a minha boca enquanto ela pressiona os seios no meu peito.

— Não termine essa frase.

— Tem razão, Kelsey, eu não estou honrando o que você pediu.

— O que eu pedi foi bobo. A gente pode se conectar das duas formas. E já temos feito isso. Quero muito fazer você se sentir bem.

— Já está me fazendo bem sem ter que enfiar a mão na minha calça, linda.

— Mas isso é diferente. Quero me conectar com você nesse nível também.

— Tem certeza?

Ela assente.

— Absoluta. — Ela alcança a sua lateral e puxa o zíper, fazendo seu vestido cair no chão, deixando-a só de lingerie rosa-clara.

— Me lembre de te dar um cartão-presente da sua loja de lingerie favorita, porque isso nunca vai perder a graça. — Roço a mão nas suas costas, agarrando o fecho do sutiã e o abrindo com um movimento rápido. Ele fica frouxo e cai no chão junto do vestido.

— Achei que era eu que ia te dar prazer — ela diz enquanto puxa minha calça e cueca para baixo ao mesmo tempo, até que eu me livro delas, tirando os sapatos e as meias primeiro.

— Ver você nua já me dá prazer. — Tiro sua calcinha e nós dois ficamos nus.

Estendo a mão para alcançar o ponto entre suas pernas, mas, antes que consiga, ela fica de joelhos, move o cabelo para o lado e agarra a base do meu pau.

— Porra — sussurro, me recostando na porta.

Sua língua sai dos lábios macios e faz movimentos circulares ao redor da cabeça do meu membro, girando e girando, enquanto de vez em quando ela bombeia meu comprimento.

É sutil.

E me leva à loucura, porque não chega nem perto de ser suficiente. Sei o que ela está fazendo: está tentando me torturar assim como eu a torturo. Ela mal sabe que posso fazer isso a noite toda.

Isto é... até que sua mão escorrega sob minhas bolas para o ponto bem atrás delas. Ela empurra para cima, e meus olhos se arregalam de prazer.

— Porra. — Cerro os dentes enquanto sinto meu pau crescer na boca dela.

— Gosta disso? — ela pergunta antes de mergulhar a língua na base do meu pau e arrastá-la até em cima, fazendo movimentos curtos na parte inferior da cabeça. Seu polegar trabalha nas minhas bolas, se arrastando sobre a margem, as acariciando, uma de cada vez. É um assalto de prazer, mas, mais uma vez, não é do que eu preciso, não é o que vai me fazer gozar na sua boca.

— Você está tentando me torturar?

Ela sorri com malícia e leva a boca toda para o meu pau, me chupando. Porra, sim, é disso que estou falando. Estou preparado para me ajustar à sua boca quando ela afasta em um movimento liso e leva a língua para minhas bolas.

A maldita sedutora.

Agarro seu cabelo em punho, virando-o uma vez para que possa ter um aperto mais firme. Ela nem estremece. Ama isso tanto quanto eu. Ela vai para as minhas bolas, levando-as para perto de sua boca, e as chupa, sua língua correndo sobre elas.

— Isso é bom, linda. Mas eu quero na sua boca.

— Nem sempre você consegue o que quer.

Meus olhos se estreitam para essas suas respostas espertinhas e dou um leve puxão em seu cabelo. Ela sorri antes de enfiar meu pau na boca de novo, desta vez direto para o fundo da garganta.

— Ah... porra — digo quando ela engole. — Isso, linda. Bem assim. — Ela me deixa empurrar uma, duas vezes dentro dela e, quando estou prestes para uma terceira, ela se afasta e me solta. — Caralho.

O suor escorre pelas minhas costas, enquanto ela começa a trabalhar no meu comprimento, para cima e para baixo, puxando, arrastando, massageando. Suas mãos passam pela cabeça, pelas veias sensíveis do meu períneo, onde ela brinca de leve, tocando, esfregando, me levando cada vez mais à loucura.

— Estou prestes a foder você em dois segundos, linda.

Ela ri e se levanta. Mantendo uma das mãos no meu pau, puxando de leve, enquanto beija meu peito, meu pescoço, meu queixo, e então encontra meus lábios com os seus. Eu a beijo de boca aberta, levando a língua na sua, pegando o que quero à força. Com uma das mãos na parte inferior de suas costas, mantendo-a firme em mim, alcanço o ponto entre suas pernas e a encontro completamente encharcada.

— Porra, amor, você está com tanto tesão.

— Amo chupar o seu pau — ela diz, sua confissão quase me faz gozar aqui e agora.

— Se você gosta tanto de chupá-lo assim, então deita na cama, com a cabeça pendurada na beirada.

Confusa, ela se afasta para que eu possa ajudá-la a se deitar. Então guio seu corpo para que sua cabeça fique pendurada na beirada e seu pescoço, completamente exposto.

— Você já chupou um pau assim antes?

Ela balança a cabeça enquanto umedece os lábios.

— Então vou com calma. Abra para mim, linda.

Ela abre a boca e eu posiciono meu pau em seus lábios e vou aos poucos pressionando sua boca, dando a ela a sensação da posição primeiro.

— Está tudo bem?

Ela assente, então eu pressiono mais longe. Ela se desequilibra e me permite ir mais fundo.

— É isso, me possua com calma. — Me inclino e coloco as mãos no colchão de cada lado de sua cintura. — Abra as pernas para mim.

Ela ouve com eficácia, e eu me inclino sobre ela e lambo seu clitóris, passando por ele algumas vezes.

Ela geme no meu pau, e a vibração quase me faz disparar em segundos.

— Meu Deus — gemo, tentando manter a compostura. — Segure o meu pau, linda, me guia para dentro e para fora.

Ela agarra a base da minha ereção e me move para dentro e para fora de sua garganta, às vezes indo superficial, outras vezes me possuindo tão fundo que quase desmaio. O tempo todo, tento focar em lhe dar prazer. Bato em seu clitóris com lambidas rápidas, algo que sei que a leva à loucura.

Ela me puxa para dentro de sua garganta, engole, brinca com as minhas bolas, pressiona e bombeia em todos os lugares certos, e meu orgasmo surge mais rápido do que eu queria.

— É tão bom, linda. Porra, você é tão boa. Você está perto?

— Sim — ela sussurra enquanto me tira por um segundo para recuperar o fôlego. — Posso gozar?

E, porra... essas duas palavras fazem meu pau querer a liberação.

— Boa garota por perguntar. Pode — digo, em seguida, torno a baixar a boca e a pressiono em seu clitóris. Ela me toma em sua garganta. Seu corpo tensiona sob mim, e depois de outras três lambidas, ela está gemendo no meu pau, puxando a porra das minhas bolas e me fazendo gozar tão rápido que não tenho nem tempo de prepará-la. Em vez disso, disparo em sua garganta e pulso em sua boca até ficar completamente esgotado.

Deslizo para o lado e a puxo para os meus braços, embalando-a perto do meu peito e pressionando um beijo em sua testa.

Ela descansa o rosto quente na minha pele e suspira.

— Está tudo bem? — pergunto. Ela assente. — Foi intenso demais para você?

— Não. — Ela beija meu peito. — Foi perfeito. — Então ela me olha nos olhos e diz: — Você me faz sentir tão desejada, JP. O jeito que você fala comigo é tão exigente, mas também é como se você me protegesse. Coloca tanta fé em mim, mesmo que eu não tenha lá muita experiência. Acho que nunca me senti tão sexy na vida.

— Você me faz sentir tão desejada, JP.

— É porque você é. — Levanto seu queixo e capturo seus lábios.

— Isso pode ser profundo demais, e não é um trocadilho, depois do que a gente fez, mas eu sempre fui insegura sobre a minha aparência. É difícil não ficar me comparando quando sou a irmã mais nova da Lottie. E com tentativas fracassadas de namorar, uma atrás da outra, acho difícil não me sentir insegura sobre quem sou e com minha aparência. Mas aí veio você, e de alguma forma, levou essas inseguranças embora. Você me faz sentir linda.

— Porque você é. — Não tenho ideia do porquê ela não enxerga a própria beleza. É claro que a sua irmã é bonita, mas Kelsey está em outro nível de beleza. — Acho que você tem uma beleza extraordinária. Não deve nada a Lottie.

Seu sorriso me enfraquece, e quando se aconchega em mim de novo, pergunta:

— A gente pode ficar aqui só conversando?

— É claro, linda. Só vou pegar uma água para você primeiro.

Eu a ajudo a deitar debaixo dos cobertores. Então me levanto depressa, pego algumas garrafas de água e ofereço uma toalha molhada para ela. Assim que estamos ajeitados, deitados frente a frente, um lindo sorriso espreita em seus lábios.

— Nunca pensei que eu seria a garota que enfiaria o pau de um cara na garganta em um avião, mas olhe só para mim agora... não sei se eu deveria ficar orgulhosa ou não.

Eu rio.

— Deveria. Há mais na vida do que sistemas de organização feitos de bambu.

— Pelo visto, sim. — Ela faz seus dedos dançarem no meu peito. — E aí, está animado com o casamento de Huxley e Lottie? Está quase chegando o dia.

— Estou. Não pelo casamento em si, mas para Huxley se tornar um homem casado e começar uma família. Ele meio que sempre foi uma figura paterna para mim e Breaker, ainda mais quando nosso pai faleceu, então sei que ser pai está no sangue dele. Vai ser legal vê-lo ter que desacelerar por um segundo, respirar e aproveitar a vida. Sei que Lottie o ajuda a fazer isso.

— Ajuda mesmo. Não achei que esse pequeno esquema deles fosse chegar tão longe, mas fico feliz por eles e estou pronta para ser tia.

— E mãe? É algo que você quer? — pergunto, curioso a respeito de seus pensamentos sobre construir uma família.

— É. — Seus olhos vão para os meus. — E você?

— Também. Quero ser pai. Quero ter uma família. Tenho uma casa grande pra caralho e preciso preenchê-la com alguma coisa.

— Sempre dá para preenchê-la com um monte de gatos. Já que você tem essa disposição teimosa, um gato parece o animal de estimação perfeito para você.

— Eu gosto mesmo de uma boa coisinha peluda.

Ela revira os olhos, me fazendo rir.

— Tenho certeza de que vou ter um animal de estimação um dia e sei que esse bichinho me odiaria, mas amaria todo o resto da família.

— É bem provável. E quantas crianças você quer?

— Uma... talvez duas. Mas não por enquanto. Não quero sair fazendo crianças logo depois de me casar. Quero aproveitar minha esposa primeiro, levá-la para conhecer o mundo, experimentar coisas, antes de entrarmos fundo nas trincheiras das fraldas e das birras.

— Também penso assim. Ainda quero realizar algumas coisas, experimentar. Sei que quero uma família, mas não preciso de uma agora.

Fico analisando-a por um instante e então digo:

— Acho que você seria uma ótima mãe.

Seus olhos suavizam.

— Acha mesmo?

— Sim. — Assinto. — Você tem um coração amoroso e calmo. E também é uma líder linda, e quando surge um conflito, não fica brava na hora como eu fico. Você dá um passo para trás e pensa no assunto antes de abordar o que precisa ser dito, fazer o que precisa ser feito. Acho que é uma boa qualidade em uma mãe.

FEITOS UM PARA O OUTRO OU NÃO

— Bem, acho que você seria um ótimo pai. É carinhoso, protetor, e mesmo que seja irritante de vez em quando com a sua provocação constante, sei que traria muita alegria para a sua família.

— Significa muito para mim. Obrigado, Kelsey.

E essa é uma das principais razões pelas quais estou me apaixonando por esta mulher. Ela vê além da fachada, vê o meu coração e gosta do que vê. Assim como eu ansiava por mais tempo com meu pai, também queria que ele tivesse dado mais de si mesmo para os filhos. Nós três precisávamos de um modelo e de alguém que nos amasse incondicionalmente. *Quero ser o homem que ele não foi.*

— De nada. — Ela se aproxima, levando as mãos à minha nuca e me beijando com ternura. — Então, eu estava pensando, depois da prova de roupas amanhã, quer dar uma passada no meu apartamento? Posso fazer o jantar para você.

— Posso te ajudar a cozinhar?

— Eu adoraria.

— Que bom. — Eu a beijo desta vez. — Então, sim, estarei lá.

Breaker quica a bola e, em seguida, a arremessa para a cesta, fazendo um sibilo.

— Fico surpreso de você ter encontrado força de vontade suficiente para se afastar de Kelsey por um tempinho para jogar basquete comigo.

— Nossa, você não está nem um pouco amargurado — digo, enquanto a bola rebate e eu a jogo de volta para ele.

— É sério, cara. Já estou perdendo Huxley. Vou te perder também?

— Você não está perdendo a gente.

— Nunca vejo vocês além do tempo no escritório, e nem almoçam mais comigo.

Piadas estão na ponta da minha língua, mas, quando vejo o quanto ele está sério, eu as seguro.

— Você está mesmo chateado? — pergunto.

Ele quica, se ajeita e joga.

— Tipo, um pouco, mas não do jeito babaca, porque estou feliz por vocês dois, mas seria legal se vocês, caras, tirassem um tempinho para mim.

— Posso fazer isso. — Esfrego a nuca. — As coisas só estão meio... loucas. E estou me sentindo consumido. Cara, eu gosto dela pra caralho.

— Eu sei. Dá para ver. E sei que Huxley está consumido pelo casamento, daqui a uma semana, mas lembre que a gente é tudo o que temos. Não deixe um homem para trás.

— Vou me esforçar mais — prometo. Ele passa a bola para mim, e eu tento um lance. Ela quica na borda e volta. — Você deveria encontrar alguém para sossegar, sabia? Essa opção também existe.

— Ah, é? Que tipo de conexão amorosa você está vendo para mim que não estou vendo?

— E Ophelia?

— Lia? — ele pergunta, confuso.

— É. Huxley e eu estamos apostando quando é que vocês dois vão se pegar.

— Ela é minha amiga, cara, sem falar que é minha vizinha, e tem namorado. É isso. Não há romance nenhum.

— E vocês dois ficam ligando um para o outro o tempo todo, ligação, nem mensagem é. É esquisito.

— A gente manda mensagem também — murmura. — Mas não é esse o ponto. Somos amigos, é isso, nada mais. Estabelecemos os limites na faculdade.

— Então você está me dizendo que nunca pensou em ficar com ela?

— Nunca.

Solto uma risada.

— Você é mentiroso pra caralho. — Balanço a cabeça, enquanto roubo sua bola e arremesso, errando totalmente a cesta. Meu Deus, talvez eu devesse me encontrar com Breaker mais vezes. Parece que não consigo marcar um ponto sequer hoje. — Então você não vai convidá-la para o casamento?

— Não. Mas ela tricotou suportes de panela para Huxley e Lottie que devo levar.

— Não acredito que não vai convidá-la para o casamento.

— Vou levar uma garota chamada Charise.

— Uma garota? Você a conhece?

— Conheço. Ela é amiga da Lia.

— Espere. — Faço uma pausa. — Não vai convidar a Lia, mas vai com a amiga dela?

Ele dá de ombros.

— Falei para ela que precisava de uma acompanhante e ela me arrumou uma. Viu só, é para isso que servem os amigos. Eu era o braço direito dela quando ela conheceu o Brian. Diferente de você, posso ser amigo de uma mulher.

— Parece que tudo funcionou bem para mim. — Sorrio para ele, enquanto ele arremessa da linha de três pontos e acerta.

— Você a ama? — ele pergunta, rebatendo a bola antes de jogá-la para mim.

Eu a quico algumas vezes e assinto.

— É, acho que sim. Caramba, eu só consigo pensar nela. Fico o tempo todo contando os minutos até poder abraçá-la e ficar com ela. E ela me faz feliz pra caralho, cara. Acho que assim que essa coisa toda de casamento passar, vou levá-la de volta para São Francisco e dizer para ela. Parece certo fazer isso lá.

— E quando foi que se tornou esse homem de grandes gestos?

— Desde que comecei a acompanhar o podcast da Kelsey, já ouviu? — pergunto. Ele ergue uma sobrancelha para mim, o que me faz rir. — Bem, ela é muito fissurada nas histórias de como as pessoas se conheceram. Ela ama os grandes gestos e fica envolvida com o romance dos entrevistados. Dá para ver o quanto ela é ela mesma naquele podcast. Achei que se quiser mantê-la, vou ter que aumentar a aposta.

— Nunca achei que veria o dia em que você iria amadurecer para um homem atencioso, mas aí está você. Estou impressionado.

— Obrigado. — Eu me curvo sem jeito antes de arremessar a bola. Me afasto para trás enquanto a bola atinge... nada.

Breaker solta um longo e arrastado grito de "PASSOU LOOOOONGE" como o irmãozinho imaturo que ele é.

Pois é, preciso vir aqui mais vezes.

— Obrigado por me encontrar — digo aos meus irmãos enquanto me sento de frente a eles à mesa de conferências.

Porra, minhas mãos estão suadas.

Dediquei muito tempo à apresentação, sabendo que Huxley irá querer pontos específicos. Apesar de ter planejado falar com Breaker primeiro e ter alguns números na manga, não queria que Huxley sentisse como se estivéssemos fazendo as coisas por suas costas. Posso até querer liderar isto, mas precisamos estar unidos nesta direção, e o único jeito de conseguir é se todos nós usarmos nossas forças individuais assim que a ideia estiver na mesa. Passei a última noite ruminando minha ideia várias vezes, explicando em voz alta para Kelsey, enquanto ela estava sentada na cama comigo. Ela me ouviu falar sem parar. Me senti pronto. No entanto, agora, com meus irmãos me observando, sinto como se tivesse perdido todos os motivos de estar fazendo isso.

Kelsey e eu fomos para a Cane Enterprises pela manhã. Ela me levou ao meu escritório, segurou minha mão, enquanto eu repassava a apresentação mais uma vez, me deu o beijo mais encorajador e me falou para ligar para ela depois de tudo.

Não posso desistir agora, sabendo que ela está esperando notícias.

Respirando fundo, olho nos olhos dos meus irmãos e digo:

— Estou infeliz.

As expressões confusas que cruzam seus rostos pareceriam quase cômicas, se eu já não estivesse na porra do meu limite.

Huxley se mexe na cadeira.

— Como assim está infeliz? Na vida? Pensei que estava tudo bem entre você e Kelsey.

— Está tudo ótimo com Kelsey. Não tem nada a ver com a minha vida pessoal e tudo a ver com a profissional.

— Você está infeliz com o trabalho? — Breaker pergunta, os dois preocupados de verdade. E estão obviamente surpresos também.

— Estou. — Respirando fundo mais uma vez, continuo: — Quando a gente começou a empresa, eu me juntei não porque era uma coisa com a qual eu queria mesmo trabalhar, mas porque queria ficar perto de vocês. Perder o papai foi... — Minha garganta fica apertada. — Bem, vocês sabem o quanto fiquei devastado. E me senti perdido, de vez em quando até torturado com as lembranças, e o único jeito que eu conhecia para preservar essas lembranças era ficar perto de vocês o máximo possível. Os trabalhos pareciam simples. Breaker, você ficaria com os números, porque é nisso que é bom. Huxley, você é o cara das ideias, porque é um líder natural, e isso me deixou com as sobras, tendo que lidar com a mídia e os trabalhos diferentes. No começo, nem liguei, mas à medida que o tempo foi passando, comecei a ficar cada vez mais entediado. Mais amargurado. Com raiva por sentir que eu não tinha um propósito.

— Há quanto tempo tem se sentido assim? — Huxley pergunta.

— Deve fazer mais ou menos um ano. Mas, nos últimos meses, os sentimentos têm crescido ao ponto de amargura. E não é isso o que quero. Não quero me sentir amargurado pela única coisa que me mantém perto da memória do papai. Perto de vocês dois. Então fiquei pensando sobre o que poderia me fazer feliz de verdade, o que me deixaria realizado. — Abro a pasta e deslizo planilhas sobre a mesa, uma para cada um deles. — Quero começar uma fundação com a Cane Enterprises que será focada em oferecer moradia social nos nossos prédios para aqueles que precisam. Pais solo, famílias de baixa renda, aqueles que lutam para se manter nos eixos. Quero construir uma comunidade com essas moradias, oferecer aulas práticas de bricolagem e finanças domésticas, creches, planos de saúde. A gente faz dinheiro pra caralho todo santo dia, e acho que está na hora de devolvê-lo, fazer mais do que só assinar um cheque para as instituições.

Huxley e Breaker olham para a planilha, analisando os detalhes. Estou literalmente escondendo minhas mãos trêmulas enquanto espero pela resposta.

Eles têm que enxergar valor nisso.

— E você lideraria essa iniciativa? — Huxley indaga. — Começando com o Angelica?

— Sim. — Assinto. — Estabeleci os planos de como fazer do Angelica nosso primeiro prédio com moradia social. Já até falei com o prefeito antes de ir embora de São Francisco, apresentei a ideia, e ele disse que não só estaria disposto a trabalhar conosco para conseguir mais prédios, como também investiria em nossa iniciativa quando se tratasse de educação, oportunidade, creche, assim como transporte.

— Você já deu uma olhada nos números? — Breaker pergunta.

— Sim. — Pego outro documento da pasta, já sabendo que ele ia questionar. — Com o que o prefeito pode arcar e os incentivos fiscais, podemos até lucrar com o projeto, enquanto ajudamos as pessoas. Mas, sinceramente, mesmo se não pudéssemos, não importaria. Os lucros de uma das nossas propriedades já conseguiriam sustentar isso.

— E as suas responsabilidades atuais? — Huxley pergunta.

— A Organização Sustentável já funciona por conta própria, e acho que sei que, a essa altura, Lottie e Kelsey já não precisam que fiquemos em cima delas. Eu conseguiria dar conta de alguns dos meus projetos menores de gerenciamento, mas as crises pequenas podem ser conduzidas por alguém que contratarmos. É um trabalho idiota e uma perda de tempo. — Bato na mesa. — Mas isto aqui é grande. A gente pode começar uma onda de moradias sociais por todo o país nas maiores cidades, expandindo da Califórnia até Nova York, indo para Denver e Atlanta também.

Huxley se recosta na cadeira e me olha de cima a baixo.

— Sinceramente, acho que seria um golpe substancial no nosso lucro, porque não consigo ver como moradias sociais podem ser lucrativas. — Sinto meu estômago se revirar. — Mas... a ideia é brilhante e estou com raiva por eu não ter pensado nela. — Ele coloca a mão na mesa de conferências. — Uma das melhores coisas que aprendi com o papai sobre negócios é que, às vezes, você precisa levar um golpe para se preparar para o futuro. Este é um golpe, mas vai manter os investimentos na nossa empresa de novo e de novo, talvez não financeira, mas moralmente. Precisamos repassar os números para nos certificarmos de que a ideia seja viável, e de que vamos manter um equilíbrio entre as propriedades não lucrativas e as lucrativas, o que já consigo visualizar. Imagino que a gente precisaria de uma licença para propriedade não lucrativa também. Converse com Breaker para repassar os números. Você tem minha aprovação. Vamos nos reunir para discutir isso de novo daqui a três semanas.

Meu peito infla e me viro para Breaker, que ainda está analisando os números.

— Concordo com Huxley, e a gente precisa mesmo repassar esses números. — Ele ergue o olhar e sorri para mim. — Mas amo essa ideia pra caramba. — Ficando sério, ele pergunta: — Mas isso vai deixar você feliz?

— Vai. — Assinto.

Ele inclina a cabeça para o lado e pergunta:

— Isso tem alguma coisa a ver com aquele pombo Kazoo?

Solto uma risada alta e Huxley indaga:

— Quem é Kazoo?

— Um pombo aí que JP tem cuidado no tempo livre.

— Acho que me inspirei no Kazoo — digo.

— Bem, olha só, o pombo merece mesmo ser salvo.

Depois de alguns apertos de mão, abraços e alguma garantia de que vou estar entusiasmado de verdade sobre isso, me despeço dos meus irmãos e tiro o celular do bolso.

JP: Onde você está?

A resposta de Kelsey é imediata.

Kelsey: No seu escritório.

Quase corro para o escritório e lá fecho a porta. Ela está no sofá, com uma xícara de café na mão. Quando nossos olhos se encontram, ela lentamente coloca o café na mesa à sua frente e se levanta.

— O que eles disseram?

— Eles amaram a ideia. — Sorrio.

Ela pula de alegria e corre para os meus braços, me oferecendo o melhor abraço do mundo. Eu a seguro com força, com uma das mãos em suas costas, a outra em sua nuca, enquanto ela se pendura em mim, com as pernas ao redor da minha cintura.

— Ai, meu Deus, estou tão feliz por você.

— Obrigado — digo, enterrando o rosto em seu cabelo.

Pressiono um beijo na lateral de seu rosto e a seguro com tanta força. É como se o mundo ao meu redor começasse a fazer sentido. Me senti perdido por tanto tempo, como se não devesse estar onde estava, mas, ao longo dos últimos meses, as nuvens foram se desvanecendo e eu finalmente consigo ver o que devo fazer.

Dar em retorno.

Criar algo maior do que o lucro para mim e os meus irmãos.

Me apaixonar por esta mulher e lhe mostrar o tipo de homem que posso ser por ela.

Está tudo se encaixando no lugar, e acho que nunca estive tão feliz.

Nunca.

MEGHAN QUINN

CAPÍTULO VINTE E UM

KELSEY

Jason e Dottie
Feitos um para o Outro

Kelsey: Seja bem-vindo, ouvinte, a mais um Podcast Feitos um para o Outro. Aqui a gente conversa com casais loucamente apaixonados sobre como eles se conheceram. Jason e Dottie, muito obrigada por se juntarem a nós hoje.

Jason: É uma honra.

Kelsey: E essa salada de batatas que vocês enviaram, foi você que fez, Jason?

Jason: Foi. Estamos no estágio inicial de produção, mas espero que logo tenhamos salada de batata nos supermercados de todo o país, não que eu esteja tentando promovê-la aqui ou algo do tipo, mas sabe como é... a Melhor Salada de Batata está chegando na loja mais perto de você.

Dottie: Ele não para de falar disso. Tipo... não para mesmo.

Jason: É boa para churrascos, jantares de família, noites íntimas... Eu já até lambi um pouco na Dottie.

Dottie: Dá para você parar de dizer essas coisas?

Jason: Ela sempre foi tímida sob holofotes.

> **Kelsey:** *Estou sempre procurando um patrocinador, sabe. Uma salada de batata para os românticos pode ser o primeiro.*
>
> **Jason:** *Não brinque com o meu coração.*
>
> **Kelsey:** *Bom, eu amei a carta que você mandou, Jason, sobre você e a Dottie, e adoraria que contassem para o ouvinte como se tornaram feitos um para o outro.*
>
> **Dottie:** *Só para constar, tudo o que ele disser vai ser meio exagerado, então escute com um pouco de...*
>
> **Jason:** *Foi numa noite escura e terrivelmente fria em Chicago, onde todos estavam à procura de esperança e amor.*
>
> **Dottie:** *Ai, meu Deus, aqui vamos nós.*

— Você está nervosa? — pergunto a Lottie enquanto estamos paradas no pátio da casa dela e de Huxley.

Para a recepção, eles cobriram a piscina com um tablado transparente, decoraram com sete mesas e acrescentaram luzes cor-de-rosa suaves na parede de pedra da cerca. Fios de flores formam um teto falso, enquanto dois violoncelistas estão posicionados na lateral, adicionando sofisticação à noite íntima.

Família e amigos, é isso.

O plano inicial era de que eu passasse a noite com Lottie e me arrumasse pela manhã, mas Huxley não quis saber de ficar separado dela, então vou dormir na casa de JP. Farei a curta caminhada até ali pela manhã, onde vamos todas nos arrumar, incluindo Ellie, a outra madrinha.

Felizmente, ela não está ressentida comigo, já que dei um fora em seu cunhado. Ela disse que ele entendeu e ficou imaginando se mais alguém estava na minha mente quando saímos juntos. Fiquei triste por não ter dado a ele toda a minha atenção, mas pelo que Ellie disse, ele está saindo com outra pessoa agora que mora no Havaí e que está gostando das idas e vindas de viagem.

Lottie exala perto de mim e então vira seu champanhe, esvaziando a taça.

— Se estou nervosa? Na verdade, não — ela fala, baixinho, mantendo a conversa apenas entre nós. — Não estou nervosa com minha escolha. Huxley é o homem certo para mim, sem dúvida. Mal posso esperar para me casar com ele. Só estou nervosa com toda essa cerimônia, sabe? Eu só queria que a gente casasse aqui hoje mesmo, e aí poderíamos ir para a lua de mel, mas entendo que Huxley queira um casamento mais tradicional.

— A cerimônia será curta, e aí você vai poder festejar. Vai ser tão divertido.

— É verdade. Além disso, amanhã vamos nos divertir enquanto a gente se arruma, não é? Você pegou aqueles jogos de palavras *Mad Libs* que te enviei? O de noiva?

— Sim. Estou com eles na bolsa das coisas para a gente fazer amanhã. Mal posso esperar para preencher os espaços com *seio* e *pênis* em cada categoria.

— Não se esqueça de *foda*, pode ser verbo, substantivo, adjetivo... é universal.

— Pois é, vai haver um monte de fodas, seios e pênis.

— Que bom. — Ela cutuca minha mão e então me olha nos olhos. — Vou me casar amanhã. Loucura, né? Parece que foi outro dia que eu estava tentando encontrar formas de tirar Huxley do sério para me livrar do nosso contrato.

— Pois é. Ainda me lembro de você me contando que tinha conhecido alguém e que ia discutir os termos comendo chips e guacamole no Chipotle.

— Acho que foi isso que me conquistou, ele pagou extra pelo guacamole.

Rio assim que Huxley para na frente de todo mundo e bate com o talher em seu copo. O pequeno grupo silencia, e os violoncelistas param de tocar. Com uma das mãos no bolso, e a outra segurando um copo de cerveja, Huxley fala para todos.

— Muito obrigado por comparecerem esta noite e por fazerem parte do nosso dia especial amanhã. — Seus olhos pousam em Lottie. — Alguns meses atrás, cometi um erro nos negócios que pensei que fosse custar a reputação da minha empresa. Fiz de tudo para encobri-lo, inclusive convencer esta mulher aleatória que conheci na calçada a fingir ser minha noiva. Achei que eu era tão esperto, fazendo com que ela ficasse ao meu lado e agisse como a noiva amorosa de que eu precisava. Mal sabia eu que estava entrando numa cilada. Ela era obstinada, linda de tirar o fôlego e o maior desafio da minha vida, e eu logo me apaixonei por esta mulher que deveria ter sido temporária. Mas amanhã... amanhã ela vai se tornar o meu para sempre. Leiselotte, você é o amor da minha vida, e me faz mais feliz do que eu jamais poderia imaginar. — Seguro a mão da minha irmã com força. — Você estará me dando a maior honra da minha vida amanhã ao se tornar minha esposa. Não importa o que apareça no nosso caminho, prometo que sempre serei o homem que você merece. Eu te amo.

Lottie limpa as lágrimas do rosto. Ela se levanta da cadeira, agarra Huxley pelas bochechas e o beija pra valer.

Enquanto eu os observo, total e extremamente apaixonados, uma mão quente agarra meu ombro antes de deslizar pelas minhas costas.

— Oi — JP diz, se sentando ao meu lado. — Sinto como se eu não tivesse te visto a noite toda.

Me viro para ele, com nossas pernas se entrelaçando quando me inclino para ele.

— Pois é, mas gostei de ter visto você e Jeff se divertindo, ou pelo menos pareceu que estavam se divertindo.

JP pega minha mão e a pousa em seu colo, sua outra mão descansando na minha coxa.

— A gente estava conversando sobre Jason Orson e a nova salada de batatas dele. Falei para ele que Jason mandou um pouco para você, e Jeff disse que ele leu mesmo sobre Jason e o amor dele pela salada de batatas num artigo do *Player's Tribune*, escrito pelo melhor amigo e cunhado do Jason, Cory Potter. Os dois jogam nos Chicago Rebels. O cara tem se gabado de que é a melhor desde a faculdade. E mal posso esperar para ouvir o seu novo episódio.

— Como é que fui esquecer que Jeff é um grande fã de beisebol? Sinto como se tivesse falhado. Eu deveria ter pedido para Jason enviar uma bola autografada ou algo assim.

— Mas isso iria contra tudo em que ele acredita, linda. Ele é um torcedor fanático do Los Angeles Rook.

— É verdade.

— Falei que vou com ele a um jogo qualquer dia desses. Ele sempre sonhou em se sentar bem atrás da cerca, então pensei em agradá-lo.

— Ai, meu Deus, ele vai pirar. Você está falando sério?

— Sim. Gosto da companhia dele, mas não é só isso, ele é importante para você, o que o faz importante para mim também.

As palavras estão na ponta da minha língua — posso senti-las. Eu amo este homem. Já não consigo imaginar minha vida sem ele. Sem sua provocação, sem seu coração amoroso, sem a forma como ele me faz sentir inteira, desejada... sexy. Ele é o pacote completo. Mas dizer essas palavras ali, na noite antes do casamento da minha irmã... Acho que não quero fazer isso. Quero que a atenção permaneça em Lottie, e sei que se eu falar para JP que o amo, não vou conseguir guardar só para mim.

Além disso, há sempre a preocupação no fundo da minha mente de não ter certeza se ele está no mesmo ritmo que eu. Pode demorar mais tempo para ele chegar lá, então preciso esperar.

— Ei, cara, posso conversar com você um minutinho? — Breaker pergunta a JP.

— É importante? — JP indaga, sem soltar minha mão.

Breaker passa a mão pela mandíbula e dá um aceno para o irmão.

— É uma parada para o casamento amanhã.

Ai, caramba, por um segundo, pensei que fosse alguma coisa mais importante, como se algo estivesse errado.

— Claro — JP diz antes de dar um beijo rápido nos meus lábios. — Já volto.

Breaker o puxa de lado, e me levanto para pegar mais champanhe. Quando vacilo, me dou conta de que talvez já tenha bebido demais, mas... é um jantar de ensaio e há champanhe à vontade. É hora de celebrar!

JP

Uma linha firme está gravada em sua testa. Breaker me puxa para dentro da casa, fecha a porta corrediça de vidro e então nos leva para o escritório de Huxley.

— Precisamos mesmo de toda essa privacidade? — pergunto quando ele fecha a porta e se vira para mim, beliscando a tensão em sua testa com os dedos. A preocupação começa a me tomar. — O que está rolando?

Seus olhos voam para os meus e ele questiona:

— Lembra da noite em que você estava falando sobre os ursos polares moribundos e as doações para resgatar os pombos?

— Lembro da noite, mas não dos detalhes.

— Você se lembra de ter mandado algum e-mail?

— Um e-mail? — Balanço a mão. — Não, por quê?

— Porra... — ele murmura. — Você pode abrir o seu e-mail?

Eu lhe entrego meu celular e ele abre o aplicativo.

— O que está rolando?

Ele digita e quando não encontra o que está procurando, pressiona o punho na boca.

— Naquela noite, a gente conversou ao telefone. Você estava bêbado pra caralho, e eu te falei para comer alguma coisa e não fazer nada idiota.

— Tá bom... — falo arrastado.

— Bem, acho que você fez algo idiota, só que não consigo achar.

— Que porra eu fiz?

— Você estava chateado por causa da Kelsey e por precisar de uma acompanhante para o casamento, aí me falou que ia mandar um e-mail genérico para as garotas que conhece, perguntando se elas gostariam de te acompanhar.

Meu estômago embrulha.

— Merda. Me lembro vagamente disso. — Vasculho através dos meus e-mails. — Mas não vejo nada na caixa de *enviados*.

— Pois é. — Breaker passa a mão pelo cabelo. — Estou confuso pra caramba.

— Por quê? Por que está vindo com essa?

— Fui avisado por Dave Toney. Ele disse que há um artigo que vai sair amanhã sobre você ter enviado um e-mail para um monte de mulheres, perguntando se elas gostariam de ser sua acompanhante. Mas... mas você não mandou nada.

— Como é? — digo, a atitude calma e descontraída sendo varrida aos poucos. — Como alguém saberia disso? É um e-mail falso?

— É isso que estou achando. Mas não dá para ter certeza. Dave me passou o nome da pessoa que o alertou e me mandou a mensagem, pedindo mais informações. — Seus olhos encontram os meus. — Não estou preocupado com Huxley e Lottie. Estou preocupado com Kelsey.

— Bem, é falso. Eu não mandei nada. A prova está no meu e-mail.

Só então o celular de Breaker vibra com uma mensagem. Ele o tira do bolso e abre a mensagem. Vira a tela para mim e pergunta:

— Então que porra é esta?

Aproximo o celular para ler o e-mail.

> *Ei, moçaaaas,*
>
> *Estou mandando este caralho de e-mail porque vocês sabem que... eu tenho um caralho grande, aí este e-mail tem que dar conta do recado.*
>
> *É o seguinte. Hux vai se casar com a Lulu Lemon e eles me disseram que eu precisava de uma acompanhante. Estou à procura de uma candidata que queira ir comigo.*
>
> *Pago todas as despesas. Prometo muito prazer.*
>
> *Se ficou interessada, me responda aqui.*
>
> *Ainda uso camisinha.*
>
> *Bj. Tchau.*
>
> *JP*

— Porra. Não me lembro de ter mandado isso. Não está no meu e-mail. Não estou entendendo nada.

Breaker aponta para o topo da tela.

— Não é o seu e-mail de trabalho... é o seu pessoal.

Neste momento, sinto todo o calor ser drenado do meu rosto ao me dar conta de que ele tem razão. Nunca, jamais, checo meu e-mail pessoal. Empurro o celular de Breaker de volta e abro meu e-mail pessoal. Vou passando por newsletters de promoções até que vejo várias respostas para o meu e-mail.

McKayla.

Kenzie.

Hattie.

Cada resposta parece mais um prego no meu caixão, enquanto tento descobrir como lidar com essa porra.

Aperto a testa e digo:

— Porra, isso não é nada bom. Você sabe alguma coisa sobre esse artigo?

— Só sei que esse e-mail está nele, e menciona o casamento, e, hã... — Ele estremece.

— O que foi? — pergunto, e um nó bem torcido de tortura e ansiedade se forma no meu estômago.

— Hã, também fala sobre Kelsey e o negócio dela, e faz alusão a como mulheres usam de todos os meios necessários para serem bem-sucedidas, inclusive pegar os irmãos Cane.

— Porra — grito enquanto ando pelo escritório. — PORRA! — Com as mãos nos quadris, falo: — A gente precisa acabar com isso, cara. A gente precisa acabar com o caralho desse artigo.

— Já entrei em contato com a Karla, e ela está trabalhando nisso, mas, sei lá, JP. Não sei se conseguimos dar um jeito nisso.

— Precisamos dar um jeito nisso, porra. Já imaginou o dano que essa suposição faria para Kelsey? Ela vai ser humilhada, cacete. Sem falar que o e-mail em si já é condenatório. — Parece que meus pulmões param de trabalhar enquanto tento recuperar o fôlego. — Eu vou... vou perdê-la, porra. Vou perder tudo. — Olho para Breaker, implorando. — Por favor, cara, me ajude. Pague quanto for. Só precisamos acabar com isso.

— Vou trabalhar nisso. Vou ligar para Karla e ver o que posso fazer.

Ele tenta passar por mim, mas seguro seu braço e insisto:

— Eu a amo, Breaker. Eu a amo pra caralho, e isso vai destruir a gente. Sei que vai. Por favor, me ajude.

— Vou ajudar. Fique aqui por um segundo. Me deixe ver o que posso fazer.

KELSEY

— Minha irmã vai se casar! — grito enquanto seguro a taça de champanhe no alto. — Ahhh!

Estamos paradas no tablado transparente sobre a piscina, o braço de Lottie está ao redor da minha cintura, enquanto balançamos ao som da música. Breaker voltou sem JP, apenas para levar Huxley embora, alegando que eles têm um "assunto de homem" para conversar. Mamãe e Jeff estão aconchegados à frente da lareira externa, e Dave e Ellie estão dançando perto de uma palmeira, tirando grande vantagem de seu momento a sós longe do bebê recém-nascido.

É uma noite linda.

As estrelas estão brilhantes.

O champanhe está pulsando nas minhas veias.

E só consigo pensar que, quando voltar para a casa de JP, vou levá-lo à loucura.

— Vou levá-lo à loucura! — Ergo a taça de champanhe.

— Levar quem à loucura? — Lottie pergunta.

— JP. Hoje à noite. Vou me sentar na cara dele e montá-lo.

— Ah, eu amo sentar na cabeça do Huxley. Não há nada mais satisfatório do que a sensação das mãos dele passando na parte interna das minhas coxas enquanto sua língua faz todo o trabalho.

— Ainda não sentei na cabeça do JP, mas fiz garganta profunda no avião. — Me viro para minha irmã e seguro seus ombros o máximo que consigo enquanto ainda estou na onda do champanhe. — Você já fez garganta profunda com a sua cabeça pendurada na beirada da cama? Recomendo demais. Nunca curti tanto umas bolas na cara quanto naquela noite.

— Minha irmã vai se casar!

— Ah, quando um saco pousa no meu olho, sinto uma estranha sensação de conforto. Como um pepino frio, mas, em vez disso, um saco cheio de sêmen. — Ela dá uma batidinha no olho. — Hum. Talvez eu peça uma bola no rosto hoje. Huxley odeia quando eu falo dessa forma, então sempre vou chamar assim.

— Fico imaginando o que JP diria se eu pedisse isso a ele.

— Ele deve dizer sim. Todo homem gosta de mostrar dominância ao colocar seu saco na cara de uma mulher. Devem achar que é uma forma de marcar território.

— É uma tentação, mas também quero usar o vibrador que ele guarda na mesa de cabeceira. É um comum, mas tenho certeza de que ele usa na bunda... — Rio tanto que começo a tossir.

— Huxley gosta de coisas na bunda. De vez em quando eu giro os dedos lá. — Sussurrando, ela diz: — Ele não gosta dos giros.

— Ainda não enfiei os dedos na bunda do JP. Não sei se tenho coragem de fazer isso.

— Não precisa de coragem, é só enfiar. Se ele gemer, se parabenize. Se perguntar que porra você está fazendo, apenas diga: "Ah... desculpe, não era para os meus dedos entrarem aqui?".

— Sei lá. Acho que vou só fazer cócegas nas bolas dele com o vibrador hoje.

— Também é uma boa ideia. Ahh, coloque na parte de baixo da cabeça. Eu fiz isso com Huxley e, sem brincadeira, ele gozou em cinco segundos. Foi tão gostoso.

— Gostei dessa ideia. Eu deveria mandar uma mensagem para ele.

— Ah, sim. Ótima ideia. Mande sacanagem para ele.

Pego o celular da mesa à nossa frente e abro nossa conversa.

> **Kelsey:** *Oi, grandão.*

— Você o chama assim? — Lottie pergunta.

— Hã, na verdade, não, mas foi a primeira coisa que veio à mente. Eu deveria deletar?

Ela assente.

— Chame-o de namorado.

> **Kelsey:** ~~*Oi, grandão.*~~ *Oi, namorado. Estou pensando no seu pau grande neste exato momento.*

— Ah, isso, fale para ele como é grande — Lottie diz.

> **Kelsey:** Seu pau enorme, grosso, roliço, maciço, pesado e cheio de veias.

— Meu Deus, amo um pau cheio de veias. Você precisa ver o do Huxley quando está duro e tenso. Às vezes eu só gosto de ficar assistindo-o balançando para cima e para baixo quando quer libertação.

> **Kelsey:** Quando a gente voltar para a sua casa, vou querer sentar na sua cara, mas também vou querer suas bolas nos meus olhos, e vou querer fazer sua bunda vibrar.

— Isso, e fale para ele o quanto gosta da língua dele.

> **Kelsey:** E eu gosto da sua língua e como ela... hã, como ela... me lambe.

— Tão sensual — Lottie diz sobre o meu ombro.

— Você acha?

— Aham. Clique em *enviar*.

Satisfeita, pressiono a seta azul e aperto o celular no peito.

— Vou dormir com a bola de um homem no rosto hoje.

Lottie aperta meus ombros.

— Que garota de sorte.

JP

— Que porra é essa?! — Huxley grita ao ler o artigo. De alguma forma, Karla, a mágica na nossa vida, conseguiu uma cópia, e passamos os últimos dez minutos o lendo e relendo.

Dizer que me sinto enjoado é um eufemismo. Quando digo que é bem ruim, estou falando sério pra caralho. Não é um artigo lisonjeiro de forma alguma. Não é lisonjeiro para mim e a porra do meu lado bêbado — sou pintado como um babaca mulherengo que manda e-mails de assédio sexual fora de qualquer limite quando estou bêbado. E pinta Kelsey como uma interesseira em busca de uma boquinha.

É pior do que eu esperava.

Recorri a arregaçar as mangas, andar pelo escritório do Huxley e rezar para que a porra dos pombos dê um jeito nisso. Tenho sido uma pessoa boa minha vida inteira. Já doei um monte de dinheiro, me voluntariei, fiz algumas coisas capazes de mudar a vida para conseguir algum bom karma. Então estou pedindo para o universo mandar uma onda de bom karma na minha direção.

Huxley se vira para mim.

— No que estava pensando?

— Em nada — grito. — Eu estava bêbado e desesperado. De coração partido. Você não faz ideia de como foi passar essas duas semanas em São Francisco. Vê-la saindo com outra pessoa quando não estava nem me notando. Porra, cara, isso me comeu vivo.

— E por isso você vai e manda um e-mail grosseiro para um monte de mulheres, perguntando se elas podem ser sua acompanhantes?

— Bom, você disse para Dave Toney que estava com uma noiva grávida. Nem sempre a gente toma decisões inteligentes — grito em resposta.

— Ei — Breaker diz, se intrometendo entre nós. — Karla está trabalhando com o repórter que escreveu o artigo. Parece que dá para comprar o site, então pode ser que a gente nem tenha que se preocupar com isso.

— Porra — Huxley grita enquanto puxa o cabelo. — Não precisava dessa merda bem na noite antes do meu casamento.

— E acha que eu precisava? — pergunto, apontando para o seu peito. — A porra da minha felicidade depende do que vai acontecer. Não importa como vamos resolver isso, Lottie vai se casar com você amanhã, mas pode ser que Kelsey nem queira olhar mais na minha cara se isso vazar.

— É o que você merece — Huxley diz.

— Ei! — Breaker grita, chamando nossa atenção. Com os olhos furiosos, ele encara Huxley e fala: — Você fez uma merda das grandes quando veio com aquela baboseira com Lottie. A reputação da empresa corria o risco de ser arruinada e a gente ficou do seu lado para ajudar. Fizemos questão de ajudar em tudo que você precisou e nos certificamos de que ninguém saísse prejudicado. Então não vire as costas para o seu irmão. Ele tem razão, você não faz ideia do que ele tem passado, sem contar que ele finalmente deixou alguém entrar na vida dele depois que o papai faleceu. Você deveria estar perguntando como ele está se sentindo, não o fazendo se sentir pior.

Huxley olha para mim, e seus ombros caem quando ele diz:

— Porra, tem razão. Merda, desculpe. — Ele esfrega a testa. — Você está bem?

— Não. — Balanço a cabeça. — Não estou. Estou com medo pra caralho. Não posso perdê-la, cara, não posso.

— Está ficando tarde, então que tal a gente fazer assim: por que não explica para ela o que está rolando, fica um passo à frente, e conta que vai dar um jeito nesse artigo? Assim, vai estar sendo sincero com ela e encerra qualquer tipo de discussão que poderia surgir entre vocês — Breaker sugere.

— Imagino que seja o melhor a fazer — Huxley concorda. — Deixar que ela seja pega desprevenida é pior do que ter essa conversa.

— Acho que vocês têm razão. Eu deveria levá-la para casa, fazê-la se sentar e ter uma conversa sincera. — Meu celular vibra com uma mensagem. Olho para a tela e vejo que é de Kelsey. — Ela acabou de me mandar mensagem. Talvez já esteja pronta para ir embora.

Abro a mensagem e leio.

> **Kelsey:** *Oi, namorado. Estou pensando no seu pau grande neste exato momento. Seu pau enorme, grosso, roliço, maciço, pesado e cheio de veias. Quando a gente voltar para a sua casa, vou querer sentar na sua cara, mas também vou querer suas bolas*

> *nos meus olhos, e vou querer fazer sua bunda vibrar. E eu gosto da sua língua e como ela... hã, como ela... me lambe.*

Que... porra... é essa?

— O que foi? — Breaker indaga.

— O que as garotas estavam fazendo antes de você sair de lá? — pergunto a Huxley.

— Pegando mais champanhe — ele responde, confuso. — Por quê?

— Porque, pela mensagem que Kelsey acabou de me mandar, quase posso garantir que ela encheu a cara.

— Porra — Huxley diz.

É... *porra* é a palavra certa. Quase posso garantir que seja lá qual conversa eu tente ter com ela hoje será completamente inútil.

KELSEY

— Você é tão lindo! — digo enquanto espero JP abrir a porta da frente. — Tipo, lindo demais. O mais lindo.

Ele olha por cima do ombro para mim e ergue a sobrancelha.

— Quanto você bebeu?

— Bastante. — Jogo os braços no ar. — E eu tenho uma curiosidade divertida para você, JP.

Ele abre a porta, pega minha mão e me leva para dentro de casa.

— Que curiosidade divertida? — ele pergunta, trancando a porta.

— Algo acontece com o meu corpo quando eu bebo. — Me inclinando, falo: — Eu fico com muito tesão.

Seus olhos se arregalam, e ele começa a tossir. Dou um forte tapinha nas costas dele e então... abro meu vestido e o deixo cair no chão. Antes que ele possa dizer alguma coisa, agarro o bojo do sutiã sem alça e o viro para baixo, expondo meus seios.

— Kelsey...

Não dou tempo para ele terminar a frase antes de agarrar sua nuca e enterrar seu nariz bem no meio dos meus seios. Dou uma mexida, um balanço, e então o afasto.

Seu cabelo está bagunçado.

Seu corpo, rígido.

E não há sorriso em seu rosto.

Hum... ele não gostou disso?

— Kelsey...

— Quanto você bebeu?

— Espere... você não gostou? Lottie disse que Huxley gosta. Então pensei que fosse algo de família. Isso quer dizer que você gosta de uma vibração na bunda, já que ele não gosta?

— O que é uma vibração na bunda? — Ele agarra o cabelo.

Com o dedo indicador, faço um movimento giratório e o ergo.

— Bem dentro do bom e velho bumbum.

Seu rosto fica desanimado.

— Que porra é essa que vocês duas estavam conversando?

Com os seios ainda para fora, passo por ele e vou até a escada. Me deito nos degraus e abro as pernas.

— Venha pegá-la. Ela está pronta para você. Disposta e pronta.

— Kelsey, linda, talvez a gente só devesse se aprontar e ir para a cama.

Me ergo nos cotovelos e digo:

— Ah, então você está tentando me atrair para o quarto, não é? Já vi tudo, Cane. Já vi tudo. Claro, vamos "só nos aprontar e ir para a cama". — Faço aspas no ar.

Ele me oferece sua mão e eu a pego enquanto subimos os degraus. Arrasto a mão sobre o corrimão preto da escada, desfrutando da superfície lisa e polida, e permito que ele me guie até o quarto. Mas ele não para diante da cama, em vez disso, me leva até a pia e me ajuda a escovar os dentes.

— Você está tentando dizer que tenho mau hálito? — pergunto.

Ele balança a cabeça.

— Não, linda, é só a rotina. E sei o quanto você curte uma rotina.

Com a escova de dentes na mão, olho para ele de cima a baixo.

— Meu Deus, fico com tesão por você saber disso a meu respeito.

— Parece que tudo está te deixando com tesão hoje.

— Me mostre suas unhas dos pés e aposto que vou gozar bem aqui e agora.

— Nossa, esse champanhe mexeu mesmo com você.

— Eu amo champanhe. Você não gosta?

— Por que você não se concentra em escovar os dentes? Vou pegar uma camiseta para você.

— Não se incomode, quero dormir nua.

Vejo seu pomo de adão balançar.

— Tem certeza? Pode usar uma das minhas camisetas.

Balanço a cabeça.

— Nua ou eu vou gritar.

— Bem, a gente não quer que você grite...

— Só quando é o seu nome, não é... *Jonah*? — Mexo as sobrancelhas e ele solta um suspiro pesado.

Passamos os minutos seguintes "nos aprontando para a cama", mais conhecido como "preparar nossos corpos para a mágica que está prestes a acontecer", e quando estou pronta, vou rapidinho até seu quarto e o encontro parado, de cueca boxer, olhando para o celular.

Com nada além da minha própria pele, agarro o batente da porta e falo:

— Yoo-hoo, olhe quem está pronta para a cama. — Balanço os dedos para ele.

Ele abaixa o celular e se vira para mim. Observo, enquanto seus olhos quase me devoram. *É isso aí, me devore, grandão.* Pé ante pé, ando em sua direção desse jeito sexy que sei que deve estar deixando-o absolutamente louco de desejo.

— Parabéns — digo quando o alcanço e coloco as mãos em seu peito.

— Parabéns pelo quê?

— Por me deixar com tanto tesão. — Envolvo seu membro, pronta para seu foguete, mas acabo encontrando um... caracol. Ergo o olhar para ele. — Por que não está duro?

— Olhe, Kelsey, acho que a gente deveria ir para a cama, está bem? Tem sido uma longa noite e teremos um grande dia amanhã.

Dou um passo para trás.

— Não, você não está... não está duro. Não sente mais atração por mim?

— Você sabe que não é verdade, linda. Sabe que eu amo o seu corpo pra caralho. Sabe que te acho a mulher mais sexy que já conheci. Sabe que sou totalmente louco por você.

— Mas... você não está duro. — Me afasto de novo. — Foi a minha atitude? Você não gostou?

— Vamos só deitar debaixo das cobertas e ir para a cama, Kelsey. Você bebeu muito...

— Ai, meu Deus, eu broxei você. — Me afasto um pouco mais até que esbarro em sua cômoda, onde a camiseta que ele queria que eu vestisse está dobrada. Eu a coloco às pressas, tentando encontrar alguma proteção para a vergonha que me consome.

— Não, não é nada disso. — Ele solta um suspiro de frustração e agarra o cabelo. — Dá para a gente ir para a cama?

Sinto meus olhos se encherem de lágrimas, enquanto minha vergonha me empurra para o outro lado da cama. Faço uma pausa e então pergunto baixinho:

— Quer dividir a cama? Posso ir para a casa de Huxley e Lottie.

— Você não vai a lugar nenhum — ele rosna e então se aproxima. Pega minha mão e dá um beijo suave no nó dos dedos. — Quero você na minha cama.

— Mas não me quer... — digo, enquanto as lágrimas rolam pelo meu rosto. Eu as enxugo às pressas. — Fui muito atirada. Disse coisas que devem ter te assustado. Não sou a mulher que você pensou que eu era, é isso que está pensando, não é? É por isso que sou sempre a mulher padrão, é por isso que não saio da zona de conforto para fazer coisas que não costumo fazer.

— Linda, pare.

Balanço a cabeça e tiro minha mão da sua.

— Já entendi, JP. Você não gostou do que eu disse hoje. — Deslizo para baixo dos cobertores. — Quer saber, eu deveria mesmo ir dormir.

Ele fica parado perto da cama, olhando para mim, puxando o cabelo. Dá para ver que ele quer dizer alguma coisa, que há algo na ponta de sua língua, mas, em vez de me dizer o que está pensando, ele se vira e vai para o seu lado da cama.

Meu coração se parte totalmente.

Quase espero que ele diga que gostou mesmo do que escutou, mas isso... sei lá, há alguma coisa passando na sua cabeça. Mas, em vez disso, ele apaga as luzes e desliza para baixo dos cobertores junto de mim.

Mas a pior coisa que acontece, pior até que sua rejeição, é o fato de que ele não me abraça quando caio no sono. Está do seu lado da cama, o mais longe possível de mim.

JP

— Acho que vou vomitar, porra — digo ao entrar na casa de Breaker.

Ele me acordou às cinco com uma ligação para me dizer que precisava que eu fosse à sua casa o mais rápido possível. Pulei da cama, vesti uma roupa e saí correndo.

Kelsey ainda estava dormindo. Felizmente, a ligação não a acordou.

A noite passada foi como a porra de uma tortura, e ainda estou me sentindo enjoado por conta disso. Eu só queria levar minha garota confiante para a cama e fazer todas as coisas que ela queria, mas eu sabia que não podia, não quando a ameaça do artigo difamatório está pendendo sobre minha cabeça. Não só não pareceu certo, como também me deixou enjoado com a preocupação de que resolver isso talvez seja impossível. Isso ficou provado quando ela veio na minha direção, sexy pra caralho e toda nua, e não senti nem uma pontada de entusiasmo. E a dor em seu rosto... Porra. Eu particularmente odiei isso.

— O que está rolando? — pergunto a Breaker. — Huxley está aqui?

Ele balança a cabeça enquanto nós dois vamos da entrada até seu escritório.

— Achei melhor não incomodá-lo com toda essa palhaçada. Ele vai se casar, então só falei para ele que estava tudo resolvido.

— E está mesmo? Quer dizer, resolvido?

Ele balança a cabeça enquanto se senta à mesa.

— No momento, o artigo está em espera, pendente da nossa decisão.

Sei muito bem o que ele quer dizer: chantagem.

A raiva ardente pulsa por mim quando pergunto:

— O que eles querem?

— Bem, o lado bom é que a pessoa que enviou seu e-mail para eles assinou um contrato de confidencialidade com o site de fofoca, o que significa que eles não podem vender a história para mais ninguém. Então, se não publicarem, ela não vai poder vendê-la para outro site.

— Porra, valeu por essa. Mas tenho certeza de que a pagaram para assinar esse contrato.

Breaker assente.

— E eles vão querer isso, além da compensação do que vão perder em cliques no site, não é?

— Eles querem dois milhões.

— Meu Deus — rosno ao me levantar. — Isso aí é extorsão, porra!

— Já pedi para Taylor trabalhar nisso. É por isso que, no momento, está pendente. E é claro que eles não veem como extorsão, eles enxergam tudo isso como se a gente estivesse comprando parte do lucro que teriam.

— Que palhaçada! — grito. — Me mostre a porra dos números que provem que eles fariam dois milhões em lucro com essa história.

— Pois é, mas, cara, esse é um desfalque na conta bancária que não vai fazer uma enorme diferença. Já dei uma olhada nos números e posso manobrar as coisas e colocar a taxa de controle de danos no registro de um jeito que ninguém saiba, e a gente ainda teria uma redução de imposto por isso. Estamos tentando convencê-los de ver isso como uma doação.

— O que seria uma mentira.

— E foi por isso que pensei em conversar com você. Eles disseram que vão usar um pouco do espaço publicitário para promover alguma coisa que quisermos para que pareça uma doação para eles.

— Mas que situação fodida essa. E aí eles estão perguntando o que a gente quer promover?

— Sim, e ofereceram para colocar o nosso nome lá.

— Que se dane! — grito. — Eles não vão conseguir nada da Cane Enterprises.

— Sei que está chateado, cara, mas dada a circunstância em que estamos, e o desejo de querer salvar Kelsey do constrangimento caso isso vaze, seria interessante aceitar o acordo. E vamos só pensar em alguma caridade, alguma coisa aleatória... Ah, ei, dê o maldito resgate dos pombos para eles promoverem. Não vai ter seu nome, mas a gente pode anotar nos registros, e tenho certeza de que a última coisa de que eles gostariam é de ter um anúncio patrocinado sobre pombos.

Faço uma pausa, a raiva se acalmando apenas um pouco, enquanto penso nos pombos e no quanto isso seria hilário. Aperto a mandíbula, esfregando a nuca com os dedos.

— Há alguns pombos bem moribundos que a gente pode adicionar no anúncio patrocinado, sabe.

Breaker ri.

— Não vai ser bom para eles, mas, no fim, vai funcionar.

— Quero um anúncio bem grande, por duas semanas e a palavra final em como o anúncio será.

— Taylor já está trabalhando nisso.

— Tudo bem. — Assinto e volto a me sentar. — Faça isso, porra. Tire este pesadelo das minhas costas.

Breaker envia uma mensagem e, quando termina, coloca o celular na mesa e se recosta na cadeira.

— Cacete, cara, dá para me escutar da próxima vez? Posso ser mais novo que você, mas sou esperto pra caramba. Mandar e-mail para mulheres aleatórias na sua lista de contatos nunca será uma boa ideia.

— Pois é, bem, espero que esses dias tenham ficado no passado.

— Estou supondo que não conseguiu falar com Kelsey, já que ela estava embriagada.

— Não, e aí ela tentou uma sedução fofa para cima de mim... porra. Amo vê-la tão aberta e querendo experimentar coisas novas, mas não pude participar. Não dava para, em sã consciência, fodê-la. Ela ficou devastada, até chorou. — Meu estômago embrulha. — Acho que não consegui dormir mais do que duas horas.

— Bom, isso está resolvido. Talvez você deva dar uma passada na cafeteria favorita dela a caminho de casa e compensar as coisas. Porque o nosso irmão vai se casar, e a gente quer estar lá por ele, não só de corpo presente.

— Eu sei. — Me levanto e estendo o punho para meu irmão. Ele o toca com o seu enquanto digo: — Valeu por tomar conta disso. Significa muito para mim.

— É para isso que serve a família, cara, e eu estava falando sério na noite passada. Estou feliz pra caramba por vocês. Sei que perder o papai foi mais difícil para você do que para mim e Hux, e ver você por aí, se abrindo para o amor... estou feliz de verdade. Orgulhoso de você.

— Obrigado. — Sorrio para ele. — Está bem, porra, sinto como se um peso enorme tivesse sido tirado das minhas costas. É hora de encher minha garota de amor. Você ainda vai me encontrar lá em casa daqui a uma hora? — pergunto, checando o celular.

— Vou. Sei lá por que Huxley quer que a gente chegue tão cedo, mas ele planejou passar um tempo com os irmãos antes do *sim*. Acho que uma partida de basquete está na agenda.

— Estive praticando. — Aponto para Breaker enquanto me dirijo para a porta de seu escritório. — Cuidado, hein?

— Não estou nem um pouco preocupado. Sem chance que você melhorou tanto em tão pouco tempo desde a última vez que jogamos.

— Confie mais em mim. Vejo você daqui a pouco. — Dou uma batidinha no batente da porta e saio. Preciso pegar um café para a minha garota e, com sorte, vou conseguir dar a ela um rápido orgasmo antes de ela ter que ir.

CAPÍTULO VINTE E DOIS

KELSEY

Minha garganta está completamente seca quando me sento na cama.

A cama fria e vazia.

Me inclino sobre a mesa de cabeceira e acendo as luzes, iluminando o quarto perfeitamente escuro. Dou uma olhada ao redor, mas não vejo nem sinal do JP. Seu celular não está na mesa de cabeceira.

Será que ele dormiu aqui mesmo?

Queria ser o tipo de pessoa que consegue beber muito champanhe, apagar e não se lembrar de nada da noite anterior.

Mas, infelizmente, essa não sou eu.

Sou a mulher que costuma ter a ressaca ligada a todo tipo de arrependimento.

E é o que estou sentindo agora. Uma quantidade enorme de arrependimento.

Arrependimento por como agi. Pelo que falei. Por ter me atirado em JP quando ficou claro que... bem, quando ficou claro que eu era tudo menos atraente para ele na noite passada. E a forma como me cortou, como se, na verdade, eu fosse repulsiva para ele. Ele nem me abraçou na noite passada. Não é de se surpreender que ele não esteja aqui agora.

Levei as coisas longe demais.

Tiro as cobertas de cima de mim e vou ao banheiro. Procuro algum recado, talvez uma xícara de café que ele possa ter deixado como já fez antes.

Nada.

A preocupação me consome enquanto desço as escadas e me dirijo à cozinha.

Nada.

Talvez ele tenha me mandado mensagem.

Volto escada acima — agradecida por não estar com uma dor de cabeça, só um caso sério de boca seca — e quando chego ao quarto de novo, checo o celular em busca de uma mensagem.

Nada.

Mais uma vez, aquela vergonha lamentável me consome enquanto o pior cenário passa pela minha mente.

Eu o broxei na noite passada. Acho que, na mesma medida em que ele gosta da Kelsey relaxada, ele desgosta da Kelsey bêbada. *E tudo bem.*

E odeio tanto o quanto a sensação deste... vazio é tão similar com o que senti quando Edwin me deixou naquela noite com a Genesis. E ela era deslumbrante, inteligente e encantadora. Não a neurótica e rígida que eu sou. Vamos ser sinceros, JP também a tinha escolhido primeiro. E mesmo que eu tenha sentido apenas um décimo do que sinto por JP pelo Edwin, ainda assim doeu quando ele foi embora. Então o que vou sentir quando JP fizer o mesmo?

Devastada.

Mas por que justo no casamento de Huxley e Lottie? Ele disse que esperou por mim por tanto tempo, então é uma sensação horrível saber que atingi o prazo de validade de um playboy. *E ele vai me decepcionar assim tão fácil?* Merda. Isso parece tão errado. Ou talvez... certo?

Aonde quero chegar andando em círculos?

De qualquer forma, ele não está aqui agora.

Não sei quando vai voltar, mas com certeza sei de uma coisa: não vou poder estar aqui.

Vou até a cômoda onde mantenho algumas das minhas coisas e pego uma calça jogger. Nem me incomodo de trocar de camiseta. Escovo os dentes às pressas, amarro o cabelo num rabo de cavalo e calço as sandálias.

Com o celular na mão, desço as escadas até a entrada e, assim que estou abrindo a porta, ouço JP perguntar:

— Para onde você está indo?

Congelo no lugar, me viro para o local de onde sua voz veio — a cozinha — e dou o melhor sorriso que consigo.

— Hã, até a casa da Lottie. Coisas de noiva. — Aceno para ele, porque estou envergonhada. — Pois é, um feliz dia de casamento para todo mundo.

Suas sobrancelhas se erguem juntas.

— Você vai simplesmente sair assim? Sem nem um beijo de despedida?

Ele vem até mim com um copo de café para viagem na mão.

— Ah, sim, beijo, certo. — Eu o encontro a meio caminho, fico na ponta dos pés e o beijo no queixo. — Tudo bem, vejo você no altar. — Meus olhos se arregalam. — Não no nosso altar, no altar do casamento, o casamento que não está acontecendo entre a gente, mas entre Lottie e Huxley. — Recuo até a porta. — Então, é isso, vejo você depois.

— Espere um segundo, Kelsey.

— Eu tenho mesmo que ir. Lottie precisa de ajuda. Ela está com uma, hã... uma, hã, espinha. — Assinto. — É, uma espinha. E ela precisa de ajuda para escondê-la antes do casamento, e se alguém pode fazer isso, sou eu. Mas leva um tempo para esconder uma espinha e estamos com o horário apertado.

Suas sobrancelhas se juntam ainda mais, e enquanto vou até a porta, ele continua a me seguir.

— Bem, pelo menos me deixe acompanhar você até lá.

— Ah, está tudo bem. Não quero te incomodar.

— Não está me incomodando, linda. — Ele me alcança, pega minha mão e entrelaça nossos dedos, a sensação de sua mão conectada à minha fazendo com que o fraco controle que tenho sobre minhas emoções quase desapareça. Ele me puxa para perto e beija o topo da minha cabeça. — Você dormiu bem? — pergunta enquanto nos dirigimos até a casa de Lottie e Huxley.

— Hã... sim, bem — respondo, me sentindo tão envergonhada, tão desconfortável. Há um *enorme elefante entre nós* e está sentado bem nas nossas mãos entrelaçadas, me puxando para baixo.

— Só bem?

— É, bem. — Atravessamos a rua, e para manter a conversa fluindo para que ele não me pergunte o que há de errado comigo, porque já posso até ver isso acontecendo, pergunto: — Animado com o dia de hoje? Acho que vocês vão jogar basquete e ter uma sessão especial numa barbearia com tratamento facial e acredito que um tipo de degustação de churrasco. Pareceu chique quando Lottie explicou para mim.

— Há muita coisa rolando. Huxley queria planejar algumas coisas com a gente antes do casamento. — Ele levanta o copo de café para mim assim que alcançamos a porta da frente. — Peguei para você. Seu latte favorito de baunilha e leite desnatado.

— Ah. — Aceito o copo. — Obrigada. É gentil da sua parte. Você saiu para comprar café para mim?

— Que nada, eu já tinha saído e pensei em dar uma passada lá.

Por que ele tinha saído tão cedo? *Nem pergunte, Kelsey. Você não está no seu melhor estado de consciência. Só vai te causar mais danos.*

— Bem, obrigada. — Por sorte, assim que vou bater à porta, Huxley aparece.

— Oi — ele diz, olhando para nós, mas quando encontra os olhos de JP, eles trocam algum tipo de conversa, e quando JP assente, Huxley pigarreia e dá um passo para o lado.

— Lottie está lá em cima.

— Pois é, controle de espinha — falo, soltando a mão de JP e tentando passar por Huxley.

— Kelsey — JP chama antes que eu possa me afastar mais.

— O que foi? — Olho sobre o ombro.

— Não vai se despedir?

— Ah, é, desculpe. Estou com espinhas em mente.

Mais uma vez, beijo seu queixo, mas, assim que me afasto, ele passa os braços ao redor da minha cintura e me traz para perto de seu peito. Inclina meu queixo e pressiona a boca na minha.

Quente.

Viciante.

— Não vai se despedir?

Um beijo eletrizante que abala bem fundo dentro de você. Seu carinho passa através de mim como um abraço gentil e confortável e faz com que minhas emoções se intensifiquem outra vez.

Quando ele me solta, mantenho a compostura ao me afastar.

Assim que estou dentro da casa, com a porta fechada atrás de mim, sinto as lágrimas escorrerem pelo meu rosto.

O que está acontecendo comigo?

Por que estou tão emotiva?

Porque está envergonhada. Porque finalmente tem algo que sempre quis, e a noite passada te deixou cheia de incertezas.

Inseguranças rastejam por mim e tomam conta do meu coração.

Ele não quis você.

Ele não quis o seu corpo.

Ele não quis abraçar você.

Ele não quis nada com você.

E mesmo que ele tenha me beijado agora, alguma coisa está fora do lugar. Alguma coisa não parece certa. A ideia de perdê-lo me deixa tão emotiva.

Porque, pela primeira vez na vida, posso dizer, com toda a sinceridade, que estou apaixonada. Estou tão perdida e desesperadamente apaixonada por um homem que tenho medo de ele não me amar da mesma forma.

Mas não é o momento para isso, para essas preocupações. Lottie vai se casar, o que significa que preciso estar ao lado dela. O dia é dela. Preciso deixar de lado esses sentimentos, colocar um sorriso no rosto e focar na minha irmã. E talvez ela precise mesmo de ajuda com espinhas, quem sabe?

Enxugo o rosto, respiro fundo e subo as escadas até o seu quarto. É hora de ajudar a noiva a se arrumar para o dia dela.

— Acha que as pessoas vão ver? — Lottie pergunta, se olhando no espelho.

— Com o nosso corretivo, ninguém vai notar — Meredith, nossa maquiadora profissional, tranquiliza Lottie.

Não era uma espinha com que ela precisava se preocupar, e sim um chupão. Pelo visto, Huxley quis reivindicá-la mais uma vez antes da união. E ele fez de um jeito espetacular, bem no meio do pescoço dela.

Infelizmente para mim e meu frágil estado de consciência, ver minha irmã com um chupão e prestes a se casar só me fez refletir sobre minha situação atual, o que é claro que me levou a ter um colapso mental no banheiro dela. Quando saí com os olhos inchados, e Lottie me perguntou qual era o problema, falei que tive uma dor muscular tão forte enquanto estava no banheiro que quase me fez cair no chão. Ela me falou que Huxley teve uma dor muscular tão forte outro dia enquanto bombeava dentro dela que fez seu pênis murchar. Não sei se vou conseguir olhar para Huxley da mesma forma depois de ter ouvido essa.

Mas fui capaz de me controlar desde então, o suficiente para me alimentar, tomar banho e até me envolver numa conversa sobre o quanto estou eufórica pelo casamento de Lottie. Está tudo ótimo.

— E aí, você nunca me falou como foi a noite passada. Lucrou com aquelas mensagens? — Lottie pergunta.

Bem... *estava* tudo ótimo.

— Hã, na verdade, não — digo, sabendo que não posso mentir para minha irmã, pois ela perceberá. — Estava bêbada demais.

Mantenha assim, simples.

— Você não estava tão bêbada assim. Se acovardou? Não precisava fazer aquela coisa do giro. Foi o giro que te fez amarelar?

De jeito nenhum vou mencionar o giro da última noite.

— Não, só... só não rolou — digo, cruzando as pernas.

— Como assim não rolou? — Lottie franze a testa.

— Tipo... ele não... estava a fim — solto, com a esperança de que Meredith tenha assinado o contrato de confidencialidade que Huxley obriga a todos que entram em sua casa a assinarem.

— Ele não estava a fim? — Lottie pergunta, enquanto Meredith passa o corretivo no chupão. — Como assim?

— Ele simplesmente não estava a fim. Dá para a gente deixar isso de lado? Porque estou me sentindo emotiva sobre isso e não quero ficar emotiva no seu casamento. É para ser feliz e divertido, não depressivo.

— Sim, mas não quero que você tenha que forçar um sorriso. A gente precisa conversar sobre isso.

— Olá? — Ellie grita da entrada. Que maravilha... — Onde vocês estão, garotas?

— No quarto de cima — Lottie grita.

— Dá para a gente não conversar sobre isso com ela? — pergunto. — Estou me sentindo muito... envergonhada. A noite passada foi um desastre, e quanto mais penso nisso, mais quero me curvar e chorar. Pode acreditar, estou bastante emotiva, e não quero isso enquanto a gente se arruma. — Meus olhos se enchem de lágrimas.

Lottie estende a mão para mim e eu a pego.

— Mas você está machucada, e não quero você machucada agora. Como é que vai se divertir hoje se guardar isso tudo aí dentro?

Ellie entra neste momento, com uma caixa de doces numa mão e seu vestido no plástico na outra.

— Desculpe o atraso, o bebê estava agitado, e odeio ser esse tipo de pessoa, mas queria ter certeza de que estava tudo bem antes de sair. — Ela me analisa, então olha para Lottie e de volta para mim e estremece. — Ah, então ele te contou. Como está se sentindo?

Me contou...

Me contou o quê?

Eu me endireito na cadeira e Lottie também, seu lado protetor de irmã mais velha vindo à tona.

— Contou o quê? — Lottie pergunta.

O rosto de Ellie perde toda a cor enquanto mais uma vez ela dá uma olhada entre nós.

— Hã... o que foi isso? — Ela pisca algumas vezes.

Lottie se vira para Meredith e pede:

— Me desculpe, mas você pode nos dar licença um pouquinho?

— Sem problemas, assim posso checar as crianças.

Meredith sai, fechando a porta, e Lottie gira no assento e insiste:

— Do que está falando, Ellie?

Agora Ellie está torcendo as mãos, mordendo a lateral do lábio, quase como se estivesse prestes a fugir ou vomitar.

— Quer saber, não é grande coisa. Eu só... você parece chateada, então acabei supondo algo que não deveria. Por que não ignoramos o que falei e comemos cronuts? Comprei com recheio de morango.

Com o tom de voz mais uniforme que consigo, falo:

— Estou uma pilha emotiva neste exato momento, Ellie. Preciso saber do que você está falando ou posso acabar entrando em combustão. Por favor, me fale.

Ela suspira e murmura:

— Eu e minha boca grande... — Ela pega seu celular e começa a rolar pela tela enquanto diz: — Eu só sei porque Dave me contou, e eu estava me preparando para o que poderia acontecer hoje de manhã. Não sei quando foi isso, mas parece que JP mandou um e-mail para um monte de mulheres perguntando se elas poderiam acompanhá-lo no casamento.

— Como é? — reajo.

Ellie me passa o celular. Uma captura de tela de um e-mail de JP me encara.

— O que diz nele? — Lottie pergunta.

— *Ei, moçaaaas. Estou mandando este caralho de e-mail porque vocês sabem que... eu tenho um caralho grande...* — Paro, incapaz de ler mais, então Lottie pega o celular e continua por mim.

— *Aí este e-mail tem que dar conta do recado. Hux vai se casar com a Lulu Lemon.* — Ela levanta os olhos. — Ei, por que ele está me chamando de *Lulu Lemon*?

— É com isso que você está preocupada? — Lágrimas rolam pelo meu rosto. Ellie logo me entrega um lenço.

— Tem razão. O e-mail é mais importante. — Lottie pigarreia. — *E eles me disseram que eu precisava de uma acompanhante. Estou à procura de uma candidata que queira ir comigo. Pago todas as despesas. Prometo muito prazer. Se ficou interessada, me responda aqui. Ainda uso camisinha. Bj. Tchau. JP.* Aquele filho da puta!

— Espere, ele disse que ainda usa camisinha? Por que ele diria isso? — pergunto.

— Porque ele está à procura de sexo — Lottie diz, entregando o celular de volta para Ellie. — De quando é esse e-mail?

Ellie dá de ombros.

— Não sei. Dave só me contou ontem à noite, e aí o bebê precisou de mim.

— Dá para ver na captura de tela? — questiono, minha garganta tão apertada que tenho que me esforçar para que as palavras saiam da minha boca.

Ellie olha para o celular e balança a cabeça.

— Essa parte foi apagada.

Contorço os lábios enquanto abraço os joelhos no peito.

— Olá? Onde estão as minhas garotas? — mamãe grita do andar de baixo.

Lanço um olhar desesperado para Lottie, que então olha para Ellie.

— Quer que eu a distraia? — Ellie oferece.

Nós duas assentimos, e felizmente ela sai e fecha a porta. Quando ouço o clique, enterro a cabeça nas mãos. Lottie se senta ao meu lado.

— Me desculpe.

— Por que está se desculpando?

— Porque hoje é o seu dia e eu estou estragando tudo.

— Não, JP está estragando tudo. Agora me fale exatamente o que aconteceu na noite passada.

Enxugo os olhos e começo:

— Quando a gente voltou para a casa dele, eu estava muito a fim de transar e fazer todas as sacanagens. Ele estava bem reservado e até retraído. Falei que iria para a cama nua e ele sugeriu que eu usasse uma camiseta dele. Foi... foi estranho.

— É estranho mesmo.

— E aí, quando me atirei nele de novo, ele disse *hoje não*, e... aff, foi humilhante. Acabei indo para a cama, e quando achei que ele fosse se aconchegar em mim, ele não fez isso. Acordei hoje de manhã com a cama vazia. Eu estava humilhada e... acho que ele não me acha atraente e não me quer mais. Quando eu estava prestes a vir para cá, ele apareceu e me acompanhou. Estava mais amoroso, mas ainda um pouco rígido. Ele disse que tinha saído de manhã, então me trouxe café, mas onde ele estava? Estava fazendo alguma coisa com Huxley?

— Huxley ficou comigo a manhã toda.

Lágrimas caem em cascata pelo meu rosto.

— Meu Deus, então não faço ideia. Mas ele me deu um beijo muito bom antes de eu subir aqui, mas não me mandou mensagem desde... Já nem sei. Nunca me senti tão desejável como me sinto quando estou com ele, mas na noite passada... na noite passada, eu me senti tola, e agora esse e-mail. — O pânico aperta minha garganta. — E se ele tiver mandado quando já estávamos juntos?

Lottie respira fundo e diz:

— Vamos ser racionais, tudo bem?

Assinto, mesmo que o pior cenário continue se repetindo na minha mente.

— Na última noite, quando a gente estava bebendo, os rapazes foram para dentro da casa para conversar.

— Sim, "coisas de homens", foi o que disseram.

— O que é um código para problemas no pênis ou algo que nos faça pensar que seja com pênis para a gente não sair por aí xeretando.

— Você acha que JP estava com problemas no pênis na noite passada? Por isso não fez sexo comigo? Tipo, fiquei nua na frente dele, e ele não ficou duro.

Lottie balança a cabeça.

— Não, não acho que ele estava com problema no pênis, porque até Huxley estava irritado ontem à noite, e duvido que problema no pênis do irmão fosse deixá-lo irritado. Aquele foi o tipo de irritação que eu associo ao trabalho.

— Então eles tiveram um problema no trabalho ontem à noite?

— Não, aposto que estavam lidando com esse e-mail. Se Dave Toney soube sobre isso ontem à noite, ele deve ter contado para os irmãos. Meu palpite é que alguém que não deveria conseguiu o e-mail e eles estavam tentando dar um jeito nisso.

— Mas quando foi enviado?

— Deve ter sido antes de vocês ficarem juntos. De jeito nenhum ele teria enviado depois. Ele gosta mesmo de você, Kelse.

— Prefiro pensar que sim, mas... tenho esta sensação... uma sensação que sempre tenho quando estou com ele. De que não sou boa o suficiente, de que não estou no nível dele. De que não vou ser o que ele precisa. Somos tão diferentes.

— Mas vocês são exatamente o que o outro precisa. — Ela pega meu rosto, me forçando a olhá-la. — Suas inseguranças estão distorcendo sua visão do JP. Ele é um cara legal. E quanto mais penso nisso, mais estou convencida de que estão tentando nos proteger da verdade.

— E a verdade é... que JP não quer me acompanhar no casamento.

— Pare com isso. Você não sabe.

— Então por que ele não me quis ontem à noite? — grito. — E onde estava hoje de manhã? Acha que ele estava com outra pessoa?

— Não. — Lottie balança a cabeça. — Ele jamais faria isso. Você já deveria conhecê-lo bem o suficiente para saber que ele nunca faria isso.

— Mas... ele nem ficou duro. Não me abraçou. Ele tem sido tão possessivo comigo desde que ficamos juntos, e aí, do nada, isso acaba? Algo está errado.

— Pode ser que ele estivesse preocupado que você descobrisse.

— Porque ele está escondendo alguma coisa?

— Ou pode ser que esteja com medo de te perder.

Me recosto no sofá e cubro os olhos.

— Mande mensagem para ele.

— O que eu falo?

— Qualquer coisa, veja o que ele diz. Me passe o seu celular.

Entrego o celular e ela digita.

— O que está fazendo?

— Mostrando para você que está tudo bem. Só acho que isso tudo é um mal-entendido. JP é louco por você. — Ela digita e aperta *enviar* antes de me mostrar a tela.

> **Kelsey:** *E aí, como estão as coisas? Estão se divertindo?*

— Viu só? Descontraída, fácil. Vamos ver o que ele diz.

— Se ele responder.

Meu celular vibra e Lottie me lança aquele olhar sabichão antes de se inclinar para perto para lermos a mensagem juntas.

> **JP:** *Está tudo bem, acabamos de tomar café da manhã. Vamos jogar basquete de barriga cheia. Se eu vomitar, vou culpar o bacon. E como você está? Já te falei o quanto está linda hoje? Se não, saiba que está. Linda pra caralho.*

— Viu só? — Lottie diz, jogando a mão para o ar. — Eu falei. Já estive perto de Huxley durante crises no trabalho e sei que foi exatamente isso o que aconteceu: alguém comprou esse e-mail que JP enviou sabe-se lá quando, e aí eles fizeram um controle de dano, e JP estava preocupado com isso ontem à noite. Olhe só essa mensagem. Vai me dizer que ele não gosta de você? Vai me dizer que ele preferiria estar com outra pessoa?

Releio a mensagem várias vezes.

Uma parte de mim acredita nela. Faz todo o sentido quando encaixamos as peças assim, mas... e hoje de manhã? E a rejeição dele na noite passada ao não me abraçar? Mesmo que estivesse preocupado, teria pelo menos me abraçado, não é?

Mas eu precisava deixar isso de lado por enquanto. Não posso me preocupar com isso agora. Já estraguei a manhã e me recuso a estragar o resto do dia.

Com o melhor sorriso que consigo, digo:

— É, acho que você tem razão.

— Eu sei que tenho. — Lottie me dá um abraço. — Se sente melhor?

— Sim. — Sorrio ainda mais, mas não sinto isso de verdade. Não sinto alegria. Só me sinto... triste. — Quer que eu chame as garotas?

Ela balança a cabeça.

— Não, quero pegar alguns drinques. Já volto. Quer alguma coisa?

— Não, obrigada.

Ela dá um tapinha no meu ombro.

— Responda o seu homem, veja o quanto ele gosta de você.

Quando ela sai, encaro o celular. Estou tentada a não dizer nada, a apenas ignorar sua resposta, mas não quero ser esse tipo de mulher. Não quero ignorá-lo. Não me sinto tão bem por dentro, mas sei que devo continuar falando com ele.

Então, é isso que faço. Mesmo que esteja machucada, sei que não é certo afastá-lo.

> **Kelsey:** *Obrigada. Estou bem. Um pouco desidratada. A maquiadora está tentando cobrir o chupão roxo-escuro no pescoço da Lottie. Esperamos que a mágica da maquiagem aconteça hoje.*

Ouço risadas no andar de baixo. *Esqueça os seus problemas. Esqueça os seus sentimentos.* O dia é de Lottie, e eu preciso aproveitá-lo ao máximo.

Meu celular vibra.

> **JP:** *Hux nos contou. Lottie não pareceu preocupada. E aquela espinha...*
>
> **Kelsey:** *Disfarçada. Não deve ser um problema.*
>
> **JP:** *Parece que você dá mesmo um jeito em espinhas. Bom trabalho, linda. Ah, e os caras estão gritando para eu sair do celular. Dou uma olhada depois. Estou pensando em você. Mal posso esperar para te ver de vestido.*
>
> **Kelsey:** *Divirta-se.*

Baixo o celular, respiro fundo e solto o ar, e a porta do quarto se abre. É hora de abrir um sorriso.

— Sim — Lottie diz, com a voz falhando de emoção.

Acho que nunca vi um homem tão orgulhoso quanto Huxley neste momento. Seu peito está estufado, seus olhos cintilam de lágrimas, e dá para notar o alívio em seus ombros, sabendo que a mulher parada à sua frente agora irá carregar seu sobrenome. Simplesmente lindo.

A cerimônia inteira tem sido linda. Eles cronometraram para começar antes do pôr do sol, então, enquanto prosseguem, o sol se põe contra a água atrás deles. O céu está belamente pontilhado por nuvens fofas que refletem o sol em tons de rosa e roxo, criando o brilho mais deslumbrante.

Lottie, em um vestido simples estilo sereia, rouba a atenção, mas os homens em seus ternos azul-escuros também estão de tirar o fôlego. Tentei ao máximo evitar fazer contato visual com JP, mas parece impossível. Meus olhos são atraídos para os dele. Quando entrei, olhei na sua direção e o vi prendendo a respiração antes de lamber os lábios. Quando a cerimônia começou, dei uma olhada para ele e o peguei sorrindo para mim, com uma expressão tão intensa que eu quis ir até lá e enterrar a cabeça em seu peito. E agora, enquanto o pastor anuncia que Huxley e Lottie são marido e mulher, observo JP balançando nos calcanhares e me olhando de cima a baixo, com promessas descaradas em seus olhos.

— Gostaria de apresentá-los ao sr. e à sra. Cane.

Como um robô, dou vivas e entrego o buquê a Lottie antes que ela e Huxley passem pelo corredor. E já que Lottie queria que eu fizesse par com JP, ele é o próximo da fila. Ele me encontra no altar com o braço estendido.

Aqui vamos nós.

Me aproximo, entrelaço meu braço no dele e espero para andar pelo corredor, mas ele se inclina para perto da minha orelha, enviando arrepios pela minha espinha e sussurra:

— Você está linda pra caralho, Kelsey. Está de tirar o fôlego.

Meu coração maltratado bate com força e meus joelhos ficam um pouco fracos.

Eu amo este homem. Eu o amo tanto, e ouvir sua voz, sentir seu corpo forte conectado ao meu, é quase irresistível demais.

— Obrigada — sussurro em resposta enquanto nos dirigimos ao salão da festa, onde Huxley está beijando Lottie, sua mão possessiva na parte inferior das costas dela, segurando-a com força.

— Gostaria de apresentá-los ao sr. e à sra. Cane.

JP se vira para mim e ergue meu queixo. Antes que eu possa dizer qualquer coisa, seus lábios estão nos meus e sua mão acaricia gentilmente meus cachos.

— Porra — ele sussurra ao se afastar. — Como eu senti saudades hoje. — Ele beija meu nariz, minha testa e então meus lábios mais uma vez assim que Breaker se aproxima de nós com Ellie.

— Caramba, está todo mundo se beijando. A gente também deveria?

Ellie ri e diz:

— Só se você quiser que Dave corte suas bolas e as sirva como um aperitivo para sobremesa.

Breaker coça o queixo.

— Hum, decisão difícil.

A cerimonialista se aproxima e diz:

— Os convidados estão chegando, mas lembrem-se: nada de conversa, só um rápido aceno, porque precisamos que os noivos estejam lá fora durante o pôr do sol para as últimas fotos.

A multidão entra, todos estão felizes, conversando e indo direto para o bar.

— Está tudo bem? — JP pergunta, puxando minha mão.

— Sim, só estou feliz por Huxley e Lottie. — Sorrio para ele.

Não sei se ele caiu nessa, porque continua a me analisar, mas, felizmente, Lottie e Huxley voltam para o lado de fora e nós os seguimos. Há apenas alguns retardatários lá fora, tirando fotos.

— Agora só os noivos, se todo mundo puder se afastar — a cerimonialista diz. — E os convidados devem se dirigir para o salão.

As duas garotas que estavam tirando foto em frente ao pôr do sol pedem desculpas e, enquanto passam pelo corredor, uma delas, a que está usando um vestido lavanda bem justo, faz contato visual com JP e abre um sorriso largo. Ele se mexe perto de mim quando ela pressiona a mão em seu peito e, ao passar, fala:

— Comparado a hoje de manhã, você está ótimo. Parabéns pela nova cunhada. — Ela dá uma piscadela e se dirige para o salão da festa.

O mundo ao meu redor desaparece.

Comparado a hoje de manhã?

Ele estava com ela pela manhã?

Meus lábios tremem.

Meu coração martela no peito.

E sinto como se fosse vomitar.

— Kelsey — JP sussurra —, não é o que você está pensando.

Não aqui.

Não agora.

Fotos são tiradas.

Vou lidar com isso mais tarde.

Deixe isso de lado. Endureça sua alma.

Não demonstre emoção.

Você consegue, Kelsey.

Você tem que *fazer isso.*

CAPÍTULO VINTE E TRÊS

JP

Porra.

Essa tem sido minha palavra pelas últimas vinte e quatro horas. Tenho vivido em um constante estado de *porra*. Quando não é uma coisa, é outra.

As coisas estão tensas. Kelsey pode ter mantido o sorriso, mas agora sei quando não está agindo como ela mesma. E, neste exato momento, seu sorriso não está nem perto de ser verdadeiro. Suas mensagens diminuíram ao longo do dia e, quando eu esperava que ela sorrisse para mim enquanto atravessávamos o corredor, ela ficou desviando os olhos várias vezes.

E não a culpo. Descobri, pelo Huxley, que as garotas sabem sobre o e-mail. Quando tentei ligar para Kelsey para me explicar, Huxley me disse que Lottie já tinha me dado cobertura. Ela garantiu que estava tudo bem e que Kelsey não queria falar sobre isso. Então, me segurei, mesmo que não quisesse fazer isso.

E agora estamos aqui, juntos, e sei que ela só está fingindo. Posso sentir, porra. Posso senti-la se afastando, e se fosse em outras circunstâncias, eu iria puxá-la para o lado e explicaria tudo, mas, infelizmente, não é o momento.

E só para deixar as coisas piores, a maldita Jill teve que dizer: "Comparado a hoje de manhã, você está ótimo". Considerando que eu não estava em casa quando Kelsey acordou, isso não soou bem. Nada bem.

Ficou parecendo que dormi com aquela mulher, depois de eu não ter dormido com minha namorada na noite anterior. E pela rigidez nos ombros de Kelsey, consigo ver exatamente o que está passando em sua mente.

Eu a conheço do escritório do nosso advogado. É a secretária de Taylor, então está a par de todo aquele fiasco de extorsão. Vi Jill na cafeteria de manhã. E ela tinha razão, estou melhor do que estava pela manhã, porque achei que o pesadelo tinha terminado.

Agora... nem tanto.

Agarrando o braço de Kelsey, me inclino para perto de sua orelha e pergunto:

— A gente pode conversar?

— Agora não — ela diz entre dentes cerrados.

— Preciso me explicar.

Seus olhos voam para os meus.

— Agora. Não.

E então ela se afasta quando a cerimonialista a chama para tirar uma foto com Lottie, Huxley, sua mãe e Jeff. Meu estômago embrulha enquanto a observo abrir um sorriso de fachada com sua família. Noto seu forte aperto ao segurar o buquê, como se fosse a única parte dela que pudesse demonstrar algum tipo de emoção, e quando tiram a foto, ela não vem na minha direção. Permanece perto de Lottie, ajudando-a com o vestido e auxiliando o fotógrafo e a cerimonialista. Alguns podem pensar que ela está sendo uma madrinha atenciosa, mas eu sei que está me evitando.

Depois de uma hora de uma torturante sessão de fotos, estamos alinhados na entrada da cobertura adjacente, onde todos estão esperando, e nós esperamos sermos anunciados.

O ombro de Kelsey bate no meu enquanto esperamos, e eu tento pegar sua mão, mas ela não permite. Só quando estamos entrando na cobertura é que ela pega minha mão e a levanta por um breve instante antes de soltá-la ao seu lado. Me sento ao seu lado e passo o braço nas costas de sua cadeira, enquanto Lottie e Huxley dançam a versão acústica de *Dreams*, de Fleetwood Mac.

— Preciso que me escute, linda — digo, baixinho, para apenas ela ouvir. — Jill é o nome daquela garota que se aproximou de mim, ela trabalha para Taylor. Ela me viu hoje de manhã na cafeteria quando estava comprando bagels e café para a equipe. Sei que pegou mal, mas entenda que o que está pensando sobre o que ela disse não chega nem perto da verdade.

Ela mantém os olhos fixos no casal feliz. Não me nota, nem se mexe. Sei que está me ouvindo, porque uma lágrima minúscula escorre por seu rosto antes de ela limpá-la.

— Por favor, diga que acredita em mim, Kelsey.

Ela funga e leva o lenço aos olhos antes de falar:

— Sim.

— Acredita mesmo?

Ainda observando Huxley e Lottie, ela responde:

— Eu tenho que acreditar, não é?

— Não — falo, preocupado com o tom frio de sua voz. — Não tem. Você pode conversar sobre isso, pode me contar o que está sentindo.

— O casal feliz gostaria de convidar a todos para se juntarem a eles na pista de dança enquanto eles terminam a primeira dança — o DJ anuncia.

Kelsey se levanta e eu a sigo de perto, mas, quando ela não para na pista de dança e continua passando pela multidão, aperto o passo para acompanhá-la. Ela desvia de algumas mesas, desce as escadas e vai até os quartos reservados abaixo, direto para a suíte da noiva.

Fecho a porta e, quando me viro, vejo-a balançando as mãos e andando pelo quarto enquanto respira fundo.

— Não surte. Não surte — ela fica repetindo.

— Kelsey, converse comigo, linda.

Ela faz uma pausa, e com os ombros caídos, diz:

— Eu... — Sua voz falha. — Eu não... sei o que está acontecendo. — Quando ergue os olhos, lágrimas caem por seu rosto, em cascatas de fluxo constante. — Eu estava tão feliz ontem à noite. Estava... prestes a dizer que te amava, pelo amor de Deus.

Ela o quê? Porra... por que ela disse isso no passado?

— Mas aí é como se sempre que estou feliz, algo está fadado a acontecer. É isso que continua se repetindo. Era bom demais para ser verdade, tudo isto aqui. E eu tinha razão.

— Não, não tinha — digo. — Eu não sou bom demais para ser verdade.

— Não, era. — Ela balança a cabeça. — Porque achei que a gente... que a gente estava se dando bem, mas não estávamos. Você já pensou no quanto de coragem precisei reunir para te pedir para fazer sacanagem comigo? Essa não sou eu, JP. Essa não é a pessoa que sou, e ficar na sua frente, completamente nua, só para você me rejeitar... — Ela engasga. — Me deixou em pedaços.

— Não foi porque eu não quisesse, linda. Eu sempre quero você.

— Não na noite passada. E quando achei que talvez fosse só porque eu estava bêbada, que talvez eu tivesse te broxado, você nem me abraçou para me tranquilizar. Foi frio. Distante. Já imaginou o tipo de dano que isso causa numa mulher? Você não pode fazer isso, JP. Não pode fazer isso, porra.

Porra.

Dou um passo em sua direção, mas ela ergue a mão.

— Não. Por favor, não me toque, porque sei que, se fizer isso, não vou conseguir falar o que quero. Eu só queria me aconchegar em você e desejar que nada disso tivesse acontecido. Mas aconteceu. E aí... eu fico sabendo sobre esse e-mail que você mandou para um monte de mulheres.

— Antes de ficarmos juntos — falo às pressas. — Eu estava tão louco por você. Escrevi isso na noite em que enchi a cara. Eu nem sabia que tinha feito isso, e sei que pega mal, mas foi depois de você ter ido àquele jantar com Derek, e eu... não soube como lidar com isso. Não significou nada.

— É nisso que Lottie acredita ter acontecido, e eu acredito em você, acredito mesmo, mas só acrescentou à dor que eu estava sentindo, à tristeza. Precisei de toda a força para ignorar o fato de que você não me quis, que não acordou ao meu lado, que foi atrás de outras mulheres, mas aquela garota, a Jill...

— Já falei...

— Onde você estava hoje de manhã?

— Com Breaker. Ele me ligou às cinco. — Puxo o cabelo. — Porra, eu queria ter te contado ontem à noite, mas você estava bêbada, e achei que as coisas não fossem terminar bem. Um site de fofoca conseguiu esse e-mail e ia publicá-lo, e o artigo não era nada bom. Aí passamos a última noite e parte da manhã tentando acabar com isso. E conseguimos, mas eu tive que dar uma passada na casa do Breaker hoje de manhã para algumas negociações. Depois disso, comprei o seu café favorito e foi aí que vi a Jill. Esperava que você ainda estivesse dormindo quando eu chegasse em casa, mas já que tive uma sorte de merda nas últimas vinte e quatro horas, você estava acordada. Juro, Kelsey, que isso tem sido um show de merda e que eu queria te contar. Você tem que saber que eu jamais te trairia, que eu... Porra, que eu amo...

— Não. — Ela ergue a mão outra vez. — Por favor, não diga isso. Essas palavras não foram feitas para salvar um relacionamento, foram feitas para fortalecê-lo. Não diga isso para fazer com que eu me sinta melhor.

— Mas é como eu me sinto. Você tem que saber disso.

Ela limpa os olhos e se afasta de mim.

— Kelsey, por favor.

Enxugando os olhos, ela diz:

— Acredito em você, JP. Acredito mesmo.

Por que é que sinto que há um "mas" depois dessa afirmação?

Quando abaixa o lenço, ela me olha nos olhos e fala:

— Eu só preciso de um tempo. Tudo bem? Minhas emoções estão muito intensas agora e não quero dizer algo de que possa me arrepender. Dá para a gente voltar lá para cima e comemorar o casamento dos nossos irmãos?

— Se é isso que você quer...

Ela inspira fundo.

— É isso o que eu quero.

— Tudo bem. — Vou até ela e pego sua mão, mas ela a afasta gentilmente.

— Não. Vamos comemorar... separadamente.

O pânico obstrui minha garganta e eu engasgo.

— Co-como assim? Você está terminando comigo?

— Vamos comemorar... separadamente.

— Não sei o que estou fazendo, JP. Só preciso de um tempo.

— Por favor, não faça isso, Kelsey. — Tudo o que eu sempre quis está desmoronando diante de mim. — Não se afaste de mim. Eu preciso de você, linda. Não vê isso? Jamais faria algo para te machucar. A noite passada foi... Porra, eu estava tentando proteger você. Eu estava tentando...

Ela pressiona a mão no meu peito.

— Por favor, JP, me dê um tempo. Há uma batalha de insegurança na minha cabeça agora, e preciso lidar com isso primeiro antes de fazer qualquer outra coisa.

— Não há motivo para você se sentir insegura.

— É aí que se engana. Desde que eu me lembro, tenho procurado a pessoa certa para me completar. Mas ninguém nunca me notava, e quando faziam isso, nunca durava. Não tive sorte no amor, e isso me prejudicou. Me fez pensar: "O que há de errado comigo? Por que ninguém quer ficar comigo?". Já faz tempo que fico me perguntando isso.

— Estou dizendo, linda, eu noto você. Quero ficar com você.

— Sim, mas, na última noite, não quis. É com isso que estou lutando, porque, na minha cabeça, não importa o que esteja acontecendo, o seu parceiro na vida deveria estar lá ao seu lado, para o que der e vier. Você... me deixou sozinha na noite passada, nua e envergonhada. Entendo que não tenha sido sua intenção, mas por causa das minhas inseguranças, estou tentando lidar com a rejeição. Então, por favor, me dê um tempo.

Porra.

Quero falar para ela que a amo.

Que nunca estive mais feliz na vida do que quando ela está nos meus braços.

Que não quero passar mais um dia sem torná-la minha.

Mas pela sua expressão distante, sei que minhas palavras não vão significar nada agora.

Absolutamente nada.

Então faço a única coisa que não queria fazer, dou um passo para trás e esfrego a nuca enquanto digo:

— Está bem, tire o seu tempo. Mas saiba que, quando estiver pronta, estarei aqui, esperando. Não vou a lugar nenhum, Kelsey. Pode me afastar o quanto quiser, vou continuar voltando.

E com isso, ela sai do quarto e retorna à festa. Precisando da porra de um tempo, me sento em um dos sofás e pouso os cotovelos nos joelhos antes de passar a mão pelo cabelo.

Porra...

— E aí, como foi? — Breaker pergunta quando me junto a ele no bar. Estou com uma taça de água na mão, sem me incomodar em afogar minhas tristezas, mas ficando perto do álcool caso mude de ideia.

— Como foi o quê? — rebato, mantendo a voz baixa. — Ah, quer dizer a conversa com Kelsey? Uma maravilha, não dá para ver? Estamos felizes e apaixonados neste exato momento.

— Estou sentindo uma dose pesada de sarcasmo.

— Não brinca, como pode dizer isso?

— Bem, primeiro, porque você está exibindo uma das carrancas mais intensas que já vi. A cerimonialista até me perguntou se eu tinha a mágica capaz de dar um jeito nisso. Segundo, pelo que pude ver, Kelsey tem te evitado a noite toda. O que me parece suspeito, já que vocês ficaram grudados no jantar de ensaio ontem, antes de toda essa coisa do e-mail vir à tona. Então, com essas evidências, posso concluir, com toda a certeza, que você estava sendo sarcástico.

Levo a taça aos lábios e olho para a pista de dança, onde Kelsey está dançando com Lottie e sua mãe a música *Fireball*, de Pitbull.

— Odeio você, sabia?

— Por que me odeia? Tenho certeza de que salvei sua pele hoje de manhã.

— Pois é, e isso fez maravilhas. Ela ainda não quer falar comigo, porra.

— Parece que o problema é você.

Viro a cabeça lentamente para encará-lo. Ele sorri sem jeito e dá de ombros.

— Não foi a coisa certa a dizer?

— Nem um pouco.

— Talvez eu devesse melhorar minhas habilidades sociais.

— Por que a cerimonialista está me mandando para cá para falar para você dar um jeito na sua cara? — Huxley sussurra ao se aproximar.

— Meu Deus, fale para a cerimonialista dar um jeito na cara dela e me deixar em paz, porra.

— Será que preciso te lembrar de que este é o meu casamento? — Huxley pergunta, em um tom de voz tão baixo que mal consigo escutá-lo.

— Ah, é? Então é por isso que estamos usando ternos? Bem, porra, preciso te falar, cara, o camarão estava horrível. Deveria ter experimentado antes.

Dá para sentir a ira de Huxley prestes a explodir, mas antes que isso aconteça, Breaker empurra meu peito, me afastando e gritando sobre o ombro:

— Eu dou um jeito nisso.

— E você não é um doce de garoto — digo, enquanto ele me conduz até a mesa mais afastada. — O que é que vai dizer para mim, hein? Vai me dar um sermão? Quer saber? Não preciso ouvir isso do meu irmão mais novo, que com certeza não faz ideia de como é se apaixonar.

— Não vou te dar um sermão. Só quero perguntar como você está.

— Nada bem, mano, não está na cara?

— Está. O que posso fazer para ajudar? Quer que eu fale com ela? Posso contar tudo o que aconteceu, te dar um apoio.

Balanço a cabeça enquanto vou me afundando na cadeira.

— Não, porra, ela já acredita nisso tudo.

— Então qual é o problema?

— O problema é que, no meu ataque de pânico na noite passada, eu estraguei tudo. Ela estava vulnerável, e eu estava tão envolvido com meus próprios pensamentos e com o medo de perdê-la que não dei o conforto de que *ela* precisava.

— Do que está falando?

Passo a mão sobre o tecido da calça e digo:

— Kelsey é insegura quanto a ser amada. Eu fico falando que é porque ela não encontrou o cara certo, mas acho que isso não entra na cabeça dela. Kelsey acha que tem a ver com ela. Na noite passada, ela estava querendo afirmação, mas como a porra de um idiota, não dei o que ela precisava. Não tinha visto isso até então, mas agora que fico repetindo na minha cabeça, me dou conta de que fui o maior dos idiotas. Sem querer, brinquei com essas inseguranças. E isso me deixa mal pra caralho.

— Merda... — Breaker apoia um dos braços na mesa enquanto olha para a pista de dança comigo. — E o que você vai fazer?

— Ela pediu um tempo, então vou dar isso a ela.

— Vocês terminaram?

— Não sei. Mas parece que sim, e eu só posso culpar a mim mesmo.

— Não mande mensagem, ela quer um tempo. Mandar mensagem só vai deixá-la irritada — digo para mim mesmo enquanto ando pela extensão da minha cozinha no dia seguinte ao casamento. — Não mande mensagem para ela. NÃO MANDE.

Olho para o celular na bancada de mármore.

NÃO!

Minha mão coça para pegar o celular, e meu coração toma a decisão.

E antes que eu possa me impedir, pego o celular e já estou apertando *enviar* na mensagem que já tinha escrito.

> *JP: Bom dia, linda. Espero que tenha chegado bem em casa ontem à noite. Sei que precisa de tempo e vou dar o que quer, mas quero que saiba que ainda estou pensando em você, a cada maldito segundo. Mandei uma cesta com algumas coisas para te ajudar a se recuperar da festa. Estou aqui para o que precisar.*

Contorço os lábios, encarando a mensagem, relendo-a várias vezes. Quando aparece que foi lida, mas sem resposta, me encolho por dentro, me odiando.

Deveria ter escutado a porra do meu cérebro.

> *JP: Ainda estou te dando um tempo, mas só queria dizer que estou com saudades. Estou com saudades dos seus abraços*

calorosos, dos seus lábios macios, da forma como você me faz sentir quando está por perto. Estou com saudades de você inteira, linda.

JP: Aliás, acabei de descobrir que Kazoo, o pombo, foi adotado e eu não sabia como te contar. Pode ser que eu tenha desempenhado um pequeno papel na adoção dele. Espero que cuidem bem dele.

JP: Pedi o endereço de onde ele está morando e o abrigo me informou que era confidencial. Dá para entender, mas eu queria muito poder enviar algumas coisas para ele, sabe? Vou sentir falta de olhar para a foto dele no site.

JP: De qualquer forma, eu só queria contar isso. Estou com saudades, linda.

JP: Não tenho ouvido nenhum novo episódio do podcast. Esperava ouvir a sua voz hoje de manhã durante a corrida, aí fiquei escutando os antigos. Já te falei que você é uma ótima anfitriã? Você é bem engraçada, sempre faz as melhores perguntas, e dá para sentir de verdade a sua paixão pelo romance. E uma das razões pelas quais eu gosto de você de verdade é o seu amor pelo amor.

JP: Eu não deveria estar mandando mensagem, eu sei, mas só queria te falar isso. Tá bom, tchau, linda.

JP: Aquela boia que você comprou para a minha piscina, o pombo gigante, chegou. Eu ri por uns dez minutos, a enchi e é onde estou agora, flutuando nu em um pombo. Eu te mandaria uma foto, mas não deveria nem estar falando com você. Me fez rir e me fez sentir saudades. Queria que estivesse flutuando aqui comigo.

> **JP:** Estou esperando para quando você estiver pronta para conversar.

> **JP:** Porra... estou com saudade, Kelsey.
> **JP:** Estou com tanta saudade.
> **JP:** Me ligue quando estiver pronta.

A porta da frente se abre e se fecha, e o som ecoa pelo vazio da minha casa escura.

— Eu sei que você está aqui, cara — Breaker diz. — Será que vou ter que seguir o odor do seu corpo sem banho ou você vai ajudar um cara e pelo menos grunhir para que eu saiba onde está?

— Estou aqui — respondo, em tom sóbrio de onde estou jogado no sofá.

Não estou preparado para a explosão de luz cruel que preenche a sala escura quando ele mexe no interruptor, acendendo as luzes acima.

— Jesus Cristo! — Breaker exclama da porta da sala. — Você saiu desse sofá na última semana?

— Sim. — Rolo no sofá para que minha barriga fique pressionada nas almofadas. Enterro a cabeça num travesseiro jogado e murmuro no tecido: — Me levantei para mijar.

— Estou chocado, achei que você tinha mijado nessas muitas garrafas de... o que é isto? — De soslaio, vejo-o pegar uma garrafa vazia. — É cerveja-de-raiz?

— Toda natural, feita de cana-de-açúcar.

— É boa?

— Não. — Balanço a cabeça. — Mas comprei seis engradados, aí estou bebendo.

— Por que comprou tanto?

— Queria a sensação de segurar uma garrafa, mas sem o álcool. Há algo tão... poético sobre segurar uma garrafa quando você tem que lidar com um coração partido.

Breaker vem até mim, com a garrafa pendurada nos dedos.

— Quer saber, mano? Acho que você atingiu o fundo do poço.

Me viro de novo, agora olhando para o teto. Massageio a testa e digo:

— Essa é uma ótima descrição.

— Você saiu desse sofá na última semana?

— Fez alguma doação ultimamente? Sei que é o seu *modus operandi* quando está triste.

Engulo em seco devagar.

— O abrigo de pombos para o qual faço doações agora vai mudar de nome para JP Cane Resgate de Pombos. JPCRP. Soa bem pra caralho. Algum jornal vai escrever sobre isso esta semana. Eles perguntaram se eu apareceria para o anúncio do novo nome, e quer saber o quanto eu sou patético?

— Me fale. — Breaker se senta na mesa de centro à minha frente.

— Falei para eles que seria uma honra, mas com uma condição. — Me sento. — Pedi para que Kazoo também fosse convidado para que eu o conhecesse.

— Cara...

— E essa não é a pior parte. — Olho sério para os olhos do meu irmão. — Paguei uma mulher no Etsy para fazer camisas que combinam e gravatas-borboletas, uma para caber em mim e a outra para caber num pombo... para o Kazoo.

— Ah, porra... JP.

— Eu sei. — Assinto devagar. — Eu sei, porra. Fundo do poço. Mas a única coisa que está me fazendo seguir em frente é a ideia de que talvez tire uma foto com o Kazoo com nossas camisas combinando. Na verdade, até dei umas risadinhas pensando nisso.

— Risadinhas? — Os olhos de Breaker se arregalam. — Qual é, cara. A gente precisa tirar você daqui, te fazer tomar um banho, voltar para o escritório, voltar para a rotina.

— Paguei até uma taxa extra pela urgência. Também procurei aulas de como se comunicar com um pombo. Dá para treiná-los para entregar mensagens. Estava pensando em escrever uma carta de amor para Kelsey e pedir a um pombo para entregá-la. Não é romântico?

Breaker me encara, inexpressivo.

— Não, cara. Não é. É assustador pra caralho. Você sabia que os pombos são conhecidos como ratos voadores?

Me levanto tão rápido do sofá que Breaker cai para trás na mesa de centro.

— Isso é exatamente o que um idiota sem instrução diria. Sabia que, na verdade, os pombos são inteligentes e complexos? Eles são uns dos únicos animais do planeta que passam no teste do espelho. O que significa que, se colocar um espelho na frente deles, eles sabem que estão olhando para o próprio reflexo, porra. Será que os ratos passam nesse teste? Não, eles só ficam lá, em buracos assustadores, roendo suas nozes até encontrarem algo melhor para roer.

— Tá bom, desculpe ter falado isso.

— Além do mais, há poucas evidências científicas de que os pombos carregam doenças. E ao contrário do que fica passando na mídia o tempo todo, eles são animais bem limpos.

— Não sei se pombos aparecem na mídia.

— E quer saber? — Com as mãos nos quadris e a irritação rugindo por mim, digo: — Pombos são companheiros para a vida. Eles encontram seus parceiros e sossegam. — Minha voz fica rouca quando penso em Kelsey. — Eles não ficam duvidando das decisões deles. Eles apenas... sabem.

— Você está bem, JP?

Eu fungo.

— Eles sabem que a beleza emplumada à sua frente é deles e apenas deles. — Assoo o nariz. — Eles acasalam, têm dois filhotes e passam o resto de seus anos, pena com pena, como lado a lado, voando por aí até o pôr do sol.

— Acho que a gente precisa tirar você daqui.

Passo a mão nos olhos.

— É isso que tenho que fazer. Tenho que perguntar a Kelsey se ela quer ser minha pomba. — Olhando freneticamente ao redor, procuro meu celular. — Tenho que mandar uma mensagem para ela.

Breaker segura meu braço.

— Não é uma boa ideia. Ela não vai entender.

— Então vou explicar — digo, sentindo minha expressão ficar um pouco enlouquecida. — Vou mandar um vídeo, falando tudo sobre os pombos e seus rituais de acasalamento.

— É uma péssima ideia, cara, ainda mais com essa sua aparência.

FEITOS UM PARA O OUTRO/OU NÃO

— Vou mostrar um vídeo para ela. Encontrei um muito bom sobre como os pombos se comunicam. Me fez pensar nela, ainda mais porque um dos pombos tinha algumas penas douradas no pescoço. Me lembrou dos olhos da Kelsey. Na minha mente, eu a nomeie de Kelsey e...

Tap.

Sou jogado de volta ao sofá, e a dor ricocheteia pelo meu rosto enquanto encaro Breaker, que está balançando a mão. Vou aos poucos processando o ponto ardente na minha bochecha onde fui atingido.

— Você me bateu — declaro o óbvio.

— E nem me sinto culpado por isso. Precisava ser feito. — Ele solta um suspiro profundo. — Olhe ao seu redor. Você está se afogando em cerveja-de-raiz de cana-de-açúcar, que só posso supor que tenha gosto de pé, está tentando combinar com um maldito pombo que você nem conhece e está chamando pombos fictícios de Kelsey. Isso aqui não é só o fundo do poço, é passar dos limites. Nada disso, não vou ficar só olhando. Agora levante daí, vá tomar um banho e se recomponha, porra, porque de jeito nenhum Kelsey vai querer falar com um cara que está tentando desvendar a comunicação com pombos para que ele possa dizer o quanto a ama. Isso não é nada romântico.

Pisco algumas vezes, e mesmo que eu esteja aninhado no conforto do meu próprio ninho — se você quiser chamar assim —, me dou conta de que ele tem razão. Quem sabe se Kelsey vai voltar ou quando... mas se ela fizer isso, não pode me encontrar assim. De jeito nenhum.

Esfrego a mão no rosto.

— Porra, estou com vergonha.

— E deveria mesmo. Agora vá se lavar. Vou pedir o jantar e você vai trabalhar amanhã.

— Tem razão. — Torno a me levantar e vou em direção à escada. — Tem razão, preciso mesmo voltar ao trabalho, tomar as rédeas. Quem sabe esse não foi o choque de realidade de que eu precisava.

Eu.

Quero.

Morrer.

Esta foi uma ideia horrível. Horrível mesmo.

Sinto falta do conforto do meu sofá.

Sinto falta do gosto frio da cerveja de cana-de-açúcar.

E sinto falta do doce som dos pombos arrulhando.

Nada parece me atrair mais neste momento, mas, em vez disso, estou sentado na sala de conferências de frente para Kelsey — que está com um novo corte de cabelo e parece mais sexy do que nunca com seu cabelo cacheado na altura dos ombros —, escutando suas atualizações quanto ao projeto do Angelica.

Quando descobri que tinha uma reunião com ela, saí correndo do meu escritório, trombei com Breaker e me joguei no chão, envolvendo suas pernas com as mãos e os braços, falando para ele que não ia soltá-lo até que concordasse em ir à reunião comigo.

Ele estava numa chamada de vídeo.

Com a nossa equipe de Nova York.

E não ficou nada satisfeito.

Mas deu um rápido *sim* para que pudesse se livrar de mim.

Mas mesmo com ele ao meu lado, ainda sinto o ar saindo aos poucos dos meus pulmões, ficando cada vez mais difícil de respirar a cada segundo.

E Kelsey... ela parece tão calma, ponderada, sem um pingo de constrangimento — e isso é preocupante.

Preocupante pra caralho.

Porque só pode significar uma coisa: ela já não se importa. Não se importa conosco. Ela desistiu. Se ela se importasse, estaria tropeçando nas palavras, deixando os papéis caírem, talvez até errando algumas palavras. Tipo... hã... *banana* em vez de *bambu*, sabe? Isso não faz o menor sentido, mas, neste estado frenético, já não consigo pensar em nada que possa retratar o que estou tentando dizer. Mas deu para entender, não é?

Como os The Righteous Brothers diriam... ela perdeu aquela sensação de amor...

Porra, eu deveria ter mandado a mensagem sobre os pombos.

— Acho que é isso que tenho para vocês, rapazes. Têm alguma pergunta? — Kelsey indaga enquanto coloca um cacho atrás da orelha.

Sim. Tenho algumas perguntas.

Por que não me mandou mensagem?

Ao menos pensou em mim?

Está com saudades como eu estou?

Perdeu mesmo a sensação do amor?

— Hã, acho que está tudo certo — Breaker diz. — A menos que JP tenha alguma.

Os olhos de Kelsey pousam em mim, e ela espera com paciência.

Você me ama?

Quer morar comigo?

Quer se casar comigo?

Quer ser a minha pomba?

Breaker me chuta por baixo da mesa, me despertando para responder.

— Hã, não, nada. Ótimo, hã, bom trabalho em todos os projetos e tal. Gostei bastante do, hã, o local de armazenamento.

Breaker geme ao meu lado e então diz:

— Nos mantenha atualizados sobre o custo do piso de madeira sustentável.

— Pode deixar. — Ela sorri. — Obrigada. — Ela recolhe suas coisas, se levanta e sai da sala de conferências. Quando a porta se fecha, desabo sobre a mesa.

— Porra, ela não sente saudades. Fria como pedra. Ela nem se mexeu quando ouviu minha voz.

Breaker fica em silêncio por um momento antes de falar:

— Pois é, eu esperava que ela estivesse um pouco mais nervosa, na verdade. Ou pelo menos demostrando alguns sentimentos.

— Né? — Enterro a cabeça nas mãos. — Cacete, está acabado, não é? Eu a perdi.

— Não acho que a perdeu. Só acho que... ela está se protegendo. E, francamente, você está uma bagunça agora. Pode ser que ela esteja receosa de se aproximar de você.

— Eu fico com receio de me aproximar de um espelho com medo do que posso ver, é claro que ela não vai querer se aproximar de mim.

— Então dê um jeito nisso, cara. Ela gostava de você porque era carismático, charmoso e divertido. Neste exato momento, é só uma bola de ansiedade que está a uma migalha de pão de se tornar um homem-pombo. Mostre para ela o homem por quem ela se apaixonou. Mostre o homem que foi feito para ela.

Feito para ela...

Ergo a cabeça enquanto ideias começam a se formar.

— O que você acabou de dizer?

Parecendo confuso, ele diz:

— Mostre para ela o homem que foi feito para ela.

Agarro o rosto de Breaker, trago-o para o meu e o beijo bem nos lábios. Ele me afasta com um tapa e enxuga a boca enquanto eu digo:

— Você é a porra de um gênio! Por que não pensei nisso antes? — Pulo da cadeira e ergo o punho. — Vou reconquistá-la... me aguarde.

CAPÍTULO VINTE E QUATRO

KELSEY

Roo as unhas enquanto ouço o celular tocar três vezes e então escuto:

— Oi, mana.

— Me desculpe por estar ligando na sua lua de mel, mas preciso mesmo falar com você.

— Não precisa se desculpar, já falei que pode me ligar sempre que precisar. Só não achei que seria todo dia, mas sabe que estou aqui para o que precisar.

— Eu sei, desculpe, mas... eu cortei o cabelo como você disse.

— Sim, eu sei, você me mostrou a foto. Gostou?

— Gostei. — Ando pelo meu escritório, sabendo que JP está logo ali na esquina. — E eu me sinto sexy de verdade com o cabelo curto e coloquei aquela nova lingerie que você falou para eu comprar e o vestido verde.

— Aquele com mangas?

— Isso.

— E aí, está se sentindo melhor? Mais confiante?

— Eu estava... e juro que não ia te ligar, mas aí JP apareceu no trabalho ontem e ele parecia... Ai, Deus, Lottie, sinto como se tudo em que tenho trabalhado na última semana desapareceu no momento em que o vi, e fui levada de volta para aquela noite. E aí eu tive uma reunião com ele. Ainda bem que Breaker se juntou a nós. Eu me segurei e até que estou bem orgulhosa de mim mesma por ter agido como profissional durante toda a reunião. Mas agora que acabou, minhas mãos estão suadas, e sinto uma necessidade urgente de chorar, mas nenhuma lágrima vem.

— E vê-lo não fez você sentir ainda mais saudades?

— Claro que sim. Sinto saudade dele a cada minuto do dia. E as mensagens dele só pioraram as coisas. Me senti tão envergonhada quando olhei nos olhos dele.

— Dá para entender. Você ainda está carregando o fardo do que aconteceu naquela noite.

— Estou, mas não posso evitar ficar imaginando se estou sendo só ridícula.

— Seus sentimentos são totalmente válidos. Ninguém pode ditar se está sendo ridícula ou não, porque essas pessoas não estão na sua cabeça. Elas não conseguem entender suas emoções como você consegue. Com isso, acha que está sendo ridícula?

— Sendo objetiva, como uma pessoa olhando de fora, só consigo pensar em como há esse homem, esse homem maravilhosamente amoroso, que não quer nada além de ficar comigo. Mas acho que estar no meio disso tudo me faz sentir só um constrangimento debilitante, e não sei como me aproximar dele de novo, sabe?

— Isso quer dizer que o quer de volta?

— Eu...

Toc. Toc.

Dou uma olhada na porta, e ali, parado ao batente, com as mãos enfiadas nos bolsos, parecendo mais lindo do que nunca, está JP.

— Hã, preciso desligar, Lottie.

— Ai, meu Deus, ele está aí?

— Sim. Falo com você depois.

Desligo antes que ela possa responder. Nervosa, baixo o celular e coloco o cabelo atrás da orelha. Ele não entra no meu escritório, apenas fica ali, encostado no batente da porta, parecendo um modelo da revista *GQ*, com o cabelo caindo na testa e a barba escura delineando seu maxilar.

— Oi — falo, sem saber o que mais dizer. — Você, hã, precisa de alguma coisa?

— Oi, preciso de uma opinião sua.

— Hã... claro — respondo. Já faz mais de uma semana que não conversamos, mas ele quer minha opinião sobre algo, isso não é nem um pouco esquisito.

— Este terno, você acha que fica bem em mim?

Bastante confusa, analiso o simples terno preto combinando com uma camisa preta de botões e não consigo ver qual é a diferença das outras roupas que ele usa. Mas já que quer minha opinião, levo mais um tempo para observar a forma como sua calça se agarra com firmeza às coxas, exibindo suas pernas fortes. Já estive entre aquelas pernas. Já as vi se flexionarem enquanto seu pênis estava na minha boca.

— Este terno, você acha que fica bem em mim?

Minhas bochechas coram imediatamente com o pensamento, então desvio os olhos para seu peito, para a lapela, e considero as muitas vezes que tirei o paletó dos seus ombros e como, certa vez, eu não estava vestindo nada além dele.

Mais corada ainda.

Tudo bem, acho que já é suficiente.

Quando meus olhos voltam a encontrar os dele, um sorriso satisfeito brinca em seus lábios.

— Hã, o terno é bonito. — Engulo em seco. — Ficou muito bom em você. Hã, você vai a alguma reunião ou — *engole em seco* — um encontro?

— Que nada. — Ele se desencosta do batente da porta. — Só queria ver os seus olhos me devorando de novo. — Ele dá uma piscadela e sai sem dizer mais uma palavra.

Espere... o quê?

Foi isso?

Era só isso que ele queria?

Isso... isso é algo que o velho JP faria, aquele que costumava dizer que homens e mulheres que trabalham juntos não podem ser amigos.

Por que ele faria isso?

Me considere mais confusa do que nunca.

— Srta. Gardner, espere um pouco para que eu possa falar com você, por favor — JP diz, sentado à ponta da mesa, com as mãos entrelaçadas.

O restante da equipe de construção sai da sala de conferências, e quando a porta se fecha, ele se inclina e pergunta:

— Pode explicar? — Ele ergue uma sobrancelha sabichona para mim.

— Hã... — Olho ao redor. — Explicar o quê?

— Você não sabe?

— Não faço ideia do que está falando — respondo, segurando meu bloco de notas junto ao peito.

— Foram trinta e três vezes.

Hein?

Não sei como lidar com isso. Quando cheguei pela manhã, não estava preparada para outra reunião com JP. Melhor dizendo, não estava mesmo preparada para ser distraída pelo cheiro de seu perfume. Até cheguei a esquecer sobre o que estávamos falando algumas vezes. Foi como se ele tivesse borrifado na minha cadeira, e só na minha cadeira, juro, porque isso me consumiu.

— O que foi trinta e três vezes?

— O número de vezes que peguei você me secando. — Ele se levanta e abotoa o paletó. — Vou livrar você dessa barra, mas, da próxima vez que quiser passar uma reunião de uma hora me secando, por favor, agende.

Ele está brincando com a minha cara? Eu nem olhei para ele tantas vezes assim.

— Não olhei para você tanto assim.

Agora ele está ao meu lado, com aquela arrogância bem nítida.

— Você me olhou, sim.

Não olhei, não. Ficando irritada, digo:

— Bem... se eu fiz isso, então você também me olhou trinta e três vezes.

— Ah, é aí que se engana, srta. Gardner. Eu não olhei para você trinta e três vezes, olhei para você bem mais que isso, cinquenta e quatro, para ser mais exato, quase a cada minuto. — Ele umedece os lábios.

— Tudo bem... então, por que você, hã, não marca um horário para ficar olhando da próxima vez? — falo, em um tom trêmulo e não muito confiante.

— Pode ser que eu faça isso. Tenha um bom dia.

Ele vai para sua sala, com a cabeça voltada para o celular. Quando chego ao meu escritório, há uma solicitação na minha caixa de entrada. Abro e vejo que é de JP.

CONVITE: reunião de olhares com JP CANE. Das 10h às 11h.

Não traga nada.

Não vista nada.

Meu rosto fica quente mais uma vez e um minúsculo sorriso puxa o canto dos meus lábios. Respondo à solicitação com um clique no botão recusar.

De: JP Cane

Para: Kelsey Gardner

Assunto: Convite recusado

Querida srta. Gardner,

Vejo que recusou meu convite para ficarmos olhando um para o outro por uma hora pela quarta vez. Não consigo ver como sua agenda possa estar tão cheia que a impeça de aceitar minha solicitação. Posso perguntar por que continua rejeitando este convite que nasceu das suas próprias olhadelas? Por favor, responda a este e-mail em tempo hábil.

Obrigado,

JP Cane

Sorrindo como uma idiota, considero deletar o e-mail, mas então... fico imaginando como seria divertido se eu de fato respondesse. Os últimos dias têm sido inesperados. De alguma forma, JP criou essa sensação de como costumava ser entre nós, e estou com uma forte e longa percepção de que senti saudades disso. De *nós*. E mesmo que me sinta envergonhada... estranha, acho que não consigo ignorá-lo. Então o respondo.

De: Kelsey Gardner
Para: JP Cane
Assunto: RE: Convite recusado

Sua solicitação foi recusada quatro vezes porque não consigo entender como ficar olhando um para o outro traria alguma produtividade para a Cane Enterprises. Se puder me fornecer uma lista detalhada de como isso possa beneficiar a empresa, estarei mais apta a reconsiderar.

Obrigada,
Kelsey

De: JP Cane
Para: Kelsey Gardner
Assunto: RE: Convite recusado

Querida srta. Gardner,

Agradeço sua lealdade à empresa e sua vontade de melhorar o sucesso de um empreendimento multibilionário. Quanto ao benefício que uma hora de olhares pode trazer para a empresa, gostaria de chamar sua atenção para o esquema abaixo. Por favor, responda a este e-mail se tiver alguma pergunta.

Olhar -> forçar proximidade -> deixar o chefe feliz.

Obrigado,
JP

De: Kelsey Gardner

Para: JP Cane

Assunto: RE: Convite recusado

Fico lisonjeada com sua resposta, mas preciso lembrá-lo de que sua solicitação é puramente pessoal. Como uma vez me disseram, homens e mulheres não podem ser amigos no ambiente de trabalho por causa da atração óbvia. Receio que seu pedido seja considerado um comportamento inadequado, algo de que não quero fazer parte. Infelizmente, sua solicitação será recusada mais uma vez.

Obrigada,

Kelsey

De: JP Cane

Para: Kelsey Gardner

Assunto: RE: Convite recusado

Querida srta. Gardner,

Sua dedicação em querer se manter como um modelo deve ser aplaudida. Talvez devêssemos lhe dar um aumento... ou talvez você possa me dar um aumento...

(Mexe as sobrancelhas)

Do seu,

Jonah

Fecho os olhos com força e dou um gritinho interior por ver seu nome ao final do e-mail. O nome que ele parece usar apenas comigo. Sou lembrada do tempo em que descobri seu nome verdadeiro, depois de um de nossos passeios em São Francisco. Ele estava saindo do meu quarto, com um sorriso em seu rosto lindo, quando me contou. Também me lembro da sensação exata que me atravessou naquele momento, uma conexão muito mais profunda do que aquela superficial, uma conexão que me fez sentir como se eu fosse uma parte especial de sua vida.

E essa sensação foi ressuscitada. Cada e-mail tem espalhado calor pelas minhas veias, e meus sentimentos de vergonha estão aos poucos desaparecendo até virar nada.

De: Kelsey Gardner

Para: JP Cane

Assunto: RE: Convite recusado

Querido sr. Cane,

Você não poderia estar se referindo a uma ereção, não é? Não consigo dizer se está, considerando o quanto isso seria inapropriado. Sugiro que pense com muito cuidado em sua próxima resposta.

Da sua,

Kelsey

Meu estômago dá cambalhotas quando aperto *enviar*. É a primeira vez desde o casamento que sinto algum indício de que ainda gosto dele, de que tenho esperança de que ele ainda está esperando por mim.

As duas últimas semanas têm sido difíceis, tentando resolver os meus sentimentos, sentindo saudades de JP e lutando para me lembrar de quem eu sou. Tentando enxergar meu valor. Tentando me convencer de que sou linda, desejada, necessária. E JP, com seu jeitinho, tem me ajudado neste progresso.

Toc. Toc.

Ergo o olhar para ver JP parado mais uma vez no batente da porta, sem o paletó. Meus olhos caem para sua camisa de botões e como ela se estica em seu peito firme. Suas mangas estão dobradas nos cotovelos e ele está com seu clássico sorriso malicioso, o sorriso malicioso que tem aparecido em meus sonhos nas últimas noites.

Me endireitando, pergunto:

— Posso ajudar, sr. Cane?

Ele esfrega as mãos uma na outra.

— Pode. Queria discutir um negócio com você.

— Gostaria de se sentar?

Ele balança a cabeça.

— Não, será melhor discutir isso em um jantar.

Minhas sobrancelhas se erguem.

— É um jantar de negócios?

— Sim.

Não acredito nele, mas sigo por esse caminho, de qualquer forma.

— Tudo bem, devo agendar para a próxima semana?

— Hoje à noite. Na minha casa. Às sete.

— Receio não me sentir confortável para comparecer a um jantar de negócios na sua casa.

— Entendo sua preocupação, mas posso garantir que ninguém estará lá, então não haverá motivos para se sentir desconfortável, srta. Gardner. Poderá ficar à vontade. — Ele se endireita. — Vejo você hoje à noite.

Sem esperar uma resposta, ele vai embora.

Não sabendo o que fazer, pego o celular e mando uma mensagem para Lottie.

> *Kelsey: Ai, Deus, ele me chamou para jantar, na casa dele. O que devo fazer?*

Felizmente, ela responde. Huxley vai me matar quando eles voltarem para casa, já posso até ver.

> *Lottie: Como assim o que deve fazer? Você deve ir!*
>
> *Kelsey: Mas e se... ele quiser voltar, ou pior, e se ele não quiser?*
>
> *Lottie: Se há duas coisas que sei com toda a certeza na vida é que Huxley Cane foi feito para ser o homem da minha vida... e JP Cane foi feito para ser o seu. Ele te ama loucamente. Agarre essa chance, essa chance que você sempre quis. Você já me falou*

> várias vezes que o amor é uma montanha-russa. Você está na montanha-russa, então aproveite.
>
> **Kelsey:** Acho que já estou pronta, mas estou com medo.
>
> **Lottie:** Que bom, porque eu ficaria preocupada se não estivesse. Há uma coisa que eu nunca te falei, sabe, uma coisa que sinto que você deve saber. Naquela noite, quando os rapazes estavam tentando encobrir o e-mail, não foi por causa da forma como foi retratado no artigo que JP abriu a carteira para removê-lo, foi pelo que estava escrito sobre você.
>
> **Kelsey:** O que eles disseram sobre mim?
>
> **Lottie:** Huxley me falou que o artigo não só retratava JP sob uma luz horrível com aquele e-mail abusivo e fora dos limites, como também dizia que você estava usando-o para subir na carreira. Huxley disse que JP ficou furioso com isso e fez tudo o que pôde para se certificar de que sua empresa não fosse arrastada para a lama, porque ele sabe o quanto você trabalhou para chegar onde está.
>
> **Kelsey:** Ele fez isso?
>
> **Lottie:** Sim, e uma das principais razões para ele ter estado fora de si naquela noite foi porque estava com muito medo do que poderia acontecer. Ele achou que ia perder você. Ele te ama, mana. Não deixe que um momento ruim prejudique a mágica que vocês dois compartilham. Está bem? Vá jantar com ele. Permita-se amar. Prometo que não vai se arrepender.

Estou parada em frente à sua porta, nervosa, esperando que ele a abra. Não sabia muito bem o que vestir. Considerei um vestido, mas me pareceu formal demais. Então um terninho, mas achei que ficaria muito cara... de negócios. Enfim acabei optando por uma legging preta de couro, uma blusa simples ombro a ombro vermelha e sa͏ alto. Simples, mas também confiante de que não terei constrangime͏ ͏um.

Depois do que pareceu uma eternidade, a porta se abre e JP aparece do outro lado, usando calça jeans, camiseta branca e descalço. Seu cabelo está molhado e parece que ele acabou de sair do banho.

Ele me analisa dos pés à cabeça, com um olhar faminto quando volta ao meu rosto.

— Srta. Gardner — ele diz, com uma leve falha na voz. — Que bom que veio.

Com um sorriso tenso, falo:

— Tive que reagendar algumas coisas. Mas que bom que consegui vir.

Ele dá um passo para o lado, e eu entro, logo me sentindo como se estivesse retornando para casa. Tive tantas lembranças lindas dentro daquelas paredes escuras. Ele fecha a porta e gesticula para seu quintal. A porta corrediça de vidro está aberta e o quintal, iluminado com tons de roxo. Prendo a respiração enquanto me aproximo. Toda a cena é familiar, como se tivesse sido tirada de um filme.

— Sr. Cane — digo ao sair, absorvendo tudo. A piscina está iluminada com um tom de lavanda, as luzes acima são de um tom suave de ouro e as luzes ao longo da base das palmeiras são roxo-escuras. Sobre a mesa está uma jarra do que parece ser limonada e dois copos, o que me faz sorrir. E ao lado dela... ai, meu Deus, eu reconheceria aquele bolo em qualquer lugar. O bolo de mel. — Isto aqui não me parece bem um jantar de negócios.

Ele se aproxima, pressionando a mão na parte inferior das minhas costas, se inclina na minha orelha e sussurra:

— Que bom.

Então pega minha mão, me leva até a cadeira e me faz sentar. Ele se acomoda à minha frente. Coloca o celular entre nós e então estende a mão para uma pasta ao lado do bolo e a desliza para sua frente.

— Agradeço por ter reorganizado sua agenda para comparecer hoje. O que tenho para discutir é bastante confidencial, então agradeço sua discrição.

Mais do que confusa, assinto, mesmo que não faça ideia do que ele tenha planejado.

— É claro.

Ele abre a pasta e diz:

— Vou entregar um roteiro para você e vou precisar que o leia, palavra por palavra, enquanto eu gravo.

O que ele está fazendo?

— Hã... tudo bem.

Ele aponta para a limonada.

O que ele está fazendo?

— Precisa de uma bebida para refrescar a garganta primeiro?

— Não, obrigada.

Ele tira uma folha de papel da pasta e fala:

— Tudo bem, é importante que não leia à frente. Consegue fazer isso?

— Consigo.

— Que bom. Me deixe preparar as coisas. — Ele desbloqueia o celular, abre o aplicativo de gravação e aperta o botão de gravar antes de me entregar o papel.

Meus olhos vão para a primeira frase e então voltam depressa para ele. Esta sensação avassaladora e fantasiosa faz meu coração girar em círculos.

— JP...

— Lembre-se do que eu disse, srta. Gardner, leia o roteiro e não atropele as palavras. — Ele dá uma piscadela para mim e eu quase choro bem ali.

Porque... ai, meu Deus...

Pigarreando, leio o que está escrito:

— *Podcast Feitos um para o Outro. Jonah e Kelsey. Seja bem-vindo, ouvinte, a mais um* Podcast Feitos um para o Outro. *Aqui a gente conversa com casais loucamente apaixonados sobre como eles se conheceram. Jonah, muito obrigada por se juntar a nós hoje.*

— Muito obrigado por me receber. Sou um grande fã. E meu episódio favorito com certeza foi o de Jason e Dottie — ele começa a ler sua parte no roteiro.

Com um sorriso enorme, mal consigo falar:

— Pois é, aquela salada de batatas pode fazer milagres. — Rio, e solto uma risadinha.

— Mal posso esperar para encher uma banheira com ela.

— Já está chegando nas lojas mais perto de você. Mas não é por isso que estamos aqui hoje. Estamos aqui para falar sobre o amor da sua vida, a Kelsey. — Uma lágrima rola pelo meu rosto, e antes que eu possa enxugá-la, JP tira uma caixa de lenços de algum lugar e a coloca na minha frente. Pego um e passo no meu olho. — Como vocês dois se conheceram?

— Olha, meu irmão Huxley meio que colocou a nossa empresa em apuros. É uma longa história, mas por causa de uma promessa que ele fez a essa garota com quem fez um acordo, a gente teve que se sentar e ficar ouvindo a garota e a irmã dela apresentarem uma proposta de negócios. Eu fiquei um pouco irritado, sabe, porque Huxley estava tomando decisões sem nos consultar, aí quando a gente se ajeitou para essa apresentação, eu não estava preparado por essa mulher de tirar o fôlego que saiu do elevador. Logo de cara, senti algo mudar em mim, algo tão profundo, tão intenso, que posso jurar que uma peça que esteve faltando a minha vida inteira finalmente se encaixou.

Meus lábios tremem.

— Você está se referindo a Kelsey?

— Estou. Infelizmente, a irmã dela arruinou a apresentação, mas o tempo todo, enquanto ela estava fazendo um papelão, fiquei observando Kelsey. Vi seu rosto ficar vermelho pela vergonha, mas também vi como manteve a compostura, mesmo que suas esperanças de levar seu negócio ao próximo nível estivessem indo por água abaixo bem na frente dela. Havia algo tão cru naquele momento e nunca me esqueci. E eu sabia que tinha que vê-la de novo.

Enxugo os olhos.

— E parece que você conseguiu.

— Pois é, elas conseguiram fazer uma nova apresentação, e a sua ideia era absolutamente brilhante. Teríamos sido idiotas se disséssemos não. Foi uma sorte para mim que o novo negócio tenha caído sob minha administração, e foi aí que tive a chance de passar mais tempo com ela. Começou como uma brincadeira, mas quanto mais tempo eu passava com ela, quanto mais a conhecia, mais sabia que essa mulher foi feita para mim. Mas havia um problema: tive que lhe provar que eu também fui feito para ela.

— Como... como você fez isso?

— Tentei ser amigo dela, mesmo que eu tenha dito para ela que era impossível. E quando chegasse o momento certo, eu tinha planejado toda uma noite em que contaria o quanto eu queria ficar com ela. Mas, para o meu horror, ela já ia sair com outra pessoa naquela noite.

Meu coração quase para só de pensar sobre isso. Meus olhos se fixam no papel à minha frente.

— Nossa, que vaca... — Ergo o olhar para ele, que ri.

— Que nada, eu não tinha dado pistas suficientes para ela saber que eu estava interessado em algo mais sério. Não a culpo, mas implorei e supliquei para ela não sair com ele.

— E ela saiu? — Inclino a cabeça, observando-o, enquanto um sorriso largo cruza seus lábios.

— Não. Ela ficou comigo, e, naquele momento, quando ela me beijou pela primeira vez, eu me senti inteiro de novo. Senti como se todas as estrelas tivessem se alinhado e eu estivesse exatamente onde precisava estar, com a mulher dos meus sonhos. Não foi fácil, e precisou de uma persuasão da minha parte, mas começamos como colegas de trabalho, e aí inimigos, depois amigos... e agora, tenho esperança de que podemos continuar com algo maior do que amizade, se ela quiser.

Ele coloca o roteiro na mesa e eu também faço isso logo antes de ele pegar minhas mãos.

— O que estou prestes a dizer não é algo apenas para consertar nosso relacionamento. Vou falar de coração, deixando que saiba como me sinto, porque não consigo passar nem mais um dia sem que você saiba. — Ele umedece os lábios e diz: — Eu te amo, Kelsey. Tenho certeza absoluta de que te amei desde o momento em que vi seu rosto ficar desanimado naquela apresentação. E sei que, pelo resto da minha vida, eu nunca, jamais, vou parar de te amar, porque você foi feita para ficar comigo. E sei, do fundo da minha alma, até a medula, que você é a minha garota e vou passar o resto da minha vida te provando isso.

Minhas mãos estão trêmulas. Meus lábios não param de tremer enquanto me inclino para frente e, com a mão livre, pressiono a palma em seu rosto, olhando-o nos olhos.

— Eu te amo, Jonah. Me desculpe por ter demorado tanto para te dizer isso. — Esfrego o polegar em sua bochecha. — Mas eu amo, eu te amo tanto que não quero nada além de passar o resto da minha vida mostrando a você o quanto eu amo.

Os cantos de seus lábios se erguem quando ele me dá o sorriso mais sexy que já vi.

— Meu Deus. — Ele pisca algumas vezes ao se aproximar. — Venha aqui. — Ele me puxa para seu colo e seus braços envolvem minha cintura, enquanto coloco as mãos em seus ombros. — Você me ama?

Assinto.

— Amo muito. Já faz algum tempo que sei. Eu só estava com medo. O que sinto por você é tão poderoso, tão real, que tive medo de que não retribuísse o sentimento.

Ele ri.

— Não precisa se preocupar com isso. Tenho certeza de que te amei antes mesmo de você sequer considerar me olhar dessa forma. — Ele pousa a testa na minha. — É cedo demais para implorar para você vir morar comigo?

— Que tal a gente sair para um encontro primeiro?

Rio enquanto as lágrimas caem dos meus olhos.

— Que tal a gente sair para um encontro primeiro?

— Tudo bem, encontro primeiro, depois você vem morar comigo.

— Encontro primeiro, quarto depois, e aí a gente conversa sobre a possibilidade de eu vir morar aqui.

Ele sorri com malícia.

— Parece um bom plano, linda.

Ele fecha o espaço entre nós e me beija. Um beijo ardente que me atravessa da ponta dos dedos até o topo da cabeça. Seu beijo me reivindica, mostrando que não importa o que aconteça, não importa que jornada tenhamos, eu sou dele. E ele é meu. E fomos mesmo feitos um para o outro.

EPÍLOGO
JP

— Estou tão nervoso. E se eu falar a coisa errada? — pergunto a Kelsey enquanto minha perna balança para cima e para baixo no banco de trás do carro ao esperarmos para sermos chamados.

— Acho que não vai conseguir falar a coisa errada neste momento. — Ela escova meu cabelo para o lado. — Acho que só deveria falar com o coração.

Esfrego a palma suada na calça.

— É disso que tenho medo. Se falar com o coração, posso parecer um louco.

Kelsey me lança um olhar gentil e abre um sorriso suave.

— JP, querido, acho que você já atingiu o limite de loucura.

Dou uma olhada para minha camiseta personalizada de pombo e então de volta para a minha garota.

— Perguntei se estou bem e você disse que sim.

— E está, está ótimo. Pare de ficar nervoso e vá lá fora conhecer o pássaro que começou isso tudo.

Respiro fundo.

— Tem razão. Tem toda razão. Eu só preciso ser eu mesmo.

— Ele vai te amar.

— Você acha? — pergunto, a esperança florescendo no meu peito.

— É difícil não te amar. — Ela se inclina para frente e me beija nos lábios, suave e doce, me ajudando a relaxar antes de a porta se abrir ao meu lado.

— Sr. Cane — o motorista diz. — Eles estão prontos para recebê-lo.

— Porra. Está bem. Meu Deus, não vomite, JP, não vomite — digo a mim mesmo antes de sair do carro. Me viro para oferecer a mão a Kelsey, ajudando-a a sair também.

Desde a nossa noite no quintal, temos sido inseparáveis. Naquela noite, dançamos sob as estrelas, abraçados o tempo inteiro. Mesmo quando comemos o bolo, ela ficou sentada no meu colo, sem jamais querer se distanciar. E aí, quando apagamos as luzes, eu a levei para o quarto, onde fizemos amor. Foi o melhor sexo que já tive, preenchido pela emoção, e sabendo que aquele era o começo de um novo capítulo para nós.

Eu a levei no encontro que ela pediu. Fomos a uma de suas pizzarias favoritas de Los Angeles, e não era lá muito boa. Ela disse que costumava ir lá sempre quando era mais nova. Eu falei que não iríamos mais a lugares que ela costumava ir quando era mais nova... nunca mais. Quando a levei para casa, passei a noite lá e pedi para ela se mudar para a minha casa.

Demorou mais uns vinte encontros até que ela finalmente disse sim ao meu pedido, um pedido que eu fazia todas as noites. E todas as vezes ela dizia *talvez*, sem nunca me dar uma resposta direta até algumas semanas atrás. Ela se mudou no último fim de semana, e posso dizer com toda certeza de que tem sido a melhor sensação do mundo. Agora só preciso planejar quando vou pedi-la em casamento, porque vai acontecer. Não vou deixá-la.

Com a mão na de Kelsey, caminhamos até a área das tendas, onde Tammy, a responsável pelo abrigo de pombos, nos recebe.

— Sr. e sra. Cane, fico tão feliz que puderam comparecer.

Nem me importo de corrigi-la, porque gosto muito de como isso soa.

— Obrigado por receber a mim e a minha esposa. — Aperto a mão de Kelsey e quase posso senti-la revirar os olhos. — Hã, o... o Kazoo está aqui?

— Está. Ele recebeu a gravata-borboleta que você enviou, e preciso dizer que ele está muito fofo. Se já estão prontos para conhecê-lo, ele está bem ali naquela tenda e aí podemos fazer a cerimônia de inauguração.

— Sim, vamos fazer isso — digo, já sentindo o quanto minha mão está ficando suada na mão de Kelsey.

— Por aqui — Tammy fala, abrindo a tenda.

Entramos e leva um segundo para meus olhos se ajustarem, porque, assim que o fazem, avistam um carinha em um poleiro, usando uma gravata-borboleta de tecido igual ao da minha camiseta.

— Ah, porra — sussurro para Kelsey. — Pode ser que eu chore.

Ela solta uma risada e sussurra:

— Não sei se consigo te amar mais do que neste momento.

Dou um beijo rápido em seu rosto e então vou até Kazoo, me certificando de andar devagar para não o assustar. Sua pequena cabeça se move para frente e para trás, parecendo mais confuso do que nunca. Mas seus olhos arregalados e sua gravata-borboleta são capazes de acabar comigo.

— Oi, Kazoo.

Ele olha para a direita, para a esquerda e, em seguida, levanta uma pata.

Aperto o peito e digo:

— Ah, droga, acho que acabei de conhecer o segundo amor da minha vida. — Quando olho de volta para Kelsey, ela está gravando a coisa toda, com um sorriso enorme.

Já disse antes e vou repetir: aqui é onde devo estar. Com Kelsey, celebrando as pequenas — e esquisitas — coisas como um pombo que chamou minha atenção meses atrás.

O que antes tinha sido um erro do Huxley acabou se tornando uma vitória para mim, porque se Huxley nunca tivesse conhecido o amor de sua vida, eu também não teria conhecido o meu.

A mulher que não queria nada comigo no começo.

E aos poucos quis ser minha amiga.

E então, da melhor forma possível, me escolheu por eu ser quem sou.

Ela escolheu o Jonah.

— Oi, Kazoo.

Personagens e livros que aparecem no podcast:

- Noely Clark - Three Blind Dates

- Alec e Luna - The Wedding Game

- Knox e Emory - The Locker Room

- Pacey e Winnie - Kiss and Don't Tell

- Rath e Charlee - Boss Man Bridegroom

- Arlo e Greer - See Me After Class

- Huxley e Lottie - Um Encontro nada Romântico

- Griffin e Ren - That Second Chance

- Sawyer e Fallon - Runaway Groomsman

- Rowan e Bonnie - The Highland Fling

- Jason e Dottie - The Lineup

Editora Charme

Entre em nosso site e viaje no nosso mundo literário.
Lá você vai encontrar todos os nossos
títulos, autores, lançamentos e novidades.
Acesse www.editoracharme.com.br

Você pode adquirir os nossos livros na loja virtual:
loja.editoracharme.com.br

Além do site, você pode nos encontrar em nossas redes sociais.

 https://www.facebook.com/editoracharme

 https://twitter.com/editoracharme

 http://instagram.com/editoracharme

 @editoracharme